ŒUVRES COMPLÈTES

DE

E.-F. BOUISSON

PROFESSEUR DE CLINIQUE CHIRURGICALE

DOYEN DE LA FACULTÉ DE MÉDECINE DE MONTPELLIER,
ASSOCIÉ NATIONAL DE L'ACADÉMIE DE MÉDECINE, LAURÉAT ET CORRESPONDANT
DE L'INSTITUT,
RECTEUR INTÉRIMAIRE DE L'ACADÉMIE DE MONTPELLIER,
OFFICIER DE LA LÉGION D'HONNEUR, COMMANDEUR DE SAINT-GRÉGOIRE-LE-GRAND,
DÉPUTÉ A L'ASSEMBLÉE NATIONALE (1871-1875)
ETC., ETC.

NOUVELLE ÉDITION

PUBLIÉE

PAR LE DOCTEUR FÉLIX CHAVERNAC

(D'AIX)

Faire bien, s'estimer peu.
(Devin de Bouisson.)

ANATOMIE. — ALIÉNATION MENTALE

MÉDECINE LÉGALE

TOME NEUVIÈME

PARIS

MASSON ET CIE, LIBRAIRES-ÉDITEURS
Boulevard Saint-Germain, 120.

1903

ŒUVRES COMPLÈTES

DE

E.-F. BOUISSON

TOME NEUVIÈME

MONTPELLIER. — IMPRIMERIE DE JEAN MARTEL AÎNÉ
ET DELORD-BOEHM ET MARTIAL.

ŒUVRES COMPLÈTES

DE

E.-F. BOUISSON

PROFESSEUR DE CLINIQUE CHIRURGICALE

DOYEN DE LA FACULTÉ DE MÉDECINE DE MONTPELLIER,
ASSOCIÉ NATIONAL DE L'ACADÉMIE DE MÉDECINE, LAURÉAT ET CORRESPONDANT
DE L'INSTITUT,
RECTEUR INTÉRIMAIRE DE L'ACADÉMIE DE MONTPELLIER,
OFFICIER DE LA LÉGION D'HONNEUR, COMMANDEUR DE SAINT-GRÉGOIRE-LE-GRAND,
DÉPUTÉ A L'ASSEMBLÉE NATIONALE (1871-1875)
ETC., ETC.

NOUVELLE ÉDITION

PUBLIÉE

PAR LE DOCTEUR FÉLIX CHAVERNAC

(D'AIX)

Faire bien, s'estimer peu.
(Devise de Bouisson.)

ANATOMIE. — ALIÉNATION MENTALE

MÉDECINE LÉGALE

TOME NEUVIÈME

PARIS

MASSON ET Cⁱᵉ, LIBRAIRES ÉDITEURS
Boulevard Saint-Germain, 120.

1903

MÉMOIRE

UN FŒTUS MONSTRUEUX[1]

CONFORMATION EXTÉRIEURE.

Ce fœtus, conservé dans l'esprit de vin, pendant plusieurs années, et qui est remarquable par la grandeur de ses parties bien conformées, ainsi que par ses qualités extérieures, paraît avoir été mis au monde après l'intervalle de temps ordinaire, quoique si l'on examine sa longueur et son poids, on trouve ces marques distinctives bien différentes de celles d'un fœtus à terme. Car la peau, assez ferme, offrant très peu de rugosités et de rougeur, la tête, couverte d'un assez grand nombre de poils longs et d'une couleur foncée, les ongles ayant déjà une apparence cornée, le manque de la membrane pupillaire, enfin le développement et la perfection des parties supérieures, démontrent que ce fœtus a été porté dans l'utérus presque pendant neuf mois. Son poids est de deux livres (onces de Nuremberg); sa longueur de douze pouces. Je serais porté à attribuer cette diminution dans la mesure à deux causes : d'abord au long séjour de ce fœtus dans l'esprit de vin, et ensuite à la conformation monstrueuse de ses extrémités inférieures.

J'aurais donné à ce monstre le nom de sirène, à cause de sa forme; en effet, la partie du corps de ce fœtus qui porte le nom de tronc, se termine par un appendice semblable à la queue de ce poisson, si cette queue n'était recourbée en avant dans le fœtus dont nous parlons, tandis qu'elle est réfléchie en arrière

---

[1] Traduit du latin de Adolphe-Guillaume Otto; 1831.

dans les sirènes dont les anciens nous ont donné des descriptions fabuleuses. En effet, l'abdomen, au lieu d'être supporté par des extrémités inférieures, telles qu'elles sont dans l'état normal, se termine en forme de cône aiguillonné, dont nous ferons mention plus bas, lequel étant presque arrondi, offre cependant plus de ressemblance avec la queue d'un veau marin qu'avec celle de tout autre poisson, si toutefois vous ne faites point de différence entre des pieds terminés en forme de nageoires et la queue d'un phoque.

On trouve toujours le bassin d'autant moins développé que l'enfant ou le fœtus est moins avancé en âge ; il est aussi très peu volumineux dans ce monstre à l'égard de l'abdomen ; de cette partie, il ne naît point deux cuisses, comme de coutume, mais seulement une masse unique et monstrueuse, ayant la forme d'un cône qui, naissant de la partie inférieure du tronc, présente une largeur de deux pouces environ, se termine par une pointe obtuse et a trois pouces de longueur à peu près. Cette partie, qui tient lieu des extrémités inférieures, ne mérite pas le nom de cône, à rigoureusement parler, car sa face antérieure est plane, et sa face postérieure est, au contraire, très convexe (*fig.* 1 et 2). De l'extrémité obtuse de cette masse, presque conique, s'élève une partie semblable, mais beaucoup plus petite et plus ténue, qui a seulement la longueur d'un doigt et qui se termine par une pointe aiguë et cartilagineuse. Un sillon horizontal et profond sépare antérieurement le tronc de la partie supérieure la plus étendue de la masse conique, et là il existe une articulation particulière, à l'aide de laquelle cette masse inférieure ne peut, que très faiblement, être fléchie en arrière ou sur les parties latérales ; mais elle peut l'être tellement en avant, que son extrémité repose sur la partie supérieure de la poitrine. Les deux cônes sont réunis par une articulation qui, entièrement opposée à celle dont nous venons de parler, permet seulement la flexion en arrière en laissant apercevoir, dans ce dernier sens, une ligne qui sépare ces deux cônes l'un de l'autre. L'axe vertical du corps n'est point le même que celui de cette partie conique inférieure ; le dernier est dirigé plus en avant. Sur le dos de ce fœtus conformé d'une manière monstrueuse, une ride profonde et transversale sépare la colonne vertébrale du bassin,

et la réunion de ces parties est si lâche et si difforme, que le
bassin se fléchit en avant avec cette extrémité inférieure
semblable à un cône. Au-dessous de cette ride et à la partie
inférieure du tronc, on remarque une nouvelle conformation à
la fois monstrueuse et remarquable : en effet, un appendice
charnu est suspendu à cette partie du corps, comme une véritable queue ; ce lobule, très semblable à la langue pour la
forme, présente une longueur et une largeur d'environ cinq
lignes, et une épaisseur d'une ligne et demie. Cette excroissance,
peut être facilement fléchie ; sa couleur est la même que celle de
la partie voisine du côté droit et de la face postérieure du cône,
c'est-à-dire qu'elle est foncée. On ne trouve point sous ce
lobule ni ailleurs l'orifice de l'intestin rectum. Non-seulement
l'ouverture de l'anus n'existe pas, mais il n'y a pas même une
dépression ni aucune autre marque qui indique son existence.
Les parties génitales manquent aussi entièrement. On ne trouve
aucune trace ni de ces organes ni de l'orifice des voies urinaires.
Le cordon ombilical coupé laisse seulement apercevoir les orifices de deux vaisseaux.

ANATOMIE DE CE FŒTUS MONSTRUEUX.

L'examen des cavités de la poitrine et de la tête à l'aide du
scapel ne m'a rien fourni d'insolite ; le cerveau, presque atrophié
et pulpeux, ne m'a point permis d'examiner exactement ses
organes constituants. La glande thymus dans la poitrine offrait
une dimension très considérable, assez épaisse et d'une conformation ordinaire ; elle était divisée en deux lobes réunis d'une
manière intime. Ayant ouvert l'abdomen avec soin pour ne pas
blesser l'artère ombilicale, j'ai trouvé les viscères recouverts
d'une couche graisseuse plus épaisse qu'à l'ordinaire. Le foie et
la vésicule du fiel, l'estomac et la rate occupaient leur place
accoutumée et présentaient une forme convenable à l'état naturel,
si ce n'est que la rate laissait apercevoir plusieurs incisions, dont
quelques-unes étaient assez profondes et à sa surface et dans
son parenchyme. L'intestin duodénum, aussitôt après sa naissance à l'estomac, se dirigeait vers le côté gauche, côté vers

lequel était placé l'intestin grêle. Le commencement de l'intestin colon se trouvait au milieu de l'abdomen, derrière l'ombilic
et disposé de telle façon que l'iléon partant de la partie inférieure
montait vers lui en ligne droite, et que l'intestin cœcum avec
l'appendice vermiforme était situé dans le côté gauche. Le colon
prenait d'abord naissance dans l'hypocondre droit, d'où il se
dirigeait comme le colon transverse vers l'hypocondre gauche ;
de là, il descendait verticalement, et arrivé au niveau des vertèbres lombaires il s'étendait de nouveau vers le côté droit ; là,
après avoir formé plusieurs circonvolutions, il se fléchissait sous
la colonne vertébrale, et là il se terminait dans la courbure de
l'os sacrum par un sac spacieux et arrondi. Ce sac n'était seulement que l'intestin rectum dilaté et rempli de beaucoup de
méconium, comme plusieurs endroits du colon ; une toile celluleuse unissait ce renflement avec la protubérance de l'os sacrum.
Du reste, le colon, comme on le voit par la description de son
trajet, avait une longueur double de ce qu'elle est dans l'état
normal. Si l'on en excepte cela, les intestins n'étaient guère
éloignés de l'état naturel. Le pancréas avait sa place et sa forme
accoutumées ; son conduit excréteur et le conduit cholédoque
aboutissaient au duodénum, près de l'estomac. De chaque côté
on trouvait les capsules surénales dans leur position ordinaire,
offrant le caractère et le volume qu'on remarque ordinairement
à cet âge, aplaties et comprimées ; leur grosseur surpassait à
peine celle d'une figue, leur forme arrondie n'était pas bien
prononcée, elles étaient plutôt ovales ; elles recevaient des
vaisseaux de l'aorte descendante et les remettaient à la veine
inférieure. Les reins et les uretères manquaient. Le sacrum formait une cavité profonde fermée de chaque côté par les muscles
qui s'y trouvent ordinairement. Dans cette cavité se remarquait
la vessie urinaire, un peu vers le côté gauche et sous le sac où
finissait l'intestin rectum ; elle était très petite, son volume était
en effet dix fois moindre que celui des vessies des enfants bien
conformés, elle adhérait au sacrum par du tissu lâche et peu
abondant, mais elle n'était nullement jointe par le péritoine aux
os pubis, à cause de la conformation vicieuse du bassin, que
nous décrivons plus bas. Les parties latérales de cette vessie
étaient épaisses, et elle ne contenait point d'urine. Le col de la

vessie regardait en arrière la courbure de l'os sacrum, et se continuait avec un certain canal membraneux, mais fermé et oblitéré, et qui probablement indiquait l'urètre. Quoique l'examen extérieur des parties de ce fœtus monstrueusement conformé ne montrât, ainsi que nous l'avons déjà dit, les vestiges ni de l'un ni de l'autre sexe, cependant on remarquait les parties génitales internes. Car, près de la vessie urinaire, à la partie droite et antérieure de cet organe, il existait un très petit utérus, bien conformé au reste, et dont la grosseur était égale à celle d'un pépin de raisin. Son col fléchi en arrière se terminait par un corps long, épais et dur, ayant la forme d'un cylindre et simulant le vagin. Ce dernier, qui ne présentait aucune cavité, adhérait à la courbure du sacrum, derrière un appendice de la vessie dont nous avons déjà donné la description ; le repli du péritoine par lequel l'utérus s'attache à chaque côté du bassin et prend ainsi un point d'appui solide était étroit et imparfait, en sorte qu'on ne pouvait y reconnaître les ligaments larges ; cependant on distinguait les ligaments ronds, quoique très peu prononcés. Du fond de l'utérus s'élevaient les trompes de Fallope, qui n'étaient guère plus étroites que le col de l'utérus ; elles ne devenaient point plus larges en s'éloignant de cet organe, et conservant à peu près dans toute leur étendue le même diamètre, elles avaient un pouce de longueur ; leur extrémité n'était pas libre et ne pendait pas dans le bassin, mais elle était embrassée par le péritoine, et l'orifice de cette extrémité était remplacé par une espèce de toile noirâtre ; de chaque côté un repli du péritoine pénétrait dans cette extrémité caudiforme, assez semblable à celui qui chez les fœtus mâles est destiné à recevoir les testicules. Ces replis, en forme de sac, contenaient les ovaires qui étaient attachés à l'extrémité des trompes de Fallope et qui n'étaient point, selon les lois naturelles, liés à l'utérus par aucun ligament propre, parce que ces extensions du péritoine qu'on appelle *ailes de chauve-souris* manquaient. Les ovaires, qui oblongs et étroits dans les fœtus ordinaires sont presque toujours placés vers le milieu des trompes de Fallope, étaient chez celui-ci placés à leur extrémité. Ils étaient formés de deux parties, une bien conformée, arrondie et plus grande que l'autre, dont la grosseur égalait celle d'un pois. Ces deux parties de l'ovaire contiguës étaient cependant manifestement séparées par une rainure assez profonde.

La seule artère ombilicale qui existait dans ce fœtus ne provenait point de l'une ni de l'autre hypogastrique, mais elle naissait de l'aorte même, un peu avant sa division en artères iliaques. L'aorte descendait à la partie antérieure de la matrice et de la vessie urinaire et son extrémité, représentant une sorte de queue particulière, se divisait devant ces viscères en iliaques primitives. La veine cave, au contraire, située à la partie droite de l'aorte, parcourait la longueur du sacrum à la partie postérieure de l'utérus.

La structure des os du bassin, dans ce fœtus, était si difforme et si bizarre, que je crois impossible de trouver une description pareille à celle que je vais en donner. Je n'ai jamais vu, même dans les squelettes les plus difformes, une plus grande inclinaison du bassin ; elle était telle, que le plan supérieur du bassin, qui dans l'état naturel forme avec l'horizon un angle de 31 degrés, en formait certainement un de 60. Chez ce monstre le sacrum et les os innominés étaient soudés entre eux d'une manière si intime, qu'on ne pouvait les reconnaître. Les os du pubis, fléchis en arrière, ceux de l'ischion en dedans réunis à l'os sacrum, composaient le fond de la cavité pelvienne et ne formaient inférieurement aucune ouverture. Mais à la partie supérieure, à un demi pouce environ du promontoire, distance où la courbure de l'os sacrum était la plus prononcée, on remarquait une certaine ouverture, petite et arrondie, du diamètre d'une lentille, et qui indiquait probablement l'ouverture inférieure du bassin ou du moins en offrait quelque apparence. Cet orifice externe était couvert par les téguments communs, et c'était là qu'étaient fixés ces appendices de la vessie urinaire et de l'utérus dont nous avons déjà donné la description et qui simulaient l'urètre et le vagin. Dans le fond osseux du bassin, à sa marge antérieure, on trouvait les trous obturateurs de la grandeur d'une tête d'aiguille et séparés seulement par un tendon très grêle ; à la région latérale et inférieure étaient les tubérosités ischiatiques. Les os de l'iléon étaient petits, aplatis et déprimés ; on ne rencontrait aucun vestige de la cavité cotyloïde ; de la symphise des pubis proéminait une épine cartilagineuse, séparée des tubérosités de l'ischion par une cavité qui

recevait la tête du fémur, que nous décrirons bientôt, attachée à
cette partie par des ligaments et des muscles et formant une
véritable articulation à la partie inférieure de ce fœtus, qui
portait devant lui une sorte de queue. Je n'ai trouvé qu'une seule
tête de fémur, d'une structure tout à fait déformée. Comme
l'énarthrose entre le bassin et le fémur n'existait point sur les
parties latérales, ce dernier os n'avait besoin ni de tête, ni de
col, aussi ces deux parties manquaient-elles. Mais le corps du
fémur, dont la structure difforme convenait bien à celle du
bassin, avait un renflement à sa partie supérieure pour s'adapter
à l'articulation ; à la partie antérieure de cet os existait une
éminence, en forme de crête, qui touchait l'épine des os pubis.
L'os fémur, dans son état normal, est un peu recourbé en avant;
dans ce fœtus il l'était en arrière, de sorte que cette espèce de
queue ne devait sa forme qu'à la courbure du fémur. La circonférence du fémur était d'environ deux doigts, mais sa
largeur croissait dans la partie inférieure, en sorte que dans
l'endroit où il se terminait par les condyles comme dans l'état
naturel, sa largeur surpassait celle de neuf doigts, tandis que,
dans la partie moyenne, son diamètre ne surpassait guère la
longueur d'une ligne. Une partie d'un unique tibia était réunie à
ce fémur par une capsule articulaire (fig. 3). La rotule et le péroné
manquaient entièrement. Les condyles du tibia, très étendus
supérieurement, comme à l'ordinaire, présentaient à peine de
légères fossettes pour recevoir les condyles du fémur. Le tibia
avait à peu près un doigt de longueur et se terminait par une
pointe émoussée. Les muscles qui environnaient ces os et qui
composaient la masse charnue de la queue, s'éloignaient entièrement de leur structure naturelle. Car tous, en état de contraction
et plus ou moins charnus, avaient une densité assez remarquable
et une certaine substance musculeuse embrassait la partie supérieure du tibia.

L'examen de ce fœtus, conformé d'une manière monstrueuse,
donne lieu à quelques réflexions. On sera certainement très
étonné lorsqu'on verra combien la nature s'éloigne souvent des
voies ordinaires qu'elle semble s'être prescrites ; mais cet étonnement sera augmenté si nous observons que la nature ne donne

jamais lieu à ses productions par un mouvement aveugle, mais qu'elle s'est proposé des lois presque certaines, même pour produire des monstruosités. On doit admirer cette similitude entre les espèces qui existe non-seulement dans leurs parties extérieures, mais qui la fait encore remarquer dans la structure des parties internes et dans le manque de ces mêmes parties. La conformation du monstre, que j'ai décrit, est si singulière et si étonnante, qu'à peine on peut penser que la nature l'ait créé par un jeu du hasard ; cependant, il existe deux descriptions de monstres parfaitement semblables au mien sous tous les rapports. Mêmes parties semblables à l'extrémité de la queue, même similitude dans les parties génitales, même absence des orifices de l'anus et de l'urètre. Semblable était l'excroissance charnue partant du sacrum et qui simulait une queue ; ressemblance parfaite dans la forme des extrémités articulaires. Dans le monstre d'Hottinger, il n'y avait aussi qu'une seule artère ombilicale provenant de l'aorte contre la coutume. Les reins y manquaient aussi ; car, les organes que Hottinger prit pour les reins n'étaient certainement que les capsules surrénales : ce qui me porte à le croire, c'est que leur forme était aplatie et déprimée et que les artères manquaient. D'où vient, je vous le demande, cette similitude ; quelle est la cause de cette égalité de conformation dans ces deux monstres, que la nature paraît cependant n'avoir produits que par un mouvement aveugle. Ne pourriez-vous pas soupçonner plutôt et avec beaucoup plus de droit, que la nature suit constamment des lois certaines dans la création des monstres ? Cela doit certainement nous persuader qu'il existe un certain nœud et un mode de réunion particulier jusqu'ici inconnu, qui existe dans toutes les parties du corps. Pourquoi chez les monstres dont les pieds sont très difformes ou manquent entièrement ne reste-t-il aucun vestige des parties sexuelles et aucune indication de l'orifice de l'anus et de l'urètre ? Outre trois exemples que j'ai déjà rapportés et qui confirment la chose, j'en ajouterai quelques-uns que Walter, Daubenton, Reisel, Hartmann et Prochaska ont observés. L'absence des reins est remarquée fort souvent dans ce genre de monstres, tandis qu'au contraire les capsules surrénales existent presque toujours.

L'absence de l'une et l'autre artère ombilicale a été souvent observée, et elle aurait été remarquée plus souvent si ceux qui font des recherches sur les monstres eussent mis plus de soin à examiner cette chose. Mais, il me paraît plus digne de rapporter que l'artère ombilicale dans ce fœtus ne naissait pas de l'hypogastrique, mais qu'elle provenait de l'aorte même, ce qui est contre les lois ordinaires de la nature ; de même dans le monstre décrit par Hottinger, la seule artère ombilicale qu'il y avait naissait de la partie inférieure de l'aorte ; mais dans le fœtus acéphale que j'ai décrit plus haut, cette artère provenait de l'hypogastrique droite. Déjà Kerckringius avait observé que les artères ombilicales provenaient de la terminaison de l'aorte.

ANATOMIE D'UN CHAT BI-CÉPHALE[1]

Un monstre du genre *chat* me fut envoyé par le professeur Dubrueil, le 1er juin 1833, pour que j'en fisse la dissection.

Ce chat monstrueux était mort peu d'instants après sa naissance ; il paraissait cependant avoir respiré, car ses poumons surnageaient à l'eau ; il était du reste parfaitement organisé pour exercer la respiration, car tous les nerfs qui sont nécessaires à l'accomplissement de cette fonction étaient intègres, et il n'existait aucune anomalie viscérale qui pût s'y opposer.

Ce chat était assez régulièrement développé ; il ne différait des animaux de son espèce que par la duplicité de l'extrémité céphalique. Cette duplicité n'était pas complète cependant, et il y avait fusion principalement du côté du crâne, de manière que le monstre paraissait plutôt bi-prosope que bi-céphale. Examiné extérieurement, il présentait une cavité oculaire moyenne assez grande, recouverte d'une paupière unique, percée d'une ouverture centrale, et deux orbites latéraux obturés par une paupière encore imperforée. A la partie moyenne inférieure de l'orbite médian, on voyait la ligne de séparation des deux faces qui s'écartaient en divergeant.

Le sujet anatomique a été dépouillé de ses parties molles pour en confectionner un squelette artificiel. Voici qu'elle est la disposition des os de la tête :

L'occipital forme le point de conjugaison principal des os du crâne ; formé de plusieurs pièces, dont les plus évidentes sont l'épactal, les occipitaux écailleux, les condyliens et le basilaire ; il n'a qu'un seul orifice de communication avec la tige rachidienne,

[1] Note communiquée à la Société chirurgicale d'émulation de Montpellier ; 20 juin 1833.

orifice remarquable par sa grandeur, et formé surtout aux dépens
des os condyliens qui s'articulent avec la vertèbre atlas. L'occipital présente des connexions nombreuses : par l'angle supérieur
de sa pièce épactale, qui est divisée en deux moitiés par une
suture, il s'articule avec les pariétaux médians qui sont très
distincts, qui appartiennent à deux systèmes osseux crâniens
différents, et qu'on ne peut comparer aux inter-pariétaux de
quelques classes de vertébrés. Par les bords latéraux de l'épactal
et des pièces prorales, il se réunit aux pariétaux latéraux dont
le bord postérieur est bien plus long que celui des pariétaux
médians. Par ses portions condyliennes, l'occipital s'articule
avec les os mastoïdiens ; enfin, par sa pièce basiliaire il se
réunit latéralement avec le tympanal et le rupéal, tandis qu'en
avant ce même os basilaire, dont les dimensions sont en quelque
sorte exagérées, s'articule avec le corps du sphénoïde.

Ce dernier os est unique comme l'occipital ou plutôt son corps
élargi transversalement semble résulter du rapprochement de
deux pareilles pièces mises en rapport par la fusion des grandes
ailes de cet os. De chaque côté il envoie deux prolongements
élargis, qui vont s'articuler avec les pariétaux latéraux, et
présente dans l'intérieur du crâne des inégalités accommodées à
la disposition de la face inférieure de deux cerveaux dont la description sera faite plus tard.

Il existe deux ethmoïdes, dont une moitié est incomplète et en
quelque sorte fondue, pour donner naissance à une excavation
orbitaire médiane, dont nous parlerons bientôt.

Les temporaux sont deux : ils sont remarquables par le
développement de leurs pièces tympanale et rupéale. Cette
dernière forme une saillie dans l'intérieur du crâne et par son
union avec le sphénoïde en avant, avec l'occipital en arrière, il
détermine les limites d'une fosse assez profonde destinée à loger
un mésocéphale à dimensions considérables.

Les pariétaux sont au nombre de quatre : deux latéraux,
régulièrement développés, ayant leurs connexions ordinaires,
excepté en dedans où ils se joignent aux deux pariétaux médians.
Ces derniers sont petits, plus larges en avant qu'en arrière et
s'articulent en avant avec les frontaux, en arrière avec le bord
supérieur de l'épactal et en dehors avec les pariétaux latéraux.

Le frontal est double, il se compose de quatre pièces assemblées pour former deux frontaux complets, qui concourent en dehors à la formation des orbites latéraux dont les éléments osseux n'ont pas varié, tandis qu'en dedans ils concourent à la formation d'un orbite médian, qui se trouve au point de jonction des deux faces et qui offre une étendue plus considérable que celle des orbites latéraux. Cet orbite médian, représentant une pyramide creuse, offre à son sommet deux trous pour le passage des nerfs optiques, sa paroi supérieure est formée aux dépens des frontaux, les parois latérales sont constituées par des rudiments de l'ethmoïde, enfin la paroi inférieure correspond à la portion orbitaire des os maxillaires, qui n'offrent point de canal pour le passage du nerf sous-orbitaire, tandis que ce même canal est très évident dans les planchers des orbites latéraux. Cette paroi inférieure présente en avant une échancrure qui sépare les maxillaires supérieurs. Ces derniers os sont incomplets vers leur partie interne, où leur arcade dentaire est comme tronquée. Les autres os de la face sont normalement disposés, à l'exception des maxillaires inférieurs, dont les moitiés internes, réduites dans leur dimension, sont dépourvues de leur branche ou portion verticale, et se terminent par une sorte de tubercule à l'aide duquel elles s'articulent, et qui donne attache à des trousseaux fibreux qui vont s'attacher, d'autre part, au plancher de l'orbite médian.

La disposition anatomique des diverses pièces osseuses dont je viens de signaler les rapports, me paraît démontrer l'existence primitive de deux têtes, qui sont d'autant plus distinctes qu'on s'éloigne davantage du trou occipital. En effet, c'est là le point de réunion avec la tige rachidienne, qui est simple dans toute sa longueur et qui semble se bifurquer au niveau de son renflement céphalique. L'occipital est le point de départ de cette bifurcation; cet os ne présente pas une duplicité complète, mais sa tendance à cet état se révèle par l'agrandissement de ses dimensions normales et surtout par les découpures nombreuses de la circonférence, qui s'articule avec des os plus nombreux que ceux que l'on observe dans l'état de ses connexions ordinaires. Plus l'on se rapproche du plan antérieur de la tête, plus la duplicité se prononce, mais elle n'est réellement bien accomplie qu'aux

os de la voûte du crâne et à ceux de la face. La base du crâne
est formée d'un seul ordre d'éléments osseux, les régions latérales de la même cavité manquent dans le point de la contiguité
des deux têtes, elles sont remplacées par une sorte de toile fibro-
celluleuse qui établit l'isolement des deux encéphales et qui
remplace surtout les régions temporales au point de leur fusion.
Quant à ce qui concerne la voûte du crâne, les pariétaux
articulés avec l'occipital sont rétrécis dans les points qui se
joignent à cet os, mais ils s'élargissent vers leur partie antérieure
pour se réunir à deux frontaux bien développés, qui commencent
à établir nettement l'indépendance des deux systèmes céphaliques ; toutefois ces deux frontaux sont encore contigus ; le
double ethmoïde, qui s'articule avec leur échancrure, n'est développé que dans une de ses moitiés et, de là résulte la présence
d'un seul orbite médian dont les parois latérales sont plutôt
formées par les lames perpendiculaires de l'ethmoïde que par
leur os planum. Enfin, les os de la face s'isolent de plus en plus
à mesure qu'ils s'éloignent du frontal, et établissent ainsi la
double symétrie nécessaire à l'existence simultanée de deux
têtes.

Le reste du squelette est dans l'état normal et ne présente
aucune particularité qui mérite d'être signalée.

Le système musculaire n'a présenté aucune disposition bien
importante; on observait seulement au pourtour de l'orbite
médian un plan musculaire à fibres circulaires assez apparentes
et rappelant le muscle palpébral. Les muscles de la région sus-
hyoïdienne qui se rendent à la langue et au maxillaire inférieur
étaient doubles; c'était d'autant plus remarquable que l'os
hyoïde était simple et que chacun de ses points d'insertion musculaire donnait attache à un faisceau qui se bifurquait pour
aller s'attacher, d'autre part, aux points opposés de la langue
ou de l'os maxillaire.

Je n'ai pu observer les anomalies du système vasculaire ; le
centre de cet appareil était dans l'état normal, mais il est probable que l'aorte ascendante et surtout ses divisions céphaliques
devaient offrir des particularités notables.

Le système nerveux a été examiné avec plus de soin. Une
moelle unique, terminée par un bulbe rachidien très renflé, se

terminait à une protubérance cérébrale volumineuse placée dans
une excavation du crâne qui a été décrite plus haut. Cette protubérance était oblongue transversalement, en arrière elle ne
donnait naissance à aucun prolongement médullaire, aussi n'exis-
tait-il pas de cervelet. En avant, au contraire, il s'en détachait
deux faisceaux qui s'avançaient en divergeant et ne tardaient pas
eux-mêmes à se bifurquer pour former les pédoncules propres
du cerveau. Ces derniers étaient donc au nombre de quatre,
deux pour chaque système cérébral. Celui-ci résultait de
l'épanouissement des faisceaux médullaires de ses pédoncules ;
les deux cerveaux n'offraient de bien distincts que leurs grands
lobes, où l'on apercevait des circonvolutions assez multipliées.
Les lobules n'étaient nullement appréciables et n'existaient peut-
être pas. Les hémisphères internes de chaque cerveau étaient
aplatis et séparés par une cloison membraneuse qui faisait suite
aux pariétaux moyens. La base de ce double encéphale était
trop ramollie pour permettre d'étudier l'origine des nerfs, mais
la plupart d'entre eux ont pu être examinés dans les divers
points de leur continuité. Ainsi les nerfs optiques étaient au
nombre de quatre, un pour chaque orbite latéral et deux pour
l'orbite médian ; ces derniers se portaient à un seul globe oculaire, divisé par une rainure circulaire en deux moitiés égales
constituant chacune un appareil de vision complet ; il existait en
effet deux cristallins, deux corps vitrés, deux rétines, mais l'on
ne distinguait qu'une seule cornée transparente et une grande
ouverture pupillaire commune à chaque appareil. Les nerfs de
la cinquième paire étaient très développés ; on apercevait dans
les orbites latéraux deux de leurs branches, dont l'une (ophtal-
mique de Willis) longeait leur paroi supérieure pour se recourber
sur le frontal, et l'autre (maxillaire supérieur ou sous-orbitaire)
parcourait le canal sous-orbitaire de la paroi inférieure et sortait
par le trou du même nom pour se distribuer à la face. Dans
l'orbite médian, on voyait distinctement les branches ophtal-
miques, mais il n'existait point de nerf sous-orbitaire. Les
nerfs faciaux étaient au nombre de deux seulement et ce nombre
coïncidait avec l'existence de deux temporaux qui, comme on le
sait, transmettent ces nerfs au dehors du crâne. Il n'existait enfin
que deux nerfs hypoglosses, ce qui coïncidait encore avec l'exis-

tence de deux os condyliens que ce nerf traverse ordinairement. Ces nerfs grands hypoglosses après avoir décrit leur courbure à la région supérieure du cou, se portaient sur les côtés de la langue en se dirigeant vers sa base. Cette partie de la langue était simple, présentait un seul trou borgne, adhérait à une seule épiglotte, mais en se portant en avant elle se divisait en deux moitiés qui divergeaient et se plaçaient dans la courbure de chaque maxillaire inférieur.

Telle est l'histoire anatomique des parties les plus remarquables de ce chat monstrueux ; les conséquences générales qui résultent de la disposition des organes déjà décrits me paraissent être les suivantes :

1° L'anomalie réside dans le système nerveux, c'est une moelle vertébrale qui se bifurque à son extrémité supérieure et donne naissance à deux cerveaux.

2° Le système osseux ou contenant s'accommode à la disposition du système nerveux ou contenu, et comme celui-ci est imparfait sur son plan interne, le crâne est aussi incomplet vers ce point et il y a fusion des pièces latérales.

3° L'encéphale montre une duplicité d'autant plus distincte qu'on s'approche du plan antérieur ; en arrière, au contraire, il y a conjugaison, contraction des masses encéphaliques et disparition de quelques-unes ; aussi le crâne est-il simple dans ce dernier point, tandis qu'il devient double en avant.

4° Cette duplicité du crâne n'est pas portée jusqu'à l'isolement complet des deux appareils osseux ; de là résulte la fusion des deux cavités orbitaires en une seule.

5° Les organes des sensations spéciales qui sont logés dans les cavités de la face suivent cette loi de double symétrie, mais ceux qui se rapprochent du plan médian éprouvent un degré de fusion proportionnel à ce rapprochement ; de là, la conjonction des yeux et leur réduction en un seul globe, de là encore la duplicité antérieure de la langue, et son unité en arrière.

9 Juin 1833.

ANATOMIE ET PHYSIOLOGIE

DES

ANNEXES DU FŒTUS

La plupart des phénomènes qui ont trait au grand œuvre de la génération sont couverts d'un voile mystérieux ; nous ne pouvons en signaler que les accidents physiques ou les apparences, mais leur véritable manière d'être nous échappe totalement et provoque encore nos investigations. Que le théoricien bouillant d'imagination torture les faits pour les plier aux caprices de son génie, de jeunes enthousiastes, épris de la nouveauté de ses vues, lui élèveront un monument fragile de célébrité ; mais le temps fera bientôt justice d'une réputation éphémère. Que le philosophe observateur contemple encore la nature, qu'il révèle ses actes, qu'il signale les nombreuses variétés de ses productions, il bâtira un édifice bien plus solide, il établira des fondements sur lesquels ses successeurs pourront ériger une doctrine sévère et éclatante de vérité. Je suis loin de penser que les faits qu'on a recueillis sur le mode de communication du fœtus et de la mère soient assez nombreux pour pouvoir être généralisés et réduits en formules positives ; mais je crois qu'il en existe assez de bien avérés pour permettre d'indiquer leur filiation et leurs derniers rapports de causalité. Si cette proposition est vraie, je n'ai pas besoin de montrer l'utilité d'un travail qui s'occupe de mentionner ces rapports. Puissé-je, en l'entreprenant, rester digne de mon sujet et piquer votre attention.

Pendant l'acte de la fécondation, l'utérus, irrité par le fluide prolifique comme une lèvre piquée par une abeille (Harvey), se gonfle, acquiert de l'énergie et provoque l'érection de certains organes qui lui sont annexés : les trompes de Fallope ainsi turgescentes appliquent leur pavillon sur la périphérie de l'ovaire et reçoivent bientôt dans leur cavité un embryon, déjà existant comme sécrétion organique spéciale et qui n'attendait qu'une cause déterminante pour rompre la capsule et cheminer vers l'utérus. L'ovule, en effet, préexiste à la fécondation : il a été vu à l'œil nu par Baër [1] sous la forme d'un point jaunâtre d'un trentième de ligne de diamètre, nageant dans un fluide visqueux, transparent, coagulable par le feu et l'alcool, semblable à de la lymphe épaissie et de nature albumineuse. Le signalement de l'œuf sécrété dans l'ovaire n'appartient pas exclusivement à Baër. Il a été aperçu longtemps avant par Sweighaeuser, qui a même observé que chez les nymphomanes les œufs avaient un plus grand volume qu'à l'ordinaire. Cet ovule, formé d'une masse centrale opaque, est enveloppé de deux membranes, dont l'une transparente forme son tégument propre, et l'autre extérieure contient des granulations qui, par leur arrangement varié, constituent le *cumulus* et le *disque proligère*. On pourrait, ce me semble, sans abuser de l'analogie, considérer ces deux membranes comme le rudiment du chorion et de l'amnios. La transparence et l'application immédiate sur l'ovule de la première membrane ne s'accordent-elles pas avec la disposition et les qualités physiques que nous reconnaissons à l'amnios ? Enfin l'état granuleux de la membrane extérieure ne rappelle-t-il pas la structure organique du chorion devenue appréciable dans l'utérus ?

L'ovule, mobile dans son fluide ou mucus fondamental (Grundschleim, Neew), est cerné extérieurement par une vésicule que De Graaff a le premier décrite avec exactitude et à laquelle il a donné son nom. Les vésicules de De Graaff, médiocrement développées chez la femme, mais très apparentes chez la plupart des ruminants, des pachydermes, des cétacés, etc., sont formées de deux tuniques, dont l'une, appartenant à l'ovaire, est connue

---

[1] *Répertoire d'anatomie et de physiologie pathologiques*, etc., t. VII, p. 174.

sous le nom de *coquille*, tandis que l'autre est propre à la vésicule
et porte le nom de *noyau* [1]. Pendant l'application des trompes
utérines sur l'ovaire ces deux tuniques s'amincissent progressivement, l'ovule attiré vers l'utérus érode leurs parois qui se
déchirent enfin et livrent passage au germe fécondé. Pendant le
temps que la nature emploie à ce travail, les vésicules gonflées
sont le siège d'une véritable phlegmasie qui ramollit leur tissu
et en favorise la rupture ; quand celle-ci s'est effectuée, l'inflammation cesse, le sang résorbé donne aux parois de la vésicule une
couleur jaunâtre, semblable à celle des ecchymoses; il résulte de
ces phénomènes un changement dans l'aspect extérieur des vésicules, qui prennent alors le nom de *corps jaune*, sans constituer
pour cela un organe particulier, comme semblerait l'indiquer
cette dénomination. Bientôt cette coloration jaunâtre disparaît,
les bords contigus de la déchirure se rapprochent et constituent
des cicatrices ordinairement apparentes à la superficie de
l'ovaire. Telle est, je crois, l'interprétation rationnelle qui convient à la série des phénomènes qui précèdent ou suivent le
passage de l'ovule dans la trompe utérine.

MEMBRANE CADUQUE.

Pendant que les tubes de Fallope sont érigés pour recevoir le
germe fécondé, l'utérus est le siège d'un travail plastique qui
tend à la procréation d'un corps nouveau ; la membrane interne,
vivement excitée par le contact du liquide prolifique, reçoit une
plus grande quantité de sang, son énergie vitale augmente et la
sécrétion muqueuse, qui est le résultat de ses fonctions normales,

---

[1] Baër (*loco citato*) décrit avec beaucoup de détail ces deux tuniques. D'après
ce physiologiste, la coquille se compose du tégument et de la capsule ; le tégument est formé par le péritoine et du tissu cellulaire ; la capsule est formée de
deux couches l'une externe, l'autre interne, facilement séparables dans certains
cas. A la surface intérieure de la couche interne, on aperçoit des scrobicules ou
orifices comparables à ceux des follicules muqueux, et un stigmate ou tache par
où doit se faire la rupture de la vésicule pour la sortie de l'ovule.
Les parties qui forment le noyau sont :
1° Une membrane granuleuse qui renferme l'humeur de la vésicule de De Graaff ;
2° Cette humeur elle-même, dont les propriétés ont déjà été mentionnées.

fait place à une exhalation de lymphe concrescible, qui ne tarde pas à s'organiser et constituer ainsi une membrane nouvelle, connue sous le nom de *membrane caduque* ou *épichorion*.

On voit, d'après cela, que cette membrane est primitivement indépendante de l'ovule, puisque l'utérus seul a pourvu aux frais de la procréation ; cependant M. Dutrochet prétend encore qu'elle est propre au fœtus et qu'elle représente l'allantoïde des quadrupèdes ou ce qu'il nomme la poche *ovo-urinaire*. Les auteurs qui ont soutenu que telle n'était pas l'origine organique de la caduque, ont fondé leur créance sur l'impossibilité présumée d'une exhalation organisable, opérée à la surface des muqueuses. Mais outre que plusieurs observateurs recommandables, tels que Chaussier, M. Dugès et Mme. Boivin, élèvent des doutes sur la nature muqueuse de la membrane interne de l'utérus et la rapprochent, au contraire, du tissu séreux, en la comparant à la tunique intérieure du cœur, il est bien reconnu aujourd'hui que la propriété d'exhaler des matériaux organisables n'est point refusée au tissu muqueux, et qu'en particulier la membrane interne de l'utérus et surtout celle des trompes de Fallope, la possèdent à un degré très marqué, au point qu'il n'est pas rare de rencontrer une oblitération de leur conduit, comme Morgagni l'a observé le premier, et après lui Richerand, Moreau et moi-même.

Il n'est pas rigoureusement nécessaire que le coït soit fécondant pour provoquer la formation de la membrane caduque ; elle se produit quelquefois pendant la menstruation, lorsqu'elle est difficile et douloureuse (Clarke, Chaussier); Evrat dit même avoir observé des femmes stériles qui ont rendu, quelques jours après le coït, des portions membraneuses analogues à la caduque, mais il ajoute que c'était aux approches de l'écoulement menstruel. Cette manière de voir, généralement adoptée aujourd'hui, fut émise par Hunter, qui lui donna tous les développements convenables et en sanctionna la justesse par voie expérimentale, en déterminant artificiellement la formation d'une caduque dans l'utérus d'une ânesse qu'il avait stimulée par divers agents.

Ce fait bien reconnu, fait tomber d'elle-même l'opinion des physiologistes qui attribuent à la dégénération de l'humeur séminale l'origine de la caduque ; cette idée était soutenue par

Ruysh, qui eut occasion d'explorer les organes génitaux d'une femme adultère, tuée par son mari. Mais cet anatomiste, trompé par une grossière analogie, prit pour du sperme dégénéré le coagulum tomenteux qui constitue la caduque dans les premiers moments de sa formation ; Harvey, Haller, Morgagni, ont vu également la concrétion blanchâtre dont il est question, mais ils n'en ont pas inféré la dégénérescence du sperme et son identité avec la membrane nouvelle.

Pourrait-on soutenir avec plus de fondement, que la caduque est une exfoliation de la muqueuse utérine, comme l'a prétendu Oken [1]? Cette assertion ne paraît pas soutenable ; est-il un seul exemple dans l'économie de l'exfoliation et de la chute d'une membrane tégumentaire, d'une importance aussi notable, sans qu'il survienne des accidents morbides très graves ? Par quelle puissance spéciale la muqueuse utérine se détacherait-elle pour se reproduire ensuite ? D'ailleurs, quelle analogie raisonnable peut-on signaler entre la membrane caduque et la tunique interne de l'utérus ? l'une veloutée, douce au toucher par le mucus qui la lubrifie, est si déliée que ses follicules mucipares semblent plutôt intercalées entre les fibres musculaires sous-jacentes que renfermées dans son tissu propre ; l'autre, au contraire, épaisse, fortement villeuse, présente une disposition, une couleur et une consistance bien différentes. Dans la première, on devrait rencontrer des trous correspondant aux trois orifices ; on ne l'observe nullement. En vain, dans ces derniers temps, M. Ribes a voulu donner à cette opinion un caractère d'exactitude et de nouveauté en faisant quelques rapprochements ingénieux et l'étayant de réflexions plus spécieuses que solides ; la vérité est que la membrane caduque existe indépendamment de la muqueuse de l'utérus ; et d'ailleurs, en admettant l'identité, comment pourrait-on, sans torturer les faits, expliquer la formation de la caduque réfléchie, dont nous parlerons plus tard?

La membrane caduque ainsi exhalée et organisée dans la cavité de la matrice, se moule sur la forme intérieure de ce viscère ; ses filaments celluleux pénètrent dans les inégalités de la surface utérine, se greffent sur ce tissu vivant, et il en résulte bientôt

---

[1] *Des enveloppes du fœtus, Isis,* vol. XXII, cahiers 4 et 5, page 371.

une identité de nutrition qui s'établit par des communications vasculaires nombreuses. Les vaisseaux de l'utérus qui dans leurs derniers rameaux n'avaient pu admettre que des globules de lymphe concrescible dès le début de l'excitation génératrice, progressivement dilatés par l'effort excentrique du liquide qui les parcourt, acquièrent enfin un calibre suffisant pour admettre des globules sanguins. Ceux-ci, versés sur la lymphe concrète qui forme les rudiments de la caduque, tassent les molécules qui les entourent, se forment une espèce de gaine vasculaire, et c'est ainsi que s'établit la continuité de la circulation utérine et de la circulation de la nouvelle membrane. L'irritation fournit donc à la fois les éléments du tissu qui va l'organiser, le sang qui doit commencer à circuler dans ce tissu, et les matériaux des tubes vasculaires qui doivent en déterminer le cours. Ces vaisseaux qui de l'utérus se portent à la caduque sont d'une existence indubitable ; ils ont même acquis, dans certains cas, une dilatation et une résistance suffisantes pour supporter l'injection par le mercure, ainsi que le rapportent Lobstein[1] et d'autres anatomistes. C'est par cette voie que la caduque ou le *périone*, comme l'appelle M. Breschet, reçoit les matériaux de la nutrition. Celle-ci est surtout très active dans les premiers temps de la gestation, puisque non-seulement cette membrane croît en volume, mais devient encore le siège d'une exhalation qui s'opère à sa surface intérieure, exhalation qui a pour résultat la production d'un liquide découvert par M. Breschet[2] et nommé *hydro-périone* par ce savant anatomiste.

Avant que l'ovule soit parvenu dans l'utérus, la caduque qui doit ultérieurement former son enveloppe adventive ou son *nidamentum* pour parler le langage de Burdach, représente une sorte de kyste à parois épaisses et tomenteuses, surtout à la surface extérieure. Hunter l'a décrite dans cette période de développement comme étant perforée de trois ouvertures, dont l'une répondait à l'orifice cervico-utérin et l'autre à l'extrémité utérine des trompes de Faloppe. Cette assertion, renouvelée depuis sur la foi de Hunter ou d'après des observations mal faites,

---

[1] *Essai sur la nutrition du fœtus.*
[2] *Études sur l'œuf.* (Mémoires de l'Académie royale de Médecine, t. II).

a été reconnue erronée par le plus grand nombre des anatomistes, et aujourd'hui l'on admet une disposition tout à fait inverse, puisqu'au lieu d'ouvertures on signale des prolongements solides et pleins, qui pénètrent dans la cavité des tubes utérins ou du col du même nom. Le mamelon qui pénètre dans ce dernier est cependant moins marqué en proportion que les deux autres.

Ces prolongements ont été comparés aux chalazes des œufs des oiseaux par quelques anatomistes avides d'analogies ; mais cette comparaison se détruit d'elle-même quand on remarque que les chalazes fixées aux pôles de l'œuf sont des dépendances de la membrane vitelline et que celle-ci n'est point formée à la période que nous décrivons, puisque l'ovule est encore dans la trompe.

Cependant ce rudiment de nouvel être ne tarde pas à s'engager dans l'utérus, en franchissant l'ouverture des trompes ; il refoule devant lui la membrane caduque en glissant entre elle et la surface utérine, il fait par conséquent saillie dans la cavité par une de ses moitiés, tandis que l'autre est en contact avec la matrice et lui imprime un certain degré d'irritation. Toutefois, la proéminence d'un hémisphère de l'ovule dans la membrane caduque n'est point suffisante pour effacer sa cavité : ce véritable *tégument* a des dimensions proportionnelles très grandes, et l'ovule est trop exigu pour opérer l'adossement de ses parois. Celles-ci, en effet, sont encore maintenues dans un degré d'écartement notable par un fluide gélatino-albumineux, auquel M. Breschet attribue des usages très importants pour la nutrition de l'embryon. C'est à cette époque de la vie intra-utérine que l'hydro-périone, exhalé par les vaisseaux de la caduque, pénètre les membranes propres de l'embryon rudimentaire, à la faveur d'un procédé organique que M. Breschet compare volontiers à l'endosmose, et va déposer les molécules premières du nouvel être, qui se rangent en deux lignes distinctes, représentant les systèmes nerveux et vasculaire, comme MM. Delpech et Coste l'ont observé sur l'embryon du poulet. Ainsi commence à croître l'embryon : ses premiers éléments nutritifs lui sont fournis par l'acte organique le moins complexe ; c'est une simple imbibition interstitielle qui constitue ses ressources primordiales d'assimilation. Nous la verrons plus tard s'accroître par degrés, exiger successivement un mode de nutrition plus compliqué, jusqu'au

moment où ayant parcouru les divers stages de la vie intra-
utérine, il devient enfin susceptible de prendre au dehors les
matériaux de son accroissement, et provoque les contractions
utérines pour obéir à ce nouveau besoin de perfectionner sa
nutrition.

L'hydro-périone remplit déjà la cavité du périone avant que
l'ovule ne vienne se revêtir de ce dernier et lui emprunter des
éléments de vie et d'organisation. Ce fluide muqueux et transparent, dont on n'a pas encore complété l'analyse chimique,
augmente de quantité même après l'arrivée de l'ovule ; il diminue
ensuite progressivement lorsque le vitellus devient apparent et
que les filaments celluleux de la membrane extérieure de l'œuf
dessinent les rudiments du placenta ; alors le volume de l'œuf
acquiert des dimensions remarquables, il éloigne de l'utérus le
périone primitif, le double sur lui-même en manière de calotte
creuse, et forme ainsi le *périone réfléchi*. Lorsque ces deux feuillets
de la membrane adventive sont en contact, l'hydro-périone disparaît et la cavité qui le renfermait s'efface d'une manière plus
ou moins complète. La caduque ou périone réfléchi n'étant produit
que par la portion de la caduque primitive qui recouvrait une
des faces de l'œuf, doit être considérablement amincie et dans
un degré proportionnel au développement de cet œuf ; il en
résulte qu'à une certaine époque de la vie embryonnaire, vers le
quatrième mois environ, les mailles de ce feuillet cellulo-mem-
braneux sont tellement écartées par l'ampliation mécanique à
laquelle elles ont été soumises, qu'on finit par n'en reconnaître
aucune trace. Tel est même le sort de la caduque primitive
vers les derniers temps de la grossesse ; sa masse est toujours la
même, car son degré de nutrition ne varie pas ; mais comme ses
diverses parties constituantes sont disséminées sur une surface
plus vaste, elle s'amincit tellement qu'il faut une attention délicate pour la découvrir.

Une foule d'opinions ont été émises sur la formation de la
caduque réfléchie : si de leur exposition devait jaillir la vérité,
je les présenterais en commentant leur degré respectif de justesse
et d'utilité. Mais je pense qu'il vaut mieux se borner à la pré-
sentation concise des faits, tels qu'ils résultent des observations
les plus authentiques, que de décliner longuement l'innombrable

série des hypothèses qui ont été émises sur cette formation.
Je renvoie du reste pour ce sujet au mémoire de M. Breschet,
qui relate les opinions variées des auteurs avec cette richesse
d'érudition et ce grand esprit d'analyse critique qui forment un
des plus beaux caractères de son talent. Cet auteur lui-même
émet une opinion sur les rapports de l'ovule avec le périone
et la manière dont celui-ci est refoulé par le premier. Il prétend
que l'ovule s'enfonce dans l'épaisseur de la caduque qui l'enveloppe ainsi de toutes parts et l'isole de l'utérus, et que consé-
cutivement, lorsque la caduque réfléchie commence à se former,
on peut se convaincre que l'œuf adhère à l'utérus par une sorte
de pédicule formé aux dépens de la membrane caduque. Cette
assertion ne me paraît pas devoir être adoptée sans examen : il
faudrait pour cela que l'on aperçût deux feuillets de la caduque
à la surface utérine du placenta, si celui-ci se greffait ailleurs
qu'au niveau du pédicule. Ainsi l'existence de ces feuillets nous
paraît au moins très douteuse, quoique l'auteur prétende avoir
pu les séparer sur des placentas à terme.

Il résulte de ce que je viens d'exposer, que les points de
l'utérus, qui sont en contact avec un des hémisphères de l'ovule,
sont écartés par celui-ci de la caduque primitive, et se trouvent
par conséquent en rapport immédiat avec les points de sa surface,
qui doit ultérieurement former le placenta. Ce contact immédiat
me paraît bien propre à déterminer une double excitation qui
réveille simultanément les propriétés vitales de l'utérus et de
l'œuf, de manière à ce que ce dernier s'assimile l'hydro-périone
avec plus d'activité, tandis que l'utérus, localement stimulé,
exhale une seconde fois des matériaux organisables analogues
à ceux qui formaient le parenchyme de nutrition du périone
primitif, et donne ainsi naissance à un *périone secondaire*, dans
lequel les artères utérines se prolongent par le mécanisme organique dont j'ai fait mention plus haut. Cette membrane, déjà
observée par Bojanus, qui l'avait nommée *decidua serotina*, est
appelée à jouer un rôle très important pour la nutrition du
fœtus ; nous verrons en effet que c'est elle seule qui constitue
le placenta utérin et que c'est dans sa propre substance que
naissent les absorbants lymphatiques et veineux qui portent au
fœtus ses fluides nutritifs.

Le périone n'est pas une enveloppe anhiste, comme le prétend M. Velpeau[1] ; c'est au contraire un tissu cellulo-vasculaire
dont les propriétés vitales sont très sensibles, et s'accroissent
quelquefois au point de constituer une véritable phlegmasie. J'ai
vu, avec M. le professeur Dubrueil, un périone dont la portion
réfléchie était hypertrophiée et adhérente au reste de la membrane. Cette observation a été faite sur un œuf d'un mois et
demi, époque à laquelle l'hydro-périone existe encore et aurait
dû normalement séparer les deux feuillets. M. Dance, dans un
mémoire inséré dans le troisième volume du *Répertoire d'Anatomie*, signale plusieurs observations de phlegmasie du périone,
caractérisées surtout par une augmentation d'épaisseur ; et
M. Breschet prétend avoir vu cette membrane pénétrée de matière
purulente. Il faut donc que la vie du périone soit d'un ordre
assez élevé, puisqu'il est passible de lésions matérielles qui ne
se montrent que dans des tissus dont l'organisation et la vitalité
ne sauraient être méconnues.

Ses usages sont de maintenir l'ovule fécondé sur un point
déterminé de la surface utérine, première fonction rendue
nécessaire par le défaut de rapport qui existe entre le volume
du germe et l'amplitude de la matrice. Ce viscère est, en effet,
considérablement augmenté relativement à l'ovule, lorsque celui-
ci pénètre dans sa cavité après avoir séjourné environ huit jours
dans les trompes de Fallope, ainsi qu'il résulte des observations
de MM. Prévost et Dumas. L'ovule serait donc exposé à flotter
dans un espace trop large, si le périone ne le retenait fixé contre
la surface de l'utérus et ne le forçait à germer sur un point
limité de cet organe ; mais l'usage principal et vraiment important de la membrane caduque, c'est de nourrir le germe avec le
liquide qu'elle sécrète. Ici se révèle la haute importance physiologique de la membrane caduque : est-il une fonction plus
remarquable que celle qui consiste à opérer la nutrition de la
vésicule embryonnaire, et qui ne reconnaît dans les rapports
de l'ovule avec l'hydro-périone la somme des conditions nécessaires à l'accomplissement de l'*endosmose*? Une poche organique est remplie d'un fluide albumineux peu consistant ; elle

---

[1] *Embryologie ou Ovologie humaine*; 1833.

est environnée d'un fluide de même nature, mais de densité plus grande ; et M. Dutrochet n'a-t-il pas démontré qu'une poche organique perspirable plongée dans un liquide plus dense que celui contenu dans sa cavité propre, augmentait de capacité et devenait turgide ? Tel est le phénomène qui s'opère à ce début de la vie intra-utérine. L'albumine de l'hydro-périone, matière éminemment organisable, pénètre les parois de l'ovule et va fonder les premiers organes vivants ; la membrane caduque est donc l'agent primitif de la nutrition du nouvel être ; c'est là sa fonction la plus remarquable. Quant aux usages qu'on lui attribue d'obturer temporairement les orifices de l'utérus et de circonscrire le placenta, ils sont d'une importance secondaire, et je me borne à les mentionner.

L'embryon déjà formé par la transformation de l'hydro-périone réclame de nouveaux moyens d'assimilation : une partie de l'hydro-périone épanchée entre le chorion et l'amnios représentés à l'état rudimentaire par les deux membranes de l'ovule, refoule mécaniquement en dehors la tunique extérieure et donne naissance au développement de reliefs villeux qui s'intercalent entre les espaces celluleux de la caduque secondaire, en dessinant les premières traces du placenta ; une autre partie se tamise à travers la membrane interne et va former le liquide amniotique. Le vitellus paraît également entre le chorion et l'amnios. Il est constitué par un fluide qui n'est probablement que l'hydro-périone modifié et qui doit servir à la nutrition de l'embryon ; ce fluide est cerné par une membrane sur laquelle les vaisseaux veineux vitello-mésentériques décrivent leur trajet et représentent la *couronne veineuse* de l'œuf des oiseaux. Ces vaisseaux veineux accompagnent un prolongement de la vésicule qui va se terminer à l'intestin, et qui constitue les matériaux premiers du cordon ombilical : chez les animaux, il se forme à la même époque un autre réservoir qui est également placé entre le chorion et l'amnios, et qui se prolonge jusqu'à l'abdomen de l'embryon, pour faire continuité avec le système urinaire. Les vaisseaux ombilicaux paraissent ensuite et viennent se ramifier à l'infini dans le chorion, qui se replie sur eux en leur formant une espèce de gaîne ou de tunique générale ; enfin, le placenta résulte des inosculations multipliées des vaisseaux ombilicaux et se montre comme la dernière, mais la plus importante, des annexes du fœtus.

Telle est, en résumé, la série des développements de l'appareil de nutrition pendant la vie fœtale. On voit successivement apparaître les villosités du chorion, le liquide amniotique, la vésicule ombilicale et l'allantoïde, les vaisseaux vitello-mésentériques et allantoïdiens, le cordon ombilical et le placenta. Étudions en particulier chacun de ces appareils.

DU CHORION.

Le chorion ou tunique externe de l'œuf est visible à toutes les époques de la vie intra-utérine et constitue un de ces organes fondamentaux qui doivent leur existence au travail sécrétoire qui se passe dans l'ovaire et qui préexiste à la fécondation. Il est comparable à la membrane de la coque de l'œuf des oiseaux que l'on retrouve dans l'ovaire ou dans l'ovi-ductus, et qui reçoit immédiatement dans ce conduit l'influence vivifiante du fluide séminal. Il est même un ordre de reptiles chez lesquels l'œuf membraneux procréé en totalité par la femelle est excrété par elle et livré à la fécondation qui n'est opérée qu'à l'extérieur. C'est ce que Spallanzani observa le premier sur l'œuf des batraciens, et ce que vérifia dans la suite M. Dutrochet[1], qui pense que la sécrétion ovarique ainsi excrétée n'est autre chose que le têtard lui-même, dont le développement ultérieur se manisfestera par l'action fécondante du mâle. Il n'est pas incontestablement démontré que, chez l'homme, le chorion reçoive l'influence immédiate du sperme, quoique ce fluide ait été trouvé dans les trompes utérines peu d'instants après le coït, et qu'il ne soit pas difficile de supposer avec quelque fondement que le sperme puisse exercer son action sur le *noyau* à travers la *coquille* ou locule ovarique; mais il paraît résulter des observations de Baër que le chorion rudimentaire ou membrane granuleuse de l'ovule, augmente de volume, contracte des adhérences avec la capsule de l'ovaire, qui par un mécanisme organique déjà

---

[1] *Nouvelles recherches sur l'œuf des animaux vertébrés* (Mémoires de la Société médicale d'émulation de Paris, t. II, p. 53).

décrit, s'enflamme, se ramollit, se déchire et laisse passer l'ovule dans la trompe. Pendant son séjour dans ce dernier conduit, le chorion granuleux ne subit aucun changement notable; mais lorsque après son arrivée dans l'utérus il s'est mis en contact avec le périone et le fluide sécrété par celui-ci, alors ses granulations s'amplifient, changent de nature, se convertissent en villosités qui s'enchâssent dans les aréoles du périone et contractent des rapports plus intimes.

Ces villosités sont-elles vasculaires ou simplement celluleuses? C'est une question qui a été longtemps agitée et que les observavations les plus récentes ont résolu en faveur de la structure cellulaire. M. Carus soutient cette proposition, en avançant que jamais les vaisseaux ne se terminent librement, tandis que cette disposition serait inévitable dans le cas dont il s'agit, attendu que l'attention la plus délicate ne décèle aucune anse vasculaire. Une telle assertion est loin d'équivaloir à une démonstration, car, ainsi que le fait remarquer M. Breschet, les vaisseaux se terminent librement dans les branchies des salamandres et des têtards, et sans chercher dans l'anatomie zoologique les preuves de ce fait, n'est-il pas d'observation que les pénicilles vasculaires des villosités intestinales ne présentent aucune arcade anastomotique et finissent par une extrémité libre ? M. Velpeau [1], qui réclame la priorité sur le signalement de la nature celluleuse des villosités du chorion, s'appuie avec plus de droit sur le développement déjà considérable des flocons de cette membrane avant que les vaisseaux du cordon soient visibles, sur l'égale répartition des villosités à toute la périphérie de l'ovule, tandis que les premiers vaisseaux ne se montrent que dans un espace circonscrit du chorion, enfin sur l'inutilité des tentatives faites par les anatomistes pour démontrer leur structure vasculaire. MM. Breschet et Raspail se sont également convaincus que les flocons de la membrane extérieure de l'ovule étaient cellulaires, en examinant un œuf humain de six semaines avec un microscope grossissant de cent diamètres. J'ai voulu constater moi-même la disposition anatomique signalée par ces observateurs,

---

[1] *Embryologie ou Ovologie humaine*, contenant l'*Histoire descriptive et Iconographique de l'œuf humain*; 1833.

et j'ai examiné une portion de la face externe du chorion avec
le microscope de M. Delille ; mais, quoique cet instrument opère
un grossissement très considérable, je n'ai pu apercevoir la
moindre trace de villosités, et je n'ai distingué que des lignes
arborisées, simulant assez bien les ramifications vasculaires,
mais que M. Delille, dont l'habileté pour ce genre de recherches
est bien connue, regarde comme fibreuses. Si nous n'avons
pu distinguer les villosités du chorion, il est probable que
la partie de cette membrane que nous avons examinée n'en
était point recouverte, et elle était effectivement très exiguë ;
mais cette sorte de chevelu n'en existe pas moins, et il est visible
même à l'œil nu.

Les villosités dont il est question sont primitivement semblables, sous le rapport du nombre et de la distribution, et
se trouvent écartées par un certain intervalle, en quelque
point du chorion qu'on les examine : elles sont légèrement
pédiculées et se terminent par une sorte d'ampoule ou spongiole
vésiculaire. Ce renflement celluleux est-il capable, par son ampliation accidentelle, de donner naissance au produit morbide
connu sous le nom de *môle hydatique en grappe ?* Telle est
l'opinion de Mme Boivin et de MM. Dugès et Velpeau. Ce dernier
prétend posséder plusieurs pièces démonstratives qui ne lui
laissent aucun doute à cet égard. Je pense aussi que cette opinion
est l'expression des faits ; dernièrement encore, en examinant
une môle hydatique de ce genre, j'ai reconnu deux membranes
distinctes, dont l'une renflée, en plusieurs points, constituait les
vésicules hydatiques et n'était probablement qu'un chorion
dégénéré, tandis que l'autre, formée des vaisseaux entrelacés,
offrait de distance en distance quelques caillots sanguins orga-
nisés, rappelant les caractères de la membrane caduque.

Le chorion, par sa surface villeuse, multiplie à la fois l'étendue
de ses rapports avec la caduque réfléchie et la caduque secondaire ; mais l'intimité des premiers n'est pas de longue durée,
car vers le troisième mois ils se réduisent à une simple juxta-
position de surfaces planes ; à cet âge, effectivement, les flocons
villeux du chorion se sont raréfiés au point de disparaître pour
ainsi dire complètement ; c'est ce dont je me suis convaincu en
étudiant un œuf humain de trois mois environ. J'ai séparé la

caduque réfléchie de la surface extérieure du chorion, et malgré l'examen le plus attentif, je n'ai pu apercevoir aucune villosité, ni aucune trace de vaisseaux de communication entre le premier feuillet membraneux et le chorion. Celui-ci était mince, d'une transparence remarquable ; je ne saurais mieux le comparer qu'à la membrane hyaloïde de l'œil sous le rapport de la délicatesse de sa structure et de la diaphanéïté de ses parois. La portion du périone réfléchi qui le recouvrait était encore assez dense ; son tissu, comparable à celui de la pie-mère cérébrale, se détachait sans effort, mais la condensation de ses filaments cellulo-vasculaires opérée par une macération alcoolique longtemps prolongée, avait tellement augmenté sa résistance à la rupture, que j'ai pu poursuivre cette lame jusqu'à la circonférence du placenta, où j'ai vu sa continuité évidente avec le périone extérieur et sa séparation complète du périone secondaire, ce qui prouve l'indépendance de ces deux membranes et la diversité de leurs temps d'apparition. Quant aux rapports du chorion villeux avec le périone secondaire, ils se multiplient de plus en plus ; de la multiplicité de leurs points de contact résulte une masse plus épaisse que le reste des parois de l'œuf : c'est le placenta qui s'organise par le rapprochement de deux membranes.

La surface interne du chorion est unie à l'amnios par des filaments d'une nature indéterminée, mais qui ont une certaine analogie, quant à l'aspect extérieur, avec des vaisseaux lymphatiques très ténus. Cependant l'examen le plus minutieux, l'usage même du microscope, n'en ont point démontré la vascularité. Cette difficulté pourrait bien tenir à la transparence complète de leurs parois et du liquide qu'ils renferment ; mais rien n'est positif à ce sujet, et cette idée, quelque probable qu'elle puisse paraître, n'en est pas moins conjecturale. Toutefois, s'il y a une liaison inséparable entre l'organe et la fonction, s'il y a réciprocité dans la démonstration de l'existence de l'une par la présence de l'autre, il faut bien qu'il y ait des canaux d'excrétion qui déversent dans la cavité de l'amnios le fluide séreux contenu dans cette membrane, et n'est-ce pas là une raison physiologique qui doit amener la même conviction que le témoignage des sens ? La présence entre le chorion et l'amnios du fluide que les accoucheurs nomment *fausses eaux*, ne conduirait-elle pas à la même conclusion ? Semblables par leur aspect et leur nature chimique à l'humeur de l'amnios, ces fausses eaux sont enfermées dans des vésicules hydatiques que Schréger regarde comme des varicosités des vaisseaux absorbants; et si, comme l'ont démontré Fohmann et Lauth, le chorion est parcouru d'une grande multitude de lymphatiques dans ses portions placentale et funiculaire, ainsi que dans sa portion d'enveloppe, n'est-ce pas une raison de plus pour adopter cette opinion ? La surface interne du chorion n'est pas uniquement en rapport avec l'amnios à toutes les époques de la vie intra-utérine. Dans les premiers temps de la gestation, elle en est séparée par la vésicule ombilicale et l'allantoïde ou le *corps réticulé* de M. Velpeau. C'est ainsi que cet anatomiste désigne une membrane très fine, unie au chorion par des filaments plus fins encore et que l'on n'observe bien que jusqu'à six semaines ou deux mois. Lorsque ces appareils temporaires de nutrition ont subi l'atrophie consécutive à la cessation de leurs fonctions, le chorion et l'amnios adhèrent alors dans toute l'étendue de leur surface et affectent le mode de connexion sus-indiqué.

Le chorion a une structure organique comparable à celle du tissu séreux, mais seulement dans sa portion d'enveloppe; celle qui tapisse le placenta et le cordon ombilical présente des caractères différents et revêt plutôt l'apparence du tissu cellulaire. Les deux systèmes, dont le chorion retrace l'aspect extérieur, ne présentent pas, comme on le sait, des différences essentielles; ils constituent deux formes principales d'un même tissu, dont les véritables éléments anatomiques sont des lamelles qui par leur tassement forment le tissu séreux, et par leur raréfaction le tissu celluleux ou aréolaire. Ces deux formes coïncident avec des usages différents; ainsi, la portion du chorion qui double l'amnios pour contenir les eaux, affecte la disposition du tissu séreux par la condensation de ses lamelles. Toutefois cette condensation n'est pas poussée assez loin pour réduire le chorion à une lame unique, semblable à celle qui constitue les toiles séreuses des grandes cavités viscérales. Le chorion est effectivement divisible en plusieurs couches, quoique M. Velpeau prétende le contraire. J'ai réussi a disjoindre les feuillets du chorion d'un œuf à terme, après avoir préalablement élargi l'amnios et la caduque, pour n'avoir aucun doute sur la sûreté de l'opération; cette opinion est, du reste, celle de Hewson, MM. Màygrier, Chevreul, Dutrochet, etc.

Les portions placentale et funiculaire du chorion ont une structure cellulaire sensible ; les vaisseaux nombreux qui constituent le placenta et le cordon ombilical sont engaînés par des prolongements du chorion, tunique adventive destinée à former leur membrane externe ou celluleuse. Cette opinion, vaguement émise par Hewson et quelques autres anatomistes, est devenue pour moi une véritable conviction, qui m'a été suggérée par un examen attentif et quelques expériences. Après avoir injecté un placenta par la veine ombilicale, j'ai procédé à la dissection d'un vaisseau de la face fœtale, et j'ai reconnu qu'il était formé de trois lames distinctes : l'interne était la plus mince, la moyenne présentait un aspect fibreux, et l'extérieure constituée par le chorion représentait exactement la tunique celluleuse. C'était déjà un motif assez valable pour conclure à l'identité de structure des vaisseaux du placenta et ceux des divers points de l'économie, et conséquemment pour diagnostiquer la nature du chorion ; mais j'ai voulu m'en convaincre par d'autres preuves : sachant qu'une ligature appliquée sur les parois d'un vaisseau rompt les membranes internes et respecte la celluleuse, j'ai soumis à ce genre de constriction une artère ombilicale dépourvue de sa gaîne chorionique, et la rupture complète de ses parois s'est bientôt effectuée. Dans une autre circonstance, après avoir dépouillé un cordon ombilical de son enveloppe amniotique, j'ai pratiqué sur lui une ligature qui a rompu les membranes internes des vaisseaux, sans intéresser le chorion qui forme leur tunique externe. Ainsi, apparence celluleuse, situation à l'extérieur des vaisseaux, résistance à la constriction circulaire, voilà, ce me semble, des caractères suffisants pour démontrer le genre de sa structure anatomique et celui de ses fonctions. Le chorion forme donc la tunique externe des vaisseaux omphalo-placentaires, les engaîne dans leurs troncs comme dans leurs subdivisions les plus déliées, se retrouve en un mot dans tous leurs points, et les accompagne même dans l'intérieur de l'abdomen du fœtus. Je dois dire, à ce sujet, que chez l'homme, le chorion contracte une adhérence assez marquée avec le contour de l'ouverture ombilicale, ce qui a pu faire croire à quelques anatomistes qu'il se continuait avec le chorion tégumentaire. Mais il ne fait que lui adhérer sans qu'il y ait véritable continuité de tissu ; il se prolonge, au contraire, sur les vaisseaux ombilicaux et se porte ainsi jusqu'à la veine cave et l'artère aorte pour constituer une gaîne générale au système vasculaire du fœtus.

Le chorion reçoit des vaisseaux lymphatiques et sanguins; les premiers prennent leur origine dans le placenta utérin, les seconds ne sont que des rameaux détachés du placenta fœtal; ces derniers m'ont paru de la plus grande évidence sur le chorion d'un jeune lapin. Enfin, quelques rameaux nerveux du système ganglionnaire du fœtus parcourent la tunique externe des vaisseaux ombilicaux ; j'ai poursuivi un de ces filets sur la veine ombilicale jusqu'au point où elle s'engaîne dans l'ouverture du même nom. Mais c'était sur un fœtus à terme. Les usages principaux du chorion sont de constituer la gangue du placenta, de former la tunique externe des vaisseaux ombilicaux, et de renforcer la poche qui renferme le liquide amniotique.

Le chorion est susceptible de quelques altérations organiques dont la plus remarquable est la mole hydatique.

DE L'AMNIOS.

On désigne sous ce nom la seconde membrane propre de l'ovule. Comme le chorion, cette enveloppe préexiste à la fécondation et trouve dans cet acte la cause de ses changements ultérieurs. L'amnios n'est d'abord qu'une vésicule remplie d'un liquide émulsif en faible quantité, et qui forme le parenchyme primordial de l'embryon; c'est en effet dans cette matière albumineuse qu'on en voit paraître les premiers linéaments. Le sac amniotique ne présente aucune ouverture dans les premiers temps de son apparition ; vers le dernier mois de la grossesse, il affecte également la disposition d'un sac imperforé, vu qu'il se réfléchit sur toute la longueur du cordon ombilical et de là sur les téguments extérieurs du fœtus avec l'épiderme desquels il se continue. Il ne faut pas en inférer cependant que les membranes propres de l'ovule ne sont qu'une expansion de la peau du fœtus,

ainsi que le docteur Pockels s'est efforcé de le démontrer dans
un mémoire qui parut dans l'*Isis* (10 octobre 1825). Nous avons
vu en effet que le chorion se bornait à contracter quelques adhérences avec le pourtour de l'orifice ombilical, mais qu'il se
prolongeait en réalité sur les vaisseaux du fœtus. Toutefois, il
n'en est pas de même pour l'amnios; cette membrane abandonne
évidemment l'extrémité fœtale du cordon pour se continuer avec
l'épiderme; cette disposition est surtout bien sensible sur les fœtus
des lapins; je l'ai même observée distinctement sur un fœtus
humain de six mois environ. Mais sur les embryons très jeunes,
lorsque le cordon ombilical est encore médiocrement développé,
lorsque la peau de l'abdomen n'est pas complètement organisée,
lorsque l'amnios et le chorion sont séparés par la vésicule ombilicale et le corps réticulé, lorsqu'une partie assez grande du
cordon est apercevable entre le chorion et l'amnios, alors cette
dernière membrane semble réellement perforée ; elle ne forme
plus une simple vésicule sans ouverture, puisque le cordon la
traverse pour se porter du germe au chorion ; elle ne se continue
pas avec la couche extérieure des téguments de l'embryon,
puisque ceux-ci ne sont pas même ébauchés. Ainsi l'amnios n'est
d'abord qu'une vésicule remplie d'un liquide albumineux ; puis
vers les quinze premiers jours de la descente de l'ovule dans la
cavité utérine, elle n'est en rapport qu'avec l'extrémité embryonnaire de la tige omphalo-placentale ; enfin cette membrane finit
par s'étendre sur cette corde vasculaire qu'elle revêt dans tous
les points et qu'elle abandonne à ses deux extrémités pour se
continuer, d'une part, avec l'épiderme, et d'autre part, avec la
portion qui tapisse le chorion placentaire. C'est à M. Velpeau que
l'on doit ces notions sur le développement successif des diverses
parties de la membrane amnios.

La face externe de l'amnios est en rapport avec les diverses
parties membraneuse, placentale et funiculaire du chorion;
c'est à cette dernière qu'il adhère le plus fortement, et cette
jonction est d'autant plus étroite que le fœtus est plus avancé en
âge. Aussi est-il assez difficile de détacher la gaîne amniotique
du cordon, à l'époque naturelle de la parturition, tandis qu'il est
aisé d'exécuter ce décollement vers l'âge moyen de la vie intra-
utérine. L'amnios n'est pas immédiatement appliqué sur le

chorion, il en est séparé par de nombreux vaisseaux lymphatiques qui charrient les sucs absorbés dans le placenta utérin
et dont la dilatation accidentelle, effectuée dans l'épaisseur du
cordon omphalo-placentaire, forme à sa surface intérieure des
espèces de tumeurs variqueuses, remplies d'un fluide impro-
prement appelé *gélatine de Warthon*.

La portion de la membrane amnios qui tapisse le chorion placentaire est moins adhérente et n'offre, du reste, aucune particularité remarquable. Avant que le placenta soit réellement
formé, il existe vers ce point un certain intervalle occupé par
l'hydro-périone tamisé à travers le chorion, liquide qui ne tarde
pas à être remplacé par la poche vitelline et par un organe
membraneux d'une nature mal déterminée, mais qu'on peut
raisonnablement comparer à l'allantoïde des quadrupèdes. Le
reste de l'amnios est réuni au chorion membraneux par les
filaments séreux dont nous avons déjà parlé.

L'amnios est rempli d'un fluide exhalé par les vaisseaux
lymphatiques placés entre lui et le chorion. Ce fluide est proportionnellement d'autant plus abondant que l'embryon est plus
jeune ; mais sa quantité absolue augmente jusqu'à la fin de la
gestation, ce qui établit une corrélation parfaite entre cette
augmentation de quantité et le développement successif des
vaisseaux lymphatiques qui portent au fœtus les matériaux de
nutrition[1]. L'origine des eaux de l'amnios, leur nature chimique, leurs usages, ont suscité les recherches des savants et donné
prise à l'émission de plusieurs hypothèses plus ou moins fondées.
Haller avait admis que le liquide amniotique avait sa source
dans l'utérus et qu'il arrivait par transsudation dans la cavité
des membranes ; Van-den-Bosch en attribuait l'exhalation aux
artères ombilicales ; d'autres l'ont regardé comme le produit de
la transpiration du fœtus. Il est reconnu aujourd'hui que c'est
par voie d'exhalation ordinaire que ce liquide est porté dans la
cavité de l'amnios et qu'il est fourni par la mère. Son origine,

---

[1] Nous n'avons pas vu les vaisseaux lymphatiques placés entre le chorion et
l'amnios, à moins qu'on ne veuille admettre comme tels les filaments séreux dont
il a été déjà parlé ; mais en examinant au microscope un lambeau d'amnios, nous
avons vu plusieurs ouvertures garnies d'un bourrelet circulaire comparable à une
valvule ; ces sortes de pertuis pourraient bien n'être que les orifices des exhalants.

empruntée à celle-ci est rendue certaine par des faits nombreux qui démontrent sa participation aux propriétés des fluides de la mère, lorsque ceux-ci ont acquis une modification accidentelle par l'influence d'agents médicamenteux. C'est ainsi qu'on a vu les eaux d'une femme hydrargyrisée pendant sa grossesse blanchir le cuivre que l'on soumettait à leur action, et que, dans une autre circonstance, on a remarqué leur coloration par le safran chez une femme qui avait fait usage de cette substance. Ces faits deviennent encore plus concluants quand on réfléchit que l'enduit visqueux qui recouvre le fœtus dans les derniers mois de la gestation, le rend à la fois incapable d'exhaler et d'absorber.

Les eaux de l'amnios sont tantôt limpides, tantôt blanchâtres, d'autres fois troubles et fétides, sans qu'on puisse affirmer positivement quelles sont dans tous les cas les causes variées de ces différences. Toutefois on n'a pas observé que cette sorte de putridité, que M. Dugès rapporte à l'abondance des excrétions du fœtus, soit constamment préjudiciable à ce dernier. M. Nœgelé a vu naître des enfants vigoureux quoique entourés d'eaux fétides. Il paraît que pourvu que les eaux de l'amnios ne soient pas altérées dans leur composition chimique essentielle, le fœtus supporte sans peine le mélange des matières hétérogènes, bien qu'il ne puisse en tirer aucun profit pour sa nutrition. Les eaux de l'amnios ont une odeur fade, une saveur légèrement acide; l'analyse qu'en ont faite MM. Buniva et Vauquelin y a constaté la présence d'une matière albumineuse, de quelques autres substances animales, de plusieurs sels, d'un acide particulier et d'une grande quantité d'eau.

La composition chimique de l'amnios donne l'explication de beaucoup de faits relatifs aux usages de ce liquide; l'eau sert à dissoudre les matériaux absorbables ou qui doivent être avalés par le fœtus; l'albumine et les matières animales sont les véritables éléments nutritifs contenus dans ces eaux. On ne saurait douter de leur absorption dans les premiers temps de la grossesse, lorsque l'on considère la liberté des bouches absorbantes de la peau du fœtus, pendant les six premiers mois de la grossesse, et lorsque par la dissection on constate, à l'exemple de Van-den-Bosch, de MM. Lauth et Fohmann, le nombre et le développement des vaisseaux lymphatiques de la peau, lorsqu'enfin on adopte les observations de fœtus nés sans cordon ombilical. On doit encore moins douter de la pénétration de la liqueur amniotique dans l'estomac du fœtus, lorsqu'on se rappelle l'intéressante observation de Heister, qui, examinant le produit de la conception d'une vache solidifié par la congélation, vit un glaçon remplir la totalité du tube œsophagien, et établir la continuité de l'amnios extérieur avec l'humeur congelée que contenait l'estomac.

Adoptant cette opinion avec faveur, et frappé du reste de la ressemblance physique que l'on observe entre l'amnios des fœtus de lapin et le liquide renfermé dans leur ventricule, j'ai voulu me convaincre si l'analyse chimique comparative ne démontrerait pas l'identité de ces deux fluides. J'ai procédé en conséquence à cette analyse en faisant participer à mes essais mon ami, M. Mayneau, élève distingué de l'École de Paris, qui m'a beaucoup aidé par ses conseils et son habileté à ce genre d'expérimentation. Le liquide amniotique d'un fœtus de lapin a été d'abord traité par le sirop de violette et le mélange n'a point verdi : donc, il n'existe pas d'alcali libre dans cette liqueur animale ; la teinture de tournesol versée sur ce liquide a été fortement rougie : donc, l'eau de l'amnios renferme un acide libre ou en excès dans une combinaison saline. Pour nous convaincre encore davantage de l'existence de cet acide, nous avons versé sur le mélange quelques gouttes d'eau de baryte ; il s'est formé instantanément un sel soluble et la couleur de tournesol a reparu. Pour établir la contre-épreuve, nous avons traité le tout par l'acide sulfurique concentré ; il s'est formé aussitôt un sulfate de baryte insoluble, l'acide amniotique s'est dégagé et a rougi de nouveau la teinture de tournesol. Un troisième réactif, l'acide nitrique, a été versé sur la liqueur de l'amnios, et a déterminé la précipitation des flocons albumineux. Il a donc été constaté que l'eau de l'amnios du fœtus de lapin ne contenait point d'alcali libre, qu'elle renfermait une substance acide assez énergique et de l'albumine en proportion notable. Nous avons soumis à l'action des mêmes substances le fluide contenu dans l'estomac du fœtus de lapin, dont nous avions déjà analysé le liquide amniotique, et nous avons obtenu des résultats entièrement semblables, en ajoutant toutefois que l'acide hydrochlorique

versé sur le fluide en question a déterminé un précipité jaune,
que nous avons reconnu être formé par la résine de la bile
et la choléchlorine. Il faut donc conclure en dernier lieu que
le fœtus, plongé dans les eaux de l'amnios, les avale pour s'en
nourrir; que si l'on trouve une légère différence entre la liqueur
amniotique et le fluide renfermé dans le ventricule, il faut
l'attribuer à la présence de la bile qui reflue dans ce viscère en
franchissant l'orifice pylorique; enfin que le méconium qui se
présente sous une apparence d'un brun verdâtre, doit cette
couleur au mélange de la bile, du mucus et de l'eau de l'amnios,
ainsi qu'au dépouillement de quelques éléments chimiques opéré
par l'acte nutritif. Enfin, pour ajouter une preuve nouvelle à la
déglutition des eaux de l'amnios et à leur pénétration dans les
voies digestives, je rappellerai ces sortes d'égagropiles humains
observés par plusieurs anatomistes, et entre autres par Béclard,
concrétions que l'on retrouve dans les intestins et dont la base
est constituée par des poils agglomérés et réunis par du mucus
ou autres substances animales agglutinatives. Ces poils font
évidemment partie de ceux que l'on trouve en si grand nombre
sur la peau du fœtus, et qui, détachés par une cause quelconque,
peuvent être avalés et devenir la base des concrétions dont j'ai
parlé.

Schéele prétend avoir reconnu de l'oxygène à l'état libre dans
les eaux de l'amnios; il est parti de cette prétendue découverte,
pour fonder une théorie sur la respiration du fœtus, théorie
adoptée par Rœderer et Winslow, mais généralement rejetée
aujourd'hui. Sans partager les idées de Schéele, je serais assez
porté à penser que l'embryon est dans des conditions favorables
à subir l'influence d'un gaz respirable, tenu en dissolution dans
un liquide, attendu que ses poumons, semblables aux branchies
des poissons, peuvent remplir les mêmes fonctions puisqu'elles
sont organisées d'une façon analogue. Cette observation, faite
par le professeur Rathké et accueillie en Allemagne, ma semblé
recevoir une nouvelle probabilité par une observation que j'ai
été à même de faire sur un embryon de deux mois: le poumon
gauche était, comme le droit, divisé en trois lobes distincts, et
la face externe de chacun de ces lobes était sillonnée de dépressions transversales, qui rappelaient leur configuration primitive,

semblable à celle des arcs branchiaux des poissons. Cette forme transitoire disparaît après les premières périodes de l'évolution embryonnaire, et j'ajoute une preuve de plus à cette grande vérité établie par M. Serre, que *l'organogénie est une anatomie comparative transitoire, et l'anatomie comparative une organogénie permanente.*

La quantité du liquide amniotique est assez variable; selon Van-den-bosch, elle se porte à une demi-livre; ce fluide est en plus grande abondance suivant quelques auteurs; on l'a vu dans certains cas manquer totalement, et cette absence coïncidait avec des adhérences qui agglutinaient les membres du fœtus aux parties du tronc sur lesquelles ils s'étaient primitivement accolés; telle est du moins l'observation si connue de Morlane. On en a inféré que l'eau de l'amnios avait pour usage de s'opposer à l'agglutination des parties juxta-posées du fœtus; il est vrai que l'enduit caséeux qui recouvre la peau dans les derniers mois de la gestation, et qui, d'après Buniva et Vauquelin, n'est que de l'albumine altérée, peut bien empêcher ces adhérences; mais il me semble que MM. Andry et Dugès donnent du fait une meilleure explication, en l'attribuant à quelque inflammation grave de la peau. D'autres fois, les eaux de l'amnios sont surabondantes; il en résulte une distension outrée de l'utérus qui occasionne des métro-péritonites souvent funestes. Mercier de Rochefort, cité par Phil. Béclard, a vu l'hydro-amnios coïncider avec l'engorgement sanguin des vaisseaux du chorion.

Le liquide amniotique remplit deux sortes d'usages : les uns se rapportent à ses qualités physiques, les autres à ses diverses propriétés en tant qu'humeur animale. Uniquement considérées comme corps liquide, les eaux de l'amnios dilatent plus uniformément la cavité utérine que ne le feraient les parties inégales du fœtus; elles s'opposent à ce que celui-ci se heurte trop violemment contre la matrice, elles favorisent son développement en offrant moins de résistance qu'une poche musculaire qui envelopperait le fœtus de toutes parts; enfin, elles facilitent l'accouchement, soit par la dilatation forcée qu'elles font subir au col utérin en agissant sur lui par le mécanisme des coins, soit comme le pensent MM. Dugès et Dubois, en servant à former une sorte de poulie de renvoi, qui prête un point d'appui aux fibres du corps de l'utérus, afin que leur contraction opère l'élargissement du col. Considéré comme humeur animale, le fluide amniotique sert principalement à la nutrition du fœtus, soit qu'il le pénètre par voie d'absorption cutanée, soit qu'après avoir été avalé il subisse l'élaboration digestive.

DE LA VÉSICULE OMBILICALE ET DE L'ALLANTOÏDE.

Nous avons à nous occuper à présent d'un appareil de nutrition qui ne fonctionne que pendant les premières périodes du développement de l'embryon. Ce système, que l'on trouve porté au plus haut degré dans l'œuf des oiseaux, affecte au contraire chez l'homme des dimensions rétrécies et semble exister moins pour nourrir l'embryon que pour montrer les ressources variées dont la nature dispose et dont elle complique ou simplifie le rôle, suivant les besoins des divers organismes de l'échelle zoologique. Deux poches ou renflements réunis par un canal de communication, voilà en somme tout l'appareil dont il est question. Le vitellus placé dans un intervalle circonscrit par les membranes de l'œuf est réuni à l'intestin grêle du fœtus par un prolongement creux qui établit la continuation des deux cavités et permet à la matière sécrétée par la vésicule de fluer dans le canal digestif, où elle est absorbée et répandue dans tous les points de l'économie pour accomplir l'acte formateur.

On n'est pas encore bien fixé sur le mode d'apparition du vitellus. Faut-il admettre, avec MM. Plagge et Breschet, qu'il est déjà formé dans l'ovaire ainsi qu'on l'observe chez les animaux ovipares ? M. Breschet avoue lui-même que c'est plutôt par simple persuasion analogique, que par conviction due au témoignage des sens, qu'il admet cette préformation : l'observation démontre que c'est pendant que l'hydro-périone existe encore que le fluide vitellin et la membrane commencent à paraître entre le chorion et l'amnios, c'est-à-dire pendant les premières semaines de la vie embryonnaire. Le conduit vitello-intestinal est consécutif à l'apparition de la vésicule, et forme la première partie du cordon ombilical, il est bientôt accompagné par l'artère et la veine vitello-mésentériques, qui font communiquer le

système vasculaire intestinal absolument comme le conduit vitellin établit la continuité de la vésicule et de l'intestin. La veine
vitello-mésentérique paraît avant l'artère du même nom : c'est
ce que l'on observe d'une manière générale dans tous les développements organiques et ce que l'on a spécialement remarqué
dans la membrane vitelline de l'œuf des oiseaux. Quelle est la
cause de cette apparition précoce du système veineux ? Cela
tient, je crois, à ce que les matériaux présents de l'organisme
rudimentaire ayant rempli leurs fonctions comme agents épigé-
nétiques, ont été dépourvus de leurs molécules propres à la formation des organes. Conséqemment, les molécules qui n'ont pu servir
à cette formation ou qui ayant déjà servi ne sont plus susceptibles de concourir au développement ou à la nutrition du nouvel
être, ont besoin de subir une modification physique qui leur
restitue leur première destination et les rende une seconde
fois assimilables. Des courants s'établissent alors, les molécules
se disposent en série linéaire, elles convergent vers un centre,
se rapprochent, se réunissent et constituent enfin un courant
unique, dont la direction changée par le centre (cœur), les conduit vers un organe spécialement chargé de modifier leurs propriétés ou de leur en imprimer de nouvelles (placenta).

La vésicule ombilicale ou le vitellus humain n'est d'abord
qu'une sorte d'ampoule accolée à l'abdomen de l'embryon. Alors,
comme l'a observé M. Lobstein, le conduit vitellin est très court
et sa longueur n'est mesurée que par l'épaisseur des parois
abdominales; peu à peu la vésicule s'éloigne, et vers la troisième
semaine, elle est déjà placée entre le chorion et l'amnios, à une
distance variable de l'extrémité chorionique du cordon ombilical. Vers la quatrième semaine, elle a acquis son plus haut degré
de développement, son volume est à peu près celui d'un pois
ordinaire; sa figure est variable: tantôt elle représente un corps
pyriforme, d'autres fois elle est sphéroïde ou arrondie; elle
soulève sensiblement la membrane amnios, qui lui adhère même
assez faiblement. J'ai réussi, dans une dissection faite sous les
yeux du professeur Dubrueil, à détacher l'amnios de la vésicule
ombilicale, et nous avons vu que le moyen d'union était constitué
par une sorte de chevelu celluleux très délié, qui faisait probablement partie de ce que M. Velpeau nomme *corps réticulé*. Le

pédicule vitellin était très développé ; nous avons pu le suivre, à l'aide d'une loupe, jusqu'à l'extrémité abdominale du cordon. M. Velpeau assure avoir pu l'isoler par la dissection dans toute son étendue, et avoir même réussi à faire couler le fluide vitellin dans le tube intestinal, en comprimant la vésicule, sans que cette manœuvre ait déterminé la moindre rupture. C'est à cette période que les vaisseaux vitello-mésentériques sont très développés ; ils se distribuent au pédicule et aux parois de la vésicule ombilicale, en formant dans celle-ci un réseau très riche. Ces vaisseaux, entrevus par Boehmer et Madey, grossièrement figurés par Hunter, mieux connus par Wrisberg et Blumenbach, ont été parfaitement décrits, en France, par MM. Chaussier et Ribes. Ils sont constitués par deux troncs, l'un artériel, l'autre veineux, qui s'abouchent dans les rameaux du deuxième ou du troisième ordre de l'artère et de la veine mésentériques, et non dans le tronc même de ces vaisseaux, comme on le répète généralement. On leur avait attribué l'usage de porter dans la circulation embryonnaire le fluide contenu dans la vésicule ombilicale ; mais l'existence du conduit vitello-intestinal est bien suffisante pour expliquer le transport de cette humeur alibile, et ces vaisseaux doivent être regardés comme destinés uniquement à porter et à reprendre dans les parois de la vésicule et de son conduit les matériaux de leur nutrition et de leur sécrétion.

Vers la sixième semaine, lorsque le placenta s'organise, la vésicule ombilicale, devenue insuffisante pour le développement de l'embryon, s'affaisse sur elle-même, ses parois se rapprochent, son fluide est totalement absorbé, son oblitération s'accomplit. Le conduit vitello-intestinal subit le même sort ; il disparaît complètement, surtout dans sa portion extra-abdominale ; quant à celle qui est renfermée dans la cavité de ce nom, elle se maintient plus longtemps, et c'est à sa persistance accidentelle que Mecquel rapporte ces sortes d'appendices ou *diverticulums* de l'intestin grêle que l'on observe quelquefois chez les enfants et même chez les adultes. Les vaisseaux vitello-mésentériques éprouvent aussi l'oblitération consécutive au terme de leurs usages ; mais c'est encore dans leur portion extra-abdominale que cette oblitération s'effectue constamment ; l'autre moitié disparaît avec plus de lenteur ; souvent elle conserve son calibre primitif, quelquefois même elle acquiert un accroissement sensible, dernière circonstance que j'ai été à même de vérifier sur un fœtus de six mois environ, faisant partie de la collection anatomique du professeur Delmas.

La vésicule ombilicale est l'analogue du sac vitellin des oiseaux ; comme celui-ci, elle renferme un fluide qui sert à la nutrition de l'embryon, elle se continue avec l'intestin par un prolongement canaliculé qui sert à conduire ce fluide ; enfin son système vasculaire est continu à la circulation mésentérique, mais elle en diffère par son exiguité relative, par la disposition de la membrane qui est simplement arrondie et n'envoie aucun prolongement chalazifère, par l'absence de la cicatricule ou *blastoderme* ; enfin, par la consistance et l'aspect différents du fluide contenu dans la poche membraneuse. On ne peut donc reconnaître qu'une ressemblance éloignée entre le vitellus humain et celui des ovipares ; ce curieux appareil ne peut contribuer que très faiblement à la nutrition de l'embryon ; il semble plutôt exister pour montrer l'uniformité de plan suivi par la nature (Breschet).

Il existe, chez les mammifères d'un ordre inférieur à l'homme, un autre appareil de nutrition encore plus remarquable que l'appareil vitellin. Semblable à ce dernier par la présence de deux poches membraneuses réunies par un canal de communication, le système allantoïdien s'en distingue par une particularité notable ; ici, ce n'est plus sur le tube intestinal qu'est déversé le fluide nutritif, ce n'est plus sur une surface essentiellement destinée à l'absorption des éléments réparateurs : c'est, au contraire, dans une cavité qui doit ultérieurement former un réservoir d'excrétion, c'est dans une poche faisant partie d'un appareil désassimilateur, qu'est porté le fluide allantoïdien dont l'absorption doit servir à l'accroissement de l'embryon ; phénomène sans doute bien intéressant, mais dont on ne saurait expliquer la bizarrerie ! La cavité vésicale est remarquable par la précocité de son apparition ; elle préexiste aux organes sécréteurs de l'urine, et ses fonctions, variables suivant l'âge de l'embryon, se lient d'abord à l'acte formateur pour remplir des usages entièrement opposés aussitôt que les reins ont acquis un degré suffisant d'organisation pour séparer de la masse du sang le fluide urinaire. La vessie, très développée comparativement à beaucoup d'autres organes, se prolonge par un sommet canaliculé qui passe par l'ouverture de l'ombilic, se loge dans l'épaisseur du cordon et va aboutir à la poche allantoïdienne placée, comme le vitellus, entre le chorion et l'amnios.

L'existence et la continuité de l'allantoïde [1], de l'ouraque et de la vessie, ne sont susceptibles d'une démonstration rigoureuse que chez les ruminants, les carnassiers et quelques autres mammifères. Il n'en est pas de même chez l'homme ; on n'a jamais démontré la présence constante d'une poche organisée comme celle des animaux que j'ai mentionnés, et l'on a encore moins démontré le canal de communication pris dans sa totalité. M. Dutrochet s'est efforcé cependant de prouver l'existence de l'allantoïde, qu'il appelle *poche ovo-urinaire*, en établissant une analogie complète entre l'œuf humain et celui des ovipares ; mais, il faut l'avouer, ce travail de M. Dutrochet, tout précieux qu'il est, n'est pas un tableau d'observations bien liées ; une nomenclature équivoque, que l'auteur lui-même modifie dans le cours de son mémoire, ne sert qu'à obscurcir le sujet ; d'ailleurs ses observations, faites pour la plupart sur les œufs des mammifères autres que l'homme, n'établissent pas une conclusion rigoureuse en faveur de sa proposition. Enfin, tout en admettant l'existence de plusieurs feuillets membraneux pour constituer les diverses couches de l'*endo* et de l'*exochorion*, dont les lames contiguës forment les parois de sa poche ovo-urinaire, M. Dutrochet ne dit pas s'il a vu le canal vésico-allantoïdien établir une communication directe entre les deux poches. Doit-on regarder comme une véritable allantoïde ce sac membraneux à parois tellement délicates (*corps réticulé*), que M. Velpeau, qui nous en a donné la première description, le compare à la rétine sous le rapport de sa consistance ? L'auteur qui l'a signalé avoue n'avoir pu constater sa continuation avec la vessie. Enfin, je pense qu'on doit placer au même rang la poche *élythroïde* observée par le docteur Pockels.

Il est vrai cependant que l'on rencontre quelquefois entre le chorion et l'amnios et sur des produits de conception très peu

---

[1] αλλας, vésicule allongée ; ειδος, forme.

avancés, des espèces de sacs membraneux distincts de la vésicule ombilicale et qui rappellent l'allantoïde des animaux ;
l'analogie devient plus grande encore lorsqu'on remarque qu'ils
renferment une humeur visqueuse comparable au liquide allantoïdien. J'ai vu un kyste de cette sorte qui présentait tant de
caractères de similitude avec l'allantoïde, que le professeur Delpech, à l'examen duquel on avait soumis ce produit, affirmait
avec une sorte de conviction qu'il n'était autre chose que l'allantoïde elle-même. Cependant ce kyste était parfaitement
circonscrit et ne se continuait en aucune façon avec l'ouraque.
Il me paraît donc rationnel, dans l'état actuel de la science, de
ne point admettre chez l'homme l'existence complète de l'appareil allantoïdien, et de regarder comme des traces ou des
rudiments de cet appareil, la plupart des cavités membraneuses
observées entre le chorion et l'amnios, à un âge peu avancé et
existant indépendamment de la vésicule ombilicale, organe que
M. Lobstein avait considéré sans raison comme l'analogue de
l'allantoïde des autres animaux.

DU PLACENTA ET DU CORDON OMBILICAL.

Lorsque l'embryon a épuisé les éléments d'organisation qu'il
recevait de l'hydro-périone et du vitellus, il envoie une sorte
d'expansion radiculaire dans le chorion, et jette lui-même les
fondements d'un organe nouveau, chargé d'emprunter à l'utérus
des matériaux assimilables, qui n'arrivent à ses bouches absorbantes qu'après avoir circulé dans la membrane caduque secondaire. La tige omphalo-placentaire, d'abord constituée par le
canal vitellin, les vaisseaux vitello-mésentériques et les rudiments du conduit allantoïdien, se fortifie par l'addition des artères
et de la veine ombilicales qui, par une disposition toute spéciale,
vont se capillariser et s'anastomoser dans les villosités du
chorion. Le placenta paraît aussitôt après l'affaissement du sac
vitellin, c'est-à-dire vers la sixième semaine de la vie fœtale.
Ce n'est donc pas après le deuxième mois que cet organe se
développe ; je me suis convaincu, par l'examen de plusieurs
produits de conception, que le placenta se formait à peu près

vers le trentième jour, même avant la disparition complète de
la vésicule ombilicale. Il se montre sous l'apparence de filaments
vasculaires qui résultent de l'extension des radicules des vaisseaux ombilicaux, dont le chorion assemble les diverses ramifications, pour les grouper en fascicules isolés qui se logent dans
les dépressions du périone secondaire et représentent les rudiments des cotylédons que l'on aperçoit sur les placentas à terme.

Le placenta est formé de deux parties distinctes, dont l'une,
fournie par la mère, a été déjà examinée sous le nom de membrane caduque secondaire, tandis que l'autre est formée par des
vaisseaux qui émanent du fœtus. Ces deux parties sont isolées
par une sorte de fluide lactescent, aperçu par Schréger, et exhalé
par les vaisseaux du placenta utérin. Celui-ci a une vie entièrement indépendante de celle du placenta fœtal ; on en trouve la
preuve dans ces masses placentaires hypertrophiées et expulsées
longtemps après un avortement précoce. Lorsque le fœtus est
mort de bonne heure, par une cause quelconque, et même
quelquefois après son expulsion, le placenta, conservant avec
l'utérus sa connexion physiologique, s'abreuvant des sucs que
l'enfant ne peut recevoir, végète et s'accroît parfois outre
mesure, au point d'acquérir trois ou quatre fois le volume normal (Dugès)[1]. Il offre alors un tissu plus mou, plus fragile, et
quelquefois infiltré de sérosité. Eh ! bien, dans les cas de cette
nature, c'est le placenta utérin qui est seul hypertrophié. Je
dois à un docteur de la ville[2], l'occasion d'avoir pu examiner un
placenta ainsi hypertrophié, rendu par une femme déjà mère de
plusieurs enfants. Dans le second mois de sa dernière grossesse,
cette femme avait éprouvé un avortement incomplet, et le
placenta ne fut expulsé que quatorze mois après le moment
soupçonné de l'imprégnation.

Une masse spongieuse, molle, offrant la plupart des caractères
du placenta, recouverte de membranes sur une seule de ses
faces, voilà, en somme, quelle était la pièce organique soumise
à notre examen. Il importait de s'assurer s'il existait une
certaine identité entre ce corps et les placentas ordinaires ; voici

---

[1] Article *Fœtus*, *Diction. de méd. et de chir. prat.*, t. VIII, p. 388.
[2] M. Rosière.

ce que démontra l'observation : ce produit avait la forme d'un triangle à angles arrondis, forme comparable à celle de la cavité utérine un peu agrandie. Il avait environ deux pouces d'épaisseur ; mais cette dimension était plus considérable vers son bord supérieur que dans les autres points. Sa face utérine était rougeâtre, sanguinolente, découpée en cotylédons, recouverte d'une membrane vasculaire épaisse qui s'enfonçait entre les lobes. La face opposée présentait un aspect lisse et séreux dû à la présence de membranes qui lui adhéraient intimement. La structure de ce corps paraissait vasculeuse ; une coupe régulière opérée dans son tissu, mettait à nu des spongiosités remplies de sang, que la pression faisait fluer en abondance ; la surface de l'incision laissait apercevoir, à des distances variables, des sortes de cotyles vésiculaires dont on trouvait le complément sur la surface opposée de la division et qui représentaient ainsi des sphères creuses fixées aux vaisseaux ambiants, et que l'on pouvait comparer aux kystes hydatiques [1]. La pièce fut soumise pendant un mois à une macération aqueuse ; après ce laps de temps, il devint facile de reconnaître deux membranes, dont l'une extérieure, séreuse, analogue à l'amnios, se détachait avec facilité de la seconde qui partageait la pluralité des caractères du chorion : la face profonde envoyait effectivement dans l'épaisseur du parenchyme des expansions fibreuses analogues aux conduits vasculaires des placentas normaux. Je n'ai pu reconnaître la moindre trace de l'insertion d'un cordon ombilical ; au reste, aucune autre particularité ne s'est offerte, si ce n'est toutefois que ce corps, dans quelques points de sa circonférence, perdait sa texture vasculaire et n'était constitué que par des blocs de fibrine insensiblement confondue avec les vaisseaux environnants.

Il me semble évident que, dans le cas dont il s'agit, le placenta fœtal s'était atrophié parce qu'il ne recevait plus le sang des vaisseaux ombilicaux, tandis que le placenta utérin avait acquis un surcroît de nutrition parce que, non-seulement il recevait ses

---

[1] Sandifort les regardait comme une dilatation des vaisseaux du placenta ; plusieurs les ont fait dépendre des filaments du chorion, et récemment on en a fait le sujet d'une prétendue découverte nouvelle.

éléments propres d'assimilation, mais encore une partie de ceux destinés à l'accroissement du fœtus. Cette observation me paraît démontrer incontestablement l'indépendance des deux parties du placenta.

Toutefois, la partie fœtale du placenta surpasse de beaucoup les dimensions de la partie utérine du même organe, et elle consiste dans les anastomoses innombrables des divisions des vaisseaux ombilicaux. Dans les êtres vivants des classes supérieures, l'organe central de la circulation est à la fois le point de départ et de réunion du fluide sanguin qui parcourt deux systèmes capillaires opposés, dont l'un est représenté par le poumon, et l'autre par le reste des organes. Chez le fœtus, le poumon ne peut remplir ses fonctions, parce que les conditions extérieures de leur accomplissement n'existent pas, et la circulation de ce viscère se rattache à la circulation capillaire générale ; mais comme l'opposition de ces deux systèmes capillaires est indispensable pour la conversion des éléments et des qualités du sang, il existe chez le fœtus un organe supplémentaire chargé de remplir temporairement les fonctions ultérieures du poumon, et c'est au placenta que cet usage est dévolu. Ainsi, le placenta est un organe de respiration, si ce mot, pris dans son acception la plus large, signifie modification du sang qui rend ce fluide propre à la nutrition. Ce point important de l'histoire du placenta recevra plus tard d'autres développements.

Cet organe est, ainsi que nous l'avons dit, formé par les ramifications des vaisseaux ombilicaux accompagnés par les prolongements du chorion. Il faut y joindre les éléments nécessaires de la plupart de nos organes, c'est-à-dire des lymphatiques et des nerfs. Étudions la disposition et les rapports de ces divers éléments constitutifs.

Le cordon ombilical peut être considéré comme une expansion du système vasculaire du fœtus ou comme un organe doublement chargé de présenter à la mère le sang veineux de l'enfant et de rapporter à celui-ci le sang artérialisé par la mère [1] ; il se compose de la veine et des deux artères ombilicales, nées de

---

[1] Ces dénominations de sang veineux et artériel pris chez le fœtus, se rattachent plutôt à la nature du fluide qu'à la disposition anatomique des vaisseaux dans lesquels il circule.

deux ordres de vaisseaux différents, rapprochées à l'ombilic du fœtus pour former une sorte de tige tordue en spirale, enfin divisées et subdivisées en un nombre infini de vascules, dont les plus ténus communiquent ensemble.

Par leur extrémité fœtale, les artères du cordon font suite au tronc de l'artère hypogastrique, se placent sur les côtés de la vessie, décrivent avec l'ouraque deux triangles adjacents et convergent vers l'ombilic. L'extrémité correspondante de la veine du même nom est bien autrement disposée : cette veine, arrivée à la face inférieure du foie, s'y divise en quatre branches principales, dont l'une se jette dans la veine cave inférieure, sous le nom de *canal veineux ;* l'autre se réunit au tronc de la veine porte, et les deux dernières, à peu près d'égal volume, se capillarisent dans les lobes opposés du foie qui, pendant la plus grande partie de la vie intra-utérine, se distinguent par la parité de leur développement. La première inosculation a pour but de continuer directement la circulation fœtale, en opérant le mélange du sang vivifié dans le placenta avec celui qui a déjà circulé dans les membres inférieurs du fœtus. La seconde favorise la combinaison du sang artérialisé de la veine ombilicale avec le sang de la veine porte. Ce dernier vaisseau contient une partie du chyle formé dans l'intestin du fœtus pendant l'acte de la digestion ; car cette fonction existe pendant la vie intra-utérine, ainsi que nous avons tâché de le prouver en parlant des eaux de l'amnios, et l'on a démontré dans ces derniers temps, que la faculté d'absorber le chyle n'était pas exclusivement confiée aux vaisseaux lactés, mais appartenait encore aux radicules des veines mésentériques ; en effet, ce sang qui circule dans ces veines renferme un fluide onctueux et blanchâtre, qui possède toutes les propriétés du chyle ; ce sang est encore chargé des éléments désassimilés qui entraient dans la composition de la rate et du tube intestinal. Il se mêle au sang d'une des branches de la veine ombilicale et va, en même temps que les deux autres branches de ce dernier vaisseau, se distribuer dans l'organe hépatique dont la fonction probable est de lui soustraire une partie de son carbone et de le réduire à ses principes vraiment nutritifs. C'est encore un nouveau genre de respiration qui s'exécute dans le foie.

Le cordon ombilical, considéré dans sa partie moyenne, représente une sorte de tige tordue en spirale par les mouvements du fœtus. Ce qui prouve que telle est la cause de cette disposition, c'est le rapport du nombre des tours de spirale avec le développement du système musculaire du fœtus ; le cordon est, en effet, à peu près droit pendant les premières périodes de la vie embryonnaire, et ce n'est qu'à mesure que l'enfant devient capable d'exécuter des mouvements, qu'il se tord sur lui-même, forme quelquefois des nœuds, s'enroule souvent autour des membres du fœtus, décrit des circulaires autour de son cou et va même jusqu'à produire une sorte d'étranglement, surtout au moment de la parturition, ainsi que le rapportent quelques accoucheurs.

Très court dans les premiers âges de la vie, le cordon ombilical acquiert une longueur de 18 à 24 pouces vers la fin de la gestation ; mais ce n'est pas à cette époque que ses dimensions relatives sont les plus grandes : en mesurant cette corde vasculaire sur des embryons de trois mois environ, j'ai reconnu qu'elle égalait plus de deux fois leur longueur totale, tandis que chez les fœtus à terme, elle la surpassait à peine de 6 pouces. Le diamètre transversal du cordon est variable suivant les différents points de sa continuité, selon les divers sujets et suivant les âges de la vie. Ainsi, toutes choses égales d'ailleurs, il est proportionnellement plus épais chez l'embryon très jeune, car il renferme à cette époque le canal vitellin et les vaisseaux vitello-mésentériques et le rudiment du conduit allantoïdien ; en outre, il n'est pas rare de rencontrer alors des espèces de renflements [1] ou dilatations qui sont dues, selon les uns, à l'ampliation de la membrane amnios, selon d'autres, au développement d'un certain nombre d'hydatides, et qui sont ordinairement séparées par des rainures circulaires assez profondes, ce qui donne au cordon un aspect *moniliforme*. En examinant les cordons des fœtus déjà avancés, on rencontre aussi des renflements, mais qui dépendent d'une autre cause. Ils sont dus à l'accumulation d'un fluide

---

[1] M. Breschet en a fait figurer plusieurs dans de très belles planches dessinées par M. Chazal, et qu'il a annexées à ses *Études sur l'œuf*. (*Mémoires de l'Académie royale de Médecine*).

connu sous le nom de *gélatine de Warthon*, fluide auquel on a
supposé plusieurs origines différentes. Haller le considérait
comme le résultat de la sécrétion urinaire du fœtus; plusieurs
auteurs le regardent comme un produit de l'exhalation des vaisseaux ombilicaux et lui attribuent des propriétés nutritives. Ces
propriétés lui appartiennent en réalité ; mais au lieu de le supposer exhalé par ces vaisseaux, il serait peut-être plus exact de
penser avec Fohmann, que ce fluide n'est autre chose que la
matière visqueuse et lactescente signalée par Schriger entre les
portions fœtale et utérine du placenta, matière absorbée par les
lymphatiques de ce dernier organe et portée jusque dans le
cordon où elle s'accumule dans ces vaisseaux, les dilate et va
quelquefois jusqu'à produire leur rupture, ce qui permet son
extravasation dans le tissu cellulaire ambiant. La gélatine de
Warthon ne possède pas les caractères du principe dont elle
porte le nom ; elle se rapproche davantage de la nature albumineuse et se présente sous l'aspect d'un liquide visqueux et
filant, quelquefois diaphane, plus souvent jaunâtre, en quantité
variable, tantôt également réparti dans tous les points du cordon
tantôt au contraire accumulé dans certaines parties, de manière
à former des bosselures irrégulières. Il paraît que cette substance semi-liquide circule dans le cordon en vertu d'une force
de capillarité comparable à celle dònt jouissent plusieurs corps
de la nature, et qui tient à l'organisation même de la tige
omphalo-placentale ; effectivement, lorsqu'on plonge dans un
liquide d'une densité médiocre l'extrémité d'un cordon ombilical
on voit ce liquide se porter jusqu'à l'extrémité opposée, en
suivant les lois de la capillarité (Rœderer, Nortwyck).

Deux artères et une veine forment, avons-nous dit, le cordon
ombilical ; cette disposition est, en effet, la plus constante. Mais
les anomalies de leur nombre et de leur disposition ne sont pas
très rares. J'ai vu moi-même un cordon qui présentait deux
veines ombilicales réunies seulement près de l'abdomen ; ces
vaisseaux étaient encore remarquables par l'existence de quelques replis de leur membrane interne, qui, malgré leur exiguïté,
pouvaient être considérés comme de véritables valvules. Je dois
cependant à la vérité de dire que ces replis étaient peu nombreux
et que je ne les ai jamais retrouvés sur plusieurs autres veines

ombilicales, que j'ai incitées dans toute leur longueur pour m'assurer de l'existence des valvules qu'on y avait supposées. Quelquefois on a observé des cordons ombilicaux doubles, quoique tirant leur origine d'un même placenta; d'autres fois on a trouvé cette même corde vasculaire unique et d'une brièveté extrême, ce qui a pu amener des accidents pendant la parturition, en favorisant sa rupture; d'autres fois enfin on l'a vu manquer totalement. ainsi que le rapportent Stalpart, Van-der—Wiel et Osiander. On a mis ce dernier fait à contribution pour prouver la nutrition du fœtus à l'aide des eaux de l'amnios; mais quoique ce genre de nutrition soit à la fois possible et probable, on ne peut s'appuyer sur des faits semblables, car ils paraissent généralement controuvrés.

Les artères et la veine ombilicale se divisent en plusieurs branches d'un assez gros calibre. qui se distribuent à la surface du placenta en soulevant sensiblement les membranes; tantôt cette division s'effectue au centre même de l'organe, et il en résulte une sorte d'irradiation plus ou moins régulière (placenta en parasol), tantôt les vaisseaux du cordon ne se séparent que dans un point de la circonférence du placenta (placenta en raquette), et de là vont se distribuer dans les autres parties. Les branches veineuses et artérielles s'anastomosent respectivement sur la face fœtale du gâteau vasculaire et des points divers de leur continuité partent des rameaux plus ou moins volumineux, qui s'enfoncent dans le tissu du placenta pour s'y diviser un grand nombre de fois. On voit à distances variées des cordons blanchâtres, semblables à du tissu fibreux. et que M. Lobstein considère comme des vaisseaux oblitérés; je me suis convaincu que cette oblitération n'est pas constante et que ces prolongements fibro-celluleux, qui sont des dépendances du chorion, renferment des rameaux des artères ombilicales, dont la disposition est assez remarquable. Ces rameaux, d'abord isolés, se joignent, s'adossent pour constituer une sorte de renflement fusiforme, qui loin de présenter une cavité unique, ne résulte, au contraire, que du simple accolement des vaisseaux artériels qui se séparent bientôt pour se distribuer dans le tissu du placenta.

Le placenta fœtal paraît donc uniquement formé par les vaisseaux ombilicaux, entourés de leur gaîne chorionique et réunis

entre eux par celle-ci. C'est en effet un réservoir vasculaire du
sang du fœtus ; mais semblable à quelques organes de l'économie, le placenta ne contient pas exclusivement le fluide dans
des tubes vasculaires ; la cavité de ceux-ci communique avec
les aréoles celluleuses de leur tunique externe, et permet l'extravasation sanguine. En examinant la veine qui naît de la rate
chez le bœuf, il est facile de constater l'état cribleux de ses
parois qui favorise le passage du sang dans les spongioles cellulaires environnantes ; le placenta présente une structure à peu
près analogue. En explorant avec une loupe un peu forte les
rameaux du deuxième ou troisième ordre, j'ai remarqué qu'ils
étaient percés d'une foule de porosités dont la distribution comparable à celle de la veine splénique m'a fait penser que leur
usage était le même. Le placenta est, en effet, constitué par un
tissu spongioso-vasculaire, ainsi qu'on l'avait déjà remarqué
depuis longtemps ; mais on n'avait pas signalé les voies de communication entre les cellules et les vaisseaux, et je pense que
c'est aux porosités dont ces derniers sont criblés qu'il faut les
rapporter. Sa structure est donc comparable à celle des tissus
érectiles, tels que le corps caverneux, la rate, le foie lui-même, et
cette organisation ne doit pas être indifférente à l'accomplissement de ses fonctions ; car le sang du fœtus est ainsi contenu
dans des réservoirs circulatoires plus minces et plus spacieux,
ce qui favorise l'action du sang de la mère, qui n'agit sur celui
du fœtus que par une influence médiate.

Les vaisseaux ombilicaux ramifiés s'anastomosent directement, de manière à ce que le sang des artères ombilicales
pénètre dans la veine du même nom et circule dans celle-ci par
une sorte de *vis a tergo* ou peut-être même par l'influence des
contractions du cœur du fœtus ; car le tissu capillaire du placenta est loin d'être aussi délié que celui des autres organes, et
le cœur peut agir facilement sur le sang qui le parcourt, puisque
les injections, même grossières, passent des artères dans la
veine et vice versa. Ce fait qui consiste dans la libre communication des deux systèmes vasculaires du fœtus, alors qu'on
ne peut injecter les vaisseaux de la mère par ceux de l'enfant,
me paraît bien propre à démontrer l'isolement à peu près complet du cercle circulatoire de ce dernier : c'est néanmoins le

point en litige concernant les fonctions du placenta. Cet organe
sert-il à faire communiquer directement la circulation maternelle et la circulation fœtale, ou bien sert-il à les mettre simplement en rapport, de manière que l'une soit influencée par l'autre ?

Les auteurs qui ont soutenu la continuité des deux circula-
tions ont à l'appui de leur opinion :

1° Les cas où chez des femmes enceintes mortes d'hémorrhagie on avait vu les fœtus exangues. Ce fait n'a été observé
qu'un petit nombre de fois, et bien plus souvent on a pu remarquer le contraire en faisant périr des femelles d'animaux pendant
leur gestation. J'ai fait moi-même cette expérience sur une
femelle de lapin, et j'ai trouvé dans ses *ad uterum* des fœtus
vivants et pleins de sang même après la mort de la mère.

2° Les hémorrhagies devenues funestes par l'omission de l'extraction d'un placenta après la section du cordon. Ces cas sont
encore extrêmement rares, et ne peuvent infirmer les résultats
d'une expérience journalière qui démontre, qu'après la section
du cordon et pendant le temps qui s'écoule depuis l'accouchement jusqu'à la délivrance, il ne s'échappe par les bouts divisés
qu'une petite partie du sang qui était renfermé dans les vaisseaux au moment de leur section ; et si l'oubli de la ligature du
cordon a été suivi dans quelques circonstances d'un accident
fâcheux, ce n'a pas été pour la mère, mais pour un second fœtus
renfermé dans la matrice, comme il arrive dans le cas de bi-par-
turition, ainsi que le professeur Lallemand en rapporte dans sa
thèse un exemple remarquable.

3° L'écoulement des lochies et les hémorrhagies qui suivent
l'extraction du placenta ; mais cette émission sanguine ne tient
qu'à la déchirure des vaisseaux qui se portent de l'utérus dans
le périone secondaire et ne prouve nullement la communication
du placenta fœtal avec l'utérin.

4° Les adhérences du placenta à l'utérus qui ont empêché sa
putréfaction. Ici se présentent la plupart des cas d'hypertrophie
du placenta utérin coïncidant avec l'atrophie du placenta fœtal.
Nous avons cité plus haut un exemple de ce genre ; mais il
arrive quelquefois que le périone secondaire subit une atrophie
analogue et le placenta est alors absorbé en totalité, ainsi que
M. Nœgelé en rapporte quelques exemples.

5° Les injections faites par les vaisseaux de la mère, et qui
ont pénétré jusque dans les vaisseaux de l'enfant. Il existe très
peu de faits positifs qui démontrent cette modification ; une
expérience de ce genre, faite par Mecquel père, aurait paru très
concluante ; mais elle est révoquée en doute par le fils de cet
anatomiste, ce qui lui enlève tout caractère d'authenticité. Le
docteur Williams [1] assure avoir retrouvé dans les vaisseaux du
fœtus une matière huileuse qu'il avait injectée dans l'aorte descendante de la mère ; mais, outre qu'il n'a pas constamment réussi à
obtenir ce résultat, on peut l'expliquer par l'absorption opérée
par les lymphatiques du placenta et probablement aussi par les
radicules les plus déliées de la veine ombilicale. M. Robert Lee [2]
a prétendu, dans ces derniers temps, que l'utérus et le placenta
communiquaient par de longs vaisseaux. Cette assertion est
évidemment démentie par les faits, et d'ailleurs, en supposant
qu'elle fût vraie, comment expliquer les difficultés qu'ont
éprouvées les expérimentateurs qui ont voulu s'assurer du mode
de communication de la mère et de l'enfant. Ruysh, Hunter,
Reuss et une foule d'autres anatomistes, ne sont jamais parvenus
à injecter l'enfant par la mère ; on n'a pas été plus heureux lorsqu'on a voulu injecter celle-ci par l'enfant. Heims a poussé du
lait dans les artères ombilicales ; il a vu d'abord sortir du sang
par la veine, puis du lait mêlé avec du sang, enfin du lait pur,
sans voir un atome de ce liquide sourdre à la face utérine du
placenta. Isenflamm et Rosenmüller ont insufflé de l'air dans les
mêmes vaisseaux ; ce fluide a parcouru les mêmes voies et ne
s'est point échappé par les sporules que l'on suppose aboutir
aux sinus utérins. Enfin, diverses matières concrescibles ont été
injectées dans les vaisseaux du fœtus et ne sont jamais parvenues
à ceux de la mère ; j'en ai acquis la certitude par moi-même,
en poussant par la veine ombilicale de la matière à injection
filtrée à plusieurs reprises. Le placenta, après quelques jours de
macération, fut placé dans de l'eau chaude, et ce fut pendant
qu'il était plongé dans ce liquide que je procédai à l'injection ;

---

[1] *The Edimbourg medical and surgical journal.*
[2] *On the structure of the human placenta and its connexions with the uterus.*
(*From the philosophical transactions* ; London, 1832).

celle-ci revint par les artères avec assez de facilité, et je n'ai pu rencontrer la moindre trace de la matière injectée à la surface utérine du placenta, ni dans les dépressions de cette surface, connus sous le nom de *sinus placentaires*.

Ainsi il n'existe aucune communication bien établie entre la circulation de la mère et celle du fœtus. Leurs systèmes vasculaires respectifs sont simplement capillarisés dans deux membranes adossées, l'une de formation nouvelle, propre à l'utérus dont elle est une production : c'est la membrane caduque secondaire ; l'autre faisant partie essentielle des parois de l'œuf : c'est le chorion. Le double placenta résulte de l'intimité de leurs rapports, et c'est là que le sang de la mère influence celui du fœtus à travers les parois des vaisseaux ombilicaux et les spongioles de leur tunique externe, absolument comme l'air atmosphérique contenu dans les utricules des bronches modifie le sang veineux qui circule dans leurs parois. Le placenta est donc un véritable poumon ou un organe qui en tient lieu ; toutefois le poumon et le placenta ne sont pas comparables par l'identité de transformation du fluide sanguin qui abonde dans leur tissu, mais par l'analogie des résultats consécutifs à leur action sur ce fluide. Dans le poumon, le sang acquiert des propriétés stimulantes par les combinaisons chimiques que le contact de l'air détermine ; dans le placenta, il n'acquiert ces mêmes propriétés que par le calorique qu'il emprunte au sang de la mère. Il a été expérimentalement démontré que la température du fœtus était de quelques degrés plus basse que celle de la mère, et que le sang des artères ombilicales qui avait déjà circulé dans le système capillaire général du fœtus, était moins chaud que celui de la veine qui venait de se mettre en équilibre de calorique avec le sang de la mère. Il est probable que si les moyens de calorification manquaient au fœtus, la température de son fluide sanguin finirait par s'abaisser progressivement en circulant dans son système capillaire. Mais le sang des artères ombilicales, mis en rapport avec le sang qui circule dans le placenta utérin et qui n'a rien perdu de sa chaleur, lui en soustrait suffisamment pour pouvoir stimuler de nouveau les organes du fœtus et surtout le cœur, dont l'excitation est indispensable à l'exercice de ses fonctions ; ainsi, le même sang qui a fourni les éléments d'une

première nutrition, et qui se charge de nouvelles matières ali-
biles absorbées par les lymphatiques du placenta, devient susceptible de fournir les éléments d'une seconde et d'opérer ainsi
l'accroissement du fœtus. Ce qui démontre encore que c'est le
calorique qui entretient la puissance stimulante du sang fœtal,
c'est qu'on a pu entretenir pendant quelque temps la vie de
certains produits de conception extraits en totalité du sein de
leur mère, en les plongeant dans un liquide suffisamment élevé
en température. Une autre preuve tirée de l'anatomie comparée
vient à l'appui de cette proposition. Les œufs des oiseaux et des
reptiles éclosent par la seule exposition au calorique, et puisque
les matériaux de nutrition existent déjà, ne faut-il pas rapporter
l'accomplissement de cette fonction à la propriété stimulante que
le sang qui les charrie reçoit du calorique ambiant ?

Le placenta est encore une sorte d'émonctoire qui sert à
dépouiller le sang du fœtus de quelques éléments devenus inutiles pour l'assimilation. Déjà Schréger avait remarqué que cet
organe était, chez l'homme, le siège d'une transpiration séreuse
différente de la matière exhalée par le périone secondaire, et
rapportée au torrent circulatoire de la mère par les lymphatiques
de la matrice et les radicules des veines utérines. M. Breschet
a découvert dernièrement que dans le placenta des carnassiers
il s'opérait une sécrétion de matière verdâtre, dont l'isolement
peut être regardé avec raison comme ayant trait à la dépuration
du sang fœtal. Cette opinion acquiert un nouveau poids quand
on considère que l'analyse chimique de cette matière verte,
opérée par M. Barruel, a démontré qu'elle était absolument formée
des mêmes éléments que la matière verte de la bile. Le placenta
et le foie peuvent donc être regardés comme des organes rem-
plissant des fonctions jusqu'à un certain point analogues ; il est du
moins certain que, dépouillant le sang de certains principes qui
auraient pu neutraliser ses qualités nutritives, ils deviennent le
siège d'une sorte de respiration, en restituant au fluide sanguin
ses propriétés vraiment assimilatrices.

Le fœtus possède encore d'autres organes dont l'usage est de
modifier le sang qui sert à sa nutrition; puisque celui-ci n'est pas
artérialisé par une décomposition chimique, il fallait bien qu'un
résultat semblable fût produit par plusieurs élaborations succes-

sives qui lui fissent perdre ses qualités veineuses. Le placenta
exerce la première action, le foie est le siège d'un travail analogue, et enfin les ganglions glandiformes connus sous le nom de
diverticula sanguinis changent à leur manière la composition
intime du sang, font varier les rapports de ses éléments en opérant diverses sécrétions, et achèvent le travail modificateur que
le poumon doit ultérieurement remplir. Parmi ces derniers
organes, le thymus n'est pas un des moins remarquables ; très
développé pendant la vie fœtale, son existence se lie, comme l'a
pensé Burdach, à la décarbonisation du sang : il sécrète en effet
une substance lactescente que M. A. Cooper[1] prétend avoir
retrouvée dans des excréteurs distincts qui se débouchent dans
les veines jugulaires internes. Nous avons tenté, avec le professeur
Dubrueil, de découvrir les conduits d'excrétion signalés par l'anatomiste anglais, mais nous n'avons rencontré que des vaisseaux
veineux, dont quelques-uns se portent vers les jugulaires et les
veines sous-clavières, d'autres vers le tronc de la veine cave
supérieure et le plus grand nombre dans le plexus veineux sous-
thyroïdien. Mais l'existence du fluide lactescent n'en est pas
moins réelle, et il est probablement absorbé par les radicules
des nombreuses veines dont il vient d'être question, d'où il est
porté dans le cœur droit du fœtus, de là dans l'aorte descendante par le canal artériel, et enfin dans les artères ombilicales
qui le charrient vers le placenta. Ainsi le thymus est un organe
subsidiaire du foie et du placenta ; ce qui le prouve, c'est la
simultanéité de leur existence, de leur développement et de leur
disparition plus ou moins complète. Pendant la vie utérine,
le placenta s'organise, remplit ses fonctions et se sépare de
l'enfant quand il abandonne le sein de la mère ; pendant la même
période, le foie acquiert un développement relatif infiniment
supérieur à celui de toute autre époque de la vie ; un de ses lobes
s'atrophie après la naissance, et si le reste persiste encore, c'est
pour remplir des fonctions qui se lient à d'autres opérations
organiques. Le thymus subit le même sort : quand il a cessé
d'agir, il s'atrophie et ne tarde pas à disparaître entièrement.
Cependant on l'a vu persister et je l'ai retrouvé moi-même ayant

---

[1] *The Edimbourg medical and surgical journal.*

conservé des dimensions considérables chez un sujet de cinquante ans ; mais ces exceptions sont rares et n'infirment pas les résultats d'une observation générale.

Revenons à la structure du placenta. Nous avons déjà avancé qu'il était organisé comme le tissu érectile, c'est-à-dire formé de vaisseaux qui communiquaient par des porosités avec les aréoles de leur tunique celluleuse ; il faut ajouter à ces éléments anatomiques d'autres éléments dont l'existence a été longtemps contestée et l'est encore de nos jours : je veux parler des lymphatiques et des nerfs.

Everhard, Pascoli, Needham, Roslin, Schreger, Wrisberg et Uttini, avaient parlé des vaisseaux absorbants du placenta : Hunter, Hewson, Cruikshank, Mascagni et une foule d'autres anatomistes avaient nié leur existence. Cette question paraissait à peu près résolue en faveur de l'absence de ces vaisseaux, lorsque MM. Lauth et Fohmann ont de nouveau tenté de prouver la réalité de leur existence et me semblent y avoir réussi.

Ces vaisseaux lymphatiques, dont le point d'origine répond au placenta utérin, traversent l'épaisseur du placenta fœtal pour se porter entre le chorion et l'amnios et de là sur le cordon, « où ils forment, dit Fohmann [1], un réseau tellement serré, que l'on ne peut y enfoncer la pointe d'une aiguille sans percer un de ces vaisseaux. Pour les remplir de mercure, il suffit, continue le même auteur, de percer la gaîne amniotique du cordon avec une lancette bien affilée, et de verser le métal au moyen d'un tube. » J'ai réussi une fois, en mettant ce procédé en usage, à injecter un très beau réseau placé à l'extrémité placentale du cordon, mais je n'ai pu obtenir le même succès dans plusieurs autres cas où j'ai tenté la même opération. Les vaisseaux lymphatiques les plus volumineux occupent l'axe du cordon ; les plus ténus sont à la superficie : ces derniers se dilatent quelquefois et c'est l'humeur renfermée dans leur cavité qui constitue la gélatine de Warthon. Vers l'extrémité abdominale du cordon, les absorbants de cet organe s'unissent au réseau lymphatique de la peau du fœtus ; quelques-uns forment, d'après Fohmann, un anneau circulaire, duquel partent des rameaux dont la plupart se dirigent

---

[1] *Mémoire sur les vaisseaux absorbants du placenta et du cordon ombilical.*

vers les glandes iliaques, qui sont très développées chez le
fœtus, et d'autres, en plus petit nombre, vont se dégorger dans
a veine porte hépatique. Ces vaisseaux sont chargés de conduire
au fœtus l'exsudation fournie par le placenta utérin ; ainsi, c'est
là un de ses grands foyers de nutrition, c'est même la voie
principale qui établit la communication de la mère et de l'enfant.

Quant aux nerfs du placenta, ils n'ont pas été anatomique-
ment démontrés dans le tissu même de ces organes, mais la
difficulté qu'on éprouve à les y poursuivre ne suffit pas pour
faire révoquer leur existence en doute : nés du système ganglionnaire du fœtus, ils se portent jusque dans le cordon en suivant
le trajet des vaisseaux ombilicaux, ainsi que l'ont constaté
MM. Chaussier et Ribes, et de là jusque dans l'épaisseur du
placenta où leur ténuité les dérobe à nos moyens d'exploration.

RÉSUMÉ GÉNÉRAL.

L'ovaire sécrète une matière albumineuse qui s'entoure peu
à peu de deux membranes.

Cette matière albumineuse est le rudiment de l'embryon, et
les deux membranes le rudiment du chorion et de l'amnios.

L'ovule ou la somme de ces parties est contenu dans une
vésicule de De Graaf.

L'acte de la fécondation a pour résultat d'imprimer un premier degré d'organisation à l'albumine de l'ovule.

Ce même acte produit l'érection des trompes qui s'appliquent
sur l'ovaire.

Alors les parois des vésicules de De Graaf, irritées par la présence de l'ovule fécondé, s'enflamment, se ramollissent, se
déchirent et le laissent passer dans la trompe.

Depuis l'instant de la fécondation, l'utérus vivement stimulé
sécrète par sa face interne une matière concrescible qui s'organise et forme le périone.

Celui-ci revêt bientôt la forme de la face interne de l'utérus,
bouche les orifices de cet organe et sécrète un liquide (hydro-
périone) qui s'accumule dans son intérieur.

L'ovule, arrivé à l'orifice interne des trompes, refoule le périone

pour se placer entre cette membrane et l'utérus ; la moitié qui est
en rapport avec le périone, le double sur lui-même pour former
le périone réfléchi, et l'autre excite localement l'utérus pour
déterminer la formation du périone secondaire.

L'ovule se nourrit alors de l'hydro-périone qu'il s'assimile
par endosmose.

Cette nutrition opère le développement des villosités du chorion et du liquide amniotique.

Bientôt après, on voit paraître les appareils vitellin et allantoïdien ; l'hydro-périone disparaît alors, et la nutrition est
accomplie par ces appareils.

Ce mode de nutrition, devenu insuffisant vers le commencement du second mois, est remplacé par les eaux de l'amnios
et le placenta.

Les eaux contenues dans la membrane amnios sont fournies
par la mère et résultent de l'exhalation des lymphatiques placés
entre elles et le chorion.

Le placenta résulte de l'intimité des rapports qui s'établissent
entre le périone secondaire et les villosités du chorion ; il est
formé par les vaisseaux du fœtus communiquant avec les spongioles de leur tunique celluleuse, et s'inosculant librement à
leurs derniers rameaux.

Ce même organe sert à soumettre le système sanguin de l'enfant au système sanguin de la mère, pour opérer la respiration
fœtale complétée par le foie et le thymus.

Enfin les lymphatiques portent dans les voies circulatoires
du fœtus la majeure partie des matériaux assimilables exhalés
par la mère à la surface du placenta utérin.

TABLEAU

DES

PROGRÈS DE L'ANATOMIE

DANS

L'ÉCOLE DE MONTPELLIER

———

Nommé chef des travaux anatomiques [1] et chargé de faire des démonstrations d'anatomie à l'École de Médecine de Montpellier, j'ai eu à cœur de consacrer les prémices de mon enseignement à l'acquittement d'une sorte de dette. Plein de vénération pour les hommes illustres qui ont professé l'anatomie dans notre École depuis son origine jusqu'à nos jours, j'ai entrepris de raconter leurs travaux et leurs succès, espérant réhabiliter une gloire outragée par le silence et l'oubli et faire agréer mes premières paroles à la faveur d'un sujet assez intéressant pour fixer sur lui toute l'attention et la détourner de l'auteur.

J'ai donc pensé qu'il ne serait pas hors de propos d'entrer ainsi en matière par une revue historique de l'anatomie dans l'École de Montpellier ; en conséquence, je me suis empressé de recueillir des matériaux, j'ai puisé aux meilleures sources, consulté les historiens, les biographes, interrogé les notices isolées. J'ai lu les ouvrages des anatomistes de cette École et sur ce fonds, j'ai écrit un discours d'introduction [2], que je reproduis aujourd'hui avec quelques

---

[1] Concours de novembre 1834.
[2] Prononcé le 23 novembre 1836, dans l'amphithéâtre de l'École de Médecine.

détails nouveaux. Plusieurs de mes auditeurs ont eu assez
de bienveillance pour m'engager à publier les recherches
qui en faisaient la base, et je dois le dire, leur encourage-
ment eût suffi pour m'y décider, quand bien même d'autres
motifs ne s'y fussent point ajoutés. Mais j'aime avant tout
à mentionner l'invitation que m'en a faite M. Dubrueil,
professeur d'anatomie ; les conseils que je dois à l'amitié
dont il veut bien m'honorer ont pour moi toute l'autorité
possible.

Le moment m'a paru d'autant plus opportun pour la publication de cette notice, que la voix du journalisme parisien
vient de s'élever tout récemment contre l'esprit médical de
Montpellier et s'est efforcé de le présenter comme avide de
spéculations théoriques et ennemi des sciences d'observation directe. Une pareille accusation doit tomber devant un
examen plus sévère des pièces du procès ; quoique la que-
relle soit de vieille date, elle n'en est pas plus éclairée ;
l'ironie des modernes agresseurs ne diffère des invectives
de Riolan que par des formes plus polies, mais n'est pas
mieux fondée. Les faits qui servent de base à ce travail
démontreront que chaque époque de l'ère médicale de
Montpellier a été marquée par l'avènement d'un ou plusieurs
anatomistes célèbres, et qu'ainsi la science pratique et concrète, que l'on regarde à bon droit comme un des fondements
les plus solides de la médecine, a été de tout temps cultivée
avec succès dans notre ville.

Héritière des principes du divin vieillard, l'École de Montpellier a surtout acquis de la célébrité par les ouvrages qu'elle a
produits sur la médecine pratique et la philosophie de la science.
Cette célébrité spéciale s'est même élevée assez haut pour faire
oublier que notre École s'est illustrée dans d'autres genres.
Cependant la chimie, la botanique et l'anatomie y ont reçu une
impulsion très grande, et y ont pris pour ainsi dire leur premier
essor. Il ne sera ici question que des progrès de l'anatomie,

laissant à d'autres le soin d'ériger le même monument à chaque science en particulier, afin de faire revivre les traditions du passé, si riches en beaux souvenirs.

La science de l'organisation de l'homme éprouva souvent des entraves dans son développement, et depuis son origine positive, qui date de trois mille ans environ, jusqu'à nos jours, où elle a atteint un terme voisin de la perfection, on rencontre des périodes d'arrêt et pour ainsi dire de non-existence. Elle eut pour berceau l'Égypte et la Grèce, terres fécondes, qui virent naître presque toutes les connaissances humaines et en élaborèrent les premières données. Les notions expérimentales et traditionnelles sur l'anatomie furent constituées en corps de science par Aristote, agrandies par l'École d'Alexandrie, et portées par Gallien à un degré élevé, quoique bien éloigné de la perfection que l'avenir devait leur imprimer. Les successeurs du médecin de Pergame n'ajoutèrent rien à ses découvertes, dont ils se bornèrent à profiter ; l'École Arabe s'éleva bientôt sur les débris de l'antiquité, dont le sabre de l'Islamisme venait d'anéantir un reste de force et de gloire. Mais ses mêmes Arabes qui devaient fonder l'École de Montpellier, ne firent guère que commenter les écrits de leurs prédécesseurs, et si nous leur devons d'avoir sauvé la médecine de l'abîme où les enfants du Prophète ensevelirent presque toutes les autres sciences, ils n'ont rien fait pour l'anatomie dont ils ne comprenaient pas l'utilité. La loi de Mahomet, qui défendait aux Arabes les attouchements des corps morts, les détourna d'une étude que d'autres préjugés religieux ne favorisèrent pas davantage. Une bulle du Pape, lancée vers le milieu du XIIIe siècle, traitait les dissections de barbarie détestable et excommuniait ceux qui oseraient les tenter.

Voilà certes des conditions bien défavorables pour la renaissance d'une science entièrement oubliée et dont près de huit siècles avaient comprimé l'essor. Cependant nous allons la voir reparaître en dépit de tous les obstacles, tant il est vrai que lorsque le temps de l'affranchissement est venu, il n'est point de chaînes que l'esprit humain ne puisse briser. En Italie, l'empire des sentiments religieux n'arrête point le zèle des anatomistes ; à Montpellier, on oublie les préjugés des médecins juifs et arabes, qui avaient, les premiers, enseigné l'art de guérir, et l'anatomie s'élève pour servir de base à cet art. Vers la fin du xiie siècle, l'empereur Frédéric II rendit une ordonnance qui imposait à quiconque aspirait au titre de chirurgien, l'obligation d'avoir disséqué, et à la sollicitation de Martianus son médecin, il créa aux Écoles de Sicile et de Naples une chaire d'anatomie, afin que cette science fût démontrée tous les cinq ans. Toutefois les bienfaits de cette sage institution ne se réalisèrent point de son vivant ; ce ne fut qu'en 1315 que Mundinus, professeur à Bologne, disséqua publiquement deux cadavres de femme, et donna l'exemple aux anatomistes de l'Italie.

Henri de Hermondavilla.

A la même époque, Henri de Hermondavilla, professeur à Montpellier, se livrait à des dissections et excitait à l'étude de l'anatomie par son exemple aussi bien que par ses préceptes : « Tout ouvrier, disait-il, est tenu de savoir et connaître le sujet sur lequel il opère, autrement il erre en ouvrant. » Guy de Chauliac rapporte dans la préface de sa *Grande Chirurgie* que Henri de Hermondavilla avait dessiné d'après nature treize planches, sur lesquelles il démontrait les principales parties du corps ; il nous apprend aussi que son maître Bertucius enseignait

Bertucius.

l'anatomie à Montpellier, sur un cadavre humain, et qu'il en faisait le sujet de quatre leçons : une sur les viscères du bas-ventre, une autre sur ceux de la poitrine, la troisième sur le cerveau, et la dernière sur les membres.

L'Italie et le midi de la France furent donc le second berceau de l'anatomie, comme la Grèce et l'Égypte avaient été le premier, et ce que n'avaient point fait les Écoles de Cordoue, de Tolède et celle de Salerne était réservé à la nôtre. Qu'il me soit permis d'arrêter l'attention sur cette lutte victorieuse contre les préjugés, sur cette tendance à l'observation directe, sur ce besoin naissant de notions positives. Les premiers efforts des anatomistes de Montpellier doivent d'autant plus nous étonner, qu'à la même époque et dans le même lieu, des hommes très célèbres laissaient délirer leur esprit sur le terrain peu solide de l'alchimie et de l'astrologie judiciaire, et asservissaient l'anatomie

Arnaud de Villeneuve.

elle-même au caprice de leur imagination. Arnaud de Villeneuve considérait le cœur comme le principe de la vie de l'homme, et le comparait au soleil qui est la source de la chaleur. Le cerveau et la moelle des os étaient assimilés à la lune, dont ils suivaient

les phases diverses. Les autres planètes avaient aussi leur
influence particulière: Jupiter l'exerçait sur les poumons, Mars
sur le foie, Saturne sur la rate, Vénus sur les veines et Mercure
sur les organes de la génération.

Ainsi le zèle des anatomistes avait à lutter contre deux puissants obstacles, l'un inhérent à la direction scientifique qui était
encore mauvaise, et l'autre représenté par l'exigence des temps
qui attachait un respect absolu à nos dépouilles mortelles. Aussi
les rares dissections faites dans le principe par Hermondavilla
furent-elles opérées dans le silence ; il est même probable que
des cadavres furent arrachés de leurs tombeaux. En 1376, on
obtint du duc d'Anjou, gouverneur du Languedoc, la permis-
sion de prendre chaque année, pour les démonstrations publiques, le corps d'un des criminels que l'on exécuterait, et cet
édit fut confirmé, dans la suite, par Charles-le-Mauvais, roi de
Navarre, seigneur de Montpellier, et plus tard par les rois de
France, Charles VI et Charles VIII. Une telle autorisation fut
très avantageuse, quoiqu'elle ne laissât pas à l'instruction des
anatomistes un champ bien étendu ; mais la nouvelle science se
plaçait en quelque sorte sous la tutelle du pouvoir et la voie
était ouverte à qui voulait la parcourir. Bernard Gordon et Guy
de Chauliac y parurent les premiers.

Bernard Gordon fut un des hommes remarquables de son
siècle, quoiqu'il soit aujourd'hui entièrement oublié. Il commença à enseigner la médecine à Montpellier en 1285, et écrivit
un grand nombre d'ouvrages, parmi lesquels on a distingué
celui qui a pour titre : *Lilium medicinæ*. Les auteurs avaient
alors la manie de donner à leurs ouvrages les titres fastueux de
Lilium ou de *Rosa ;* ils avaient une haute opinion d'eux-
mêmes, prétendaient lire dans les astres, cherchaient la pierre
philosophale, possédaient des remèdes prétendus souverains, et
exagéraient les applications de leurs connaissances les plus
simples. C'est dans cet ouvrage, publié en 1303, que Bernard
Gordon traite de l'anatomie des yeux, de l'oreille, des narines,
de la bouche, du cou, de la luette, de l'œsophage, des intestins
et de la rate. Les descriptions y sont incomplètes et révèlent
l'enfance de l'art.

Le nom de Guy de Chauliac est plus célèbre surtout dans les

Bernard
Gordon.

Guy
de Chauliac.

fastes de la chirurgie, science que notre auteur se fit gloire de
professer, bien qu'elle fût alors flétrie par une indigne alliance.
Guy de Chauliac fit à Montpellier ses études médicales, y prit
ses degrés, mais il n'est pas certain qu'il y ait été professeur,
comme Freind l'assure dans son histoire de la médecine. Mundinus venait d'imprimer à l'anatomie un mouvement rapide :
Guy de Chauliac voyagea en Italie, séjourna dans les écoles, fit
commerce de science avec Mundinus, et revint ensuite en France
où il composa sa *Grande chirurgie*, qui resta longtemps classique, sous le titre de *Guidon*. C'est dans cet ouvrage que Guy
de Chauliac a inséré un petit traité anatomique, où il corrige
les erreurs de Hermondavilla et de Lanfranc, qui prenaient les
épiphyses pour des os particuliers et n'avaient pas des notions
exactes sur les os de la tête. Il y donne une description exacte
de l'humérus, et exprime l'opinion entrevue par Galien, et for-
mulée plus tard par Willis, sur l'existence des nerfs, du sentiment et du mouvement. Les œuvres de Guy de Chauliac lui
valurent une grande réputation, et on peut le considérer comme
le père de la chirurgie française. Toutefois ses écrits se ressen-
tent de l'époque ; le style en est diffus, les bonnes idées sont
délayées dans une foule de digressions qui en rendent la lecture
pénible, et l'anatomie, quoique plus épurée que celle de Gordon,
y est encore fautive ou incomplète.

Rondelet. Jusqu'ici les écrits publiés à Montpellier sur la science anatomique n'avaient pas une grande valeur et l'on peut dire qu'ils
se réduisaient à quelques découvertes sans importance ou à des
descriptions plus exactes que celles données par les anciens.
L'École de Paris naissait à peine et ne comptait parmi ses anatomistes que Gauthier d'Andernach ; l'Italie seule voyait la
science prospérer dans son sein et préparait cette grande régé-
nération qui, commencée dans le xve siècle, se compléta dans
le xvie. Rondelet naquit alors à Montpellier, et marqua sa place
parmi les hommes puissants par l'intelligence que le xvie siècle
vit paraître en si grand nombre. Montpellier, lieu de sa naissance,
fut aussi celui de ses premières études, qu'il fit sous Jean
Schyron. Il eut pour condisciple Saporta et Dortoman, qui
devinrent plus tard professeurs ; Nostradamus, célèbre par ses
prophéties, et Rabelais qui, dans son *Pantagruel*, met Rondelet

sous le nom de *Rondibilis*. Attiré à Paris, où les liaisons qu'il eut avec Gauthier d'Andernach lui facilitèrent les moyens d'étudier l'anatomie, Rondelet s'appliqua avec ardeur à cette science, revint à Montpellier où il fut nommé professeur, accompagna bientôt le Cardinal de Tournon dans ses voyages, profita de sa position pour recueillir une foule de documents sur l'histoire naturelle ; et enfin, muni de connaissances très variées, il commença un enseignement qui lui valut une grande renommée. Un des premiers ouvrages publiés par Rondelet fut son *Histoire des poissons*, avec figures, ouvrage original, où le mérite de l'auteur se révèle et prouve combien le goût de l'observation avait déjà fait de progrès. Cuvier qui, de nos jours, a composé sur le même sujet une des plus belles monographies que l'on possède, le cite plusieurs fois avec éloge.

Rondelet fit, en anatomie, des découvertes très importantes : il est le premier qui ait donné une bonne description des vésicules séminales ; il serait même juste de lui en attribuer la découverte, car ce qu'en dit Hippocrate, à qui Morgagni la rapporte, est trop vague pour que Rondelet ait pu en profiter. Notre auteur est le premier qui ait fait connaître la valvule iléocœcale avec tous les détails qui concernent sa position, sa structure et ses usages. Son disciple Bauhin, en s'attribuant le mérite de l'avoir découverte, n'a fait que tronquer la vérité et oublier la reconnaissance. Rondelet est encore le premier qui ait eu des idées nettes sur les papilles mamillaires des reins, il a reconnu et décrit la poulie du muscle grand oblique de l'œil, et il n'est pas douteux qu'il n'eût légué à la science bien d'autres acquisitions nouvelles, si l'occasion de disséquer des cadavres humains se fût présentée à lui plus souvent. Mais vaincu par l'empire des préjugés encore dominants, il fut souvent réduit à disséquer des singes ou autres animaux, comme l'avait fait autrefois Galien, et à attendre les heureuses circonstances où il lui était permis de cultiver l'anatomie sur l'homme même. Il poussait si loin le désir de s'instruire et d'instruire ses disciples, qu'il oubliait quelquefois les sentiments les plus naturels pour en trouver le moyen. Joubert, son historiographe, rapporte qu'il pria Fontanus son collègue, dangereusement malade, de se laisser disséquer après sa mort ; Fontanus y consentit, et c'est sur son cadavre que Rondelet découvrit, avec son élève Posthius, la substance mamelonnée des reins. D'autres fois, il profitait des évènements de sa propre famille ; c'est ainsi qu'il démontra à ses élèves le placenta commun de deux jumeaux, ses enfants ; on raconte même, qu'étouffant la tendresse paternelle, il fit apporter dans l'amphithéâtre d'anatomie le corps de son fils et en fit le sujet d'une leçon publique. Mais rien ne saurait justifier à nos yeux ce zèle barbare ; la nature ne doit jamais perdre ses droits.

Une des circonstances qui honorent le plus la vie de Rondelet, c'est d'avoir fait construire le premier amphithéâtre d'anatomie qui ait été élevé en Europe. Cette fondation dut être bien avantageuse ; il n'est personne qui ne reconnaisse l'heureuse influence *du lieu propre aux études* dont parle Hippocrate. Rondelet mourut en 1566 ; sa vie entière avait été agitée par le désir d'étendre le domaine de toutes les sciences, car il cultiva non-seulement avec succès l'anatomie, mais encore l'histoire naturelle, la médecine et l'agriculture. Il avait même le sentiment des beaux-arts : la musique était pour lui pleine d'attraits ; d'une âme ardente et passionnée pour les intérêts de tout genre, il avait embrassé la réforme et s'était constitué un de ses défenseurs les plus actifs.

Disciples
de Rondelet. Sous un tel homme durent se former de nombreux disciples : en effet, l'héritage scientifique de Rondelet échut à un grand nombre d'adeptes, qui tous devinrent célèbres et dont les uns allèrent répandre au loin l'instruction qu'ils avaient acquise, tandis que d'autres la propagèrent dans le foyer même où ils l'avaient puisée. Parmi les premiers, nous trouvons des hommes qui peuvent être comptés parmi les véritables fondateurs de l'anatomie. *J. Sylvius*, reçu docteur à Montpellier à un âge assez avancé, alla dans la capitale répandre le goût de cette science. Il fit faire de grands progrès à la myologie, donna des noms particuliers à un grand nombre de muscles et découvrit dans le cerveau le canal de communication du troisième et quatrième ventricule. *Coïter* et *Gaspard Bauhin*, élèves particuliers de Rondelet, retournèrent en Suisse et en Allemagne, où il enseignèrent l'anatomie avec éclat. Il est pénible d'avouer que l'un et l'autre furent ingrats envers leur maître et s'attribuèrent les découvertes qu'il avait faites. L'illustre *Vésale*, ce Luther de l'anatomie, ainsi qu'on l'a appelé, profita des leçons de Rondelet pendant les quelques années qu'il séjourna à Montpellier. *Posthius* retourna en Hollande sa patrie, pour y mettre à profit les connaissances acquises auprès des professeurs de Montpellier, mais plus fidèle à ses affections et à la vérité que Coïter et Bauhin, il prôna hautement le mérite de Rondelet, fit valoir ses découvertes et le vengea des plagiats de l'italien Colombus. Complétons cette flatteuse énumération de disciples par le nom de *Rousset*, dont plusieurs écrivains ont frustré notre École. Rousset composa un traité sur les organes de la circulation fœtale, mais c'est surtout comme chirurgien qu'il a acquis de la célébrité ; il préconisa les injections dans la vessie pour faciliter l'extraction de la pierre et publia sur l'enfantement césarien un travail dont l'importance suscita beaucoup d'éloges et beaucoup de critiques.

Rondelet avait aussi formé des élèves à Montpellier ; l'un Joubert. d'eux, Laurent Joubert, lui succéda comme professeur, mais se distingua à d'autres titres que celui d'anatomiste. Cabrol se Cabrol. montra beaucoup plus digne de ce nom et son souvenir s'est perpétué par les citations des auteurs classiques. Né à Gaillac près d'Albi, et venu à Montpellier pour étudier la médecine, Cabrol sentit se développer en lui le goût pour l'anatomie et s'y adonna avec succès. Il suivit bientôt Joubert à la cour de Henri III, et pendant son séjour à Paris, assista aux leçons de Séverin Pineau, qui se flatte de l'avoir eu pour auditeur. En 1598, peu de temps après son retour à Montpellier, Henri IV créa pour lui la place de dissecteur ou anatomiste royal. Cabrol s'en acquitta avec tant de distinction que sa réputation parvint de nouveau à la cour et que Henri IV le nomma son premier chirurgien.

Cabrol nous a laissé deux ouvrages, l'un sous le titre d'*Alphabet anatomique*, l'autre sous celui d'*Observations anatomiques ;* le premier est une sorte de tableau synoptique de toutes les parties du corps humain, résume tout le positif de la science d'alors et a dû être un guide excellent pour les élèves. Si l'on ne déduisait ce jugement de la lecture même de l'ouvrage, on l'adopterait en prenant connaissance des nombreux éloges, sonnets et pièces poétiques adressées à Cabrol par ses contempo-

rains ou ses élèves, et imprimés en tête de ses œuvres. Le
recueil des observations anatomiques se compose de faits qui
aujourd'hui même conservent tout leur intérêt et sont reproduits dans les ouvrages modernes. C'est ainsi qu'il parle d'un
écôulement d'urine par l'ombilic, occasionné par une membrane
qui bouchait l'orifice de l'urètre et guéri par l'incision de cette
membrane ; ailleurs, il cite deux faits de lésion de la partie
antérieure du cerveau, avec perte de mémoire si complète, que
les sujets qui avaient éprouvé ces lésions furent obligés d'apprendre de nouveau à parler et à lire. Sur un individu qui
succomba à un ictère et qui était remarquable par sa voracité,
Cabrol ne trouva qu'un seul intestin presque sans circonvolutions ; le canal cholédoque obturé à son embouchure dans le
duodénum était très dilaté dans le reste de son étendue. On lit
dans ce recueil l'observation d'un soldat qui fut pris au moment
où il voulait violer une fille ; le duc de Montmorency le fit
pendre ; son corps fut porté à l'amphithéâtre de Montpellier, et
à la dissection, Cabrol ne trouva point de testicules ni au dehors
ni au dedans de l'abdomen ; les vésicules séminales étaient
remplies d'un liquide analogue à la semence, mais qui n'était
probablement que du mucus. Cabrol s'appuie du témoignage de
Saporta, Feynes et Joubert pour garantir l'authenticité du fait.
Notre anatomiste a été un des premiers à signaler l'existence
d'un muscle longitudinal placé sur les côtés du sternum au
niveau de l'attache du grand pectoral ; il fait mention, dans le
même recueil, d'une femme qui avait quatre mamelles ; il rapporte aussi le résultat de l'ouverture du corps du professeur
Feynes, auquel il ne trouva qu'un seul rein très développé. Un
domestique de ce professeur, tué un mois auparavant, avait
aussi présenté un seul rein couché en travers sur la colonne
vertébrale. Les quelques faits que nous venons de rappeler servent à prouver que l'on ne se bornait point alors à un examen
grossier des parties, mais que l'anatomie anormale et pathologique fixait aussi l'attention des savants de cette époque.

Dulaurens.   Montpellier voyait encore se former dans son sein un autre
anatomiste, auquel les écrits, et peut-être les places et les hon-
neurs qu'il obtint, valurent une grande vogue. Dulaurens, qui
fut dans la suite premier médecin de Henri IV et de Marie de

Médicis, était venu en 1585 pour étudier la médecine. Il obtint bientôt une chaire de professeur, succéda à Joubert et remplit les fonctions de sa charge pendant quatorze ans, avec un succès que n'ont pu flétrir les sarcasmes de Guy Patin.

Dulaurens est l'auteur d'une anatomie de l'homme très étendue et très complète. Elle est écrite en latin et se fait remarquer par cette érudition qui est passée de mode en France, mais qui fait honneur à nos aïeux et prouve que leur vie entière était vouée au culte de la science.

Dulaurens a vérifié une observation déjà faite par Rondelet et Cabrol, au sujet de l'absorption du chyle par les veines mésaraïques ; il avance que cette humeur est portée au foie où s'opère la modification qui transforme le chyle en sang. Notre anatomiste a, le premier, parlé de la structure musculaire de la matrice pendant la grossesse ; il a décrit une ouverture que l'on observe quelquefois au bas du sternum ; il a décrit aussi avec exactitude le péricarde dont les blessures sont suivies d'un écoulement de sérosité ; il prétend même que c'est de l'intérieur de cette poche que vint l'eau qui s'écoula de la plaie de Jésus-Christ. Une pareille assertion, émise dans le siècle précédent par Bérenger de Carpi, lui avait attiré les tracasseries du Tribunal de l'Inquisition. Dulaurens est encore un des premiers qui ait avancé que la vision se fait par la réception et non par l'émission des rayons lumineux.

Quelque talent d'observation qu'ait montré Dulaurens, il n'a pu échapper complètement aux séductions d'une opinion assez bizarre. A l'exemple de Gaspard Bauhin, il retrouve dans l'homme le simulacre de tous les phénomènes de la nature : les scintillations des yeux sont comparées aux éclairs, les grondements intestinaux rappellent ceux de la foudre, les tintements d'oreilles ressemblent aux vents et aux orages ; certaines humeurs sont analogues à la pluie, les larmes sont comparables à la rosée, les crachats épais à la grêle, les mouvements convulsifs aux tremblements de terre. Dulaurens pousse même l'extravagance jusqu'à rapprocher les calculs vésicaux des fossiles contenus dans les entrailles de notre planète. Sans doute rien ne justifie de pareils rapprochements; mais on ne peut s'empêcher de remarquer qu'un sentiment secret a toujours porté l'homme à se comparer à l'univers. La philosophie des anciens a créé la conception du macrocosme et du microcosme, et en Allemagne, quelques esprits contemplatifs développent aujourd'hui le système anatomique de la philosophie de la nature et veulent retrouver la forme de toutes les parties de l'univers dans celle de la terre, la forme de la terre dans celle de l'homme et dans la tête de celui-ci la forme de toutes les parties de son corps.

Olaüs Wormius, connu par sa découverte ou plutôt sa bonne description des os wormiens ; *Poupart*, qui attacha son nom au repli inférieur de l'aponévrose du grand oblique, et *Schultzius*, reçurent dans Montpellier leur première instruction anatomique et furent les contemporains de Dulaurens ; mais celui-ci eut pour élève particulier *Th. Gelée*, qui publia une traduction française des œuvres de son maître et se rendit recommandable par son exacte description des osselets de l'ouïe dont il constata le grand développement dans le jeune âge. Gelée a également signalé les inégalités de la surface externe du temporal, qu'il attribue à l'action du crotaphite. Cet anatomiste a très bien décrit les dents, ainsi que les vertèbres.

Richer
de Belleval.

Après la mort de Dulaurens, l'anatomie resta quelque temps sans impulsion. On avait confié son enseignement à Richer de Belleval, ancien favori du duc de Montmorency, et qui n'aimait pas l'École de Montpellier où il n'avait pas pris son titre de docteur. Nommé à la fois professeur d'anatomie et de botanique, Richer de Belleval ne voulut jamais s'astreindre à démontrer la première science. Les avis de la Faculté et ceux du pouvoir furent inutiles pour l'y décider ; il laissa ce soin au démonstrateur ou anatomiste royal qui lui était adjoint. Cette conduite condamnerait Belleval à un juste oubli, si la fondation du premier jardin de botanique qu'il y ait eu en France ne lui était due et ne consacrait sa mémoire.

Ranchin.

Ranchin, de Montpellier, ancien ecclésiastique et possesseur d'une grande fortune, était parvenu au grade de chancelier en 1612. Sans avoir de grandes connaissances en anatomie, Ranchin comprit leur utilité et employa son influence pour encourager cette branche importante de la médecine. Il fit construire un amphithéâtre à la place de l'ancien, bâti du temps de Rondelet, et l'orna magnifiquement de plusieurs marbres qu'il se procura

des anciens édifices de Nimes. On grava sur l'un d'eux une
inscription qui rappelait la donation de Ranchin et honorait la
science à laquelle on édifiait un temple nouveau.

Les encouragements donnés par Ranchin ne furent pas sans
résultats, car une ère nouvelle s'ouvrit pour l'anatomie et l'on
vit paraître plusieurs hommes dont le nom sera à jamais célèbre.

Citons d'abord Pecquet, dont les découvertes marquent une Pecquet.
grande époque de l'anatomie et qui fit pour la circulation du
chyle ce que l'illustre Harvey venait de faire pour celle du sang
(1628). C'est en étudiant la médecine à Montpellier vers l'an 1650,
que Pecquet eut occasion de faire la brillante découverte du
réservoir du chyle. Longtemps avant, Aselli avait aperçu les
vaisseaux lactés, Eustache avait vu le canal thoracique sur le
cheval, et cependant la marche du chyle était encore inconnue ;
les uns le conduisaient en totalité dans le foie, d'autres le
faisaient élaborer dans le pancréas d'Aselli ; on ignorait enfin
dans quel point et de quelle manière il se mélangeait avec le sang.
Pecquet reconnut que le réservoir qui porte son nom était l'aboutissant des vaisseaux lactés et l'origine du canal thoracique ; il
conduisit ainsi le chyle depuis l'intestin jusqu'à la veine sous-
clavière et dota la science d'une des acquisitions les plus utiles
qu'elle ait faites. Pecquet, nommé membre de l'Académie des
Sciences en 1666, année de sa fondation, fixa son séjour dans la
capitale et y publia divers mémoires anatomiques.

L'anatomie était florissante dans toutes les parties de l'Europe : Vieussens.
l'Angleterre avait produit Harvey et possédait Graaf et Glisson ;
la Hollande se glorifiait de Ruysch ; Malpighi brillait en Italie ;
en Suède, Olaüs Rudbeck découvrait les vaisseaux lymphatiques ; en Danemark, Thomas Bartholin enrichissait la science
du fruit de ses travaux, et à Paris, le nom de Duverney, non
moins florissant, contrebalançait les autres réputations euro-
péennes. Vieussens parut à Montpellier comme une des productions de ce siècle si fécond. Né dans le Rouergue, de parents
sans fortune, Vieussens vint dans notre ville étudier la médecine
et se distingua par une application constante à l'anatomie. En
1671, il fut élu médecin de l'hôpital Saint-Eloi, qui devint le
théâtre de ses grandes découvertes sur la névrologie. Louis XIV
le nomma bientôt son médecin et le pensionna de deux mille

livres. C'est à son retour de Paris que Vieussens eut avec Chirac sa fameuse dispute sur l'acide du sang ; ce fut alors aussi qu'il travailla à ses ouvrages d'anatomie. Il ne fut point membre de la Faculté, mais Sauvages reconnaissait qu'il l'avait tant honorée, qu'il fit placer son portrait parmi ceux des professeurs.

Vieussens est l'auteur d'un traité du cerveau et des nerfs, sous le titre de *Nevrographia universalis*, fruit de travaux longs et pénibles, et bien supérieur à l'ouvrage de Willis sur le même sujet. L'auteur, après avoir décrit les membranes encéphaliques, aborde l'examen de l'encéphale lui-même, rend compte du mode spécial de ses dissections et donne une description étendue des diverses parties de cet organe si complexe. La substance blanche des hémisphères cérébraux, dont Vieussens a nettement indiqué la disposition, a retenu son nom ; cet anatomiste a aussi découvert la valvule médullaire du quatrième ventricule. Sa *Névrographie* est ornée de figures exactes qui en relèvent beaucoup la valeur ; l'une d'elles représente fidèlement le passage des fibres des pyramides à travers la protubérance annulaire, leurs rapports avec les pédoncules cérébraux et permet de les suivre jusque dans les corps striés. Gall, qui est souvent cité comme ayant démontré cette disposition, n'a fait que l'emprunter à Vieussens. Toutefois l'auteur de ces découvertes n'en profita pas comme il aurait pu le faire ; elles ne lui servent de base que pour la théorie erronée des esprits animaux. La substance corticale du cerveau, considérée par lui comme glanduleuse, sert à l'élaboration des esprits, et les filets médullaires, regardés comme des canaux névro-lymphatiques, servent à leur transport.

La *Névrologie* de Vieussens, quoique fautive au point de vue théorique, acquit une grande vogue et devint classique. Le roi d'Espagne lui-même ne dédaigna pas de la lire : c'était une époque où les souverains aimaient l'anatomie. Olaüs Rudbeck recherchait les vaisseaux lymphatiques sous les yeux de Christine de Suède, et Dionis démontrait les principaux viscères du corps humain à la reine de France.

Vieussens a écrit plusieurs ouvrages sur le cœur et a donné son nom au bourrelet de la fosse ovale. On peut reprocher à cet anatomiste d'avoir trop emprunté à la chimie, avant qu'elle fût capable de fournir de grandes lumières ; de là ses hypothèses sur le sel acide du sang, sur les fermentations qu'il détermine, sur le rôle important joué par les mixtes. De pareilles erreurs sont surtout trop répandues dans son traité des *Liqueurs du corps humain*. Vieussens a encore publié plusieurs ouvrages, parmi lesquels on distingue un traité sur la structure de l'oreille, un autre sur les vaisseaux, et des expériences sur la composition et l'usage des viscères. C'est ainsi qu'une longue existence fut consacrée à d'utiles travaux que n'interrompirent ni l'opposition jalouse de ses contemporains, ni les dépenses très grandes exigées pour leur exécution. La postérité, plus juste, a dignement honoré la mémoire du célèbre anatomiste de Montpellier. Morgagni consacre l'éloge de Vieussens par ces mots: *Academiæ Monspeliensis decus et lumen*, et Portal, dans son *Histoire de l'anatomie*, dit que toutes les Facultés de l'Europe souhaiteraient de le compter parmi leurs membres.

A la même époque, Chirac, nommé professeur, enseignait Chirac. l'anatomie avec assez d'éclat, quoiqu'il fût inférieur à Vieussens et qu'au rapport de Sénac il ne se soit élevé qu'à la faveur d'une intrigue habilement maniée. Chirac a néanmoins mérité une place honorable dans l'histoire : Fontenelle, auteur de son éloge, raconte qu'en 1656, il fut envoyé à Rochefort, où existait le mal de Siam ; le professeur de Montpellier, appréciant tous les avantages de l'anatomie pathologique, ouvrit dans un court espace de temps plus de cinq cents cadavres, reconnut la nature de la maladie et en déduisit le traitement convenable. Ayant été lui-même atteint par l'épidémie, Chirac s'appliqua avec succès le traitement auquel il soumettait ses malades.

Chirac soutint contre Vieussens une polémique futile au sujet de l'acide du sang, que l'un et l'autre prétendaient avoir découvert ; jamais si faible enfant n'eut des pères si forts : on a peine à concevoir une guerre acharnée pour un objet imaginaire.

Nous devons à Chirac un travail sur la structure des cheveux ; il est un des premiers qui ait décrit leur bulbe, leur mode d'implantation et la manière dont ils sont sécrétés ; mais il a tellement prôné cette découverte, que cette importance exagérée en a de beaucoup diminué le mérite réel. Il est aussi l'auteur d'un ouvrage sur les mouvements du cœur, où il renouvelle d'une manière assez faible l'hypothèse du feu central de

Descartes ; mais il donne sur l'organisation de ce viscère des
détails que les modernes n'auraient pas dû oublier. Chirac y fait
mention de fibres qui partent de la base du cœur, descendent,
se réfléchissent et décrivent une sorte de spirale dont le sommet
de l'anse répond à la pointe de l'organe. On lit dans les *Mémoi-*
res de l'Académie des sciences, un mémoire de Chirac sur le
vomissement, dans lequel il prétend que l'estomac est inerte
dans cet acte, opinion renouvelée de nos jours par M. Magendie.
Enfin, le *Journal des savants* contient un mémoire du même
auteur sur les moyens de conserver la vie à un animal après la
décapitation. Ce moyen consiste à produire une inspiration
artificielle en insufflant les poumons par la trachée artère. Il
était connu de Vésale, que Chirac n'a pas cité.

Appelé à la Cour comme médecin, et revêtu de charges et de
titres honorifiques, Chirac termina sa carrière dans la capitale ;
mais, en mourant, il songea à l'Ecole qui avait été le premier
théâtre de ses succès et lui légua par testament une somme
de 30,000 francs, pour la création de deux chaires, l'une d'anatomie comparée et l'autre dont le professeur serait chargé
d'expliquer le livre de Borelli, *de Motu animalium ;* nous ignorons pourquoi ces deux chaires, et surtout la première, n'ont
pas été fondées.

Lapeyronie.   Chirac avait formé à Montpellier un élève qui donnait les plus
belles espérances : c'était Lapeyronie. Ce grand chirurgien naquit
dans notre ville en 1678, y prit ses degrés et fit longtemps des
cours d'anatomie qui lui valurent la place de dissecteur royal.
Appelé à Paris par Chirac, alors médecin du régent, Lapeyronie
fit profiter la capitale de ses talents, dont Montpellier eût été si
jaloux de conserver la possession. Il y mérita la distinction la
plus honorable, soit par ses talents, soit par son zèle pour le bien
public. C'est ainsi qu'il travailla, de concert avec Mareschal, pour
faire créer cinq places de démonstrateur dans l'amphithéâtre de
Saint-Côme et fonda l'Académie de chirurgie qui a tant fait
pour les progrès de l'art et la gloire de la France. Enfin, surpas-
sant en munificence son maître Chirac, Lapeyronie légua par
testament une somme immense pour créer des établissements
convenables à la prospérité des sciences. Montpellier lui doit
le bel édifice de Saint-Côme, autrefois consacré à l'enseigne-

ment de la chirurgie, aujourd'hui affecté à une moins noble
destination.

Senac, Drelincourt, J. Duverney, Sylva, Gourraigne, Athalin
et Littré s'étaient formés à Montpellier en même temps que
Vieussens et Chirac.

Après ce dernier, Deidier, gendre de Vieussens, enseigna Deidier.
l'anatomie et publia un traité sur cette matière. C'est un ouvrage
concis et clair, mais qui contient peu d'idées originales et le cède
de beaucoup à l'anatomie de Winslow, qui parut à la même
époque. Deidier a présenté un tableau coordonné de tous les
muscles du corps humain, qui probablement n'a pas été étranger à celui que Dumas présenta plus tard sur le même sujet.

En 1746, la chaire de Deidier fut mise au concours et adjugée Ferrein.
à l'unanimité à Ferrein. Cet anatomiste déjà célèbre et appelé à
le devenir davantage, s'était formé dans notre École et se voyait
couronné par elle de la manière la plus flatteuse. Le pouvoir ne
jugea point comme la Faculté, et alléguant des motifs de convenance, nomma Fizes qui avait été porté comme second candidat.
Ferrein se rendit alors à Paris où sa disgrâce ne fut point un
obstacle pour sa renommée. Il publia plusieurs écrits remarquables, un entre autres sur les fonctions des organes vocaux,
où il établit que les replis de la glotte qui portent son nom vibrent
comme des cordes dans la phonation.

Fizes remplit les devoirs de sa place avec exactitude, mais Fizes.
avec peu d'éclat. On ne lui doit aucun travail important ; dans
son tableau des parties solides du corps humain, il donne même
pour des réalités beaucoup d'hypothèses vaines. Sa réputation
fut néanmoins très grande. Rousseau rapporte dans ses *Confes-
sions*, qu'il fit le voyage de Montpellier pour venir le consulter ;
et d'ailleurs le souvenir de Fizes est encore aujourd'hui populaire.
Il excellait dans la pratique de la médecine, saisissait rapidement
le caractère de la maladie la plus compliquée et brillait surtout
dans le pronostic ; on cite toujours à ce sujet la réalisation d'une
prédiction qu'il fit à Bordeu et à Venel, sur leur genre de mort.

L'anatomie ne devait point s'éteindre dans la cité médicale, car Bordeu.
le véritable progrès a de nombreux éléments, et si, à Montpellier,
on se fût borné à étudier seulement la science des maladies sans
cultiver celle de l'organisation, la médecine n'y serait point

arrivée à un degré aussi élevé. Théophile Bordeu, né en Béarn en 1722, venait de se faire recevoir docteur et avait consacré le temps de sa scolarité à faire des cours d'anatomie à ses condisciples. Il obtint bientôt le titre de professeur et fut nommé inspecteur des eaux minérales des Pyrénées. En 1747, il devint membre correspondant de l'Académie des Sciences, et en 1754, docteur régent de la Faculté de Paris, où il fixa sa résidence.

Bordeu a écrit des ouvrages d'anatomie et de médecine ; les premiers ont paru à Montpellier, les seconds à Paris ; il est remarquable que ce soit la première ville qui revendique Bordeu comme anatomiste, et Paris comme médecin.

L'histoire de la chylification fut le premier ouvrage de Bordeu : la description des muscles qui meuvent la mâchoire y est neuve; l'auteur y détermine la véritable action du ptérygoïdien externe, qui est de porter la mâchoire en avant ; il rectifie quelques erreurs de Heister au sujet des glandes molaires et prouve expérimentalement que l'estomac change de position pendant sa réplétion, ce qu'avait aussi constaté Winslow. Bordeu fit paraître presqu'en même temps une dissertation sur les sensations, dans laquelle il admet que les nerfs sont tubuleux et susceptibles de contraction et de relâchement. Une telle erreur a lieu d'étonner de la part de cet observateur, en général très exact. Ses recherches anatomiques sur la position des glandes, sont un ouvrage bien autrement précieux. Bordeu a pour but de prouver que les glandes ont un mode d'excrétion qui leur est propre ; pour lui, l'excrétion semble se confondre avec la sécrétion, c'est un acte purement vital, qui ne s'opère pas constamment de la même manière et se trouve augmenté ou diminué, comme Bordeu le dit lui-même, suivant que les glandes sont en état de veille ou de sommeil. On trouve dans ce traité des détails anatomiques intéressants sur les glandes salivaires, sur l'épiglotte, la thyroïde, etc. Bordeu pense avoir découvert le conduit excréteur de la thyroïde, et dit l'avoir suivi depuis cet organe jusqu'au premier cerceau de la trachée artère qu'il traverse pour se jeter dans les voies aériennes. Il raconte ses observations à ce sujet, avec tant de naïveté et en les colorant d'une si grande vraisemblance, que j'ai voulu moi-même les vérifier. Je me suis convaincu que ce prétendu canal excréteur n'est qu'une veine, qui du corps

thyroïde se porte dans la muqueuse de la trachée, en traversant
un des trous que présente constamment son premier anneau.
Dans le même ouvrage, Bordeu émet au sujet des fonctions de la
thyroïde, du thymus et des capsules surrénales, des considérations que M. Broussais n'a fait que reproduire avec plus de
précision, en disant que ces organes sont des diverticules du
sang. Les recherches de Bordeu sur le tissu muqueux ou cellulaire mirent le comble à la réputation de leur auteur. Il considère
ce système organique comme une matière parenchymateuse dans
laquelle les parties s'organisent et se disposent. Le tissu celluleux établit ce que l'on a nommé le *département* des viscères.
Chacun de ceux-ci a une atmosphère celluleuse, ou une portion
de ce tissu qui a rapport à son action. C'est ainsi qu'à l'aide de
ces expressions figurées, Bordeu nous transmet ses idées avec
une heureuse fidélité. C'est lui qui a appelé le sang de la *chair
coulante*, qui a établi l'ingénieuse métaphore du trépied vital.
Bordeu a donné la vie à l'anatomie, il a préparé la voie que
Bichat a parcourue avec tant d'éclat.

Il eut pour contemporain et souvent pour témoin de ses tra- Lamure.
vaux le célèbre Lamure, né en Amérique et devenu doyen de
l'École de Montpellier. Lamure soutint au concours pour la
chaire de Fitzgerald douze questions dont quelques-unes ont
trait à l'anatomie; mais ce qui le fait ranger avec plus de droit
parmi les représentants de cette science, c'est son mémoire sur
les causes du mouvement du cerveau, inséré parmi ceux de
l'Académie des Sciences. L'auteur prétend et cherche à prouver
par des expériences et des raisonnements pleins de sens, que
ces mouvements sont dus à la respiration qui favorise la stase
du sang dans ce viscère ou son issue par les gros troncs veineux.
Cette opinion a été souvent controversée par les physiologistes.
Lamure a fait encore des recherches sur la cause de la pulsation
des artères, qu'il attribue au déplacement du cœur et non au
choc ni à l'effort latéral de l'ondée sanguine.

En 1744, un concours mémorable fit obtenir à Barthez la Barthez
chaire d'Imbert, et une ère nouvelle se dessina dans notre École.
Si nous jetons un coup d'œil rétrospectif sur les progrès de
l'anatomie à Montpellier, nous remarquons que son caractère a
varié suivant les époques. Dégagée de toute application et

presque uniquement envisagée en elle-même par Rondelet et
Dulaurens, elle fut considérée dans ses rapports avec la médecine et la chirurgie par Cabrol. Vieussens la fit servir de base à
une doctrine physiologique ; mais les secours simultanés qu'il
empruntait à une chimie grossière, l'éloignèrent de la vérité.
Pecquet, Lacaze et Bordeu en firent une application plus heureuse que Vieussens, et commencèrent à signaler les liaisons
intimes de l'anatomie et de la physiologie. Barthez paraît, et
cette fusion des deux sciences devient complète. Barthez n'est
point d'abord anatomiste, pour devenir ensuite physiologiste :
sa science de l'homme n'est pas une application, mais une combinaison dans laquelle l'anatomie joue son rôle concurremment
avec toutes les autres branches de la médecine, car ainsi que
Boerhaave, Barthez les possédait et les enseignait toutes. C'est à
l'aide de ces vastes connaissances, éclairées par une philosophie
sévère, que l'illustre chancelier de notre ancienne université,
fonda la doctrine du vitalisme qui produisit une si forte sensation dans le monde médical, et donna naissance à tant d'ouvrages importants, parmi lesquels brillent au premier rang ceux
des professeurs Lordat et Bérard. La conception du vitalisme
est très élevée, et n'a pu partir que d'une forte tête ; mais elle
n'explique les phénomènes de la vie que par une abstraction, et,
malheureusement, toutes les abstractions ont un écueil dans notre
tendance intellectuelle. L'esprit humain les réalise en quelque
sorte malgré lui, et se prend aussi au piège qu'il s'est tendu ;
beaucoup de vitalistes n'ont pu éviter cet écueil et ont compro-
mis le sort de leur doctrine.

Nous l'avons dit, rien n'est purement anatomique dans les
œuvres de Barthez, et cependant l'anatomie contribue à leur
donner de la valeur ; mais c'est surtout dans la nouvelle mécanique des mouvements de l'homme et des animaux, que Barthez
fait reconnaître combien il est versé dans la science de l'organisation. Les moindres détails d'anatomie humaine et comparée
lui sont familiers, et s'il est vrai que l'auteur de cet ouvrage
ait fait peu de dissections, il faut qu'il y ait suppléé par une
mémoire prodigieuse et par un grand discernement dans les faits
anatomiques qu'il invoque. Barthez réfute l'opinion de Borelli
et d'un grand nombre d'autres physiologistes, qui pensent que

les mouvements progressifs des animaux exigent, outre l'appui nécessaire pour leur production, une réaction de la part de la terre, de l'eau ou de l'air, analogue à une force de ressort et imprimant un mouvement réfléchi qui devient la cause de la progression. C'est cette réaction que Barthez conteste : il trouve une explication plus juste et plus naturelle dans la succession convenable des contractions musculaires ; ainsi, par exemple, l'action de marcher est produite par l'impulsion que chaque jambe donne au corps, lorsque les extenseurs du talon l'élèvent en le faisant tourner autour de la plante du pied appuyé contre le sol. L'ouvrage dont nous ne donnons ici qu'une faible idée, fut composé pour satisfaire en partie au vœu formé par Chirac au sujet du livre de Borelli ; nous y renvoyons ceux qui sont jaloux d'approfondir la matière dont Barthez s'est occupé.

L'École de Montpellier, qui avait produit Lamorier, Goulard, Solayrès, Pouteau, Marc-Antoine Petit, Lacaze, Portal et Vicq-d'Azyr, s'honorait à présent de former Girtanner et confiait à Grimaud l'enseignement de l'anatomie et de la physiologie.

Disciple de Barthez et maître de Dumas, Grimaud est bien Grimaud. placé entre ces deux grands hommes. Nommé professeur adjoint et survivancier de Barthez en 1781, Grimaud déploya un grand mérite dans la carrière de l'enseignement ; mais incessamment livré aux travaux du cabinet, ayant peu interrogé la nature par les vivisections et l'anatomie, il contribua très peu aux progrès de cette science et s'occupa de concilier le système de Stahl avec celui de Barthez. Notons toutefois qu'il devança Bichat dans l'émission d'une idée, qui fit ensuite la fortune des travaux de ce dernier. Grimaud avait formellement établi la distinction de la vie extérieure ou animale et de la vie intérieure ou organique. Une mort prématurée l'enleva à la science.

En 1795, la chaire d'anatomie et de physiologie échut à Dumas : Dumas. son époque me semble marquer une transition entre l'anatomie de Barthez et l'anatomie moderne. Initié, d'abord à Montpellier, aux grandes vues médicales, Dumas étudia ensuite à Paris la science de l'organisation sous Vicq-d'Azyr et Daubenton ; plus tard il pratiqua la chirurgie, soit à l'Hôtel-Dieu de Lyon, soit aux armées, et acquit ainsi des connaissances spéciales dont l'influence devait se faire sentir. Aussi l'anatomie est-elle plus

dépouillée dans les œuvres de Dumas que dans celles de Barthez;
sans abandonner les idées générales, il se place davantage au
point de vue des détails, le terrain de l'anatomie descriptive,
générale et comparée est tour à tour exploité. Dumas fait servir
celle-ci à l'exposition de chaque fonction particulière, et dans
ses *Principes de physiologie*, il exprime le regret de n'avoir pas
poussé plus loin son étude. Il entre aussi, à l'exemple de Bordeu,
dans le domaine de l'anatomie générale, et avant que Bichat ait
établi les distinctions des tissus, Dumas avait exécuté l'analyse
du corps vivant, et montré les éléments anatomiques ou tissus
simples. Il réduit à huit le nombre des tissus organiques, savoir :
les systèmes nerveux, sanguin, lymphatique, osseux, musculaire, viscéral, cutanéo-muqueux et cellulo-séreux. Enfin Dumas
cherche à perfectionner l'anatomie descriptive, en complétant
une réforme que Chaussier avait commencée. Convaincu comme
Condillac que le progrès des sciences est lié au perfectionnement
du langage, Dumas vit combien l'anatomie pourrait gagner à un
langage plus méthodique, plus unitaire ; il proposa en conséquence, dans son *Système de nomenclature des muscles du corps
humain*, d'oublier les anciennes dénominations, et de les rem-
placer par des appellations nouvelles, fondées sur toutes les
attaches des muscles, dont elles devenaient ainsi une description abrégée.

Nous touchons à des temps plus voisins de nous et l'intérêt
du sujet va doubler, car il parlera à nos souvenirs et joindra la
reconnaissance à l'admiration. Mais complétons l'histoire du
passé, en faisant revivre quelques noms qu'il serait injuste
d'oublier. *Gouan*, qu'une longue carrière avait rendu le contemporain des anatomistes de Montpellier, depuis Bordeu jusqu'à
Dumas, après avoir consacré de longs travaux à la botanique,
paya son tribut à l'anatomie comparée, et rectifia et compléta
tout à la fois les vieilles observations de Rondelet sur les poissons. Un des plus brillants disciples de Gouan, l'infortuné
Daparnaud, travailla à l'anatomie des espèces inférieures, et
commença avec éclat une carrière scientifique trop tôt terminée ; le célèbre naturaliste *A. Broussonnet* agrandit encore le
domaine de l'ichtyologie : on voit que cette branche de la
zoologie a reçu une très grande impulsion de la part des savants

de Montpellier ; enfin le modeste *Roubieu* dirigea ses recherches sur l'anatomie humaine, et signala plusieurs muscles capsulaires non décrits jusqu'à lui.

Rappelons aussi les noms de Vigaroux, Méjan, Poutingon, Montabré et Fages, qui, faisant à la chirurgie une heureuse application de leurs connaissances anatomiques, ont mérité de figurer avec honneur dans nos longues annales.

Cependant un homme que l'École de Montpellier comptera Delpech. toujours parmi ses plus illustres membres, fondait sa renommée, faisait presser autour de lui de nombreux élèves et donnait d'éclatants témoignages de son génie. Delpech, que le concours nous avait donné en 1813, et qui par une circonstance singulière naissait à l'enseignement au moment où la mort venait de frapper Dumas, comme si les vides laissés par la gloire qui s'éteint ne pouvaient subsister ici, Delpech fut non-seulement le restaurateur de la chirurgie dans le midi de la France, mais encore celui de l'anatomie pathologique alors trop négligée. Il avait déjà professé l'anatomie à Toulouse, et y avait institué des prix annuels pour l'auteur du meilleur mémoire sur un sujet qu'il proposait lui-même. Les problèmes dont on demande la solution, sont une indication du genre d'esprit, et celui de Delpech s'y révélait tout entier ; je citerai, pour preuve, une question qu'il posa sur *les causes finales du squelette humain.* A Montpellier, son zèle fut extrême pour les recherches d'anatomie pathologique ; il cultivait cette science avec une ardeur sans mesure ; on peut même dire que chez lui dominait plutôt l'enthousiasme que ce calme sévère qui doit présider aux travaux du médecin. Dans tous ses écrits l'anatomie pathologique intervient et fait le sujet d'interprétations ingénieuses. Dans son *Précis des maladies chirurgicales*, la description des lésions organiques est sans contredit ce qu'il y a de plus remarquable. Les principaux articles de la *Chirurgie clinique*, et le *Mémorial des hôpitaux du midi* sont édifiés sur des travaux d'anatomie pathologique ; c'est elle qui guide Delpech dans ses théories sur la puogénie, les cicatrices, la formation des tissus anormaux : enfin, son *Traité d'ortomorphie* est fondé tout entier sur les données de cette science.

Les premiers travaux anatomiques de Delpech se rattachent

entièrement à la chirurgie ; mais ce champ, quoique très étendu, ne suffisait point à l'activité de son esprit : Delpech cultiva aussi l'anatomie philosophique et songea à résoudre par elle les points obscurs de la physiologie. C'est dans cette intention qu'il aborda une des questions les plus difficiles et les plus litigieuses. Il étudia l'organisation de l'œuf des oiseaux, observa les phases de son développement et publia le résultat de ses recherches avec un de ses élèves, M. Coste, qui a continué l'étude de l'embryogénie et s'est rendu recommandable par ses travaux. L'œuvre de Delpech est remarquable à plus d'un titre. L'observation y est sévère, les assertions de Pander, de Haller, de Baer y sont infirmées ou vérifiées avec conviction, des faits nouveaux y sont présentés ; mais les déductions sont-elles logiques et n'engagent-elles pas trop l'avenir de la science ? Delpech ne voit dans l'évolution de l'embryon que le jeu des forces électro-magnétiques.

Delpech allait combler sa réputation en publiant un traité de physiologie et un traité de thérapeutique chirurgicale, lorsqu'il périt victime du désespoir d'un monomaniaque. Ainsi s'évanouirent sa gloire présente et celle qu'il désirait encore, car Delpech, comme Barthez, aimait la gloire et l'avait pour mobile de ses actions. Ce sentiment est à la fois noble et louable et révèle dans celui qui le possède la conscience de ses propres forces. « On ne saurait, dit Mme de Staël, refuser son estime à ceux dont le but le plus cher est au delà du tombeau. » Notre maître a subi la destinée commune aux savants de son époque : l'année 1832 jeta un voile de deuil sur la science devenue veuve de plusieurs grands hommes. Spurzheim, Paletta, Cuvier, Scarpa, Chaptal, Meckel, Portal, Delpech s'effacèrent tour à tour et mirent fin à une ère scientifique.

Avec ces hommes ont disparu les représentants de la science du xviiie siècle et le nôtre a accepté la tâche d'agrandir et de modifier leurs acquisitions. L'anatomie surtout a pris un essor immense : largement exploitée sous ses points de vue descriptif, général, pathologique, chirurgical, comparatif et philosophique, elle s'est en quelque sorte constituée la première des sciences, elle a tout envahi, disons-le, elle a même trop envahi ; mais les esprits exacts savent élaguer le superflu et profiter de l'utile.

Montpellier n'est point resté étranger au grand mouvement

scientifique ; déjà M. Lordat, dans son anatomie du Singe-Vert, avait déployé les ressources de son beau talent ; M. Delmas avait fait revivre à Montpellier l'art de Zumbo, Fontana et Laumonier et doté notre musée de magnifiques pièces en cire ; enfin, sans rien perdre de sa splendeur philosophique, l'École de Montpellier a décidément reçu l'influence du positivisme anatomique, et c'est avec une sorte de vanité que nous apposerons aux illustrations contemporaines les noms de Dubrueil, Dugès et Lallemand, qui sont les moteurs de cette influence. On sait assez combien les travaux de M. Lallemand ont fait progresser l'anatomie pathologique, ceux de M. Dugès, l'anatomie comparée, et quelle impulsion heureuse et féconde M. Dubrueil a imprimée à l'anatomie dans notre École. En proclamant le mérite de pareils maîtres, nous sommes heureux que la reconnaissance du disciple n'influe en rien sur la véracité de l'historien.

Si j'ai réussi dans ce rapide tableau à donner une idée juste de la valeur réelle que l'anatomie a toujours eue dans notre École, il doit jaillir une accusation grave contre ceux qui, dans leurs dénigrations, ont voulu nous ravir la possession de cette science et ont parlé d'une période de déclin. Non, nous conservons, comme autrefois, la force et l'espoir ; semblable à ces hommes qui par la sagesse et la tempérance ont conservé dans un âge avancé la vigueur de leur première constitution, l'antique Faculté de Montpellier s'appuie sur un passé glorieux, tient en main l'actualité de la science et veut encore les palmes de l'avenir.

DE LA PATHOGÉNIE DE QUELQUES AFFECTIONS

DE L'AXE CÉRÉBRO-SPINAL *

ANALYSE.

Placé dans les hôpitaux sous les yeux de praticiens habiles, et déjà riche de leur expérience, l'auteur publie des matériaux qu'il a surtout recueillis dans ce magnifique hôpital de Bordeaux que, dans son enthousiasme, il appelle une création poétique, mais qui est sûrement l'œuvre d'une haute philanthropie. Honneur à ceux qui formèrent le projet de construire cet établissement modèle, et de le donner pour asile aux infirmités humaines. Combien l'on est favorablement disposé pour une cité où les êtres souffrants sont l'objet d'une si intelligente et si active sollicitude !

Ce sont des faits qui constituent la dissertation qui va nous occuper, non de ces faits isolés, et par cela même stériles, mais de ceux qui sont, comme le dit Mme de Staël, des raisonnements à l'appui des opinions.

C'est surtout dans la science que la force est dans l'indépendance ; aussi échappant à tout entraînement de localité, l'auteur, avant d'aborder son sujet, formule-t-il nettement son opinion médicale, et cédant à la conviction qui le domine, c'est sous la bannière de l'organicisme qu'il vient se placer. Peut-on le blâmer de préférer une doctrine toute aussi positive qu'il est donné à la médecine de l'être, à telle ou telle autre doctrine ? Car aujourd'hui il y a embarras du choix. M. Rey, persuadé que l'irrégularité du jeu fonctionnel des organes est comme la traduc-

---

* Thèse soutenue à l'École de médecine de Paris (1834), par M. Rey, d.-m., chef interne de l'hôpital Saint-André de Bordeaux, ancien interne de l'Hôtel-Dieu Saint-Éloi de Montpellier.

tion presque obligée de leur altération matérielle, cherche à expliquer les observations cliniques par des révélations cadavériques. Observons cependant que cette proposition est passible d'exceptions ; car non-seulement les mêmes lésions organiques ne sont pas toujours traduites par des phénomènes semblables, mais encore elles peuvent exister sans qu'aucun symptôme les manifeste durant la vie. Ce sont des cas rares, exceptionnels il est vrai, mais ils n'en sont pas moins avérés. Avouons-le aussi, le cadavre est rarement muet pour quiconque veut et sait l'interroger ; en multipliant les moyens d'investigation, on voit diminuer ces circonstances dans lesquelles la cause de la mort semble disparaître avec la vie.

« La science des maladies, avance M. Rey, se place au rang des connaissances positives, puisque par analyse et par synthèse elle établit les vérités de son domaine. Il y a peu de jours qu'un chimiste des plus savants me disait en manière de défi : Je consentirai à élever les vérités médicales au rang des vérités chimiques, lorsqu'une maladie étant donnée, vous conclurez aux lésions, et quand à l'inspection du cadavre vous remonterez aux symptômes morbides de celui à qui il appartenait. » De tels défis ont été souvent portés aux médecins ; et faut-il en conclure que la médecine est conjecturale ? Loin de là, elle offre au contraire de nombreux caractères de fixité, mais ne saurait être infaillible. Les vérités médicales, pour être d'un autre ordre et paraître moins absolues que celles proclamées dans les sciences physiques et mathématiques, n'en sont pas moins des vérités. Répétons, avec Cabanis, que ceux-là qui ne trouvent pas à la médecine les formes rigoureuses qui sont, à leur avis, le seul *criterium* de la vérité, ne songent pas que chaque science a son genre de preuves, et que si l'homme avait réellement besoin de celles qu'ils exigent pour se décider, il resterait éternellement dans le doute et l'incertitude, relativement aux choses les plus communes de la vie.

De la Pathogénie de quelques affections de l'axe cérébro-spinal : tel est le sujet que l'auteur s'est proposé de traiter. Une sorte d'attrait nous porte à étudier dans ses maladies l'instrument de la pensée ; cet organe, qui assure à l'espèce humaine une suprématie dans la hiérarchie des êtres.

Avant d'aborder la pathogénie de l'axe cérébro-spinal, l'auteur esquisse quelques traits de leur anatomie et de leur physiologie ; il pense qu'il fallait arriver à Vicq-d'Azyr, Bichat, Gall et Spurzheim, pour voir le cerveau étudié dans des vues logiques. En réunissant des noms si chers à la science, n'oublions pas que les travaux de ces hommes célèbres n'ont pas eu la même influence sur les connaissances que nous possédons aujourd'hui sur l'anatomie du cerveau. Ceux de Gall et de son collaborateur sont neufs, ingénieux et ne peuvent être comparés à d'autres [1]. Est-ce procéder logiquement que de détruire, d'isoler, par des coupes successives, les diverses parties de l'encéphale, et de les étudier comme n'ayant entre elles que des rapports de position ? C'est Gall qui, à la méthode vicieuse des coupes, substitua celle du développement. Cet habile encéphalotomiste a démontré qu'il y avait comme une sorte de progression du même organe, là où l'on n'avait aperçu que continuité des parties cérébrales. Nous ne prétendons pas, du reste, adopter dans tous les points la théorie du docteur allemand, mais aucun anatomiste n'a présenté l'étude du cerveau d'une manière aussi satisfaisante que lui.

En parlant de l'organisation de la substance cérébro-spinale, M. Rey dit que M. le professeur Lallemand a démontré que dans l'état pathologique, il existait du tissu cellulaire dans le cerveau. Tout porte à penser que ce tissu s'y rencontre aussi dans l'état normal, mais rare et distribué en petite quantité ; il ne manque à cette opinion que le contrôle de l'analyse chimique. Appuyé de l'analogie, nous présumons que c'est dans une sorte de canevas ou trame cellulaire, que se trouve accumulée la matière nerveuse (*neurine*).

On rencontre à l'extérieur du cerveau une membrane de nature celluleuse et vasculaire, dont la haute importance ne saurait être niée, mais dont le rôle fonctionnel est diversement

---

[1] On a prétendu trouver, dans quelques auteurs plus ou moins anciens, la source des idées de Gall sur le mode de développement du cerveau considéré comme une sorte d'efflorescence de la moelle épinière. En 1675, Thomas Bartholin écrivait, à l'occasion de l'origine du cerveau : « *Ortus à spinalis medullæ trunco.* » Vieussens (*Nevrographia universalis*) a décrit, ainsi qu'on le voit dans les planches grossières annexées à son ouvrage, le passage des pyramides antérieures au travers et au-delà de la protubérance cérébrale.

interprété par les physiologistes. « C'est, ajoute l'auteur, un fait digne de remarque, en organisation, que celui de gaînes enveloppant chaque organe important : la pie-mère et celle de l'encéphale. Tiedmann la considère comme tellement liée à l'appareil nerveux, qu'il pense qu'elle est son organe créateur ». Proposition vague et qui demande à être développée. Ce n'est point comme membrane celluleuse que la pie-mère est censée remplir les fonctions qu'on lui attribue généralement, mais bien par les vaisseaux qu'elle soutient et qui vont opérer la nutrition de l'encéphale. Le nombre et la distribution de ces vaisseaux ont sans doute donné le change aux physiologistes qui ont assimilé aux sécrétions spéciales la simple sécrétion nutritive à laquelle le cerveau participe, de la même manière que tous les autres organes de l'économie. D'ailleurs, en mentionnant cette opinion de Tiedmann, il eût pu être convenu que l'auteur rappelât celle des deux anatomistes français, MM. Magendie et Desmoulins, qui lui ont donné des développements plus étendus. On sait qu'ils ont cherché à prouver que, considéré dans son ensemble, le système cérébro-spinal se compose de deux faisceaux de fibres nerveuses sécrétées collatéralement à l'axe, dans la cavité d'un tube formé par la pie-mère. Ces faisceaux sont séparés par un pli profond de la membrane, et ce qui est digne de remarque, c'est que jamais la matière nerveuse ne se dépose sur la surface de la pie-mère qui correspond à l'intérieur de ce pli. (Voir les planches dans l'*Anatomie du système nerveux des animaux à vertèbres*, par Magendie et Desmoulins).

Dans des considérations sommaires sur la masse cérébro-spinale, l'auteur prétend que, sous le rapport de son poids et de ses dimensions, cette masse varie selon les âges, les sexes, les individus et surtout selon les classes de l'échelle zoologique. « Le cerveau, ajoute M. Rey, est réputé diminuer en poids à mesure qu'on descend dans l'échelle ; mais des familles entières font exception à cette loi, et les animaux sujets à ces exceptions ne l'emportent pas évidemment sur les autres quant à l'instinct. » Ces exceptions n'infirment pas la justesse de la proposition générale, et il est vrai que le cerveau le plus volumineux préside aux phénomènes intellectuels les plus relevés. Toutefois, si des données anatomiques suffisent pour mesurer l'intelligence,

il ne faut rien moins qu'une analyse comparative exacte pour
démontrer la supériorité accordée au cerveau humain ; et ce
qu'il importe avant tout de bien établir, c'est que si son volume
hydrostatique est moindre que chez certaines espèces, les circonvolutions cérébrales sont plus nombreuses et plus profondes,
disposition qui augmente la masse réelle de la substance grise
dans laquelle on a plus particulièrement fixé le siège de l'intelligence. Au reste, l'anatomie humaine nous administre la
preuve que c'est moins le volume ou la forme que la présence
de certains organes qui sert à établir la distinction entre le
cerveau de l'homme et celui des animaux.

Nous nous hâtons d'aborder la seconde partie de la thèse de
M. Rey, dans laquelle il étudie les lésions matérielles de l'encéphale pour démontrer leur corrélation immédiate avec l'appareil
symptomatique, qui pendant la vie faisait soupçonner leur
existence. Ici l'auteur appuie des faits originaux ; son idée fixe et
féconde, que toute altération organique se révèle par quelque
signe appréciable, et que réciproquement il n'existe aucune
manifestation de symptômes qui ne soit due à une modification
quelconque des organes. Nous avons déjà dit ce que cette proposition avait de trop exclusif, mais nous n'en persistons pas
moins à la considérer comme vraie dans la majorité des cas ;
quant à l'auteur, il ne balance pas à la regarder comme un
dogme fondamental de la médecine. Aussi, n'obéissant qu'à sa
conviction, et plein de feu pour la défense de sa foi médicale,
M. Rey s'attache-t-il à faire sentir par des faits l'importance de
l'étude de l'organe avant de juger la fonction, et à prouver par
la comparaison des lésions organiques avec les caractères extérieurs de la maladie, qu'on ne saurait acquérir des notions
solides sur la pathogénie, qu'en cherchant le rapport qui existe
entre ces deux termes : *symptômes* et *lésion*.

Les observations dont M. Rey appuie ses principes sont pour
la plupart neuves, piquantes, narrées avec goût, interprétées
avec esprit et jugement. Chacune a trait à quelque point relevé
de la science, et fournit matière à des développements pleins
d'intérêt, que l'auteur emprunte tantôt à l'anatomie, tantôt à la
pathologie , d'autres fois à la psychologie ; on s'arrête avec
plaisir sur ces faits probants, dont la lecture est doublement

entraînante par le fonds même du sujet et par les réflexions ana-
lytiques placées à leur suite. Les premiers d'entre eux nous ont
surtout frappé : l'un de ces faits porte sur l'identité de configuration extérieure observée chez deux jumeaux, et coïncidant
avec une similitude parfaite des goûts, des penchants et de tous
les phénomènes moraux. La conséquence est facile à tirer :
l'identité des fonctions physiologiques et intellectuelles dépend
d'une conformation identique des viscères de la vie végétative et
du viscère spécial à la vie de relation. Où serait-on conduit,
dit l'auteur, si l'on voulait rattacher cette similitude fonctionnelle au principe vital, à l'archée, etc. ?

Ce fait est purement de l'ordre physiologique : viennent
aussitôt pour établir la contre-épreuve, une série d'observations
où l'anatomie morbide de l'encéphale est mise en opposition
avec le trouble des trois grandes facultés qu'il met en exercice,
et qui se révèlent par les phénomènes de la sensibilité, du mouvement et de l'intelligence. Montrer leur étroite filiation, leur
indépendance et leur enchaînement respectifs, telle est l'idée
dominante de l'auteur, et pour arriver à ses fins, M. Rey ne craint
pas de se poser à lui-même les questions les plus litigieuses
dans la pathologie de l'axe cérébro-spinal, et de chercher à les
résoudre par l'analyse de ses propres observations. D'après lui,
toutes les perturbations de l'action nerveuse, l'épilepsie même,
ont un siège déterminé, qu'il est possible de reconnaître dans
tous les cas. Sans condamner abruptement cette assertion, nous
ne saurions la regarder autrement que comme l'expression d'une
chose possible, mais non rigoureusement démontrée. Les faits
qui lui sont contraires fourmillent et les faits sont *brutaux*.

M. Rey relate l'histoire d'un homme dont toutes les parties
du corps, placées à droite de la ligne médiane, étaient atro-
phiées, même le lobe cérébral correspondant, et ce fait paraît
lui faire adopter pour conclusion que les influences obliques du
cerveau ne sont pas constantes. Le phénomène des effets croisés
est aujourd'hui trop bien constaté par l'observation et trop bien
expliqué par l'anatomie, pour mettre en doute sa réalité. On ne
doutait déjà plus, du temps de Morgagni, et les travaux de
l'école anatomique moderne ont jeté tant de jour sur ce point
de physiologie pathologique de l'encéphale, qu'on est parvenu

à déterminer rigoureusement les parties de l'axe nerveux, dont
l'action était oblique, et celles qui exerçaient des influences
directes. Les deux lobes antérieurs, que l'on peut considérer
comme l'extension des pyramides, croisent leur action au niveau
du bulbe rachidien, tandis que les lobes postérieurs qui, d'après
Gall, ont des rapports de formation avec les éminences olivaires,
se continuent avec les faisceaux latéraux de la moelle sans
échanger leurs fibres nerveuses. Le fait, ainsi démontré, ne saurait
donc être contesté ; aussi notre conviction n'est-elle pas entraînée
par les hypothèses explicatives avancées par M. Rey, et s'il nous
était permis d'en ajouter une dernière, pour ne pas avouer une
défaite, nous chercherions à prouver la possibilité d'un non-
croisement des pyramides antérieures à la faveur d'une anomalie qui n'est pas sans exemple dans les annales de la science.

Il s'agit ailleurs d'un vieux soldat qui, après un long séjour
dans l'hôpital de Montpellier, expira, sans agonie, n'ayant
offert pour symptômes dans les derniers moments de son existence, que des tremblements spasmodiques des membres, de la
tête et de la langue. A l'autopsie, on reconnut un ramollissement
des os de la base du crâne et des plaques osseuses dans le
feuillet viscéral de l'arachnoïde spinale. Ces lésions sont, comme
on le voit, remarquables sous le rapport de la rareté[1] et du
parti qu'on en peut tirer pour l'interprétation : M. Rey l'a bien
compris et leur a appliqué de judicieuses réflexions. Mais n'aurait-il pas émis une proposition hasardée en avançant que les
tremblements spasmodiques observés chez ce malade étaient dus
à la présence des incrustations calcaires de la séreuse encéphalique ? On sait combien sont lentes ces sortes de dispositions ;
elles constituent la dernière phase des transformations des produits pseudo-membraneux, et l'obscurité du travail de sécrétion
morbide nécessaire à leur production ne saurait être en corrélation avec des symptômes aussi graves que le sont des tremblements spasmodiques. M. Rey paraît l'avoir reconnu lui-même,
quand il dit plus bas qu'une affection cérébrale, propagée par

---

[1] Toutefois ce fait n'est pas unique dans la science comme le prétend l'auteur ;
plusieurs anatomistes, Meckel entre autres, ont signalé des lésions analogues.
(Voy. son *Manuel d'Anatomie*, t. II).

les os altérés de la base du crâne, en donnerait une explication aussi rationnelle.

Je borne à ces brèves remarques l'impression que m'a laissée la lecture de ces faits ; le reste ne pourrait susciter de ma part que des éloges, et c'est par une sorte de contrainte que je m'abstiens de suivre M. Rey dans les détails des autres observations qu'il produit dans son travail. On reconnaît à leur choix, fait avec bonheur, à leur rédaction entraînante, et surtout aux réflexions qui les fécondent, la touche d'un homme instruit et exercé ; on voit que l'auteur est dominé par l'amour de la vérité, et l'on reste convaincu que M. Rey s'est associé de la manière la plus honorable à ces médecins pleins de loyauté scientifique, et qui concourent de tous leurs efforts à dégager les nombreuses inconnues des problèmes de l'économie vivante.

Nous n'avons à exprimer qu'un regret, c'est que l'auteur de la thèse sur la *Pathologie de l'axe cérébro-spinal* en ait oublié le titre pour raconter, sans transition ménagée, l'histoire de la guérison d'une tumeur trachélienne, celle d'un empalement par les voies sexuelles, et en soit venu même à présenter un relevé des cas de fractures traitées dans l'hôpital de Bordeaux. Le groupement de ces faits disparates ressemble un peu trop, comme on l'a dit, à des *miscellanées*, et trompe le lecteur qui, sur la foi du titre, reste dans l'attente d'un autre couronnement de l'œuvre. Celle-ci eût atteint sa perfection, si des éléments moins hétérogènes eussent été assemblés pour constituer une production compacte et dont l'unité fût plus nettement dessinée.

OBSERVATIONS ET RÉFLEXIONS SUR LES ANÉVRYSMES

DE LA PORTION ASCENDANTE ET DE LA CROSSE DE L'AORTE *

ANALYSE.

Notre siècle voit éclore beaucoup de productions sur des sujets déjà bien connus, mais peu de documents vraiment originaux sont introduits dans la science ; le perfectionnement l'emporte sur l'invention, et les matières obscures et difficiles sont délaissées pour celles dont l'histoire, déjà exubérante, demanderait plutôt à être réduite qu'augmentée. L'étude des anévrysmes externes, par exemple, a fixé l'attention d'une foule d'écrivains, alors que leur connaissance était presque complète, et celle des anévrysmes profonds, dont la fréquence et le danger semblaient commander davantage l'examen, a été à peine abordée dans ses points essentiels. Il est résulté de cette direction d'efforts, d'une part, une pénurie réelle de documents importants ; de l'autre, un luxe de détails dont le moindre inconvénient a été peut-être d'enlacer le principal dans le réseau des notions accessoires. Quand on observe qu'il faut hésiter entre de nombreux procédés pour atteindre des troncs artériels qu'on n'a liés que dans des cas excessivement rares, tandis qu'il existe à peine quelques méthodes incertaines pour guérir les anévrysmes de l'aorte, n'est-on pas en droit de reprocher aux hommes de l'art d'épuiser, dans une profusion de stériles essais, un talent qui grandirait en s'attachant aux difficultés sérieuses ?

Notre savant maître et collègue a compris ce que la science pourrait gagner en s'arrachant enfin à la séduction d'une facile

---

* Par J. Dubrueil, professeur à la Faculté de médecine de Montpellier ; in-8°, 196 pages, avec planches lithographiées.

richesse, pour élucider des sujets encore peu avancés, et parvenir à la connaissance exacte d'une maladie grave du système artériel. M. Dubrueil, en s'occupant des anévrysmes de l'aorte, ne s'est pas borné à choisir un sujet digne de ses méditations ; il a su répandre de nouvelles lumières sur plusieurs des points qui s'y rattachent, et apprécier avec rigueur l'état actuel de nos connaissances.

Hâtons-nous donc de développer l'intérêt scientifique qui ressort de ce travail, en le demandant aux faits qui en sont la base, aux réflexions qui le complètent.

Les anévrysmes de l'aorte se montrent le plus ordinairement à sa portion ascendante et à sa crosse, divisions dont l'anatomiste ne peut marquer les limites, mais que la maladie envahit ou respecte de manière à démontrer leur indépendance organique. Guidé par les données de la pathologie, M. Dubrueil accepte cette distinction clinique des anévrysmes de l'aorte, et groupe autour d'elle les matériaux de son travail. La première partie est consacrée à l'examen des anévrismes de l'aorte ascendante : l'auteur y raconte les faits tirés de sa propre expérience, déduit les conclusions immédiates qui en découlent, et dans un résumé plus général dont ces faits sont la substance, il trace un tableau de la maladie d'autant plus fidèle que les sujets sont là pour en contrôler l'exactitude. Le même ordre, le même procédé inductif et généralisateur caractérisent le second chapitre, dans lequel l'auteur s'occupe des anévrysmes de la crosse aortique ; mais ici le second terme de comparaison fait naturellement intervenir le diagnostic différentiel des deux espèces de tumeurs artérielles, et la communauté des moyens de traitement qui leur sont affectés permet de compléter l'œuvre par une appréciation de la thérapeutique générale de la maladie. Ce mode d'exposition reflète, on le voit, le caractère de l'époque, elle rappelle la méthode baconienne ; mais l'auteur échappant à ce piège de l'amour-propre qui a conduit un si grand nombre d'écrivains modernes à consigner des observations banales, comme si la science était privée des premiers matériaux, a eu le soin de n'enregistrer que des faits choisis, dans lesquels une vérité particulière perçait à travers une destination plus générale.

Nous nous affranchirons toutefois de cette rigueur analytique

par laquelle le lecteur passe du fait initial à l'idée déductive.
Une esquisse usurpe quelques libertés, et l'auteur nous pardon-
nera de négliger les connexions imposées par sa méthode, pour
grouper, à l'aide d'un artifice moins sévère, tout ce qui, dans
le travail que nous faisons connaître, est revêtu d'un cachet
spécial, faits et idées, sans égard pour les transitions.

Sous le rapport de l'*étiologie*, notre collègue fait ressortir
l'étroite liaison des connaissances anatomiques et physiologiques
avec celles qui sont du domaine de la pathologie. S'agit-il d'expliquer comment l'acte musculaire, qui constitue l'*effort*, détermine la formation d'anévrysmes : M. Dubrueil fait observer que
le thorax, dilaté par une forte inspiration, devient le siège d'une
pression qui réagit sur le liquide contenu dans l'aorte et augmente son action latérale jusqu'à triompher de l'élasticité artérielle. S'il faut démontrer l'influence de la force relative du
cœur dans la production de la même maladie, l'auteur ajoute
aux faits connus de coïncidence d'une hypertrophie ventriculaire,
des exemples d'aorte devenue anévrysmatique chez des amputés.
Le mode de connexion de l'origine de l'aorte avec le cœur et le
péricarde rend compte, à la fois, des fréquentes dilatations de
cette partie et de leur rupture dans la poche fibro-séreuse. Plusieurs observations démontrent la réalité de cette étiologie anatomique des anévrysmes de l'aorte ascendante, tandis qu'une
action plus mécanique contribue au développement des anévrysmes de la crosse de l'aorte. Quant aux influences morbides,
M. Dubrueil fait d'abord la part de l'artérite et de ses diverses
terminaisons ; il croit devoir restreindre l'action du vice scrofu-
leux et du vice syphilitique invoquée par plusieurs auteurs ; enfin,
il signale une cause qui, jusqu'à nos jours, n'avait fixé l'attention d'aucun observateur : nous voulons parler de la paralysie
de la membrane moyenne de l'aorte. M. Dubrueil ne l'admet, il est
vrai, que d'après des données purement logiques, et pour expliquer des lésions dont les autres causes morbides ne sauraient
rendre compte ; mais puisque de nombreuses expériences
physiologiques ont démontré que l'action des artères sur le sang
n'est pas un phénomène de simple élasticité, il ne saurait être
irrationnel d'admettre la paralysie d'un tissu contractile. Nous
acceptons en conséquence, avec M. Dubrueil, la possibilité d'une

paralysie artérielle, bien qu'elle ne repose que sur une simple déduction. Les conclusions rationnelles ont une valeur comparable à celle des faits : ce sont les faits de l'ordre intellectuel.

Le *diagnostic* des anévrysmes de l'aorte a particulièrement fixé l'attention des praticiens modernes ; on dirait que, sur ce point seulement, ils aient voulu porter nos connaissances au même degré que celles que nous possédons sur les anévrysmes du domaine chirurgical. Depuis Laënnec, qui le premier s'est servi de l'auscultation pour reconnaître les anévrysmes de l'aorte, et qui avouait avec candeur que ce moyen ne donnait pas de résultats positifs, la science a beaucoup acquis par les efforts de M. Bouillaud et de quelques autres investigateurs ; nous pouvons même ajouter que le but a été dépassé, et que la période de progrès n'a pas tardé à être suivie de cette période presque infaillible qui altère la perfection, en la surchargeant de détails, de distinctions minutieuses, en donnant aux simples nuances une valeur de caractère, enfin, en substituant à des impressions arrêtées et lucides de nombreuses et obscures subtilités. M. Dubrueil a écrit sur les anévrysmes de l'aorte après l'introduction de cette multitude de signes ; il a pu en conséquence les contrôler et fixer ceux qui méritent réellement d'être réputés pathognomoniques.

La percussion est à peine mentionnée dans l'ouvrage de notre collègue. Dans un livre de faits, où la vérité seule a voulu se montrer, les douteuses innovations dont on a prétendu enrichir le diagnostic des anévrysmes de l'aorte ne pouvaient occuper une place étendue. M. Piorry, le plessimètre en main, a-t-il effectivement démontré aux praticiens qu'on pouvait dessiner sur la poitrine les contours géométriques de l'aorte dilatée ? Lorsqu'un instrument si incertain dans ses révélations veut usurper un pareil crédit, n'est-il pas juste d'en condamner l'emploi par le silence, et d'attendre, avant de conclure sur son importance, que l'auteur ait révoqué lui-même les premières données de son enthousiasme ?

M. Dubrueil accorde une plus juste confiance à l'auscultation ; aussi, après avoir rendu un digne hommage au génie de Laënnec, s'efforce-t-il d'en préciser l'utilité pour le diagnostic de la maladie qui nous occupe. Le bruit de frottement, qui est le type auquel on peut ramener tous les bruits artériels, est l'impression la plus générale et la plus constante que l'oreille perçoive quand il existe un anévrysme aortique. Ce bruit, qui se modifie pour produire la sensation d'un courant d'air qui s'échappe d'un soufflet, ou qui rappelle le frottement d'une râpe ou d'une scie quand il existe des incrustations calcaires dans l'aorte, est bien distinct du bruit double qui résulte de la systole des oreillettes et des ventricules. Il leur succède d'une manière soudaine ; il est brusque, sec, plus prolongé néanmoins que celui du cœur, simple quand l'anévrysme est unique, isochrone aux pulsations artérielles et se faisant sentir dans le trajet de l'aorte. Des conditions anatomiques rendent ce bruit plus ou moins perceptible ; il est obscur dans les anévrysmes de la portion ascendante, dans le point où elle est recouverte par l'artère pulmonaire ; il est au contraire plus sensible au niveau de la crosse aortique, soit que le frottement devienne en réalité plus énergique à cause de la courbure du vaisseau, soit que la proximité de la paroi sternale favorise sa manifestation.

Tels sont les traits les plus importants que M. Dubrueil signale dans les résultats fournis par l'auscultation. Cette réduction en caractères essentiels facilite les essais et les recherches du praticien, et c'est à de pareils états simples et fondamentaux qu'il serait à désirer de voir restreindre la symptomatologie si luxuriante des maladies de l'appareil circulatoire. Le diagnostic ne gagne rien dans les distinctions subtiles qui exigent un raffinement de sensations qu'on ne peut acquérir qu'au détriment de connaissances plus nécessaires. On a reproché aux anciens auteurs leurs minutieuses distinctions sur les caractères du pouls, et le temps a fait bon marché de ces signes équivoques dont la révélation donnait une allure prophétique à la science du médecin. Les impressions recueillies par l'oreille fourniraient-elles donc plus de certitude que celles du toucher ? Sachons le reconnaître, les subtilités de l'auscultation ne méritent pas plus de privilèges que celles de l'art sphygmique ; et si l'influence du génie des Bordeu et des Fouquet n'a pas suffi pour accréditer tous les documents qu'on tirait de l'exploration du pouls, l'observateur impartial, après avoir rendu justice aux découvertes modernes, jugera avec une égale sévérité les excès de la séméïologie physique de notre époque. Il réduira à leur juste valeur les exagérations sensitives de M. Bouillaud, qui, dans le diagnostic des maladies du cœur, fait intervenir les sujets de comparaison les plus bizarres, depuis le roucoulement de la colombe jusqu'au grondement du diable ; les impressions non moins étranges de M. Piorry, qui, enrichissant le vocabulaire de l'acoustique de termes nouveaux, distingue le son en *fémoral, jécoral, hydropneumatique*, etc. ; et même le poétique laisser-aller du grave Laënnec, qui se surprit un jour à noter la musique artérielle.

L'oppression, le trouble de l'acte respiratoire, l'œdème de la face et des membres supérieurs, l'état du pouls, le sentiment de bouillonnement intérieur, le frémissement vibratoire des parois du thorax, constituent autant de signes dont M. Dubrueil analyse et apprécie la valeur. Ils doivent surtout être pris en considération dans les anévrysmes de l'aorte ascendante, que leur profondeur dérobe aux premières explorations, dont le malade n'a point la conscience dès le début de la maladie, et dont la détermination reste encore enveloppée d'obstacles, alors même que son développement est avancé.

Les anévrysmes de la crosse, généralement plus faciles à reconnaître, peuvent néanmoins en imposer pour des tumeurs du même genre qui ont leur siège dans le tronc brachio-céphalique ou la carotide primitive. M. Dubrueil cite plusieurs cas où la méprise a eu lieu, et dans lesquels un examen attentif aurait pu garantir de l'erreur. L'auteur signale et explique à la fois la spécialité de leur caractère. La position superficielle des anévrysmes de la crosse aortique rend facile à concevoir l'abrasion plus fréquente des os qui forment l'enceinte pectorale ; la pression qu'ils exercent quelquefois sur le plexus brachial rend compte de l'engourdissement du membre supérieur : leurs rapports avec le haut du sternum permettent de comprendre comment les battements de la tumeur sont quelquefois visibles à l'œil nu dans la fossette sus-sternale, bien que l'évidence de pareils battements ne révèle pas infailliblement des anévrysmes ; les rapports de ces tumeurs expliquent encore le phénomène de la voix rauque qui les accompagne ordinairement. M. Dubrueil l'attribue à la compression de la trachée-artère ; et acceptant les déductions expérimentales d'Arnold et de Muller, qui rapportent à des filets du nerf spinal confondus dans le névrilème du pneumo-gastrique l'excitation des muscles laryngiens, il n'invoque point, pour rendre raison du phénomène indiqué, le tiraillement du nerf récurrent dont les filets perdent leur action en se distendant sur les parois de l'anévrysme.

Les questions d'*anatomie pathologique* qui se rattachent à l'histoire des tumeurs de l'aorte, sont présentées avec intérêt et résolues par des faits démonstratifs. M. Dubrueil a eu l'occasion d'observer presque toutes les variétés d'anévrysme signalées jusqu'à ce jour ; aussi a-t-il pu faire naître la conviction sur des points que leur rareté rendait encore sujets à discussion. C'est ainsi qu'il confirme l'existence d'*anévrysmes vrais cylindroïdes*, dont la notion longtemps étouffée par l'autorité de Scarpa s'est ravivée par les recherches de M. Breschet. Un exemple de cette variété rare, nommée par Laënnec *anévrysme disséquant*, reparaît dans les observations de M. Dubrueil ; d'autres faits lui servent à démontrer les illusions des observateurs qui ont cru à l'existence de l'*anévrysme mixte interne*, espèce imaginaire que n'auraient pas dû accréditer les expériences trop invoquées de Haller sur des batraciens, les distinctions hasardées de Callisen et les descriptions réputées authentiques des professeurs Dubois et Dupuytren. La prétendue membrane interne, seule barrière contre l'ondée sanguine dans le point où son effort est le plus énergique, s'est réduite, par les recherches de M. Dubrueil, en une pseudo-membrane qui revêt les apparences de la tunique artérielle profonde, et qu'un travail curateur naturel a organisée à la surface concave du kyste anévrysmal.

Les sujets d'anatomie pathologique n'ont pas un pur intérêt d'histoire naturelle ; ils tiennent par d'étroites liaisons aux questions les plus intimes de la séméïologie, du pronostic et de la thérapeutique, dans lesquels ils introduisent un rationalisme qui les agrandit et le complète. M. Dubrueil s'attache à démontrer comment l'étude des anévrysmes fait ressortir la vérité de cette proposition. Faut-il expliquer l'œdème de la face et des membres supérieurs, l'autopsie cadavérique vient démontrer la possibilité d'une oblitération de la veine cave descendante, sous l'influence d'une tumeur anévrysmale. Une observation intéressante d'hypertrophie concentrique du ventricule gauche, révélée par l'autopsie, rend compte de l'exiguité du pouls observée quelquefois dans les anévrysmes de l'aorte. Enfin, l'examen des lésions matérielles qu'on observe dans cette maladie réagit sur le pronostic et le traitement, en montrant le procédé suivi par la nature dans la guérison spontanée des anévrysmes. Le rôle que jouent les caillots sanguins dans l'obturation de la tumeur est une conquête de l'anatomie pathologique, et l'art, dont le but est d'imiter les tendances heureuses de la nature, trouve, dans l'examen des organes d'un anévrysmatique guéri, une leçon toute tracée pour diriger ses moyens.

Cette issue favorable est malheureusément bien rare, et dans l'état présent de la science, la *thérapeutique* de cette maladie laisse presque tout à désirer. C'est du moins ce qui résulte des idées que M. Dubrueil insinue plutôt qu'il n'exprime formellement. On reconnaît dans l'énoncé des faits et des opinions qui ont trait à cette matière, une affirmation équivoque, une hésitation qui voudrait triompher d'elle-même, mais qui laisse deviner que le désir de détruire le mal est absorbé par la conviction d'une triste impuissance. L'auteur juge sévèrement la méthode de Valsalva, tant préconisée contre les anévrysmes internes : s'il est vrai que par des saignées abondantes et réitérées on ait fait disparaître des tumeurs déjà proéminentes au dehors, comme on en voit des exemples dans l'ouvrage que nous analysons, faut-il considérer une pareille rétrocession comme un témoignage irrécusable de guérison ? M. Dubrueil n'hésite pas à refuser un pareil titre à cette amélioration, dont on ne peut calculer la durée et qu'il n'est pas permis d'affermir par de nouvelles saignées copieuses ; car ce moyen s'attaque à la vie elle-même, et l'abus des soustractions sanguines ne fait que substituer aux dangers de l'anévrysme des dangers d'un nouvel ordre. Une revue critique des exemples de guérison, cités par Pelletan, montre l'absence d'éléments suffisants pour impliquer certitude, et la propre expérience de l'auteur sur la modification apportée par M. Chomel à la méthode de Valsalva, lui a prouvé qu'elle était plus nuisible qu'utile. Des malades traités par la saignée jusqu'à syncope ont failli succomber dans l'application de ce redoutable moyen, et les progrès de leur maladie n'ont pas même été enrayés.

La digitale, que, dans son exaltation, M. Bouillaud nomme l'*opium* du cœur, ne fait aussi, d'après M. Dubrueil, que pallier le mal ; il en est de même des préparations d'acétate de plomb et de celles qui ont pour base l'acide cyanhydrique. Le maximum de puissance de ces divers moyens s'élève quelquefois jusqu'à arrêter la marche de l'anévrysme, ou même à le faire rétrograder ; mais il n'est pas démontré que leur efficacité se soit portée jusqu'à une restitution complète et permanente du calibre artériel.

C'est surtout vers le début de la maladie que l'on pourrait espérer un résultat aussi favorable ; mais alors les symptômes peu manifestes n'ont pas altéré, la sécurité du malade, qui le plus souvent ne réclame des secours que lorsque l'anévrysme a fait de trop grands progrès. La conduite du praticien consiste alors à user avec sagesse des moyens indiqués et à s'arrêter au moment où l'art vaincu doit utiliser son impuissance pour ne pas faire subir au malade des tentatives qui précipiteraient le moment funeste :

Una salus victis nullam sperare salutem.

Cette conclusion, inévitable dans l'état actuel de la science, ne doit pas cependant enchaîner l'avenir de la thérapeutique. Les traces des efforts médicateurs naturels surpris par l'investigation des anatomo-pathologistes, ont déjà montré par quel mécanisme la guérison pouvait s'opérer ; les essais ultérieurs de thérapeutique ne porteront donc pas à faux, ils seront rendus rationnels et par conséquent plus fructueux par la détermination des trois bases les plus puissantes du traitement des maladies, savoir : l'étiologie, le diagnostic et la thérapeutique. Or, ces trois faces de l'histoire des anévrysmes laissent peu à désirer dans le livre de M. Dubrueil ; et, quant à la dernière, le praticien peut la consulter avec fruit puisqu'il y apprendra les motifs d'une extrême réserve, et qu'il verra comment dans une affection aussi sérieuse il doit, sans fataliser la maladie, restreindre les espérances qu'aurait pu faire naître la trompeuse apologie de telle méthode de traitement.

Terminons cette analyse par une appréciation générale de l'ouvrage. La même raison qui a conduit l'auteur à se borner aux indications essentiellement pratiques, l'a détourné de l'idée de faire une enquête historique et d'en répartir les produits dans son œuvre. L'exactitude y tient lieu d'érudition, les faits y occupent la place des noms, le style est grave comme le sujet, et l'esprit du livre en révèle constamment le but, qui est de tracer, en la rationalisant, la conduite du praticien. Aussi M. Dubrueil a-t-il voulu faciliter l'intelligence de ses idées, en enrichissant son ouvrage de dessins lithographiés d'une belle exécution. Possesseur de pièces pathologiques remarquables, il les a reproduites comme une démonstration de la vérité : heureux artifice qui complète les pensées de l'auteur, qui les traduit aux sens comme la description les traduit à l'esprit, et dont l'influence fixe les souvenirs en les rapportant à une origine matérielle.

PAVILLON ANATOMIQUE

MESSIEURS,

Parmi les améliorations que réclament les établissements d'instruction publique de notre ville appartenant à l'enseignement supérieur, il n'en est pas dont la nécessité et l'urgence soient mieux établies que celles qui concernent le service pratique de l'anatomie. Cette science est une des bases essentielles de la médecine ; elle est la première dans la hiérarchie de l'enseignement, et sa culture exige des conditions très spéciales. Les élèves ne peuvent l'apprendre que dans les Écoles ; et alors que l'étude de toutes les autres parties de l'art de guérir peut être continuée après l'obtention du diplôme, et se perfectionner par les résultats de l'expérience personnelle, l'anatomie est forcément abandonnée, faute d'occasions et de moyens de la cultiver. Il est donc indispensable de lui accorder, pendant la durée des études scolaires, une prédominance exceptionnelle, afin que les élèves fassent, pour ainsi dire, provision de cette science pour leur vie médicale tout entière.

A part cette nécessité, tirée de la nature même des travaux anatomiques, la science de l'organisation humaine a pris dans l'ensemble des sciences médicales une importance universellement reconnue et qui rend nécessaires une installation spéciale et une bonne organisation du matériel de l'enseignement dans les Écoles de médecine.

Cette importance, admise depuis longtemps en principe et en

---

* Rapport fait au Conseil municipal de Montpellier, le 21 janvier 1867.

fait dans les Facultés de Paris et de Strasbourg, est sanctionnée
dans ces foyers scientifiques par l'établissement d'amphithéâtres
et de pavillons de dissection en harmonie avec tous les besoins
de l'enseignement et les règlements de l'hygiène publique. Il en
est de même dans bon nombre d'Écoles préparatoires de médecine de l'Empire, et, pour ne parler que de celles qui sont
rapprochées de nous, à Bordeaux, à Toulouse, etc., rien n'a
été négligé pour l'installation du matériel anatomique. Ai-je
besoin d'ajouter qu'à l'étranger, et particulièrement dans les
centres universitaires renommés, avec lesquels Montpellier doit
continuer une honorable rivalité, toutes les conditions exigées
pour la culture de l'anatomie sont remplies, non-seulement d'une
manière rigoureuse, mais avec le confortable nécessaire, et même
avec le luxe que peut comporter ce genre d'établissement ? On
semble avoir eu pour but de satisfaire d'abord aux exigences
sérieuses de la science, et en second lieu, de neutraliser toutes
les répugnances qu'inspire aux débutants l'étude si austère et si
pénible de l'organisation humaine. Montpellier seul est resté en
arrière sous ce rapport.

Je sais, Messieurs, que devant l'honorable assemblée qui met
quelque bienveillance à écouter ce rapport, il m'est interdit
d'aborder des détails qui, par leur nature, ne devraient être
présentés qu'aux hommes spéciaux qui se livrent aux sciences
médicales. Mais puis-je oublier que cette assemblée a heureusement recruté un assez grand nombre de ses membres dans le
corps médical de notre ville ; ne sommes-nous pas d'ailleurs tous
en présence d'un intérêt majeur, et pourrai-je redouter l'indifférence des représentants d'une cité qui tire son antique illustration
de la médecine, en les entretenant d'une question afférente à
l'état de son établissement scientifique le plus important ? *Loquor
in aere monspeliensi.*

Je puis donc, sans crainte, vous parler de salles d'anatomie,
de dissection, de cadavres même. L'intérêt n'est pas absent de
ces tristes sujets, que la vigilance municipale suffit pour rendre
dignes de votre sollicitude. Votre sympathie bien connue pour
les progrès sérieux m'est d'ailleurs un sûr garant qu'elle ne sera
pas refusée à la science que sa haute importance a placée au
seuil même des études médicales.

Ce n'est pas d'aujourd'hui, Messieurs, que votre Faculté de médecine émet le vœu d'une installation convenable pour les études anatomiques et en poursuit la réalisation en s'adressant à la fois à la Ville et à l'État. De tout temps, ce service scientifique s'est trouvé dans des conditions d'infériorité relative. Si notre cité, justement fière de son renom médical, partage avec Bologne l'honneur d'avoir, dès le xive siècle, proclamé la nécessité des amphithéâtres de dissection, et donné les premiers exemples de ce moyen rigoureux de fonder la science, il faut reconnaître que l'initiative et la bonne intention n'ont pas porté des fruits proportionnels, et que, d'une manière générale, tout ce qui concerne la culture de l'anatomie est resté au dernier plan. Quelques hommes éminents ont pu sans doute surgir, par la force du génie, à travers les difficultés : Rondelet, Dulaurens, Cabrol, Vieussens et quelques autres ont pu honorer l'ancienne École de leur nom et de leurs ouvrages. Mais, avant la fin du dernier siècle, la science anatomique était lettre morte pour la masse des élèves ; aucun d'eux ne disséquait, n'assistait à un cours descriptif régulier. Notre ancienne École de médecine, installée dans un local exigu, occupé aujourd'hui par l'École de pharmacie, n'avait point d'établissement pratique régulièrement fréquenté, quoique Rondelet, dès le milieu du xvie siècle, y eût libéralement fondé un amphithéâtre, et que Ranchin, qui joignait le goût des beaux-arts à l'amour de la science, eût renouvelé cette fondation au commencement du xviie, en y ajoutant des marbres décoratifs d'origine antique.

Cette insuffisance des locaux et la difficulté de se procurer des sujets de dissection jetèrent naturellement la médecine dans une direction où elle pouvait donner plus librement cours à son activité. L'École de Montpellier, trouvant des obstacles à son développement, du côté de l'observation des faits, se lança dans la direction théorique et philosophique. Vous savez les progrès qu'elle y a réalisés, l'élévation qu'elle a su atteindre, la renommée qui s'y est attachée et à laquelle ont surtout contribué les écrits et l'enseignement de Barthez et du vénérable professeur Lordat.

Ce n'est qu'à de biens longs intervalles et presque toujours par le fait de l'initiative individuelle et de donations particulières, que les locaux destinés aux travaux anatomiques ont été l'objet

de transformations ou de créations avantageuses. L'une de celles
qui mérite le plus d'être rappelée est due à l'illustre Lapeyronie.
Ce chirurgien, non moins distingué par ses vues généreuses que
par sa valeur scientifique, légua une somme considérable pour la
construction de l'édifice Saint-Côme, l'un des monuments les
plus remarquables dont notre ville ait été dotée au dernier siècle.
C'est là que siégeait le Collège de chirurgie, et d'importantes
dispositions étaient prises pour que les travaux anatomiques
pussent être exécutés par les aspirants au titre qu'il conférait.
Cet édifice, dont le plan est dû à Giral, architecte de Montpellier,
et qui fut construit au centre de la ville, sur l'emplacement de la
maison du président Tremolet, fut terminé vers 1756. Sa construction ne manque ni de grandeur ni d'élégance, et l'on peut
encore admirer l'amphithéâtre, de forme octogone, surmonté
d'un dôme élancé, que décorent des moulures et que soutiennent
des pilastres d'ordre corinthien. Mais la beauté du monument
était une condition moins essentielle au but de sa construction
que ne l'eût été un emplacement mieux choisi ou une distribution
plus heureuse. Lorsque la communauté des chirurgiens de Montpellier disparut, à la suite de la Révolution, devant la réorga-
nisation des Écoles de santé, le monument de Lapeyronie changea
de destination. La chirurgie et l'anatomie désertèrent le sanc-
tuaire qui leur avait été offert, et depuis longtemps il est occupé
par la Bourse et le Tribunal de commerce.

L'École de médecine fut transportée dans l'ancien monastère
Saint-Germain, devenu plus tard l'Évêché. C'est là qu'elle fut
définitivement et largement installée. Mais, si l'on retrouva dans
le vieil édifice de vastes salles pour les divers services d'un enseignement compliqué, l'anatomie n'y fut encore que très
médiocrement pourvue de ce qui lui était nécessaire. Le ministre Chaptal voulut rendre à cette science une sorte d'hommage,
en faisant construire à ses frais et à ceux de l'Etat, par l'habile
architecte Lagardette, un hémicycle assez vaste, qui reçut l'inscription pompeuse de *Theatrum anatomicum*. Mais la science
pratique n'a point bénéficié de cette prétendue destination. La
nouvelle salle servit indifféremment à tous les cours de la
Faculté, et les locaux destinés aux dissections n'en restèrent pas
moins dans un état d'infériorité.

Sous le décanat de M. Lordat, de 1820 à 1830, quelques pièces exiguës placées au rez-de-chaussée de la cour d'honneur furent érigées en pavillon anatomique. On parvint à disposer une salle pour les travaux des élèves de l'école pratique, récemment fondée, et pour les préparations des leçons du professeur d'anatomie ; on y ajouta une petite pièce pour les vivisections et quelques appoints empruntés aux substructions de l'édifice, pour y placer le sarcophage et les auges de macération. Tout cela était étroit, malsain, insuffisant, et ne pouvait servir qu'aux travaux d'un petit nombre d'élèves. La masse des étudiants, alors fort nombreuse, se livrait à des exercices anatomiques dans des amphithéâtres privés, que le zèle de quelques professeurs libres avait installés dans les dépendances du couvent de Saint-Charles, au milieu de ruelles étroites et au sein d'une population très dense, et surtout dans le faubourg de Boutonnet.

Dans ce dernier et précaire établissement, d'immenses services furent cependant rendus par M. Estor, le père de notre collègue. Il y créa un enseignement particulier, dont le succès a laissé les meilleurs souvenirs et fut le titre principal à la chaire qui fut créée pour lui en 1838. L'importance de cet enseignement ne suffisait pas pour voiler les défectuosités de l'organisation matérielle des pavillons de dissection. Tout faisait défaut : absence des conditions les plus nécessaires, insuffisance des mesures hygiéniques, pas de surveillance ni d'isolement convenable. La curiosité du public venait troubler les travaux, compromettre la liberté des études et susciter tantôt des réclamations légitimes, tantôt de scandaleuses scènes.

A travers des difficultés de tout genre, le service de l'anatomie était insuffisant pour le nombre des élèves. On y suppléait comme on pouvait. Les internes des hôpitaux improvisaient des artifices pour faciliter les dissections. Le domicile de l'étudiant devenait parfois un amphithéâtre clandestin. Il me suffira, je pense, d'avoir tracé ce rapide aperçu d'un état auquel se rattachaient d'inévitables abus, pour faire comprendre à la fois l'importance de cette question et la nécessité de lui préparer une solution.

Un grand progrès s'accomplit sous le décanat de M. Dubrueil. Professeur d'anatomie et doyen de la Faculté, M. Dubrueil avait un double titre pour chercher un remède à l'état déplorable, des travaux d'anatomie pratique, et à leur éparpillement dans divers points de la ville. Il eut l'idée et la ferme volonté de les concentrer exclusivement dans l'enceinte de l'École de médecine, sous une surveillance active, offrant la double garantie d'une bonne direction scientifique, et j'ajoute d'une direction morale qui assurait le respect dû aux dépouilles de l'homme, alors même qu'il est le sujet de la science. L'auteur de ce rapport était alors le chef des travaux anatomiques, et peut témoigner de tous les efforts qui furent accomplis, à cette époque, pour entourer les études de toutes les garanties.

Cette concentration des travaux porta ses fruits. Depuis lors l'anatomie fut plus régulièrement cultivée. Mais à quelles défectuosités ne fallut-il pas se résigner pour l'installation des salles de dissection ! On n'avait pas le choix pour l'emplacement, on n'avait pas de fonds pour y faire les dispositions convenables ; c'est dans les anciennes caves des évêques que l'anatomie alla cacher ses travaux et enfouir ses recherches. Cette déplorable situation dure encore. C'est à elle qu'il s'agit de remédier. Permettez-moi, Messieurs, d'ajouter quelques mots pour vous la faire mieux connaître.

Le local aujourd'hui affecté aux dissections se compose de deux salles voûtées, de pièces accessoires et d'un cabinet pour le chef des travaux anatomiques. L'ensemble de ces pièces occupe la partie la plus basse de l'édifice de l'École, en faisant angle et retour sur la façade et l'aile gauche de la grande cour. La porte d'entrée est cachée par le perron massif qui conduit au grand amphithéâtre, les murailles formant les assises de la fondation sont très épaisses et ne laissent pénétrer la lumière que par des lucarnes latérales que le soleil ne peut atteindre. A peine suffisant comme espace, ce local est dépourvu des premières conditions hygiéniques. Les salles basses, humides et sans large communication avec l'extérieur, manquent d'air et de jour. Dans les sombres et courtes journées d'hiver, époque spécialement consacrée aux dissections, les élèves ont à souffrir à la fois du froid, de l'humidité, de l'obscurité et des effets de l'air confiné. Ils adressent fréquemment de justes réclamations. Plusieurs sont devenus malades par suite de rhumatismes ou de fièvres d'origine miasmatique contractées dans ces salles non ventilées. Par surcroît de mauvaises conditions, le local destiné aux dissections est placé au dessous de la salle des actes de la Faculté, c'est-à-dire près du lieu dont il devrait être le plus éloigné ; il reçoit le peu de lumière dont on dispose, par un étroit jardin placé près de la porte d'entrée de la Faculté, et en contre-bas de la rue Saint-Ruf, en sorte que la voie publique peut recevoir des émanations directes de l'amphithéâtre, et que les précautions qu'on a dû prendre pour éviter des regards indiscrets, restreignent encore le jour nécessaire.

Ces mauvaises dispositions ont été constatées à diverses reprises par les autorités locales, notamment par M. le Maire et par les divers Préfets qui se sont succédé dans notre département. Depuis que cette question est à l'étude, S. Exc. M. Duruy, ministre de l'Instruction publique, a voulu aussi s'assurer de l'état des lieux, et, dans la tournée universitaire par laquelle il inaugura son administration en 1864, il daigna visiter avec détail, nous ne dirons pas ces pavillons, mais ces repaires anatomiques, et il fut tellement frappé de leur dégradation, surtout en les mettant en rapport avec la belle organisation du reste de notre grand établissement médical, qu'il déclara l'urgence d'une réforme, et pour remédier au plus pressé, il voulut bien nous accorder, sur les fonds de son ministère, une somme de 2,000 francs immédiatement applicable aux réparations les plus nécessaires, notamment à l'acquisition de huit tables de dissection en marbre ou en zinc. M. le Ministre voulut aussi qu'une étude approfondie d'un projet tendant à substituer à l'état actuel des dispositions non-seulement meilleures, mais réellement dignes de la métropole médicale du Midi, et en harmonie avec les exigences de la science moderne, fût régulièrement faite et qu'un rapport détaillé lui fût adressé sur la question. J'avais l'honneur de remplir en ce moment les fonctions de doyen, en l'absence de M. Bérard, et j'adressai moi-même à M. le Recteur, à la date du 22 juillet 1864, le rapport demandé.

C'est depuis lors que l'examen de cette question a franchi la période préparatoire et a subi une sérieuse élaboration, soit en ce qui concerne la détermination de l'emplacement le plus convenable aux nouveaux pavillons d'anatomie, soit pour la recherche des voies et moyens destinés à faire atteindre le but.

Eu égard au choix de l'emplacement, M. Bésiné, architecte du département, a été consulté par l'autorité compétente, sur la convenance d'un local depuis longtemps signalé par la Faculté, comme répondant le mieux aux besoins du service anatomique. Je ne saurais mieux faire que de soumettre à votre appréciation les principales raisons exposées avec une parfaite lucidité dans le rapport de M. l'Architecte, et qui confirment entièrement la proposition de la Faculté.

L'emplacement des salles actuelles de dissection étant radicalement vicieux à tous les points de vue, et surtout sous le rapport de l'hygiène, M. l'Architecte a dû s'occuper en premier lieu de rechercher dans une autre partie des locaux existants une situation plus favorable. Cette recherche n'a donné que des résultats négatifs. En effet, outre que les locaux compris dans les bâtiments de la Faculté ont tous une destination obligatoire, il a été reconnu qu'aucun d'eux ne pouvait remplir les conditions voulues pour l'enseignement pratique de l'anatomie, qui exige, en effet, des dispositions toutes spéciales. On a jugé aussi qu'il serait impossible d'établir les nouvelles salles de dissection dans la principale cour de la Faculté, qui n'est ni assez étendue ni assez aérée pour permettre d'y placer un appendice de cette importance. Nous ajoutons que cet espace, déjà restreint par l'escalier monumental qui conduit du vestibule à l'amphithéâtre de Chaptal, subirait une nouvelle réduction qui lui ferait perdre ses avantages. Toute construction sur ce point dégraderait les abords de cette partie de l'édifice, et aurait pour effet de mettre sur le passage du public un genre d'établissement que les plus évidentes convenances prescrivent d'isoler.

Tous les motifs se réunissaient, en conséquence, pour faire chercher, en dehors des bâtiments existants, un emplacement qui leur fût contigu, et qui fût propre à la destination projetée.

Au nord des bâtiments de la Faculté, sur le boulevard Henri IV, à la suite de l'aile renfermant le Conservatoire anatomique et les Collections, se trouve un immeuble relativement peu important, appartenant à M. le chanoine Pomarède, et dont l'emplacement offre toutes les conditions désirables pour les salles projetées. Cet immeuble, confrontant à la fois un square public et les dépendances de la Cathédrale, dépare, par son aspect trivial, l'ensemble imposant que présentent de ce côté la Tour-des-Pins, ancien vestige des fortifications de la ville, l'Évêché, la Cathédrale et la galerie du Conservatoire, groupés dans un même périmètre.

La disparition de cet immeuble plus que modeste est donc à désirer, et la construction sur son terrain des nouvelles salles de dissection, en même temps qu'elle doterait la Faculté d'une annexe qui lui est indispensable, contribuerait à l'embellissement de cette partie de la ville, car on appliquerait au nouveau pavillon le caractère monumental de la galerie du Conservatoire, dont il formerait le prolongement.

Cette construction serait de même largeur que l'aile du Conservatoire, belle partie de l'édifice de la Faculté qui décore dignement le boulevard en regard du Jardin des Plantes, et que nous devons à M. de Salvandy, ancien ministre de l'instruction publique. Nous ne saurions omettre à cette occasion que le Conseil municipal vota pour cette dépense une somme de 10.000 fr. et que M. Roulleaux-Dugage, ancien préfet de l'Hérault et actuellement député au Corps législatif, contribua puissamment, par son influence, à ce que la ville de Montpellier fût dotée de ce magnifique Conservatoire, dont le pavillon actuellement en projet formerait le complément, au double point de vue scientifique et architectural. Le nouveau pavillon continuerait, en effet, cette dernière construction, en occupant une longueur d'environ 24 mètres, sur le boulevard Henri IV. Sa hauteur se raccorderait avec le cordon d'appui des fenêtres du premier étage de la galerie du Conservatoire; son extrémité terminale confinerait au square public; une cour assez large l'isolerait des dépendances de la Cathédrale, de manière à n'imposer et à ne subir aucune servitude incommode [1]; enfin son ordonnance reproduirait celle du rez-de-chaussée de cette même galerie, qui se rattache au style florentin de l'ancien monastère et qui fut construite pendant les années 1849 et 1850, sur les plans de M. Abric, ancien architecte du département.

---

[1] M. Revoil, architecte diocésain, informé des détails du projet, a donné l'assurance à M. le Doyen de la Faculté de médecine qu'aucune difficulté ne saurait surgir à cet égard.

Le nouveau pavillon renfermerait une vaste salle de 120 mètres environ de superficie. Montant de fond en comble, il serait aéré latéralement par des fenêtres placées hors d'aspect, à près de 4 mètres au-dessus du niveau du pavé de la salle, et recevrait aussi l'air et la lumière par la partie supérieure au moyen d'une lanterne couverte en zinc, et fermée sur les côtés par des persiennes en verre dépoli. Cette dernière disposition pourrait n'être que transitoire, et rien n'empêcherait ultérieurement d'élever un étage au-dessus de ce niveau et de prolonger ainsi la galerie du Conservatoire jusqu'au square de la Tour-des-Pins. Quatre cabinets divisés en deux étages, flanquant les angles de la salle, formeraient les dépendances du pavillon ; les cabinets inférieurs seraient voûtés et serviraient aux manipulations les plus grossières. Ceux de l'étage supérieur, se raccordant par une galerie avec le rez-de-chaussée du bâtiment du Conservatoire, serviraient de cabinet pour l'étude ou les recherches du professeur, du chef des travaux anatomiques et du prosecteur. Les nouvelles tables concédées par M. le Ministre seraient, d'après les besoins du service, installées dans ce local, dont le sous-sol serait occupé par des conduits d'élimination pour les eaux de lavage.

L'accès des salles de dissection aurait lieu de trois manières : par l'étage inférieur au niveau de l'amphithéâtre, par la terrasse longeant à l'intérieur le bâtiment du Conservatoire, enfin par l'école pratique de chimie. Ces différentes voies de communication mettraient le pavillon en rapport direct avec tous les services principaux auxquels il se rattache, et notamment avec les pièces du rez-de-chaussée, où sont exposés les tableaux et les bas-reliefs anatomiques, avec la salle connue sous le nom d'*Atrium*, avec la cour d'honneur de la Faculté et avec le grand amphithéâtre où se font les démonstrations publiques.

Pour quiconque a réfléchi sur les conditions spéciales qui régissent la construction des amphithéâtres d'anatomie, et qui doivent atténuer, autant que possible, leur caractère d'établissements insalubres, il est démontré que ces conditions se retrouveraient dans les nouvelles salles de dissection. Le voisinage du pavillon avec une place destinée à être convertie en parc et avec le boulevard qui représente aujourd'hui une allée de grands arbres, la proximité du Jardin des Plantes, l'éloignement de toute habitation, car les maisons les plus voisines seront bien au delà du rayon réglementaire, l'isolement du nouveau bâtiment au nord de l'École, la possibilité d'y faire arriver de l'eau en abondance et avec facilité, un éclairage latéral et vertical plus que suffisant, des ouvertures hors d'aspect et qu'on peut rendre plus indépendantes de toute tentative indiscrète par l'adaptation de volets en tabatière, tout se réunit pour faire accepter l'emplacement et le plan de construction proposés comme réunissant tous les avantages. Ajoutons que l'aération sera facile, qu'on pourra multiplier les éléments d'une bonne ventilation, établir des cheminées d'appel, assurer l'assainissement par le stuccage ou la silicatisation des murs, par un dallage fait avec soin, par l'établissement de caniveaux et de tuyaux éliminateurs aboutissant à des égouts rendus exceptionnellement efficaces par l'inclinaison naturelle du sol dans l'emplacement choisi. Dans ces conditions, le nouveau pavillon donnera satisfaction, non-seulement aux besoins urgents de la science, mais à toutes les prescriptions d'une bonne hygiène publique, et sera strictement établi d'après les règlements de police relatifs aux amphithéâtres, en se référant notamment à l'arrêté du Directoire exécutif, en date du 3 vendémiaire an VII, et à l'ordonnance de police de Gisquet, du 23 novembre 1834, qui régit encore la matière.

Les indications qui précèdent, et pour l'exposition desquelles j'aurais désiré abuser moins longtemps de votre attention, deviendront plus claires si vous voulez bien examiner les plans ci-annexés, et que nous devons à M. Bésiné, architecte du département. Ces pièces, intéressantes par le soin apporté à l'exposition graphique du sujet, sont au nombre de trois : la première représente le plan général des bâtiments; la deuxième, la façade principale du pavillon faisant suite à la galerie du Conservatoire sur le boulevard Henri IV, et la troisième, les coupes transversale et horizontale du pavillon. Ces pièces sont accompagnées d'un avant-métré estimatif concernant les dépenses de la construction pour les divers travaux de maçonnerie, plâtrerie, menuiserie, etc., et d'un procès-verbal d'évaluation de l'immeuble dont l'acquisition est projetée pour y établir le département

anatomique de la Faculté de médecine. L'immeuble se composant de trois parties de maison à un seul étage et d'une cour,
représente une surface d'environ 588 mètres. Il est évalué par
forme de corps, et eu égard à son état actuel, à la somme de
45,000 francs, sauf vérification plus approfondie et sans que
cette évaluation puisse engager le futur acquéreur. Quant aux
dépenses de toute nature relatives à la construction du pavillon,
il résulte du devis estimatif de l'architecte qu'elles s'élèveraient
à 55,000 francs. On arrive ainsi à une dépense totale de
100,000 francs.

C'est sur cette base que, depuis environ deux ans, des démar-
ches ont été faites par M. le Doyen de la Faculté de médecine,
soit auprès de M. le Ministre de l'Instruction publique, par
l'intermédiaire et avec l'approbation de M. le Recteur de l'Académie de Montpellier, soit auprès de M. le Maire de Montpellier,
à l'effet d'obtenir, de la part de l'État et de la Ville, le contingent
nécessaire pour couvrir la dépense. Favorable en principe au
projet ci-dessus exposé, M. le Maire a tenu à ce que la Ville de
Montpellier ne fût pas substituée à l'État dans les dépenses, et
aurait désiré que les premiers frais effectués par ce dernier nous
permissent de participer au projet dans des conditions moins
onéreuses pour nos finances, actuellement absorbées, soit par
des services importants, soit par des améliorations en cours
d'exécution et d'un caractère majeur. Le temps nécessaire pour
l'examen de ces questions et l'obligation d'étudier avec matu-
rité les plans proposés, expliquent la lenteur avec laquelle cette
affaire s'est déroulée. Mais une solution décisive a paru nécessaire à M. le Ministre de l'Instruction publique, qui, après avoir
reçu de M. le Préfet de l'Hérault de nouveaux renseignements
et les derniers plans et devis tracés par M. l'Architecte du département, a désiré savoir dans quelle proportion la Ville de
Montpellier pourrait concourir aux frais de construction des
pavillons de dissection nécessaires à la Faculté de médecine, et
alléger ainsi les dépenses de l'État.

A la date du 3 juillet dernier, M. le Recteur de l'Académie
de Montpellier transmettait à M. le Maire la lettre de S. Exc.
M. le Ministre de l'Instruction publique, contenant cette demande, et, le 30 du même mois, il complétait les renseignements

nécessaires à l'Administration municipale, en lui adressant les plans et devis, ainsi que l'ensemble du dossier relatif à cette affaire. C'est dans le but de répondre à M. le Ministre, que M. le Maire a cru devoir soumettre l'examen de cette question aux Commissions réunies des finances et de l'instruction publique et des beaux-arts, qui ont fonctionné sous sa présidence.

Ces deux Commissions, composées, pour les finances, de MM. Gros, G. Bazille, Achille Durand, Rey, Teisserenc, Riben, Tissié, Baldy, et pour l'instruction publique, de MM. Vailhé, Saintpierre, Estor, Lescellière-Lafosse, Bérard, de Vichet, Estor, Bouisson, se sont réunies le 22 décembre dernier, et après avoir entendu M. le Maire et examiné le dossier, elles ont discuté les intérêts que la Ville pouvait avoir à intervenir financièrement dans l'exécution des constructions projetées. Leur adhésion a été motivée par des considérations décisives.

En premier lieu, la Ville de Montpellier est intéressée à élever, par tous les moyens, le niveau des études dans la Faculté qui est à la fois un de ses privilèges et une de ses gloires. Le perfectionnement des conditions propres à la culture de l'anatomie pratique est l'un des moyens les plus directs d'atteindre le but. De concert avec d'autres mesures propres à assurer la régularité des travaux anatomiques, et qu'il est inutile d'indiquer ici, la construction d'un grand laboratoire anatomique comblera une lacune importante dans l'organisation de l'enseignement de la Faculté, en complétant, par ce service pratique, les mesures déjà prises pour la chimie et la physiologie, qui sont pourvues de laboratoires spéciaux. Elle représentera surtout une résolution opportune dans un moment où les demandes de création de nouvelles Facultés de médecine, incessamment renouvelées par des villes importantes, telles que Lyon, Bordeaux, Marseille et Toulouse, s'appuient précisément sur les ressources qu'elles fourniraient aux études anatomiques. Enfin cette construction répondrait à l'un des projets actuels du gouvernement, communiqué par M. le sénateur Dumas à l'époque de sa dernière tournée d'inspection générale. Ce projet, d'après lequel il s'agirait de rendre les études pratiques obligatoires pour chaque élève, et susceptibles d'être contrôlées, est d'une importance extrême ; sa réalisation aurait pour effet à peu près inévitable de réduire le nombre des étudiants en médecine de la capitale et de les faire refluer sur les Facultés de province, dont les locaux devraient, en conséquence, être agrandis et appropriés à l'accrois-, sement du nombre des élèves auxquels il s'agirait d'assurer l'instruction pratique.

D'une autre part, la Ville de Montpellier gagnerait à la possession d'une construction d'aspect monumental, complétant l'édifice de la Faculté de médecine, du côté du *nouveau square*, et prolongeant sur le boulevard cette série de constructions à grand caractère qui sont situées sur le versant septentrional de la place du Peyrou, et qui, commençant au Palais de Justice, finissent à la Tour-des-Pins, destinée, dans la pensée de M. le Maire, à devenir, comme une vieille tour analogue de la ville de Bruxelles, un Musée d'archéologie.

Un autre genre d'intérêt ne pouvait manquer de frapper la Commission. Les dépenses nécessaires pour l'exécution du nouveau monument devant être supportées, dans des proportions analogues, par la Ville et par l'État, et ces dépenses s'élevant à la somme de 100,000 francs, la Ville devra bénéficier complètement de la partie dépensée par l'État. Elle crée sur son propre sol une valeur immobilière de 100,000 francs, avec une somme moitié moindre, en assurant du travail à ses ouvriers. Elle fait une opération bonne à tous les points de vue, puisqu'elle achète, à une valeur restreinte, l'avantage d'améliorer un établissement scientifique dont elle ne partage la possession en France qu'avec Paris et Strasbourg, d'accroître le nombre de ses monuments, d'embellir ainsi l'un de ses boulevards et l'une de ses places publiques ; enfin d'augmenter les occasions de travail, en créant un chantier de plus pour la classe ouvrière.

Quant à la contribution financière que la Ville de Montpellier peut affecter à l'exécution du projet dont nous avons eu l'honneur de vous entretenir, la Commission, se ralliant à l'avis de M. le Maire, a pensé qu'elle ne pourrait excéder 50,000 fr., quelle que puisse être la dépense totale exigée, soit par l'acquisition de l'emplacement nécessaire, soit par les travaux de toute nature, le reste devant être à la charge de l'État, en supposant même que les devis fussent dépassés. Votre Commission a pensé aussi que la somme indiquée devait être prélevée sur les ressources ordinaires, et, vu les obligations actuelles qui incombent à la Ville, elle vous propose de stipuler que la dite somme ne pourra être comptée qu'en deux annuités, et seulement à partir de l'année 1870.

En conséquence, et d'après les considérations qui précèdent, votre Commission, d'accord avec M. le Maire, vous propose, à l'unanimité, les conclusions suivantes :

La Ville de Montpellier reconnaît la nécessité de construire un pavillon anatomique sur l'emplacement qui existe entre le bâtiment de la Faculté et le square de la Tour-des-Pins, emplacement actuellement occupé par la maison Pomarède.

La dite maison sera acquise amiablement ou par toute autre voie légale, et les travaux seront exécutés conformément aux plans et devis annexés au présent rapport et dressés par M. l'Architecte du département.

La part contributive de la Ville pour la dépense totale ne pourra excéder 50,000 fr., l'autre moitié restant à la charge de l'État.

La dite somme ne sera payable par la Ville qu'en deux annuités de 25,000 fr. chacune, et à partir de l'année 1870.

Le Conseil municipal a adopté, à l'unanimité. les conclusions de ce rapport et en a voté l'impression.

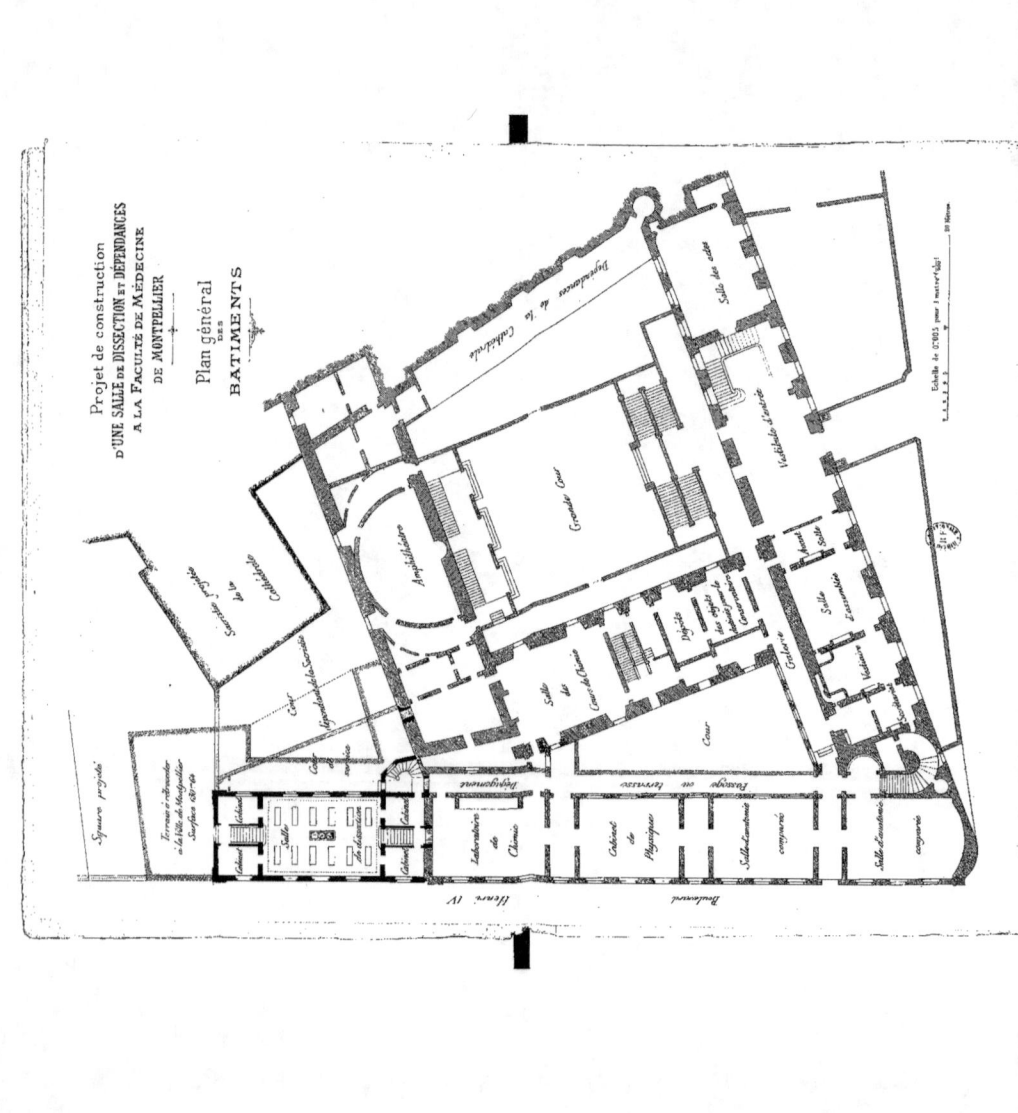

Projet de construction
D'UNE SALLE DE DISSECTION ET DÉPENDANCES
A LA FACULTÉ DE MÉDECINE
DE MONTPELLIER

Plan général
DES
BÂTIMENTS

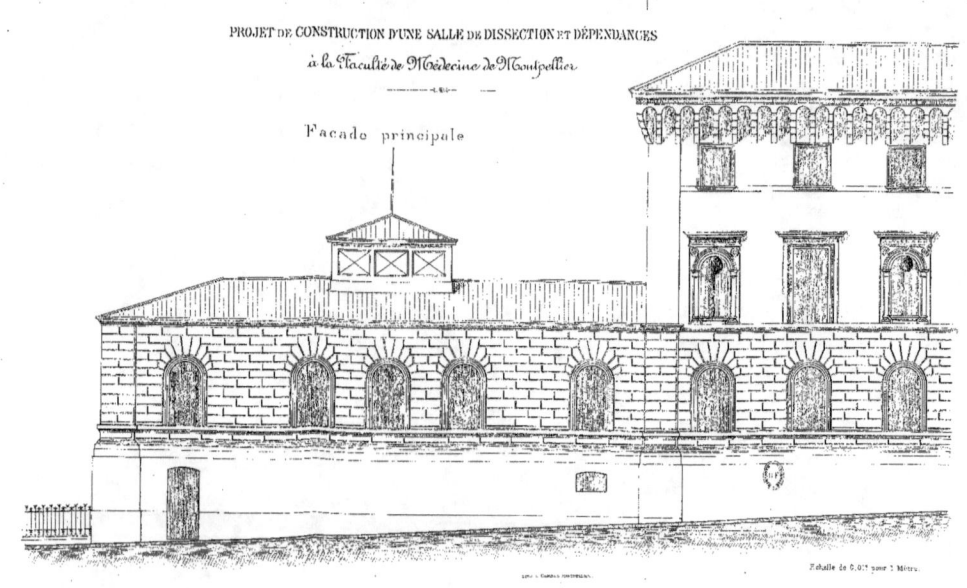

PROJET DE CONSTRUCTION D'UNE SALLE DE DISSECTION ET DÉPENDANCES

à la Faculté de Médecine de Montpellier

Façade principale

Échelle de 0.01 pour 1 Mètre.

PROJET DE CONSTRUCTION D'UNE SALLE DE DISSECTION ET DÉPENDANCES

à la Faculté de Médecine de Montpellier

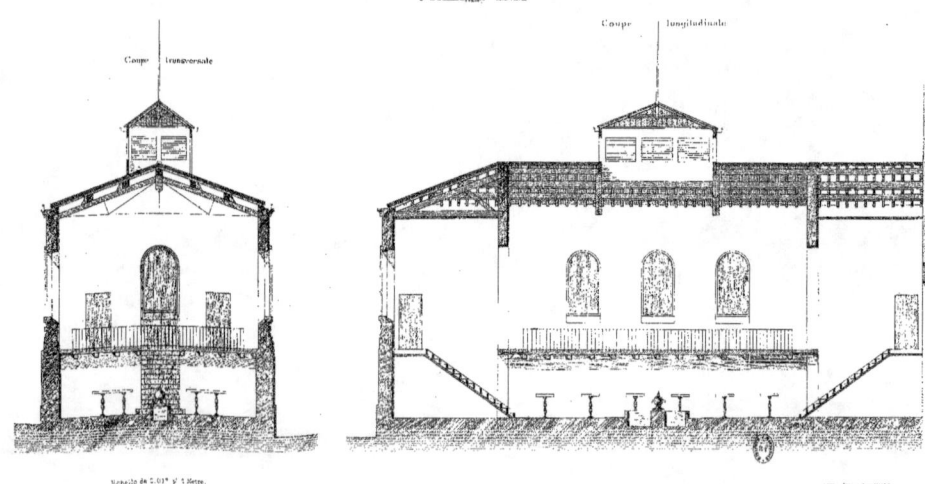

NOUVELLE SALLE DE NÉCROPSIE

à l'Hôpital Saint-Éloi de Montpellier *

MONSIEUR LE PRÉFET,

J'ai eu l'honneur de vous entretenir de l'intérêt que la Faculté de médecine de Montpellier attache à la réalisation d'un projet de construction d'une nouvelle salle d'autopsie, à l'hôpital Saint-Éloi ; cet intérêt s'explique surtout par la certitude que l'exécution de ce projet serait favorable à l'étude si importante de l'anatomie pathologique, sans nuire, sous aucun rapport digne de considération, aux conditions hygiéniques ou de toute autre nature qui doivent appartenir à un hôpital bien disposé et sagement administré.

Quoique la question vous soit déjà bien connue, et que par suite de la communication qui vous a été faite des plans et devis, ainsi que des avis respectifs du Conseil municipal et de la Commission des hospices, je doive être autorisé à espérer que l'appréciation de ces documents vous aura disposé dans un sens favorable à celui que la Faculté serait heureuse de faire prévaloir, je vous prie, Monsieur le Préfet, de me permettre de placer encore sous vos yeux les raisons dissidentes qu'a soulevées cette question, pour qu'elles puissent éclairer les conclusions que vous croirez devoir adopter.

Le projet de création d'une nouvelle salle d'autopsie se rattache à l'ensemble des améliorations que la Faculté avait reconnues indispensables pour son enseignement, et qui ont fait l'objet de l'arrêté préfectoral du 14 décembre 1870, arrêté auquel vous avez donné vous-même une formule et une sanction nouvelles, après avoir connu l'avis motivé de tous les intéressés.

---

* Mémoire présenté à M. le Préfet de l'Hérault à l'appui d'un projet de création

Presque tous les articles de cet arrêté ont trouvé des difficultés dans leur application définitive, et c'est de l'Administration des hospices qu'est surtout venue une opposition, depuis longtemps entrée dans ses habitudes, en ce qui concerne les mesures que la Faculté réclame au nom du progrès médical ; mais cette opposition n'a jamais été plus explicite que dans la circonstance actuelle.

La Commission administrative a effectivement, dans sa séance du 3 avril dernier, et après avoir reçu de M. le Préfet les plans et devis relatifs à la création d'une salle de nécropsie à l'hôpital Saint-Éloi, ainsi que l'avis du Conseil municipal, ouvert à ce sujet une discussion qui s'est terminée par des conclusions contraires au projet de la Faculté, et prises à l'*unanimité* des membres présents.

Ces conclusions ont dû vous être transmises, avec les considérations qui leur servent de base. J'en ai pris moi-même connaissance sur le registre des délibérations de la Commission administrative des hospices. Elles m'ont paru susceptibles d'une réfutation complète. J'ai l'honneur de vous soumettre, Monsieur le Préfet, les raisons contradictoires qu'elles m'ont suggérées.

Permettez-moi d'abord, Monsieur le Préfet, de vous faire remarquer que la délibération de l'Administration des hospices, appuyée sur l'unanimité des voix, n'a peut-être ni la valeur, ni même l'autorité légale qui devraient appartenir à des résolutions de cette nature. Bien que votre lettre accompagnant la transmission des documents ne mentionnât pas l'urgence d'une délibération, la Commission, informée le 31 mars dernier, a décidé qu'une réunion aurait lieu *ad hoc* le 3 avril, c'est-à-dire le mercredi suivant, au lieu du samedi, qui est le jour ordinaire des réunions. Or, au jour fixé, deux membres de l'Administration ayant une compétence spéciale pour le sujet à discuter, M. Dupré, professeur de clinique, et le Doyen de la Faculté de médecine, étaient absents pour cause de service public : le premier, comme membre du Conseil général des Hautes-Pyrénées, le second comme député. Ils n'avaient d'ailleurs reçu aucune convocation qui pût les mettre à même de connaître le but de la séance. L'un d'eux, l'auteur de ce mémoire, aurait pu y assister si le jour de la séance hebdomadaire n'eût pas été changé.

Il y a assurément dans cette circonstance une particularité qui mérite d'être signalée, et qui enlève aux conclusions de la Commission une partie de leur importance, et notamment la force que la décision prise entend tirer de l'unanimité des voix.

Quant aux raisons invoquées par la Commission administrative des hospices contre le projet, non-seulement elles sont loin de porter le caractère décisif qu'on affecte de leur attribuer, mais il n'en est aucune que la Faculté de médecine puisse considérer comme étant véritablement fondée. Ces objections se distinguent moins par la force que par le nombre. Le procès-verbal en renferme huit.

Les deux premières objections présentées par la Commission administrative sont des objections de forme, tendant à contester les droits du préfet sur une mesure inscrite dans un arrêté dont le caractère doit encore être regardé comme provisoire, et qui d'ailleurs ne prescrit qu'une appropriation des locaux aux besoins de l'enseignement, tandis qu'il s'agit d'une construction nouvelle. — Monsieur le Préfet appréciera, mieux que je ne saurais le faire moi-même, si la Commission est fondée à contester un droit dont elle a déjà reconnu la réalité, en laissant installer les nouvelles cliniques à l'Hôpital-Général, et en se prêtant au changement du service de la pharmacie compris dans le même arrêté, changement d'une importance bien supérieure à celui dont il s'agit, dans l'économie générale de l'Hôpital. — En ce qui concerne la différence entre l'appropriation des locaux et la construction d'un nouveau local, l'argument s'affaiblit par sa subtilité, et le peu de valeur qu'il présente est encore plus frappant lorsqu'on songe qu'une appropriation convenable de l'ancien local exigerait l'élargissement de la rue École-Mage, ce qui entraînerait un travail bien supérieur à la construction projetée.

La troisième objection présentée par la Commission des hospices est relative à l'action nuisible qui résulterait, pour l'hôpital, de la construction du nouveau local pour les nécropsies. Dans la pensée de l'Administration, la nouvelle salle deviendrait un foyer d'infection pour les salles supérieures, par le fait d'émanations putrides dangereuses. Nous pouvons affirmer que les préoccupations de nos collègues de l'Administration portent, à ce sujet, les caractères de la plus forte exagération. Une salle de nécropsie ne servant qu'à des travaux temporaires, avant que la décomposition se soit établie dans les corps à autopsier, ne saurait exposer aux dangers qu'on redoute. Des locaux ayant cette destination existent réglementairement dans tous les hôpitaux ; et dans l'espèce, on est fondé à soutenir que les prétendus dangers signalés préventivement par l'Administration existeraient à un moindre degré que dans l'ancienne salle, puisque la nouvelle serait plus indépendante, mieux aérée, et par conséquent retiendrait moins facilement les miasmes. L'Administration invoque, sans le nommer, l'avis d'un professeur de la Faculté qui aurait opiné dans le sens qu'elle a adopté. Nous pouvons affirmer que dans la délibération qui a eu lieu sur cette question, à la Faculté de médecine, après convocation régulière, aucune dissidence ne s'est produite, et qu'on a manifesté, au contraire, l'idée que la nouvelle salle serait plus salubre que l'ancienne. Si un de nos collègues a exprimé ailleurs que dans le sein de la Faculté l'adhésion qu'on invoque, nous ne lui reconnaissons d'autre valeur que celle d'une opinion particulière.

Dans une quatrième objection, la Commission établit que les malades seraient impressionnés par la vue d'un établissement qu'il faut soustraire aux regards des malades. — Cette objection a une valeur d'autant plus secondaire, que la nouvelle salle de nécropsie devra, d'après le plan proposé, être placée dans une cour où les malades ne sont pas admis, qu'elle ne doit porter aucune inscription ou caractère extérieur qui établisse sa destination, que l'accès des élèves aura lieu par le même corridor qui conduit à l'ancienne salle, et que, d'ailleurs, il serait facile de dissimuler le nouveau bâtiment par des plantes grimpantes ou par d'autres plantations pouvant le masquer convenablement.

Une cinquième objection laisserait supposer qu'on tendrait à transformer la salle d'autopsie en salle de dissection. On nous fait ici un procès de tendance. Il ne saurait entrer dans la pensée, ni de la Faculté, ni d'aucun de ses professeurs, d'établir un service de dissection dans une salle qui doit être exclusivement consacrée aux nécropsies, c'est-à-dire à l'examen temporaire des lésions que présentent les sujets qui ont succombé dans l'hôpital. Cet examen, qui est un complément nécessaire de la connaissance de la maladie, est la seule étude qu'on ait à faire. Le corps est enlevé après l'autopsie, selon le vœu des familles ou de l'administration elle-même. La Faculté n'élève à cet égard aucune prétention, ni de fait, ni d'intention.

La sixième et la septième objection ont trait au point de vue architectural. Le nouveau bâtiment détruirait la symétrie d'un des angles de la cour et enlèverait 120 mètres à une surface de 227 mètres carrés, en rétrécissant le jardin réservé à la jouissance des sœurs. — Il eût été assurément désirable qu'un espace disponible et à portée du service, autre que celui qu'impose la nécessité, eût pu être choisi par l'architecte. Mais cette donnée doit être hors de cause, puisqu'aucun autre emplacement n'existe pour le but qu'on se propose. En obéissant à la nécessité, il convenait de réunir le plus d'avantages, d'écarter le plus d'inconvénients, et d'établir des compensations qui rendissent le projet plus acceptable. Ni la Faculté, ni l'architecte, n'ont méconnu ce but multiple. L'altération de la symétrie du fond d'une cour produite par un bâtiment qui, ne dépassant pas la hauteur du premier étage, laisse à l'ensemble du monument ses proportions régulières, ne peut être qu'un inconvénient accessoire. Le jardin des sœurs n'est pas supprimé ; il n'est que réduit du côté de la pharmacie, laquelle, n'étant plus desservie par des religieuses, leur devient moins nécessaire dans cette partie de l'hôpital. Par compensation, la nouvelle salle de nécropsie se trouvant plus rapprochée de la pharmacie, transformée en laboratoire scientifique, les chefs de service trouveront plus de facilité à diriger simultanément les recherches d'anatomie et de chimie pathologique, qui entrent aujourd'hui dans le système des études exigées par l'état de la science moderne.

La huitième et dernière considération sur laquelle s'appuient les conclusions de la Commission des hospices, n'est autre que l'affirmation de la convenance de l'ancienne salle pour le service des nécropsies, surtout lorsqu'elle aura été modifiée par l'élargissement des fenêtres du côté de la cour et du côté de la rue. Cette salle, ajoute-t-on, est parfaitement disposée ; elle fait corps avec le bâtiment existant, et permet aux émanations putrides de s'échapper du côté de la rue ; elle se prête à l'accès facile des cadavres, et suffit pour les cas ordinaires. — On permettra sans doute aux professeurs qui fréquentent ces salles où les appellent les exigences quotidiennes d'un service pénible dont le sentiment du devoir et l'attrait de la science atténuent seuls le caractère repoussant, de ne pas partager, à ce point de vue, l'optimisme de l'Administration. Si la Faculté est fondée à poser sa compétence en matière d'hygiène, elle l'est plus encore à affirmer ou à nier la bonne disposition d'une salle de nécropsie, et lorsqu'elle déclare, que la salle actuelle, enclavée dans les bâtiments du rez-de-chaussée, ne recevant le jour que d'une rue ou d'un corridor à arcades et placée sous des salles de malades, est plus malsaine pour ces derniers que ne saurait l'être un pavillon établi dans une cour ; qu'elle est incommode, mal éclairée, humide, enfin mal disposée pour son usage, on se demandera si cette affirmation peut émaner d'une autre source que celle d'une conviction raisonnée.

Ajoutons que l'ancienneté de l'attribution de la salle que l'Administration voudrait conserver a cessé d'être un argument en faveur de cette conservation. La science change avec le temps, non-seulement dans son caractère, mais dans ses moyens de culture. Or, l'anatomie pathologique s'est réellement transformée sous ce rapport. Cette science a pris plus de rigueur dans ses procédés et ses moyens de vérification. La constatation des modifications extérieures de la forme des organes ne peut plus lui suffire ; elle étudie les lésions histologiques, se livre à des essais délicats sur les altérations des solides et des liquides ; elle réclame, pour l'examen des parties, un jour considérable et des rayons lumineux tombant verticalement. Il faut, pour ces nouvelles études, une installation ample et commode, autant pour le professeur qui démontre que pour l'interne et le chef de clinique qui font l'autopsie, ainsi que pour les élèves qui y assistent et pour les aides à qui on confie des recherches complémentaires. Il est à prévoir que la création projetée d'un enseignement spécial d'anatomie pathologique rendra plus nécessaire encore les changements dont nous parlons. Ce projet n'eût-il pas de suite, ces changements n'en sont pas moins indispensables pour les professeurs actuellement chargés de l'enseignement clinique. On ne saurait trop répéter, qu'en France, nous sommes en arrière des pays voisins, sous le rapport de la culture de l'anatomie pathologique. Les gouvernements étrangers n'ont pas reculé devant des dépenses énormes affectées à la création d'établissements spéciaux de ce genre intra ou extra-hospitaliers. L'opinion publique ne s'en émeut pas ; elle est assez éclairée pour comprendre et subir de pareilles nécessités. Aussi les Instituts d'anatomie pathologique d'Allemagne sont-ils établis à grands frais. Il en est de même en Angleterre, où des musées d'anatomie pathologique d'une grande importance sont installés dans les hôpitaux eux-mêmes, afin de placer sous la main des professeurs et des élèves tout ce qui est nécessaire à des études vraiment fructueuses. — Nous sommes bien loin, et de pareilles ressources, et de pareils résultats.

La Faculté demande à entrer dans la voie de ce progrès, et se contente du concours modeste, quoique bien précieux, que lui accorde la municipalité de Montpellier, en engageant l'État pour une somme semblable à celle qui a été votée par la Ville, et qui s'élève à 2,300 fr. — L'Administration des hospices fait valoir le principe d'économie, en proposant de maintenir l'ancienne salle, qui dans sa pensée, recevrait des améliorations suffisantes en affectant à celles-ci une somme de 1.500 francs. Nous sommes loin, dans la situation présente, d'être indifférents à la question d'économie, et nous l'avons prouvé en renonçant au premier projet de M. l'architecte Corvetto, qui était beaucoup plus dispendieux que celui qu'on propose aujourd'hui. Mais nous pensons que l'opposition faite par la Commission administrative des hospices repose sur des considérations inadmissibles, et c'est au nom d'un incontestable progrès que nous insistons pour l'adoption du projet que la Commission repousse.

Par les considérations qui précèdent, et sur lesquelles j'appelle votre sollicitude éclairée, j'ai l'honneur, Monsieur le Préfet, de vous prier d'accueillir favorablement la demande de la Faculté de médecine de Montpellier, relativement à la création d'une nouvelle salle de nécropsie à l'hôpital Saint-Éloi, et d'approuver les plans et devis indiqués dans le second projet de M. l'architecte Corvetto.

Veuillez agréer.....

TABLEAU HISTORIQUE

DE

L'ANATOMIE CHIRURGICALE *

La France possédait, à la fin du dernier siècle, un anatomiste à qui il a suffi, pour ainsi dire, de se montrer, pour laisser une empreinte durable dans la science et lui communiquer un grand mouvement. Cet honneur, payé d'une existence trop courte, a été dévolu à Bichat. Ses ouvrages, revêtus d'une remarquable originalité, ont ouvert une carrière nouvelle ; l'anatomie générale est sortie de sa plume féconde ; l'anatomie descriptive est entrée, par la manière dont il l'a comprise, dans la voie des applications, et la communauté de pensée qui le liait à Desault, l'un des fondateurs de l'anatomie chirurgicale, permet d'inscrire son nom dans les origines de cette science. Nous pouvons donc attacher une valeur particulière à son opinion et à ses conseils.

On trouve dans le discours préliminaire de son *Traité d'anatomie descriptive* ces lignes sensées qu'il ne faudrait jamais oublier : « *Disséquer en anatomie, faire des expériences en physiologie, suivre les malades et ouvrir des cadavres en médecine, c'est là une triple voie hors de laquelle il ne peut y avoir d'anatomiste, de physiologiste, ni de médecin* ». On compléterait cette pensée de Bichat en ajoutant que faire des exercices opératoires sur le cadavre est une condition sans laquelle il ne peut se former de vrai chirurgien. Les progrès réalisés de notre temps ont confirmé cette vérité qu'il est pourtant utile de redire, et dont la mention est surtout indispensable en tête d'un cours de médecine opératoire.

Cacune des sciences physiques ou naturelles se vante de servir de base à la médecine. Il y a évidemment quelque réserve

---

* Discours prononcé à l'ouverture du Cours d'Opérations et Appareils. — 6 Novembre 1877.

à mettre dans cette prétention ; mais l'esprit le plus sceptique ne saurait refuser à l'anatomie d'être le véritable point de départ de l'art de guérir. Sans notions anatomiques, rien de solide dans cette voie. Si la connaissance de l'organisation humaine doit précéder toute autre étude médicale, il faut reconnaître que par l'intimité et la puissance de ses applications l'anatomie conduit surtout à deux sciences dont elle n'est pas seulement le péristyle, mais dont elle fait partie intégrante : ce sont la physiologie et la chirurgie. La première retrouve si souvent l'anatomie dans la trame des sujets dont elle s'occupe, qu'elle n'est à certains égards que sa transformation. Haller appelait la physiologie l'*anatomie animée*. Quant à la chirurgie, elle admet aussi la science de l'organisation d'une manière si intime et si habituelle dans les matières qui lui incombent, qu'on a pu non-seulement reconnaître ces rapports, mais les dériver de leur source, les coordonner, en déduire d'utiles applications, et constituer par cette synthèse une partie nouvelle sous le nom d'*anatomie chirurgicale*.

C'est cette science que je désire vous faire apprécier aujourd'hui. Pour exposer son caractère, mesurer son étendue depuis sa source jusqu'à ses applications et démontrer son utilité, le moyen le plus sûr est de retracer son histoire. Un éminent chirurgien dont l'Angleterre vante encore les mérites, Pott, qui a été à la fois un praticien et un érudit, genres de talent qui ne s'excluent pas, nous prête sur ce point une légitime autorité. Il faisait apprécier les avantages de la connaissance de l'histoire, en disant de l'histoire particulière de l'art chirurgical : « *Je n'aurais pas voulu pratiquer un art dont je n'aurais pas connu l'origine* ». Cet aveu d'un grand chirurgien est valable pour notre cause. Il nous dispense de justifier l'introduction historique que nous allons tenter.

Il y a plus de cinquante ans que parut le premier *Traité d'anatomie chirurgicale* vraiment digne de ce nom. Il était signé par Velpeau [1], qui se faisait en ce moment l'organe d'un progrès

---

[1] *Traité d'anatomie chirurgicale, ou anatomie des régions considérée dans ses rapports avec la chirurgie* ; Paris, 2 vol. in-8°, 1825.

très réel et très apprécié. Riolan, il est vrai, avait eu l'intuition de cette science au XVIIe siècle. Un auteur qui vint peu de temps après lui, Palfin[1], avait même publié un traité d'anatomie chirurgicale. Mais cet ouvrage ne portait qu'un titre heureux. Son fonds ne remplissait aucune promesse, et l'on resta même assez longtemps avant de comprendre l'importance de ce nouvel aspect des connaissances anatomiques, car c'est à peine si A. Petit, qui donna une seconde édition·de l'ouvrage de Palfin, y releva les promesses du titre, bien qu'il y ait ajouté des notes intéressantes et un discours sur l'utilité de la chirurgie. On a aussi attribué à Van Horne la notion de l'anatomie chirurgicale, sans rien établir de précis à ce sujet. Il est permis de donner une part plus méritée dans l'idée prodromique de cette science à un ancien chirurgien militaire, Durand (d'Arras)[2], à qui l'on doit un ouvrage où les rapports des opérations avec chaque partie du corps humain sont indiquées.

A vrai dire, ce fut par l'enseignement que l'anatomie chirurgicale fit sa première entrée dans le domaine encyclopédique. Desault, au témoignage de ses contemporains, l'avait introduite dans ses leçons. Il donna une forte impulsion à son étude, pendant que Bordeu et Hunter démontraient les rapports de l'anatomie avec la physiologie, que Morgagni et Lieutaud ajoutaient l'anatomie pathologique aux divisions acceptées de la pathologie générale, que Daubenton et déjà Cuvier faisaient une place à l'anatomie comparée. C'est aussi à l'école de Desault que s'est formé Bichat. Cet enseignement fut donc réellement fécond, bien que l'éminent chirurgien n'ait rien écrit sur la matière.

Bientôt des imitateurs de Desault, ou plutôt de nouveaux créateurs de l'anatomie chirurgicale, affirmèrent l'intérêt de leurs leçons par le développement imprimé à la science des rapports des organes et de leurs applications à la chirurgie. Il suffit de nommer Boyer, Dupuytren et Roux, pour faire juger de l'impul-

---

[1] *Anat. chirurg., ou description exacte des parties du corps humain, avec des remarques utiles aux chirurgiens*, publié en flamand, 1718 ; en français, 1726 ; réédité par Boudou, 1734.

[2] *Anatomie générale et particulière du corps humain, avec des observations chirurg. sur chaque partie* ; Lille, 2 vol. in-8°, 1774.

sion qu'au début même de leur carrière ces illustres praticiens
donnèrent à l'anatomie chirurgicale. C'est notamment vers 1810
que cet appel de l'attention publique était fait vers des études
qu'on sentait naître et grandir sous la parole puissante des maîtres. Mais aucune parole écrite n'avait donné du corps et de la
couleur aux pensées nouvelles. C'est à peine si Boyer, qui poussait à un si haut degré le sentiment de l'utile, avait réservé une
place, dans son traité classique d'anatomie[1], à quelques tableaux
concis des organes, assemblés par région et examinés dans leurs
rapports de superposition.

Le mouvement était cependant donné, et de nombreuses
monographies sur des sujets limités d'anatomie chirurgicale
allaient en poser les premières assises. Remarquez que ce progrès
était surtout français. La clarté, la méthode, l'esprit d'application qui caractérisent la science de notre pays, se donnaient carrière sur cette intéressante matière, et l'on peut dire que l'essor
si hardi que prit, à dater de ce moment, l'art des opérations
chirurgicales, et que la connaissance des maladies comprises
dans ce domaine, marquèrent une période très accentuée dans
l'histoire scientifique de notre siècle. Ce genre d'étude était aussi
entré dans une voie progressive par le soin qu'on mettait à vérifier dans les épreuves du doctorat les connaissances des adeptes.
Béclard aimait à redire que le corps humain devait être transparent pour le chirurgien ; et Chaussier paraissait aux examens armé
d'un long stylet, avec lequel il traversait en divers sens les principales parties du corps, en exigeant que l'élève déterminât successivement les différents plans et nommât les organes qui pouvaient
se présenter sur le trajet de l'instrument. Le vénérable Jules
Cloquet, l'un des rares témoins de cette époque, partageait alors
les mêmes vues et annonçait une publication qui devait résumer
son enseignement. Marjolin, Gerdy, Lisfranc, Bogros, Bouvier,
aidaient l'essor de la nouvelle science par leur participation per
sonnelle, et c'est alors que parurent une série de dissertations
qui annonçaient que la chirurgie en général, et la médecine
opératoire en particulier, allaient s'appuyer sur une base solide
et réaliser de nouveaux progrès. On remarqua parmi les thèses

---

[1] *Anatomie descriptive*, t. IV.

soutenues pour le doctorat ou le concours à la Faculté de médecine de Paris, les dissertations des docteurs Mey et Beulac sur
la région de l'aisselle, du docteur Senelle sur le membre thoracique, de Breschet sur la région crurale, de Bogros sur la région
iliaque, de Lisfranc sur diverses articulations. A Montpellier,
parurent les thèses du docteur Carcassonne sur l'anatomie du
périnée, du docteur B. Barde sur l'anatomie du canal inguinal ;
à Strasbourg, on remarqua la thèse du docteur Lanctuit sur les
creux sus et sous-claviculaire. Enfin et dans tous les foyers
d'enseignement, parurent une foule de mémoires ou d'essais
partiels, destinés à accroître nos richesses, et qui témoignaient
de l'entraînement général vers des études positives et des applications pratiques que la médecine opératoire n'avait pas connues
jusqu'à ce jour. Ces recherches avaient eu principalement pour
résultat de faire connaître, avec précision, les plans fibreux qui,
sous le nom d'aponévroses ou fascias, séparent, engaînent ou
unissent différents organes. L'ouvrage de Paillard [1] résuma cet
ensemble de travaux, et après un essai analogue, quoique moins
complet, de Godmann [2], l'étude des plans, des gaînes et des
cloisons de nature fibreuse prit assez d'importance pour que
Cruveilhier crût devoir en constituer une nouvelle division de
l'anatomie, sous le titre d'*Aponévrologie*.

Bien que l'ardeur générale se fût surtout exprimée en France
en faveur de l'anatomie chirurgicale, il serait injuste de méconnaître les progrès du même genre qui s'accomplissaient à
l'étranger. Déjà un chirurgien espagnol, contemporain de Desault,
Gimbernat [3], avait, par la découverte du ligament qui porte son
nom, signalé un élément anatomique qui éclairait la notion et
le traitement chirurgical de la hernie crurale. Il est à regretter
que le contingent scientifique de l'Espagne n'ait pas été notablement accru.

En Italie, des travaux plus marquants avaient fixé l'attention.
On doit à Vincent Malacarne [4] un ouvrage spécial sur la matière ;
mais son livre, comme celui de Palfin, ne valait que par le titre.

---

[1] *Traité des aponévroses...*, etc., in-8°, 1827.
[2] Philadelphie, 1824.
[3] *Nuevo metodo de operar en la hernia crural* ; Madrid, 1793.
[4] *Ricordi della anatomia chirurgica* ; Padoue, 1801.

Scarpa porta un plus sérieux tribut aux applications chirurgicales d'une science qu'avaient agrandie à d'autres titres les
travaux de Morgagni et de Mascagni. Le rôle du professeur de
Pavie fut très grand dans la voie nouvelle ; ses monographies
originales sur les anévrysmes, sur les maladies des yeux, sur
les hernies, renfermaient de précieuses données anatomiques,
et de magnifiques planches, gravées par Anderloni, artiste dont
le nom mérite d'être préservé de l'oubli, faisaient aimer de tels
travaux par l'exhibition démonstrative, qui équivaut à une bonne
description.

Au delà du détroit, A. Cooper, le Dupuytren de l'Angleterre,
répandait aussi le goût de l'anatomie chirurgicale, bien qu'il
n'ait attaché son nom à aucune découverte. Hey et Lawrence,
de leur côté, éclairaient par cette science les sujets qu'ils voulaient exposer, et Allan Burns [1] publiait un traité partiel d'anatomie des régions. Mais si, parmi les travaux modernes, cette
publication obtint une faveur exceptionnelle, il faut reconnaître
qu'elle n'était encore qu'un essai. Elle se borne, en effet, à la
description de la tête et du cou ; par conséquent elle n'est que
le commencement d'un ouvrage. Quant au caractère de la science
nouvelle, on peut dire qu'il est méconnu par Burns comme il
l'avait été par Palfin, par Malacarne. Il expose l'anatomie et la
chirurgie isolément. Son œuvre est encore analytique et ne s'é-
lève pas jusqu'à la synthèse ; elle assemble les deux sciences sans
les fondre ; elle opère leur superposition et non leur combinaison. Autant peut-on en dire des travaux de W. P. Alison,
d'Anderson de New-York, et même de l'ouvrage de Robert
Harrisson [2] sur l'anatomie chirurgicale des artères, bien que cet
auteur, loué par M. Velpeau, ait mieux compris son sujet que
ses prédécesseurs et qu'il ait donné l'exemple d'un essai d'anatomie chirurgicale générale, genre de progrès apprécié surtout de
nos jours et régularisé par le professeur Richet. Dans le même
pays, les recherches de Coles [3], celles de A. Key, et surtout les
travaux de Thomson sur les aponévroses de l'abdomen, ont

---

[1] *Observations on surgical anatomy of the head and neck.* ; Glascow, 1824.

[2] *Surgical anatomy of the arteries of the Human Body ;* Dublin, 2 vol. in-8°.
1824.

[3] *A Treatise on surgical anatomy ;* Dublin, in-8°, 1821.

heureusement accru le contingent de l'Angleterre dans l'évolution de l'anatomie topographique.

En Allemagne, nous avons à signaler, dans la période préparatoire de cette science, les aperçus compris dans les ouvrages de Zinn sur l'œil, de Siebold sur le système salivaire, d'Hesselbach [1] sur les hernies. Mais ces ouvrages, d'ailleurs dignes d'estime, révèlent à peine l'idée de la véritable anatomie chirurgicale. Celle-ci n'existe que virtuellement dans le grand ouvrage de Sœmmering, et elle est absolument absente de l'ouvrage de Meckel, si intéressant à d'autres point de vue. Le Manuel de Rosenthal [2], le Précis de Bock [3], sont restés sans valeur, même dans leur propre pays ; et sans vouloir oublier le travail de Langenbeck [4] et d'autres recherches qui pourraient grossir notre rapide inventaire, nous pouvons dire que l'esprit germanique, plus enclin aux investigations subtiles de l'anatomie de texture qu'à la culture et à la divulgation des faits pratiques, n'a porté qu'un médiocre appoint à l'anatomie topographique, et a laissé la chirurgie s'émietter dans des applications d'une valeur douteuse, sans l'affranchir du caractère affirmatif que suggère la bonne opinion de soi-même.

Plus soucieuse des progrès de la médecine opératoire éclairée par l'anatomie, la Russie s'est inspirée des traditions françaises et peut faire entrer en ligne les travaux de Pirogoff. Une nation plus voisine de nous, la Suisse, a marché dans le même sens, et c'est aux travaux de Senn (de Genève) que nous devons la notion des vrais rapports de la prostate avec le col vésical, de la dimension de ses rayons, des plus sûres applications de ces connaissances à l'opération de la cystotomie.

Après ce rapide tableau des origines de l'anatomie topographique, parlerons-nous des nombreuses monographies dont n'a cessé de s'enrichir cette nouvelle division de l'encyclopédie médicale ? Une telle science devait se développer rapidement.

---

[1] *De ortu et progressu herniarum inguinalium et cruralium* ; Viceburgi, in-4°, 1816.

[2] *Handbuch der chirurgischen Anatomie;* Berlin, 1817.

[3] *Handbuch der practischen Anatomie des menschlichen Korpers* ; Leipzick 1824.

[4] *Icones anatomicæ;* Gœttingue, in-folio.

Elle était d'une culture relativement facile, non qu'elle ne puisse avoir aussi ses illusions, ses obstacles, ses entraînements, et même ses erreurs. N'a-t-on pas vu les fascias se multiplier d'une manière abusive sous le scapel ? N'a-t-on pas été surpris quand les anatomistes se sont donné des démentis sur la longueur et la courbure du canal de l'urètre ? Mais on peut dire que ces discussions n'ont pas arrêté sa marche et ses progrès. Le sujet à l'étude était à la portée du plus grand nombre des travailleurs ; il intéressait à la fois les anatomistes et les chirurgiens, et doublait pour ainsi dire l'armée des investigateurs qui avaient intérêt à rassembler des matériaux et à consolider l'édifice.

Aussi partout se montraient des traces d'une sorte d'invasion de cette science aimée et presque absorbante. Elle se constituait à la fois par des travaux isolés et par des travaux d'ensemble. Les articles : *Aine, Aisselle, Bras, Cou, Coude, Cuisse, Jarret, Main, Orbite, Périnée, Pied,* des divers dictionnaires modernes, sont autant de petits traités pleins d'intérêt. Les ouvrages généraux de pathologie externe et de médecine opératoire qui jalonnent la période évolutive de la chirurgie à dater de 1830, sont presque tous accompagnés d'un chapitre d'anatomie chirurgicale qui comble une lacune ou résume des notions importantes. Constatez ce témoignage de leur utilité dans les livres de Vidal (de Cassis), de Bérard et Denonvilliers, de Nélaton, etc. D'une autre part, tout mémoire chirurgical important se pare pour ainsi dire d'une introduction anatomique. Vous trouvez cet indispensable flambeau dans le mémoire d'Amussat sur l'établissement d'un anus anormal dans la région lombaire par la méthode de Callisen. Les divers ouvrages sur les sections tendineuses et musculaires, et spécialement celui de Bonnet (de Lyon), renferment d'excellents chapitres d'anatomie chirurgicale. Dans ce dernier ouvrage, on remarquera notamment les développements relatifs à la région orbitaire, où les travaux de Tenon sont repris, complétés et perfectionnés. Pourrions-nous oublier le mémoire de M. Demeaux sur l'évolution du sac herniaire ; les recherches si variées sur le cathétérisme, depuis Amussat jusqu'à Jarjavay et Gély ; celles dont la lithotritie avait été l'objet, et qui ont nécessité tant d'éclaircissements fournis par l'anatomie chirurgicale ; les

travaux plus récents relatifs aux opérations exécutées sur des
organes splanchniques, et qui ont nécessité la description perfectionnée des plans à traverser, et des rapports à connaître pour
atteindre avec moins de danger le siège de la lésion ?

A un autre point de vue, ne faut-il pas faire une large part
aux intéressantes recherches sur les communications des vaisseaux entre eux, commencées déjà par Scarpa et par Tiedemann ?
Ces recherches ont rationnalisé un grand nombre d'opérations
chirurgicales ; elles ont permis les heureuses hardiesses qui ont
illustré les noms de A. Cooper, des Abernetthy, des Dupuytren,
des Delpech, des Lisfranc et de tant d'autres chirurgiens qui, les
premiers, ont lié les artères volumineuses ou profondes du corps
humain. Après avoir demandé aux dissections l'art d'atteindre
un vaisseau avec sûreté, les chirurgiens ont pu en déduire des
motifs de prudence et de légitime hésitation. Noter les anomalies
des artères, faire entrer dans le calcul des probabilités thérapeutiques les connaissances qui indiquent les dangers essentiellement attachés à telle ou telle distribution artérielle, n'est-ce
pas le résultat d'une science approfondie qui donne la raison du
succès et du revers ? L'étude des anomalies devient, à ce titre,
de l'anatomie vraiment chirurgicale ; elle pénètre au plus vif
des déterminations du chirurgien. Aussi la place de ce genre de
connaissances, auxquelles notre époque a porté un si ample
contingent, est-elle marquée dans l'histoire de l'anatomie chirurgicale. Sachons gré à un ancien maître de cette école, à Joseph
Dubrueil, d'avoir condensé dans un excellent livre toutes les
applications opératoires qui dérivent de la détermination des
anomalies artérielles et d'avoir enrichi la science d'une excellente monographie [1].

Mais hâtons-nous d'arriver à la mention des principaux traités
inspirés par les progrès incessants de l'anatomie chirurgicale,
et par le désir d'en répandre la connaissance méthodique.

Sous les noms d'anatomie chirurgicale, d'anatomie des régions,
d'anatomie topographique, d'anatomie médico-chirurgicale,
d'anatomie des rapports, d'anatomie homalographique, ont paru

---

[1] *Des anomalies artérielles considérées dans leurs rapports avec la pathologie
et les opérations chirurgicales ;* Montpellier, in-8°, 1847.

en France, depuis 1825, environ dix traités généraux ayant
pour objet l'exposé des connexions de l'anatomie avec la chirurgie,
et démontrant, si je puis ainsi dire, leur fécondation mutuelle.
Ces publications ont fixé l'anatomie chirurgicale dans les cadres
de la science de l'organisation, et sa place y est devenue aussi
légitime que celle de l'anatomie descriptive, de l'anatomie générale ou des tissus, de l'anatomie pathologique, etc. On nous
permettra de ne signaler, dans cette esquisse historique, que
les traités publiés en France. La plupart ont d'ailleurs revêtu un
caractère classique qui les recommande justement. Ils se sont
pour ainsi dire imposés aux Écoles étrangères, où ils ont servi
de guide aux élèves, comme dans notre propre pays.

Le *Traité d'anatomie chirurgicale ou des régions* de notre
illustre chirurgien Velpeau représente la première formule
donnée à la science nouvelle. Sa publication fut un immense
service rendu aux études anatomiques. D'un développement
déjà considérable et très riche de faits puisés aux sources de
la plus laborieuse érudition, ou dans l'expérience personnelle
de l'auteur, cet ouvrage présente la description des organes de
chaque région suivant leur ordre de superposition, depuis la peau
jusqu'au squelette, et à l'occasion de chaque point, de chaque
couche d'organes, il signale les applications chirurgicales de
l'ordre étiologique, diagnostique ou thérapeutique qui peuvent
s'y rapporter. Cette méthode, un peu uniforme et tournant à la
monotonie, expose à quelques redites ou à des détails superflus
pour le chirurgien. Mais du moins elle ne laisse rien dans l'oubli
et sert la mémoire par la reproduction du même plan descriptif
pour chaque région. Le livre de Velpeau ouvre heureusement
la série des ouvrages écrits sur la matière ; il est un fidèle exposé
de la science de son temps et peut encore être consulté avec
fruit. En donnant le jour à cette remarquable publication,
Velpeau avait pour ainsi dire écrit la préface de son *Traité de
médecine opératoire*, ouvrage plus important encore, à la lecture
duquel se sont formés la plupart des chirurgiens contemporains,
et qui, malgré la surcharge quelquefois abusive des citations,
a obtenu un si légitime succès.

Blandin, rival de Velpeau, et qui lui disputait une part de
priorité dans l'avènement de l'anatomie chirurgicale, ne tarda

pas à faire paraître une *Anatomie topographique* [1]. Elle était
conçue d'après une autre idée, en apparence d'un ordre plus
élevé, mais qui, malgré son but physiologique, laissait reconnaître le côté faible de la conception. Blandin considérait chaque
région comme un organe distinct et complet, formé des divers
éléments généraux qui composent toute partie, et des éléments
propres à la fonction dont elle est chargée. Que cette conception
de l'organe régional fût applicable à certaines localités de l'organisme, et notamment à celles qui correspondent aux ouvertures
naturelles, à celles qui comprennent des organes splanchniques
ou qui servent à l'accomplissement d'une fonction déterminée,
telles que la main, les régions labiale, mammaire ou génitale,
nous ne le nierons pas, bien qu'il y ait des réserves à faire ; mais
que le même point de vue s'applique indifféremment à toute
région, c'est ce que le plus simple examen ne permet pas d'admettre. Comment attribuer le caractère d'organe distinct au pli
du coude, à la région inguino-crurale, et à plus forte raison à
des régions qui ne sont évidemment que des points de transition
pour des éléments anatomiques dont le fonctionnement réel s'accomplit ailleurs, tels que les muscles, les vaisseaux et les nerfs ?
Les limites de l'organe régional manquent ; le critérium du
caractère organique, la fonction, manquent aussi ; par conséquent
l'édifice établi sur une pareille base ne saurait tenir. L'idée de
constituer et de démontrer avant tout son organe régional,
devait forcer Blandin à ne présenter ses applications à la chirurgie
qu'après sa description complète. Aussi les déductions pathologiques et opératoires sont-elles renvoyées à la fin du tableau descriptif, ce qui nuit à l'idée de fusion des sciences anatomique et
chirurgicale, et ramène de fait à l'exposition isolée de l'anatomie
descriptive et de la chirurgie. Cette critique ne saurait faire
méconnaître toutefois l'intérêt des descriptions, ni le mérite des
recherches personnelles de Blandin, et ne veut rien restreindre
de la haute estime qui fut accordée à un livre qui, ainsi que
celui de Velpeau, fit aimer la science et contribua à la répandre.

Si l'idée d'une région assimilée à un organe ne pouvait être
acceptée, elle appelait toutefois l'attention sur la nécessité de

---

[1] In-8° avec Atlas ; Paris, 1826.

déterminer certaines parties aussi rigoureusement que possible, et suscitait la recherche de [points de repère sûrs pour tracer les règles des opérations chirurgicales. Malgaigne [1], qui faisait comme Velpeau une large part à l'érudition en chirurgie, se piquait aussi de rigueur dans la détermination des points de départ. Il introduisit dans la science un livre où l'on pouvait remarquer ces deux genres de mérite. Il avait été devancé toutefois, en ce qui concerne l'art de régulariser les opérations au moyen des jalons anatomiques, par Lisfranc et par Cruveilhier. Déjà quelques notions de ce genre étaient appréciées par les chirurgiens. Ainsi, le tubercule de la première côte était désigné comme l'indice du point où l'on peut trouver l'artère sous-clavière ; quelques saillies musculaires étaient notées comme servant de guide aux chirurgiens pour trouver les vaisseaux ; on désignait le relief du sterno-mastoïdien pour révéler la position de l'artère carotide, celui du biceps pour amener le chirurgien sur l'artère humérale, etc... Cruveilhier généralisa ces notions et découvrit les muscles satellites. Lisfranc, plus rigoureux, importa dans la médecine opératoire de véritables données géométriques, rechercha avec soin les moindres saillies osseuses, mesura leurs distances, tira des lignes droites et obliques, indiqua leur degré d'inclinaison par rapport à ces jalons primitifs, s'aida des axes fictifs ou réels, indiqua les plans à respecter par la lame du couteau, les intervalles à suivre, et porta surtout dans l'art des désarticulations une précision inconnue. Les chirurgiens avaient eu peine à se débrouiller dans le dédale des articulations compliquées de la main et du pied. Après les travaux de Lisfranc, ces grandes difficultés, éclairées par la connaissance de l'anatomie chirurgicale des articulations, devinrent un jeu d'amphithéâtre. Chopart avait, il est vrai, devancé Lisfranc pour la désarticulation médio-tarsienne ; mais sous l'impulsion de l'ardent chirurgien de la Pitié, toutes les articulations devinrent tributaires de la méthode mathématique, et les opérateurs furent presque assimilés à des prestidigitateurs, tant ils attaquèrent avec promptitude et sûreté des interlignes naguère labyrinthiques.

Introduire cette méthode rigoureuse dans la pratique, et

[1] *Traité d'anatomie chirurgicale et de chirurgie expérimentale* ; Paris, in-8°, 1838.

cependant rester fidèle à l'érudition et à ce qu'on peut appeler
la méthode historique, tel fut le but que poursuivit Malgaigne en
publiant son traité d'anatomie des régions. Il signala aussi, au
point de vue du diagnostic, l'importance de la détermination
rigoureuse des saillies osseuses. Il introduisit, par l'anatomie, une
sorte d'art de lever les plans sur la surface du corps humain, et
tira surtout parti de cette triangulation pour le diagnostic absolu
et comparatif des fractures et des luxations. Ce serait méconnaître un des caractères du livre de Malgaigne que d'oublier la part
qu'il fit à la critique, la guerre qu'il déclara aux croyances rou-
tinières et aux préjugés anatomiques ; Malgaigne, assaisonnant
ses remarques d'une pointe d'ironie, sembla viser à se faire
appeler le Voltaire de la chirurgie.

Bien que les trois ouvrages que nous avons signalés fussent
généralement accrédités et parussent, ainsi que le résumé de
Milne-Edwards [1], suffire, sinon isolément, au moins par leur
réunion au besoin des études, Pétrequin [2], de Lyon, fit la juste
remarque qu'ils se rapportaient d'une manière trop exclusive à
la chirurgie. L'anatomie topographique peut, en effet, être plus
que chirurgicale. Toute région naturelle ou artificielle du corps
humain fournit, dans le périmètre qui la dessine, des occasions
d'appliquer les notions anatomiques à d'autres sciences qu'à la
chirurgie. Des considérations d'ordre médical y trouvent leur
place ; l'obstétrique et la médecine légale peuvent aussi leur
emprunter des clartés spéciales ou donner à l'anatomiste le
moyen de graver dans l'esprit des élèves, avec à propos et dans
un ordre nouveau, des considérations empruntées à ces sciences.
Aux yeux de Pétrequin, l'anatomie des régions peut donc être
médicale, obstétricale, médico-légale, aussi bien que chirurgicale ; c'est à ce point de vue que son livre a été conçu et
exécuté. Mais comme si le mieux était l'ennemi du bien, l'anatomie proprement dite s'est affaiblie dans son milieu nouveau
et agrandi. Chaque mention anatomique est comme noyée dans
des détails de toute nature, et le but de l'auteur a été manqué ;
car, selon la juste remarque de Montaigne, on s'en éloigne aussi

---

[1] *Manuel d'anatomie chirurgicale;* Paris, in-12, 1827.
[2] *Traité d'anatomie médico-chirurgicale ;* in-8°, 1824.

sûrement lorsqu'on le dépasse que lorsqu'on n'arrive pas jusqu'à lui.

D'autres traités d'anatomie chirurgicale se sont succédé ; nous ne faisons que mentionner celui de Coste[1], de Marseille, publié en 1845, et celui de Jarjavay[2], qui parut six ans après, et qui, plus étendu, plus chargé de faits, marque la transition entre ce que nous pourrions appeler la période initiale et la période perfectionnée de l'anatomie chirurgicale.

C'est cette phase moderne qu'il nous reste à exposer ; elle comprend tous les développements nouveaux suggérés par les moyens d'étude auxquels on a eu recours, ou par l'importation des données de l'histologie normale et pathologique et de l'embryogénie, sciences que les contemporains ont cultivées avec prédilection.

Quelques mots seulement sur les perfectionnements dus à la diversité des moyens de recherches.

Ces progrès ont varié avec les aptitudes des praticiens d'amphithéâtre. Ainsi s'est agrandie toute notion que pouvait éclairer l'art des injections vasculaires. Les organes érectiles mieux connus, les plexus vasculaires mieux débrouillés, les réseaux lymphatiques plus exactement démontrés, attestent suffisamment qu'il y avait encore à ajouter aux habiles démonstrations des Ruysch, des Mascagni, des Muller, des Panizza. L'ouvrage classique de M. Sappey raconte ces progrès de l'art moderne des injections, dont la pathologie a su tirer un ample parti.

Les procédés hydrotomiques, dont Lacauchie a spécialement prouvé les avantages, ont permis de leur côté de mieux apprécier les rapports des organes, la véritable disposition des intervalles celluleux qui les séparent ou qui les unissent, et par suite ils ont fourni à l'anatomie topographique un moyen d'assigner la véritable place des éléments de chaque région.

La dissection des aponévroses et des lames du tissu conjonctif connues sous le nom de *fascias*, et qui sont autant de membranes

---

[1] *Manuel de dissection ou éléments d'anatomie générale, descriptive et topographique* ; in-8°, 1847.

Traité d'anatomie chirurgicale ; Paris, 2 vol. in-8°, 1852.

limitantes dans la cavité desquelles se prolongent ou fonctionnent
les organes, a fait des progrès qui s'ajoutent à ceux que nous
avons déjà mentionnés. Il suffit de citer les régions périnéale,
inguinale, cervicale, pour signaler les plus sûrs progrès qu'ait faits
l'art des opérations. C'est à la même source que s'est éclairée
l'interprétation des éventualités qui peuvent les compliquer et qui
suffisent pour montrer combien les procédés techniques de l'anatomie deviennent importants quand on sait tirer parti de ces
notions si humbles en apparence et en réalité si majeures dans
leurs applications. Desault, Marjolin, Maygrier et Lauth, qui ont
insisté sur l'art des dissections, ont formé de bons chirurgiens
en formant de bons anatomistes, et celui qui dédaignerait l'habileté manuelle, qui contribue si puissamment à l'exhibition des
rapports des organes, laisserait deviner son ignorance à travers
un superbe mépris qui n'est plus de nos jours.

A chaque procédé ses avantages. L'art d'étaler les surfaces
par des injections forcées, telles que celles qu'on pratique dans
les articulations, depuis les essais de Bonnet jusqu'à ceux de l'un
de nos agrégés, M. Masse ; l'art de développer les organes cavi-
taires par des insufflations, n'ont-ils pas montré des rapports
inattendus dont la chirurgie s'est emparée ? Ne suffirait-il pas de
dire que c'est à des procédés de ce genre qu'est due par exemple
la démonstration de l'accessibilité de certains organes qu'on pouvait croire entièrement revêtus d'une enveloppe séreuse, mais
auxquels on a reconnu des points d'attaque possibles en dehors
de la membrane d'enveloppe ? Il y a déjà longtemps que cette
détermination du défaut de la cuirasse a permis de faire la ponc-
tion hypogastrique de la vessie sans léser le péritoine. Pareille
étude permet d'atteindre le gros intestin entre les feuillets du
mésocolon.

Le perfectionnement des coupes dirigées dans divers sens et
surprenant les organes dans leurs rapports les plus variés, a aussi
dévoilé des vérités à l'anatomiste et des ressources aux chirurgiens, soit que les organes abandonnés à leurs conditions naturelles exhibent des intervalles mal établis par de simples dissections, comme les médiastins, soit que les rapports de ces organes
fixés par des procédés artificiels, apparaissent aux yeux dans leur
vérité matérielle et sans être altérés par aucun affaissement. Ainsi

agissent la dessiccation, les injections, la congélation , etc. On connaît le parti obtenu par M. le Dr Legendre ' sur des cadavres congelés. Les coupes faites dans ces conditions rencontrent des surfaces unies et immobiles permettant de connaître leurs vrais rapports. Ce genre de démonstration a servi de base à ce que leur auteur a nommé l'*anatomie homalographique* (ομαλος aplani γραφειν décrire).

L'engourdissement provoqué par des actions chimiques, la corrosion des tissus dont la cavité est supplantée par un relief stéréotique, révèlent aussi à l'observateur des connexions et des rapports saisissants. Pour rester dans les applications les plus ordinaires des procédés de cet ordre, et pour établir combien le chirurgien peut juger ainsi des vrais rapports organiques, qu'on examine sur des pièces convenablement préparées les coupes transversales des membres ou du cou à différentes hauteurs, avec leurs loges aponévrotiques, les muscles desséchés compris dans leurs gaînes, les vaisseaux et les nerfs présentés dans leur situation exacte, et l'on se convaincra combien le chirurgien et l'anatomiste ont raison de se jurer amitié en raison des services réciproques qu'ils se rendent. Notre Musée renferme de remarquables spécimens de pièces d'anatomie chirurgicale de ce genre, dues au talent de M. le Dr Jacquemet, ancien chef des travaux anatomiques.

Si les dissections priment toute autre source de connaissances et d'habileté dans les études du chirurgien ; si Bichat, dans la prévision que la représentation par le dessin pourrait créer une sorte de paresse contemplative et éloigner du rude apprentissage des pavillons anatomiques, s'est laissé entraîner à exclure l'usage des atlas et des imitations graphiques, il serait injuste de méconnaître combien la conception du sujet et l'assimilation définitive des notions exprimées par le dessin et les divers arts plastiques exercent de salutaires influences, ne fût-ce qu'en conservant la fraîcheur des impressions et la netteté des souvenirs.

Les reproductions iconiques fixent les découvertes anatomiques aussi bien que les ouvrages imprimés. C'est pour ce

---

' *Anatomie chirurgicale homalographique*, etc.; Paris, in-fol., 1858.

motif qu'une place leur est due, dans l'histoire d'une science.
L'anatomie en a été une bénéficiaire privilégiée. Depuis Vésale
et Eustachi jusqu'à Hunter, Mascagni, Scarpa et Tiedemann,
jusqu'au grand ouvrage de Bourgery et Jacob, jusqu'à l'atlas de
Béraud[1], splendides publications qui appartiennent à notre
temps, l'iconologie médicale, si bien appréciée par notre célèbre
Lordat, a popularisé, et, pour parler le langage du jour, a
illustré la science. Rien n'est donc indifférent dans les sources
de l'instruction, et sous prétexte de la prééminence des exercices
d'amphithéâtre, ce serait couper les eaux vives du savoir que de
supprimer les images artistiques que l'anatomie chirurgicale a
particulièrement exigées, ces schèmes ingénieux qui vivifient le
fait par l'idée, ces traductions photographiques déjà mises au
service des sciences exactes et dont l'utilité s'affirme tellement
que M. de Watteville voudrait les voir introduire, au nom de
l'État, dans les ressources régulières de l'enseignement supérieur.
Non, quoi qu'en aient pu dire les austères partisans des travaux
exclusifs d'anatomie pratique, il faut simultanément attaquer le
cadavre par le scalpel et demander à l'art ces fidèles tableaux de
la structure de l'homme qui en assurent la possession mnémo-
nique, et que le chirurgien, même instruit, a le devoir de
consulter avant de pratiquer une opération.

Notons aussi les avantages qu'on a pu retirer, pour les progrès
de l'anatomie humaine, de la plastique appliquée à l'étude de
l'organisation. Les tableaux en relief de Fontana, les magnifiques reproductions en cire coloriées de Laumonier et de Delmas,
sorte de sculpture polychrome dépassant le rendu des formes
extérieures pour étendre le domaine de l'art dans les profon-
deurs de l'organisme, méritent une place dans l'histoire de la
science anatomique. Ces essais étaient en honneur au commencement du siècle ; ils ont précédé d'autres artifices qui visaient
également à la reproduction des formes et des rapports par le
moulage, au moyen de diverses substances dont le mode d'emploi
ne peut être exposé dans cette esquisse historique. Rappelons
seulement que les écorchés en plâtre des salles de dessin avaient
montré le parti qu'on peut en tirer pour l'anatomie des formes

---

[1] *Atlas complet d'anatomie chirurgicale topographique* ; Paris, gr. in-4°, 1865.

extérieures. Les pièces moulées de M. Talrich rendent aujourd'hui
des services autrement sérieux. Mais nous devons une mention
plus importante à des essais qui ont eu directement pour but
l'anatomie topographique. On sait que par leurs sujets artificiels,
M. Auzoux et ses imitateurs se sont proposé le dénombrement
des organes et leur représentation isolée. Ces cadavres artificiels
permettent de démonter la machine humaine et de la reconsti-
tuer par l'assemblage de ses éléments. Les organes alternativement distraits de leurs connexions et réintégrés dans leur place
naturelle, accoutument l'esprit à la notion précise de ces
rapports.

L'étude de l'anatomie topographique peut aussi tirer un parti
réel de l'adaptation des images superposées, d'après les procédés
de A. Comte et de M. Wittkowski, images conduisant l'élève à
la connaissance des plans successifs qu'il faut déterminer et traverser avant d'atteindre les parties profondément situées. Je
pourrais insister sur le degré d'utilité des moyens de cet ordre,
mais il ne faut pas vouloir trop prouver. Pour concentrer ma
pensée dans un conseil, je me contenterai de dire : méditez les
livres ; sachez lire les dessins, qui sont aussi une façon d'écrire
la science, mais surtout fouillez le cadavre, qui, pour le chirurgien, est le livre de vérité. Après avoir exclusivement consacré à l'anatomie les huit premières années de ma carrière, j'ai
le droit d'affirmer qu'il n'y a de vrai chirurgien que celui qui a
pâli dans les amphithéâtres.

Ces considérations nous placent en regard de l'état présent de
notre science. Il est plus délicat d'aborder son histoire, mais ces
difficultés s'effacent en regard du mérite de ses dernières productions.

D'intéressants efforts ont encore été tentés de nos jours. Trois
ouvrages importants sur l'anatomie topographique marquent la
période contemporaine et semblent vouloir la clore, comme les
livres de Velpeau, de Blandin et de Malgaigne l'avaient ouverte.

Un ancien chef de clinique de notre Faculté, M. le Dʳ Paulet,
aujourd'hui professeur à la Faculté de médecine de Lyon, après
avoir honoré la chirurgie militaire par ses services, a publié l'un
des traités que j'ai encore à signaler. Être clair dans l'exposition

des faits, sobre dans l'accumulation, et cependant complet par
rapport au but recherché ; être vrai surtout dans le détail et
utile dans l'ensemble, tel est le but complexe que s'est proposé
M. Paulet[1] ; aussi son livre porte-t-il une empreinte particulière.
L'atlas, c'est-à-dire la démonstration graphique, en est la partie
dominante, et le texte, sans se réduire à une description des
figures, n'en est cependant que l'interprétation fidèle rehaussée
par des considérations variées sur la pathologie et la thérapeutique chirurgicales.

Un autre traité d'anatomie topographique porte le nom de
M. Richet[2]. Il suffit pour signaler une œuvre savante, conscien-
cieuse, enrichie des derniers progrès de la science et qui mérite
d'être entre les mains de tous les élèves. Les descriptions y sont
complètes sans être surchargées ; la combinaison des données
anatomiques et des données chirurgicales, qui sont les facteurs
de la science synthétique dont nous avons indiqué l'origine, y
est établie dans l'heureuse proportion qui fait sentir la certitude
anatomique et l'utilité chirurgicale. L'auteur y a introduit une
partie relative à l'anatomie des tissus dans ses rapports avec la
pathologie et l'art des opérations. C'est peut-être une complication, mais elle se justifie par l'intérêt des considérations qui y
sont présentées. Nous ne pouvons que recommander ce livre véritablement méritoire.

M. Tillaux[3] n'en a pas moins tenté une nouvelle publication
sur le même sujet, qui se distingue aussi par l'exactitude et la
clarté, et qui devra un élément de succès aux remarquables
figures qui sont intercalées dans le texte. Sa publication affirme
avec talent la diffusion des connaissances, le goût de plus en plus
accusé de notre époque pour les sciences exactes, et le besoin
qui naît dans les esprits de répandre et d'acquérir des faits de
cet ordre.

---

[1] *Traité d'anatomie topographique*, comprenant les principales applications à
la pathologie et à la médecine opératoire ; 2 vol. in-8° et 2 vol. atlas in-4°,
1859.

[2] *Traité pratique d'anatomie médico-chirurgicale* ; Paris, in-8°, 1855.

[3] *Traité d'anatomie topographique*, avec applications à la chirurgie ; Paris, in-8°,
1877.

Ces remarquables ouvrages laissent cependant un desideratum. Ils se prêtent peu à servir de guide dans les dissections. Ils dépassent assurément les intentions de chaque auteur par leurs proportions. Il est difficile, en effet, de les transformer en *vade mecum* d'amphithéâtre. L'élève a cependant le droit d'exiger qu'on lui épargne le temps et la peine, et qu'on tente l'œuvre difficile d'un compendium ou abrégé substanciel. C'est une tâche plus laborieuse qu'on ne croit. Nous ne saurions donc vanter certains livres superficiels qui, sous le nom de *manuels*, prodiguent la science aisée, aux esprits paresseux, mais notre estime appartient aux traités concis et complets élaborés par des auteurs consciencieux, où les vérités utiles sont concentrées, et dont on peut dire qu'ils contiennent *non multa sed multum*. Haller n'avait pas dédaigné une œuvre de ce genre, et il estimait ses *Primæ lineæ physiologiæ* en un petit volume in-12 autant que ses *Elementa* en huit tomes in-4°. En fait de chirurgie, Sabatier préférait le résumé de Lafaye aux ouvrages les plus développés de ses contemporains. J'ai entendu mon cher maître Dugès dire que son ouvrage le meilleur et le plus utile était son *Manuel d'Obstétrique*. Il est donc à souhaiter qu'un bon livre élémentaire d'anatomie chirurgicale comble une lacune réelle. Cet essai est actuellement tenté par un ancien aide d'anatomie de notre Faculté, M. le Dʳ Chavernac. Nous lui souhaitons le succès que mérite une œuvre inspirée par le sentiment de la difficulté et par le désir d'être utile.

Quoi qu'il en soit, l'anatomie chirurgicale est constituée. Telle qu'elle est reproduite dans les ouvrages que nous avons déjà signalés, elle se présente avec des caractères auxquels peu de sciences peuvent prétendre et dont l'énoncé servira de conclusion à cette première leçon : elle est formée, elle est certaine, elle est utile.

Sa *formation* a été rapide. Dérivée de sources déterminées, entreprise par une foule de laborieux adeptes, exposée presque à ses débuts dans des traités sérieux, enrichie d'une foule d'essais monographiques, d'une culture d'autant plus attrayante qu'elle indiquait le bienfait à côté de son origine, elle a été, si je puis ainsi dire, improvisée par la *furia francese ;* elle s'est empreinte

des clartés de notre esprit national, et a atteint sa période consti-
tutive avec une promptitude rare. Quant à sa période perfec-
tive, elle évolue encore ; mais, sans assigner de limites au
progrès, on peut croire que les découvertes à faire ne sauraient
être bien nombreuses.

La *certitude* lui est acquise. Ce caractère n'appartient pas au
même degré à toutes les divisions des connaissances humaines;
mais parmi les sciences d'observation, l'anatomie possède la
certitude au moins dans certaines de ses parties. On ne saurait
la contester pour l'anatomie descriptive. L'anatomie comparée
s'en empare tous les jours ; l'anatomie pathologique la possède
à moitié ; l'anatomie histologique y prétend de plus en plus.
Quant à l'anatomie chirurgicale, elle partage les priviléges de la
science qui a été son point de départ, et dont elle est pour ainsi
dire l'épanouissement. Ses rayons, en pénétrant dans les faits
d'une autre science, les ont illuminés et ont abouti à une fusion
dont nous avons suffisamment établi la réalité et les avantages.

Quant à l'*utilité*, elle s'affirme à toutes les pages des traités
qui exposent l'anatomie chirurgicale. L'illustre Geoffroy Saint-
Hilaire avait pris pour épigraphe de son ouvrage d'anatomie
philosophique : *Utilitati*. A l'époque où parut le livre du savant
naturaliste, on pouvait concevoir quelques doutes sur la légitimité de cette prétention. Les principes mêmes de la science trans-
cendante étaient contestés. Les faits étaient à l'état d'évolution,
les déductions étaient obscures ; aujourd'hui le jour s'est fait, et
l'on découvre autre chose dans l'anatomie philosophique qu'une
satisfaction de l'esprit. Mais le caractère d'utilité n'a jamais été
voilé par l'anatomie chirurgicale. C'est l'étoile au front que cette
science a paru à l'horizon. Chose remarquable, ce n'est pas un
seul ordre de connaissances qui a progressé ; deux sciences ont
grandi simultanément. L'anatomie descriptive s'est directement
perfectionnée par une notion plus sûre des proportions et des
rapports. Quant à la chirurgie, elle a puisé dans le mariage
fécond qu'elle a contracté un regain de précision, d'exactitude
et de clarté qui lui étaient inconnues ; elle a pris en dot des
méthodes nouvelles dans l'art d'opérer ; elle s'est enrichie d'une
foule de faits de détail ; elle a quitté l'hésitation pour la confiance ; elle a même quelquefois porté trop loin ses entreprises.

Mais on reconnaîtra du moins que cette sécurité de l'homme de l'art révèle une base sérieuse d'action, et on admirera comment, passant du cadavre à l'homme vivant, le chirurgien, directement élevé au rôle d'agent thérapeutique, le *peritus incisor*, comme l'appelait Haller, ait pu transformer le scapel en bistouri, la dissection en opération, la donnée anatomique en acte curateur, et faire tourner cet échange au profit de l'être souffrant.

MÉMOIRES DIVERS

CLINIQUE

DE LA

MAISON DES ALIÉNÉS

DE MONTPELLIER

(SERVICE DE M. RECH)

PAR

F. BOUISSON

CHIRURGIEN INTERNE DE L'HOPITAL GÉNÉRAL,

EX-PROSECTEUR ADJOINT DE LA FACULTÉ DE MÉDECINE,
SECRÉTAIRE DE LA SOCIÉTÉ CHIRURGICALE D'ÉMULATION DE MONTPELLIER

MONTPELLIER

J. MARTEL AÎNÉ, IMPRIMEUR DE LA FACULTÉ DE MÉDECINE
près la Préfecture, n° 10
—
1833

CLINIQUE

DE LA

MAISON DES ALIÉNÉS

DE MONTPELLIER

(Depuis le 1ᵉʳ janvier 1829 jusqu'au 31 décembre 1833)

———

L'étude des aliénations mentales, cultivée de nos jours avec beaucoup de soin, exige encore des travaux soutenus et bien dirigés pour prendre rang dans les parties positives de la science médicale. L'anatomie pathologique, si utile pour dévoiler la nature d'un grand nombre d'affections morbides, n'a jeté que de faibles lumières sur celles de la folie ; mais peut-être des observations mieux faites, des autopsies cadavériques exécutées avec plus de soin, montreront-elles des lésions organiques conservant un rapport exact et constant avec les troubles fonctionnels qui caractérisent l'aliénation mentale ; et alors, que de ressources précieuses pour élucider les divers points de l'idéologie et les anomalies des facultés intellectuelles et affectives ! Quelques hommes, doués d'un génie actif et d'un rare talent d'observation, ont déjà tenté la localisation de ces diverses facultés et posé des jalons solides, propres à frayer la route vers de grands résultats. Les efforts des novateurs qui ont entrepris cette sorte de réforme dans la manière d'envisager les fonctions réputées intellectuelles, méritent donc beaucoup d'éloges ; mais, il faut en convenir, on n'a encore rien prouvé d'une manière incontestable, il n'est presque aucune de ces assertions qui ne soit susceptible d'être réfutée. Toutefois, si l'on n'a pas encore réussi à établir et à classer les fonctions du cerveau par la détermination de celles qu'exécutent individuellement les diverses parties de cet organe, on a du moins fait entrevoir la possibilité d'une pareille découverte, et ce sont les faits qui ne sont pas encore assez nombreux pour en établir les véritables fondements. Les médecins, jaloux d'acquérir des idées positives sur un sujet aussi important, doivent donc s'efforcer d'offrir à la science la part de leurs travaux, et livrer à la publicité les observations profitables qu'ils ont occasion de recueillir.

Mais ce n'est pas seulement par l'espoir d'élucider les doctrines abstruses de l'idéologie que le médecin doit être guidé dans ses investigations ; il est un mobile plus puissant qui l'excite aux recherches, aux tentatives et surtout à l'observation : c'est le désir de voir s'améliorer le sort de cette portion malheureuse de l'espèce humaine, qui, autrefois méprisée de la société, était en proie aux calamités les plus réelles. Jadis il n'existait pour les aliénés aucune maison de réclusion : les uns, chargés de chaînes, traînaient péniblement leur existence au milieu des contraintes les plus rudes ; les autres, abandonnés à eux-mêmes, étaient le sujet de la risée ou de la brutalité d'un peuple ignorant. La France et l'Angleterre se partagent l'honneur d'avoir montré les premiers sentiments de philanthropie envers les insensés, et c'est principalement à notre vénérable compatriote, M. Pinel, qu'appartiennent les réformes heureuses adoptées aujourd'hui dans toute la France et une grande partie de l'Europe. C'est pour appuyer par des preuves nouvelles l'excellence des préceptes donnés par ce médecin philosophe, et pour montrer que le traitement moral, aidé de la stricte observation des règles de l'hygiène, est le point principal du traitement de l'aliénation mentale, que nous entreprenons de publier les résultats obtenus dans l'établissement des aliénés de Montpellier.

Ces idées, déjà émises par M. Rech dans le premier bulletin clinique qu'il fit paraître en 1826, ont reçu une sanction nouvelle par six années d'une expérience éclairée, et ne laissent aujourd'hui aucun doute sur l'inefficacité de la plupart des médicaments spécifiques si vantés contre l'aliénation mentale. Les drastiques, auxquels les anciens et même quelques modernes ont attribué des propriétés merveilleuses, sont le plus souvent inutiles, si toutefois ils ne deviennent pas nuisibles par les superpurgations qu'ils déterminent et qui peuvent affecter profondément le tube intestinal. L'abus des saignées et du traitement anti-phlogistique direct, déjà signalé et frappé d'une sorte d'anathème par Pinel, a été reconnu également inefficace. Cependant, loin d'approuver la proscription absolue d'un mode de traitement qui, dans certains cas, peut être avantageux, M. Rech l'emploie avec succès dès le début de la manie avec fureur, surtout chez les sujets jeunes, robustes, et qui ne paraissent pas susceptibles de cet affaissement général des forces dont la manifestation contribue puissamment à maintenir la durée de la folie, et à préparer même son incurabilité en ramenant ses divers genres au type de la démence. Les anti-phlogistiques réussissent également dans la lypémanie, mais lorsqu'on leur fait produire un effet révulsif plutôt qu'une évacuation sanguine directe ; ainsi l'application des sangsues au périnée, au pourtour des articulations des membres pelviens, a souvent amené des améliorations marquées. On a renoncé à l'usage inconsidéré des révulsifs cutanés, sans négliger toutefois de les essayer, surtout dans le traitement des hallucinations et des illusions. Ces deux symptômes morbides, dont M. Esquirol a donné une peinture si exacte, coïncident fréquemment, ainsi que l'a démontré cet habile observateur, avec des altérations matérielles des organes des sens, ou des nerfs qui président à leurs fonctions, et ces altérations peuvent céder à l'emploi des révulsifs extérieurs. Il est juste d'avouer cependant qu'on n'a obtenu à ce sujet qu'un très petit nombre de succès.

Il n'existe donc pas pour nous de spécifique contre l'aliénation mentale en général ; il n'en existe pas davantage pour les diverses espèces ; et tout le traitement médical doit se réduire à combattre les complications qui peuvent aggraver la maladie ou entraver sa marche. On doit s'attacher surtout à favoriser son cours naturel par les moyens hygiéniques convenablement employés ; et, sous ce rapport, nous devons signaler les améliorations qui ont été apportées à l'établissement. En lisant la description que M. Rech en donna en 1826, on peut d'abord remarquer l'excellence du plan d'après lequel il a été construit ; on peut juger de l'heureuse distribution de ses diverses sections, qui permettent de classer les aliénés d'après le genre de leur dérangement intellectuel. Mais tout n'était pas achevé, et l'étendue du local comportait en quelque sorte des modifications ou des additions avantageuses : la grande salle de réunion, où les aliénés se renferment principalement en hiver, a été divisée en deux pièces secondaires, dont la plus petite sert aujourd'hui d'infirmerie. Cette infirmerie spéciale était d'une nécessité évidente ; il est effectivement plusieurs aliénés qu'on ne peut laisser habituellement dans les loges, qui deviennent incommodes dans le dortoir général, et pour lesquels il était urgent de construire une salle particulière : tels sont ceux qui sont atteints de paralysie générale, d'épilepsie, ou qui contractent des maladies accidentelles. Ces aliénés sont actuellement placés dans la nouvelle infirmerie, sous la surveillance spéciale d'un gardien, et le service de santé se fait ainsi d'une manière plus convenable et plus régulière.

Ce n'était pas assez d'établir un local particulier pour les aliénés infirmes, il fallait encore activer la guérison des convalescents et préparer celle des autres aliénés susceptibles de reprendre leur raison. A cet effet, on a embelli l'établissement par l'addition d'un vaste jardin adjacent à la fois au quartier des hommes et à celui des femmes, et qu'une muraille mitoyenne divise en deux parties respectives pour les aliénés des deux sexes. Ce jardin est cultivé par tous ceux que l'on reconnaît capables de travailler ; ils s'y rassemblent deux fois par jour, exécutent leurs travaux dans le plus grand ordre, sous les yeux d'un gardien chargé de les surveiller et de diriger les travaux. Ils passent ainsi leur temps sans se livrer à leurs idées chimériques, que l'indolence et l'inactivité contribuent sans doute à entretenir, à augmenter même. Ce genre d'exercice nous a paru déjà très avantageux ; il entretient les forces physiques, il produit une distraction morale qui détruit les idées fixes auxquelles s'abandonnent les aliénés livrés à eux-mêmes ; enfin, il détermine une sorte de contentement dont ils paraissent sentir tout le prix, puisque souvent ils réclament eux-mêmes le travail, et qu'un nouveau moyen de les punir sans leur nuire consiste à leur refuser l'entrée du jardin. Telles sont les améliorations principales dont on a doté l'établissement des aliénés.

Examinons à présent les changements qui se sont opérés dans la maison depuis l'année 1829 jusqu'à 1832, et exposons les observations intéressantes que nous avons recueillies.

PREMIÈRE PARTIE

MOUVEMENT GÉNÉRAL DE LA MAISON

Depuis le 1er janvier 1829 jusqu'au 31 décembre 1832.

NOMBRE DES ALIÉNÉS.

(1er Tableau).

Déjà admis..   57 hommes .....   60 femmes 107

		hommes		femmes		total
Entrés.	1829..	24	—	13	—	37
	1830..	18	—	17	—	35
	1831..	24	—	13	—	37
	1832..	23	—	9	—	32
		146		102		248
Morts.	1829..	7	—	5	—	12
	1830..	7	—	8	—	15
	1831..	5	—	4	—	9
	1832..	8	—	2	—	10
		27		19		46
Guéris.	1829..	6	—	5	—	11
	1830..	5	—	5	—	10
	1831..	7	—	5	—	12
	1832..	5	—	4	—	9
		23		19		42
Sortis non guéris.	1829..	4	—	2	—	6
	1830..	5	—	2	—	7
	1831..	2	—	1	—	3
	1832..	2	—	1	—	3
		13		6		19

A. *Déjà admis.* — *Entrés.* — La population de l'établissement a pris un accroissement successif, mais dans une progression variable :

1829	Entrés.	37	8
	Sortis (guéris ou non guéris), morts. . . .	29	
1830	Entrés.	35	3
	Sortis (guéris ou non guéris), morts. . . .	32	
1831	Entrés.	37	13
	Sortis (guéris ou non guéris), morts. . . .	24	
1832	Entrés	32	12
	Sortis (guéris ou non guéris), morts. . . .	22	

On voit que l'accroissement a été très considérable pendant ces quatre dernières années, puisque la population de la maison s'est élevée de 107 à 143. Mais cette augmentation n'a pas été la même pour toutes les années; elle s'est bornée à 8 individus dans la première, 3 dans la seconde, tandis qu'elle s'est portée jusqu'à 13 et 12 dans les deux dernières. Le total de 36 aliénés, admis dans les années susdites, ajouté au nombre de 107 qui étaient dans la maison, élève la population à un nombre qui égale déjà celui des aliénés pour lesquels l'établissement a été construit. Aussi les admissions sont-elles aujourd'hui plus diffi-ciles ; et pour peu que l'état actuel se prolonge, les proportions de guérison, qui s'établissent sur les aliénés admis chaque année, deviendront défavorables, tandis qu'au contraire la table de mortalité, qui est dressée sur la somme de tous ceux qui peu-plent l'établissement, augmentera dans une proportion sensible ; c'est là le sort de presque toutes les maisons d'aliénés, dont les constructions ne peuvent admettre qu'un nombre limité de malades; c'est principalement celui des établissements où l'on est obligé de recevoir tous les individus dont la réclusion est ordonnée par l'autorité, et dont un grand nombre sont incurables ou offrent très peu de chances de guérison. Il serait donc néces-saire, qu'au moment où l'encombrement s'établit, on fît évacuer de l'établissement tous les incurables qui, par leur genre d'alié-nation, ne peuvent nuire à la société, et sont tout au plus incom-modes à leurs parents. On se ménagerait ainsi l'avantage de

pouvoir admettre les nouveaux aliénés, dont la guérison serait
plus probable, et auxquels l'isolement serait bien plus nécessaire.
On pourrait aussi agrandir les constructions, et c'est le parti
que l'on a adopté pour la maison des aliénés de Montpellier, où
l'étendue du local permet d'exécuter ces nouvelles dispositions ;
mais tous les établissements ne se prêtent pas à des additions
semblables ; et mieux vaudrait, ainsi que l'avait proposé
M. Esquirol, n'en faire construire que de très vastes. Alors les
ressources pour la réception et le traitement des aliénés sont
toujours plus grandes, et l'encombrement devient beaucoup
moins fréquent.

B. *Morts.* — Le nombre des morts a été bien plus considérable depuis 1829 jusqu'à 1832, que pendant les trois années
précédentes ; mais cela s'explique facilement, car outre que le
relevé actuel des décès est établi sur quatre années, tandis que
le précédent ne l'avait été que sur trois, il existe encore d'autres
causes de cette plus grande mortalité que nous allons faire
connaître ; et, d'abord, l'augmentation générale des aliénés a
nécessairement comporté un plus grand nombre de décès, dont
voici la proportion établie pour chaque année :

1829.

Total 12 sur 144 (107+37) = 1 sur 12.
Hom. 7 sur 81 (57+24) = 1 sur 12.
Fem. 5 sur 63 (50+13) = 1 sur 12.

1830.

Total 15 sur 150 (107+37+35—12—11—6) = 1 sur 10.
Hom. 7 sur 82 (57+24+18— 7— 6—4) = 1 sur 12.
Fem. 8 sur 68 (50+13+17— 5 - 5 - 2) = 1 sur 9.

1831.

Total 9 sur 155 (107+37+35+37—12—15—11—10—6—7) = 1
sur 17.
Hom. 5 sur 89 (57+24+18+24 -7—7—6—5—4 - 4)=1 sur 18.
Fem. 4 sur 66 (50+13+17+13 -5 - 8—5 - 5—2—2)=1 sur 19.

1832.

Total 10 sur 163 (107+37+35+37+32−12−15−9−11−10−12
                6−7−3) = 1 sur 16.

Hom 8 sur 99 (57+24+18+24+23−7−7−5 −6 -7−4 −5−
                   2) = 1 sur 12.

Fem. 2 sur 65 (50+13+17+13+9 −5−8 - 4−5 −5 −5−2−2
                   −1 = 1 sur 32.

Ce tableau [1] nous donne pour résultat général 1 sur 14, proportion plus défavorable que celle des années précédentes, qui est de 1 sur 15 ; mais on trouve la raison de cette augmentation de mortalité, dans l'influence fâcheuse du rigoureux hiver de 1830. Cette saison a été effectivement très funeste aux aliénés, puisqu'il en est mort 8 uniquement pendant la durée des grands froids, c'est-à-dire plus de la moitié de ceux qui ont péri (15) dans la même année. On a bien prétendu que les aliénés pouvaient supporter sans inconvénient les froids les plus rigoureux, et l'on s'est étayé de quelques exemples très remarquables, recueillis à l'hospice de la Salpêtrière ; mais ces faits particuliers ne suffisent pas pour infirmer le grand nombre de faits contraires, et d'ailleurs cet exemple de mortalité augmentée par l'abaissement de la température durant l'hiver de 1830 est parfaitement en rapport avec les résultats fournis par les relevés des précédentes années. Nous pouvons donner plus de certitude encore à ces observations, en faisant le tableau proportionnel des décès considérés selon les mois.

---

[1] Voici la manière dont nous avons dressé le tableau ci-dessus : Le nombre des morts pendant les années 1829, 30, 31 et 32, est mis en rapport avec la totalité des aliénés renfermés dans la maison pendant ces mêmes années ; les détails de cette totalité sont exprimés par les chiffres cernés entre parenthèses. Ceux qui sont précédés du signe + , indiquent le nombre des aliénés admis chaque année et qu'il faut ajouter au nombre 107 qui représente le total de la population au commencement de 1829. Ceux qui sont précédés du signe —, font connaître le nombre des aliénés sortis ou décédés dans le cours des années précédentes : c'est pour cela qu'on ne trouve pas d'indications de ce genre pour l'année 1829, tandis qu'elles vont en s'accroissant dans les années suivantes ; enfin, notre tableau présente la proportion des décès, le nombre 1 étant pris pour terme de comparaison.

	Janvier	9	
	Février	4	
Du	Mars	5	
1er JANVIER	Avril	»	
1829	Mai	5	TOTAL :
	Juin	3	46.
au	Juillet	6	
	Août	»	
31 DÉCEMBRE	Septembre	3	
1832.	Octobre	2	
	Novembre	3	
	Décembre	6	

On peut s'assurer que ce tableau présente la vérification des observations déjà faites dans l'établissement, et exposées par M. Rech, avec tous les détails convenables, dans le bulletin clinique publié en 1829. En effet, les mois de novembre, décembre, janvier et février sont remarquables par le nombre des décès qui ont eu lieu pendant leur cours ; l'époque des fortes chaleurs entre en deuxième ligne par son influence sur la mortalité ; enfin, les saisons tempérées ont agi de la manière la plus favorable. Le mois d'avril, entre autres, est remarquable par l'absence complète de décès pendant son cours.

Une circonstance digne de fixer l'attention consiste dans la différence de mortalité entre les hommes et les femmes ; la proportion est de un sur treize chez les premiers, tandis qu'elle n'est que de un sur quinze sur les aliénées. Une proportion à peu près analogue a été observée dans les premiers relevés, et l'on ne saurait expliquer, d'une manière bien satisfaisante, des faits de cette nature, sans rappeler les inconvénients qui doivent résulter pour les hommes, du passage brusque d'une vie active et quelquefois pénible à une inactivité et un repos absolus. Aujourd'hui que l'établissement possède un jardin où les travaux physiques des aliénés seront mis en exercice autant qu'on le jugera convenable, peut-être verrons-nous la mortalité diminuer et les proportions devenir plus favorables.

C. *Sortis guéris.* — La proportion des guérisons est à peu près la même que celle des années précédentes, c'est-à-dire :: 1 : 3 ou à 3 1/2, ce qui est le résultat le plus favorable qu'on ait droit d'espérer. Mais un fait est encore digne de remarque pour

ce qui concerne les femmes aliénées ; les proportions de guérison sont chez elles beaucoup plus avantageuses que chez les
hommes, comme on peut s'en convaincre en examinant le tableau
suivant:

			sur				sur			
	Total	11	sur	37	=	1	sur	3.		
1829	Hommes	6	sur	24	=	1	sur	4.		
	Femmes	5	sur	13	=	1	sur	2	et	1/2.
	Total	10	sur	35	=	1	sur	3	et	1/2.
1830	Hommes	5	sur	18	=	1	sur	3	et	1/2.
	Femmes	5	sur	17	=	1	sur	3	et	1/2.
	Total	12	sur	37	=	1	sur	3.		
1831	Hommes	7	sur	24	=	1	sur	3	et	1/2.
	Femmes	5	sur	13	=	1	sur	2	et	1/2.
	Total	9	sur	32	=	1	sur	3	et	1/2.
1832	Hommes	5	sur	23	=	1	sur	4	et	1/2.
	Femmes	4	sur	9	=	1	sur	2.		

On ne saurait désirer des résultats plus avantageux que ceux
que donne ce tableau. La proportion des guérisons chez les
femmes est de 1 sur 2 ou 2 1/2, pendant les années 1829 et
1831 ; on n'a vu dans aucun établissement des proportions plus
favorables. Cependant nous ne pouvons tirer de ce fait aucune
conclusion bien rigoureuse ; car, dans les années précédentes,
on a observé des proportions toutes contraires, et il est éminemment probable que c'est plutôt un simple accident qu'un résultat
de la manière dont les femmes sont traitées, ou des avantages
hygiéniques plus grands dont elles jouissent dans leur section ;
car la section des hommes est plus vaste, peut-être même plus
convenablement exposée, et le mode de traitement est le même
pour les deux sexes, abstraction faite des indications particulières que peuvent présenter les divers genres d'aliénation des
femmes, lorsque cette maladie est produite par une menstruation difficile, par des couches laborieuses ou une lactation
brusquement supprimée. Toutefois, on ne peut s'abstenir de
remarquer, qu'en même temps que la proportion des guérisons
a été très avantageuse chez les femmes, la table de mortalité n'a

point été défavorable, et que, sous ce rapport très important, elles ont été heureusement partagées. Nous ne saurions indiquer les véritables causes de ces résultats, alors que nous en voyons de contraires dans la plupart des hospices d'aliénés ; mais nous désirons éveiller l'attention de ceux qui s'occupent de ce genre de travaux.

D. *Sortis non guéris.* — Leur nombre se porte à 19, et ce sont, pour la plupart, des aliénés réclamés par leurs parents ou rappelés dans leurs départements pour être évacués sur d'autres hospices. Leur histoire n'offre rien d'intéressant ; et, en bonne règle, ils ne devraient point figurer sur les relevés, puisque la plupart d'entre eux sont pour ainsi dire de passage, ne subissent qu'un traitement incomplet, et ne font que grossir les proportions des entrées, sans favoriser en aucune manière celui des guérisons.

NATURE DES MALADIES.

(2ᵉ Tableau).

	Manie	24
	Monomanie	13
Déjà admis.	Démence	49
	Idiotie	8
	Manie intermittente	2
	Aliénation mentale, épilepsie	11
		107

	Manie	40
	Monomanie	36
	Démence	45
Entrés.	Idiotie	12
	Manie intermittente	8
	Manie sans délire	1
	Aliénation mentale, épilepsie	9
		151

Sortis guéris.	Manie	23
	Monomanie	11
	Démence	8
		42

Morts	Manie	6
	Monomanie	4
	Démence	24
	Idiotie	1
	Aliénation mentale, épilepsie	11
		46
	Affections cérébrales	21
	Diarrhée	9
	Phthisie	9
	Fièvre lente	5
	Fièvre pernicieuse	1
	Pneumonie	1
	Pleurésie	1
		46

E. *Nature des aliénations mentales. — Déjà admis, entrés et sortis guéris.* — Ce tableau peut donner la mesure de la fréquence respective des divers genres d'aliénation mentale. La démence tient le premier rang : viennent ensuite la manie continue, la monomanie et l'idiotie ; la manie intermittente et la manie sans délire se présentent plus rarement ; enfin, l'aliénation mentale, compliquée d'épilepsie, se place au même rang que l'idiotie considérée sous le rapport de sa fréquence. Parmi ces diverses formes de l'aliénation, la manie et la monomanie offrent des chances de guérison plus assurées que la démence et surtout que l'idiotie. Ce dernier mode de dérangement intellectuel ne devrait point, à la rigueur, figurer dans le nombre des aliénations mentales, car cette expression même désigne un changement survenu à un état normal, et l'idiotie ne saurait être ainsi caractérisée, puisque l'état normal n'a jamais existé, et que tout porte à croire que cette sorte d'oblitération des fonctions encéphaliques date des premières périodes de l'organisation embryonnaire.

Nos résultats, relativement au degré de curabilité de la manie et de la monomanie, s'accordent parfaitement avec ceux qui ont été publiés jusqu'ici. Sur 151 aliénés entrés dans le cours des quatre années dont nous offrons les relevés, nous trouvons 23 maniaques guéris, tandis qu'il n'y a eu que 11 monomaniaques. Le nombre des premiers était plus considérable, à la vérité, mais il ne l'était certainement pas au point de faire doubler la proportion des guérisons; aussi pensons-nous que la manie est, toutes choses égales d'ailleurs, plus curable que la monomanie. On s'en rend toujours raison, quand on considère qu'il existe certaines variétés de celle-ci qui sont totalement incurables, tandis qu'il n'en existe qu'un plus petit nombre appartenant à la manie qui soient dans le même cas. Il est vrai cependant que la manie intermittente et la manie sans délire guérissent rarement ; mais les monomanies homicide, suicidique, ambitieuse, etc., sont, en général, beaucoup plus rebelles à toute espèce de traitement. Quant à la démence, il est extrêmement difficile d'en triompher ; aussi ce genre d'aliénation est-il un titre d'exclusion de certains hospices d'Angleterre, et même de quelques établissements privés de France. Les proportions de guérison sont, en effet, plus défavorables pour la démence que pour les deux premiers genres de folie, puisque, d'après nos relevés, ces proportions sont un peu plus de 1 sur 2 pour les maniaques. 1 sur 2 1/2 pour les monomaniaques, tandis qu'elles sont de 1 sur 8 pour les aliénés en démence. Nous devons établir cependant une distinction bien importante, c'est que la démence aiguë guérit assez facilement (nous l'avons observé sur huit individus), tandis que la démence chronique est tout-à-fait au dessus des ressources de l'art, et dépend souvent de la transformation et d'une sorte de dégénération de la manie et de la monomanie devenues incurables. Enfin, quant à ce qui concerne l'idiotie, il n'est point permis de compter sur une guérison possible, puisqu'elle est due à des anomalies connées du centre encéphalique ou de son appareil protecteur, que nos agents thérapeutiques ne peuvent modifier en rien. On ne doit pas espérer davantage de l'aliénation mentale compliquée d'épilepsie ; ce concours de deux maladies, essentiellement graves par leur nature et leur forme chronique, est toujours à redouter. L'épilepsie, même dénuée de toute complication, ne tarde pas à être au-dessus des ressources de l'art pour peu qu'elle date d'un certain temps ; aussi, depuis que l'établissement existe, nous ne pouvons compter qu'un seul cas d'épilepsie guérie complètement[1], bien que cette maladie se soit présentée très souvent, et qu'on ait employé pour la combattre les remèdes réputés les plus efficaces, et surtout le nitrate d'argent si vanté par les Anglais.

F. *Nature des maladies.* — *Morts.* — Déterminer le degré de mortalité qui coïncide avec les genres variés de l'aliénation mentale, est un travail qu'ont dû se proposer les médecins placés à la tête de vastes établissements, où les proportions pouvaient être établies sur des bases très larges. M. Esquirol s'est plus spécialement occupé de faire connaître les résultats qui devaient naître de ce genre de recherches ; d'après ce savant praticien, la mortalité est dans

> La manie de　1 sur 25
> La monomanie　1 sur 16
> La démence　　1 sur 3

Nos résultats diffèrent sensiblement de ceux que nous présentons ici. Nous trouvons, en effet, que la mortalité est de 1 sur 11 pour la manie, 1 sur 12 pour la monomanie, et 1 sur 4 pour la démence ; mais cette différence. remarquable surtout pour ce qui concerne la manie, pourrait tenir à un concours de circonstances particulières difficile à déterminer, peut-être aussi pourrait-elle servir à infirmer des résultats généraux, qu'on ne

---

[1] Voir le tome IX des *Éphémérides médicales de Montpellier*, p. 133. — Note sur l'emploi du musc dans le traitement de l'épilepsie, par M. Rech. — Un nouveau cas de guérison vient de se présenter tout récemment ; et ce fait est d'autant plus remarquable, que le malade dont il est question avait présenté à la fois des symptômes d'épilepsie, de démence et de paralysie générale incomplète. La digitale, administrée d'abord à la dose de 10 grains par jour, et portée successivement à la dose d'un gros, nous a semblé produire les meilleurs effets. La paralysie générale a disparu complètement, et avec elle les deux maladies concomitantes.

devrait établir que sur les relevés de plusieurs établissements :
il nous semble qu'en agissant ainsi on se préparerait des moyens
plus sûrs pour déterminer exactement les proportions de mortalité ; et cette fusion des résultats partiels, obtenus dans les
divers établissements, conduirait à des déterminations beaucoup plus précises.

Il est rare de voir l'aliénation mentale se terminer par la mort,
lorsqu'elle n'est point aggavée par une maladie concomitante ;
mais les complications les plus fâcheuses sont, sans contredit, la
paralysie générale et l'épilepsie ; l'une et l'autre peuvent être
mises au premier rang parmi les maladies qui rendent mortelle
l'aliénation mentale. L'épilepsie est surtout à redouter par les
congestions encéphaliques que ses accès déterminent, et par la
nature même de son action. Une grande partie de nos épileptiques ont péri soudainement ; la plupart ont été trouvés morts
dans leur lit[1] ; d'autres ont succombé après leur repas, un dernier est mort pendant qu'il était au bain, et la proportion des
décès s'est tellement élevée qu'elle se porte à 1 sur 2, résultat
on ne peut plus défavorable. La paralysie générale incomplète
n'est pas moins dangereuse ; mais comme il n'existe pas autant
d'aliénés qui en soient atteints, elle exerce proportionnellement
une influence moins funeste. L'apoplexie, les encéphalites se
placent au troisième rang, comme cause de mortalité, et complètent le nombre des affections cérébrales, qui sont les causes de
décès les plus ordinaires, comme on peut le constater sur le
tableau que nous avons présenté. Enfin, les diarrhées chroniques
et la phthisie pulmonaire ont encore enlevé quelques aliénés.
Nous ne mentionnons qu'en manière de complément les maladies
accidentelles dont ils sont affectés, comme les personnes qui
jouissent de leur raison : il est facile de se convaincre, par la
mention qui en a été faite, que ces causes de mortalité sont
bornées dans un cercle très étroit. Nous n'avons eu aucun cas
de scorbut, et l'on sait que cette maladie est très commune dans
plusieurs autres établissements : nous n'avons observé aucun de

---

[1] M. Esquirol pense que le plus grand nombre des épileptiques, qui meurent
dans leur lit, périssent d'asphyxie. Il arrive souvent que, pendant l'attaque,
la face est tournée contre le coussin ; de là provient la gêne et quelquefois l'impossibilité de la respiration, et la mort ne tarde pas à survenir.

ces érysipèles graves, qui au rapport de M. Calmeil, ont désolé quelquefois l'hospice de Charenton ; il n'a paru aucune affection épidémique; rien enfin qui tienne à ces causes générales de détérioration de la santé. Il est vrai de dire cependant qu'un grand nombre de nos aliénés sont entachés du vice herpétique ; mais cette affection n'entraîne aucun danger et cède au reste très facilement à l'emploi des bains sulfureux, qui peuvent avoir le double avantage de faire disparaître les dartres, et de produire sur la peau une révulsion utile pour la guérison de la folie.

SECONDE PARTIE

OBSERVATIONS [1]

PREMIÈRE OBSERVATION.

Manie simple. — Traitement sédatif. — Guérison.

Herzog (Josse), soldat dans le 3ᵐᵉ régiment suisse, fut admis dans la maison des aliénés le 24 juin 1830. On ignore complètement quelle avait été la cause de son aliénation mentale, et quels étaient les premiers actes par lesquels elle s'était signalée. On apprit seulement qu'elle ne datait que de deux à trois mois.

Herzog était d'un tempérament lymphatico-sanguin, d'une constitution forte quoique sans embonpoint. Il y avait chez lui exaltation extrême dans les facultés affectives et intellectuelles. Il criait, gesticulait, marchait sans cesse et se mettait facilement en colère. Il commettait cependant peu d'actes de violence, et rarement on fut obligé d'avoir recours à la camisole. Après lui avoir fait prendre quelques bains tièdes, on lui appliqua trente sangsues autour de la tête ; le malade fut soumis ensuite à l'usage d'une émulsion camphrée et du lait ; plus tard, on eut encore recours à l'emploi des bains, dans lesquels il restait trois heures tous les jours, et pendant leur durée on faisait des affusions d'eau froide sur la tête. L'exaltation diminua peu à peu, et Herzog ne tarda pas à sortir après avoir recouvré parfaitement sa raison.

DEUXIÈME OBSERVATION

Manie. — Anti-phlogistiques. — Guérison.

Doussinet (Pierre), né à Chaduri (Dordogne), soldat au 53ᵉ régiment de ligne, fut reçu dans la maison des aliénés, le 5 jan-

---

[1] Un grand nombre d'observations ont été recueillies avec le plus grand soin par M. de Massilian, docteur en médecine, à qui j'ai succédé dans les fonctions de chirurgien interne.

vier 1830. Il était atteint d'une manie parfaitement caractérisée. Son tempérament sanguin et une forte constitution nous indiquèrent l'usage des anti-phlogistiques. Une saignée, quelques sangsues, des bains tièdes longtemps répétés, suffirent en effet pour calmer l'irritation cérébrale ; et Doussinet fut guéri, deux mois après son entrée. Il remplit les fonctions d'infirmier pendant quelque temps, et fut rendu à sa famille, le 11 décembre 1830.

Troisième Observation.

Manie. — Guérison.

Héryon (Nicolas), d'Ugni (Moselle), soldat au 47ᵉ régiment de ligne, fut conduit dans la maison des aliénés, le 25 juillet 1832. Il était d'un tempérament sanguin ; on n'eut aucun renseignement sur ce qui avait précédé son admission ; il parlait, gesticulait, menaçait tout le monde ; l'appétit était bon, mais il n'y avait pas de sommeil Une saignée générale, plusieurs applications de sangsues au périnée, des bains tièdes répétés tous les jours, l'usage d'une émulsion camphrée, suffirent pour faire disparaître cette exaltation mentale ; et Héryon sortit, le 11 décembre, parfaitement guéri.

Quatrième Observation.

Lypémanie. — Disposition au suicide. — Prompte guérison.

Ginder (Jacques), soldat au 47ᵉ régiment de ligne, fut reçu dans l'établissement, le 24 novembre 1832. Il avait été envoyé à l'hôpital Saint-Éloi (section des vénériens), et peu de jours après il avait passé dans une salle de fiévreux ; il donna quelques signes de folie, et fut transporté dans l'établissement. Il paraissait affecté de lypémanie, se reprochait des crimes, et craignait la vindicte des lois : ce délire dura peu de jours. Une saignée, des bains tièdes, le calme qu'il trouva dans la maison, suffirent pour suspendre ses craintes, et il eut bientôt repris toute sa raison ; on le garda cependant jusqu'au 11 décembre, pour le guérir d'un écoulement blennorrhagique qu'il avait accusé peu de jours après son entrée.

RÉFLEXIONS.

Ces quatre observations ont été rapprochées à cause de leurs nombreux rapports analogiques. Ceux qui en sont le sujet sont jeunes, pleins de santé, et dans toute la vigueur de l'âge ; tous les quatre sont employés au service militaire, et se trouvent par conséquent exposés à l'action des mêmes causes capables de provoquer l'aliénation mentale. Le changement du genre de vie, la contractation de nouvelles habitudes, les excès dans les boissons alcooliques et les plaisirs vénériens, le repos et l'indolence du séjour en garnison, mis en opposition avec les fatigues qui résultent des marches forcées, l'insolation longtemps prolongée pendant les évolutions militaires, ont pu agir sur eux avec une égale intensité pour provoquer l'irritation cérébrale, qui s'est alors manifestée par les symptômes de la manie simple ou furieuse ; c'est, en effet, le genre d'aliénation que nous avons remarqué chez les soldats mentionnés dans les trois premières observations : irascibilité, menaces, loquacité, forte exaltation, délire, voilà les symptômes qui caractérisaient leur folie. Quant à Ginder, son délire était plus exclusif, il ne déraisonnait que sur un seul point ; mais les contrariétés excitaient aussi sa colère, et alors il délirait également sur tous les sujets. Il est donc probable que le même genre de causes avait déterminé son aliénation mentale. Les faits dont il est question tendent à prouver encore que la guérison est prompte et facile chez les aliénés jeunes, pléthoriques, et chez lesquels le dérangement des fonctions cérébrales dépend d'une cause toute physique. L'isolement, le repos, les bains tièdes, les anti-phlogistiques suffisent pour ramener le calme, et la guérison ne tarde point à se confirmer.

Mais, si les jeunes militaires qui deviennent aliénés recouvrent, en général, leur raison par un traitement fort simple, on est loin d'obtenir des résultats aussi favorables chez ceux qui ont vieilli dans le service des armes, et dont la constitution, usée par les fatigues de la guerre, s'accompagne d'une débilitation marquée dans le système nerveux ; les fonctions du centre de ce système sont alors facilement troublées par les peines morales, quelle que soit leur nature, et leur perturbation est bientôt décélée par les symptômes d'une manie passagère, qui ne tarde pas à se convertir en démence incurable. La paralysie générale incomplète survient aussi très fréquemment, et constitue une complication toujours funeste.

Cinquième Observation.

Lypémanie annoncée par le malade lui-même. — Isolement.
Guérison.

Gaillard (Victor), âgé de 25 ans environ, né à Montpellier, fut reçu dans la maison des aliénés, le 15 octobre 1828. Son oncle l'y avait précédé depuis longtemps, atteint d'une démence incurable; son père n'était point aliéné, mais n'avait qu'une intelligence fort bornée; lui-même n'avait jamais eu que des moyens très ordinaires, il avait pu cependant apprendre le métier de tourneur, et, sans être un ouvrier habile, il faisait assez bien les travaux les plus communs de sa profession. Son caractère était doux, mais susceptible et soupçonneux. Un jour, sans cause connue, il s'imagina que le maître chez lequel il travaillait voulait le tuer; il conçut aussitôt une grande haine contre lui et médita même des projets de vengeance; heureusement, avant de les exécuter, il porta des plaintes à son père et lui communiqua aussi le désir qu'il avait de nuire. On lui fit des représentations qui eurent d'abord quelque succès, mais ses craintes reparurent, il s'imagina même que plusieurs autres personnes étaient devenues ses ennemis et ses idées de vengeance s'étendirent en proportion. Comme il ne put les cacher, on exerça sur lui une plus grande surveillance, et souvent on parvenait à lui faire comprendre que ses haines n'étaient nullement fondées; il comprit alors que c'était un commencement de folie, et alla de son propre mouvement consulter M. Rech. Gaillard se soumit quelques jours au traitement qui lui fut prescrit; mais bientôt ses craintes reparurent avec plus de force; il se sentit lui-même hors d'état de résister à ses désirs de vengeance, et il fallut l'isoler. Le repos, l'usage des bains tièdes et des délayants, quelquefois la douche quand il se livrait à ses craintes chimériques, suffirent pour amener un calme parfait, et Gaillard fut rendu à sa famille, le 2 avril 1829, entièrement guéri. Quatre ans se sont écoulés depuis et il n'y a pas eu de rechute.

SIXIÈME OBSERVATION.

Lypémanie. — Invasion annoncée par la malade. — Prompte guérison par suite de l'isolement.

Bonnet (Marie), femme Allien, âgée de 42 ans, née à Saint-George, vivant habituellement du travail de sa journée, fut reçue dans la maison des aliénés le 31 mai 1831. Elle avait éprouvé alors de vifs chagrins; un de ses enfants était mort; un autre s'était fracturé la jambe, et l'on craignait que l'amputation ne fût nécessaire; enfin, son mari déjà vieux ne pouvait plus travailler d'une manière suivie et pourvoir aux besoins de sa famille. Elle se laissa aller à une tristesse profonde et au découragement le plus complet; elle se crut alors malade et se plaignit surtout d'éprouver de grandes pesanteurs de tête, une disposition constante au repos; enfin, elle se sentait devenir folle : plusieurs fois même, de son propre mouvement, elle alla consulter M. Rech : mais selon l'usage elle ne fit rien du traitement qui lui fut prescrit. On la fit alors entrer dans l'établissement des aliénés. Elle y fut traitée avec douceur; on exigea qu'elle prît des bains et quelques délayants; on la fit travailler en la menaçant de la douche; enfin, on combattit ses pesanteurs de tête par une saignée préalable, quelques applications de sangsues et des lavements. Après un mois de traitement, le courage était revenu, la tristesse avait sensiblement diminué, et Bonnet témoignait un grand désir de revoir son mari et ses enfants. On permit à ces derniers de venir lui faire quelques visites; on excita le besoin qu'avait Bonnet de leur être utile, et le 4 juillet 1831, on put rendre cette femme à ses occupations; quoique depuis lors elle ait éprouvé beaucoup de chagrins, sa raison n'en a plus souffert.

SEPTIÈME OBSERVATION.

Manie. — Guérison. — Rechute annoncée par le malade lui-même. — Isolement. — Anti-phlogistiques. — Guérison.

Valette (Jacques), de Cournonterral (Hérault), cultivateur, fut admis dans la maison des aliénés le 28 mai 1831. Il était déjà âgé de 23 ans, d'une forte constitution, d'un tempérament bilioso-sanguin; on ne lui connaissait aucun parent aliéné; il n'avait jamais eu de maladies graves, seulement depuis une dixaine d'années, il était atteint d'une légère surdité de l'oreille droite, survenue à la suite d'une longue exposition au froid. Dans cette même partie, il était également sujet à une éruption de boutons larges, qui paraissaient au printemps, suppuraient lentement et disparaissaient à la fin de l'été. En 1831, cette éruption avait été plus faible, dit-on, la suppuration ne s'était pas établie; Valette jouissait d'ailleurs d'une bonne santé, lorsque tout-à-coup on le vit parler, sauter jusqu'à perdre ses forces, sans qu'aucun motif pût justifier de pareils actes. Après ces accès il devenait triste, l'appétit se perdait: on pratiqua deux saignées, l'une au bras, l'autre au pied. Valette fut mis deux fois chaque jour dans un bain d'eau tiède, et pendant qu'il y était plongé, on lui faisait sur la tête des affusions d'eau froide. Au bout de quinze jours, il y eut une grande rémission dans les symptômes; mais elle fut de peu de durée; le délire s'accompagna de fureur et Valette nous fut amené.

Le traitement qui avait été employé d'abord et qui avait si bien réussi, fut repris et continué avec plus d'assiduité. Il amena la guérison : nous ne la regardions pas cependant comme entière, et la crainte seule que l'ennui n'occasionnât une rechute put nous décider à rendre Valette à sa famille. Il se remit d'abord au travail ; mais bientôt après il s'en dégoûta, les douleurs de tête reparurent, et de son propre mouvement il vint réclamer nos soins. Une saignée, une forte application de sangsues aux tempes et quelques bains guérirent le malade. Cependant il était encore triste, la tête était pesante et nous n'osions espérer une parfaite guérison : toutefois, comme il réclamait sa liberté avec instance, on crut convenable de céder, et Valette sortit le 16 septembre 1831. Deux mois après, il se plaignit de nouveau de douleurs dans la tête, il devint triste et se refusa de travailler. On le laissa libre et il paraît qu'il revint bientôt à la santé, puisqu'un mois après nous n'en avions pas reçu d'autres nouvelles.

RÉFLEXIONS.

Nous venons de rapporter l'histoire de trois aliénés atteints de lypémanie ou de manie, qui ont eux-mêmes réclamé des soins pour la guérison d'une maladie dont ils prévoyaient l'invasion prochaine. Les symptômes précurseurs assez nettement caractérisés avaient été reconnus par les malades, et avant que les progrès de l'aliénation fussent arrivés au point d'abolir entièrement leurs facultés intellectuelles et le désir raisonné de conserver leur santé, ils avaient demandé des conseils pour prévenir le développement ultérieur d'une folie commençante. Cette circonstance au début de l'aliénation mentale est presque toujours de bon augure ; on a droit d'espérer qu'en attaquant le mal dès son principe, on en déterminera, en quelque sorte, l'avortement, et que l'on obtiendra une guérison rapide. Mais, dans ce cas, le traitement consiste plutôt à soustraire le malade à l'empire des causes qui altèrent sa raison, qu'à combattre directement leurs effets par des moyens purement médicaux. Aussi, l'isolement seul ou aidé de l'emploi de quelques bains tièdes a-t-il réussi dans les deux premiers cas : il a fallu seconder ses effets par l'usage des anti-phlogistiques dans le troisième. Déjà Pinel et M. Esquirol avaient posé en principe d'isoler promptement les aliénés aussitôt que les symptômes de leur maladie se manifestaient ; depuis, M. Rech a eu de fréquentes occasions de vérifier la justesse de ce précepte et en a publié plusieurs exemples : l'un des plus remarquables est celui du nommé Louis A..., dont l'histoire est rapportée dans le *Mémorial des hôpitaux du Midi*. Ce traitement par l'isolement, convenable à tous les genres d'aliénation, l'est surtout à la lypémanie qui reconnaît pour cause des peines morales ; en soustrayant les malades à leur influence, en les éloignant de tout ce qui était susceptible de les rendre tristes, soupçonneux ou méfiants, on produit une diversion heureuse qui modifie leurs idées et prépare le rétablissement de leur raison altérée. Ce changement avantageux est secondé par les nouvelles habitudes que les malades sont obligés de contracter, par leurs rapports forcés avec des serviteurs inconnus sur lesquels ils n'exercent aucune autorité et dont ils reçoivent les soins les plus assidus, enfin par l'influence du traitement médical qui combat les complications et modère l'excitation cérébrale par l'emploi des bains et des tempérants. Cependant l'isolement qui, dans le plus grand nombre des cas, est un puissant moyen de guérison, devient quelquefois nuisible, surtout au moment de la convalescence, lorsque le malade réclame instamment sa liberté : l'histoire de Valette prouve que si l'isolement lui a été avantageux dans le commencement de sa rechute, sa mise en liberté n'a pas contrarié la marche de la convalescence et la rapidité de la guérison. Un autre exemple rapporté par M. Rech, ayant pour sujet le frère du nommé A..., qui a été cité plus haut, prouve encore les bons effets de la cessation de l'isolement à cette période de l'aliénation. Il est donc prudent de ne pas s'opposer aux désirs du convalescent, dont une plus longue captivité pourrait ébranler la raison encore mal affermie et provoquer la rechute : il faut, au contraire, lui permettre de retourner dans sa famille et l'on a droit d'espérer que son rétablissement se confirmera. Les deux observations suivantes sont une preuve de l'utilité de cette mesure.

Huitième Observation.

Manie. — Guérison par la cessation de l'isolement

Carrière (Dominique), cultivateur, né à Ganges, fut reçu dans la maison des aliénés le 27 août 1828 ; il était âgé de 30 ans. Ce garçon n'avait pas eu de parents aliénés, et si l'on ajoute foi à quelques renseignements donnés par les habitants de son endroit, la folie n'avait paru chez lui qu'à la suite d'une forte insolation : il était petit, maigre, avait l'ouïe dure, répondait assez bien aux questions qu'on lui adressait, mais il était boudeur et irritable. Il prétendait que ses frères l'avaient fait renfermer pour retenir une portion d'héritage qui lui appartenait ; quelquefois il se disait très riche. Tant que Carrière resta dans la maison il fut assez soumis ; mais on sut que chez lui il avait commis plusieurs actes de violence. La cause à laquelle on attribuait la maladie et l'irritabilité du sujet engagèrent à mettre en usage les bains tièdes, quelquefois aussi la douche comme moyen de répression. On obtint par là un demi-succès ; Carrière

était plus calme, il manifestait moins de haine contre ses parents,
il témoignait un grand désir de retourner chez lui. Comme ses
parents le réclamaient, on voulut essayer si la liberté n'achè-
verait pas sa guérison, et l'on n'eut qu'à se louer de cette
condescendance. Carrière rentra dans ses foyers le 2 janvier
1829, et le mois ne s'était pas écoulé qu'il avait recouvré son
entière raison et repris toutes ses habitudes. Aujourd'hui,
23 avril 1833, cet état de guérison n'est nullement altéré.

Neuvième Observation.

Démence. — Cessation de l'isolement. — Guérison.

Delouvrier (Joseph), âgé de 27 ans, cordonnier, né à Saint-
Chinian, fut admis dans la maison des aliénés le 8 mars 1829.
Il avait un parent aliéné du côté de sa mère ; son caractère était
naturellement doux : à l'âge de 21 ans il reçut un coup sur la
tête, et à la suite il perdit le goût du travail. Il était tranquille
tant qu'on ne lui disait rien, mais entrait en fureur à la moindre
contrariété. On pratiqua plusieurs saignées, on administra
quelques purgatifs ; son état ne changea pas et il nous fut amené.
Delouvrier répondit exactement aux questions qui lui furent
adressées, mais il ne voulut jamais se soumettre à aucune espèce
de travail. Il s'attachait constamment à quelque autre aliéné et
le tourmentait par son assiduité à le poursuivre, ce qui lui occa-
sionnait d'assez fréquentes disputes ; du reste, il était tranquille
et ne cherchait point à faire du mal. Les bains, les douches ne
changèrent rien à sa position ; il demandait constamment à sortir.
Comme il promit de travailler, et qu'il n'était point dangereux,
on lui accorda sa liberté le 15 août 1830. L'on a appris depuis
lors qu'il s'était en effet remis au travail, et que, sans avoir
repris entièrement ses facultés intellectuelles, il vivait cependant
tranquille chez lui.

Dixième Observation.

Manie. — Guérison pendant l'emploi du mercure.

Crouzet (Laurent-François), cultivateur, âgé de 31 ans, né à
Péret (Hérault), entra dans la maison des aliénés le 24 juin

1831 ; petite taille, tempérament sanguin, forte constitution, caractère ardent. Il avait toujours aimé le travail et s'était livré aux plaisirs avec excès ; il avait été atteint deux fois de la syphilis. Depuis assez longtemps il vivait avec une femme mariée dont il avait eu plusieurs enfants. Ayant voulu plus tard se marier avec une autre femme, il fut accepté d'abord, mais répoussé bientôt après, lorsque sa conduite antérieure fut connue. Son esprit s'irrita de cette humiliation ; pendant quelques jours, il évita le travail, forma des projets ridicules, et devint tellement irascible qu'on ne pouvait vivre avec lui. Sa raison cependant surmonta son chagrin, il reprit ses occupations et son calme ordinaires. Six mois après, Crouzet s'étant un jour livré à un travail inaccoutumé sous l'action des rayons brûlants du soleil, et s'étant baigné aussitôt après dans l'eau froide pendant qu'il était couvert de sueur, fut pris d'un délire très vif ; on le traita par les saignées, les purgatifs, les bains, l'usage du lait, ce qui rendit bien un peu de tranquillité, mais ne fit pas disparaître le délire. Ses parents se décidèrent, au bout de deux mois, à le confier aux soins de M. Rech.

Il était alors maigre et pâle ; il répondait bien à la plupart des questions qu'on lui adressait ; seulement il répétait souvent qu'il était chef de bataillon et qu'il allait partir pour Paris pour retrouver son régiment. Il avait d'ailleurs bon appétit et dormait bien ; mais on reconnut un écoulement de l'urèthre, que l'on crut être syphilitique, parce que le malade avouait avoir connu une femme suspecte quelque temps avant son entrée. On lui fit prendre des bains ; on lui accorda une bonne nourriture et on administra vingt frictions mercurielles faites de deux jours l'un. Pendant cette médication, Crouzet reprit de l'embonpoint, ses idées bizarres se reproduisirent moins fréquemment, il en reconnut lui-même l'erreur, et le 19 septembre, après deux mois de séjour dans la maison, il en sortit parfaitement guéri.

RÉFLEXIONS.

Il paraît que la syphilis, si variable dans ses formes symptomatiques, peut agir sur le centre du système nerveux de manière à déranger les fonctions intellectuelles, et occasionner l'aliénation mentale. Cette idée semble du moins résulter de plusieurs faits recueillis par M. Rech dans l'établissement dont il est le chef. Il n'est pas très rare de voir la folie se manifester chez les individus qui ont mené une vie déréglée; mais ce qui est moins fréquent, c'est de constater que de pareilles aliénations puissent céder à un traitement mercuriel sagement administré. La guérison de Crouzet est cependant le troisième fait de ce genre qui s'est présenté, et qui a permis d'apprécier nettement le bénéfice du traitement mercuriel spécifique. Toutefois nous n'oserions affirmer que, dans tous les cas, le mercure agit directement pour détruire le virus syphilitique à l'action duquel on attribue les désordres intellectuels. On a vu en effet des affections nerveuses, que l'on ne pourrait regarder comme des effets de la syphilis, céder à un traitement mercuriel longtemps continué, et nous en rapporterons plus bas une observation très remarquable ; on ne saurait donc préciser distinctement le mode d'action du mercure : il faut attendre que de nouvelles recherches aient éclairé ce point difficile de thérapeutique.

ONZIÈME OBSERVATION.

Abus du vin. - Manie. — Guérison. — Nouvel abus du vin. — Rechute à plusieurs reprises. — Isolement prolongé. — Guérison complète.

Rouquette (François-Gabriel), né à Loupian , âgé de 43 ans, cultivateur, fut reçu dans la maison des aliénés le 2 mars 1830. Il était d'une forte constitution, d'un tempérament sanguin, d'un bon caractère, mais s'irritant facilement; sa conduite avait été régulière ; il s'était marié jeune et avait eu quatre enfants ; enfin, il vivait assez heureux. Son père avait été considéré comme fou. A l'âge de 28 ans, Rouquette s'adonna à la boisson : il buvait beaucoup de vin et s'enivrait presque tous les jours. Peu à peu ses idées parurent décousues; son irritabilité augmenta; il se méfia de ses plus proches parents; le délire fut manifeste; il commit des actes de violence contre sa femme et son beau-frère : il fallut l'isoler. Dès son entrée dans l'établissement, il devint plus calme ; on lui fit prendre quelques bains ; on pratiqua une saignée au bras, et la raison devint pleine et entière au

bout de vingt-huit jours. Le 30 mars, on crut pouvoir le rendre
à sa famille, en lui faisant promettre de ne plus s'enivrer. Il ne
put surmonter son penchant; avec l'ivrognerie reparut l'aliénation mentale, et il nous fut ramené le 28 juin. Les mêmes moyens
que nous avions employés d'abord nous valurent les mêmes
succès. Rouquette put sortir le 6 septembre; mais s'étant livré
de nouveau à sa passion pour le vin, la folie survint encore.
Ramené dans l'établissement le 3 octobre, il eut bientôt recouvré la raison, toujours par l'emploi des mêmes moyens. Nous
refusâmes cependant de le rendre à sa famille, et ce ne fut qu'au
mois de septembre 1831, que nous cédâmes à ses sollicitations
réitérées, après lui avoir fait promettre qu'il ne boirait que peu
de vin. La crainte d'être de nouveau renfermé lui fit mieux tenir
sa promesse. Le 24 décembre, trois mois après sa sortie, il ne
s'était pas encore enivré et jouissait de toute sa raison. Nous
avons appris depuis que, revenant à ses habitudes favorites,
Rouquette s'enivrait quelquefois encore, et qu'alors le délire
survenait, durait un ou deux jours, et cessait par le régime.

RÉFLEXIONS.

On ne saurait méconnaître, d'après cette observation, l'influence de l'abus du vin sur le dérangement de la raison : il
n'est pas très commun cependant de rencontrer des faits semblables. L'usage immodéré et longtemps prolongé du vin porte
plutôt son impression sur les vicères abdominaux que sur l'encéphale. Aussi voit-on survenir chez les ivrognes des hydropi-
sies, des gastro-entérites qui prennent le caractère chronique et
qui ruinent lentement leur existence; et lorsque le vin porte son
action sur le cerveau, c'est plutôt pour stupéfier que pour exci-
ter cet organe. Chez Rouquette cependant, ses effets ne furent
pas tels; il survint des symptômes de manie qu'il fallut combattre par les anti-phlogistiques. L'apparition réitérée du délire
sous l'influence du vin pris avec excès, sa cessation par l'emploi
des moyens indiqués plus haut, ne laissent aucun doute sur la
nature de la cause et l'efficacité du traitement; mais ce qui est
digne de remarque, c'est que Rouquette fut moins guéri par les
moyens déjà employés, que par la crainte de les voir mettre

encore en usage en cas de récidive. L'isolement lui était pénible, et pour ne pas souffrir encore de nouveau ce qu'il appréhendait, il prit le parti de ne plus se livrer à ses anciennes habitudes, et la raison se rétablit entièrement.

Douzième Observation.

Manie légère. — Guérison douteuse.

I... (Pierre), plâtrier, fut traduit devant la Cour d'assises de Montpellier, pour avoir voulu assassiner le commissaire de police de son pays ; acquitté pour cause de démence, il nous fut amené le 10 mars 1830. Cet homme était resté dans l'établissement pendant plusieurs mois de l'année 1823 ; il avait un caractère fort léger, parlait beaucoup, mais répondait justement aux questions qu'on lui adressait et ne commettait point d'actes déraisonnables. M. le Préfet, dans une visite faite à l'établissement, déclara qu'il n'était point fou et le fit rendre à la liberté, le 12 octobre 1830.

Treizième Observation.

Manie furieuse. — Doutes sur son existence réelle.

T... (Victor), boucher, âgé de 31 ans, né à Pouzolles, arrondissement de Béziers, fut reçu le 1er octobre 1832. On prétendit qu'avant son entrée il était atteint de manie avec fureur, et que dans cet état il avait commis plusieurs actes de violence. Tant qu'il resta dans l'établissement, il fut parfaitement raisonnable, et l'on fut tenté de croire qu'on avait imaginé de le faire passer pour fou, afin de prévenir des poursuites que le ministère public n'aurait pas manqué de faire contre lui. On n'a pu avoir à cet égard que des soupçons ; on le garda jusqu'au 15 décembre 1832, et on se décida à le renvoyer chez lui.

RÉFLEXIONS.

Peut-on prononcer d'une manière fixe et arrêtée sur l'état moral de I... et de T... ? Étaient-ils véritablement aliénés ? Leur folie était-elle simulée ou imputée ? Ces questions graves, qui se reproduisent si souvent, et dont la solution est fréquemment

impossible, sont néanmoins de la plus haute importance ; elles
se rattachent à l'honneur, quelquefois à la vie de ceux qui en
sont le sujet, et la conduite du médecin, chargé d'élucider les
difficultés, est alors fondée sur une connaissance approfondie de
l'aliénation mentale, et réclame surtout les sentiments de délicatesse et de probité qui doivent présider à de pareilles décisions.
Il nous paraît qu'on peut considérer la conduite de I... comme
le résultat d'un jugement désordonné. Cette grande mobilité
dans le caractère, son irascibilité prononcée et plusieurs actes
de fureur qui avaient déterminé à l'isoler à plusieurs reprises,
nous semblent établir un premier degré d'aliénation. L'isolement
était donc convenable, autant pour préparer sa guérison que
pour épargner à sa famille et à la société les actes d'un homme
qu'un accès de délire pouvait porter à nuire à ses semblables.
Aussi, nous ne saurions approuver la décision rapide de l'autorité qui, d'après un court examen, déclara que I... n'était point
aliéné et pouvait rentrer dans ses foyers. Trop d'exemples
malheureux attestent qu'il faut mettre plus de sévérité dans les
jugements qu'on porte sur les aliénés, pour que nous ne nous
fassions pas un devoir d'exprimer à ce sujet notre pensée tout
entière. Quant à ce qui concerne T..., il est plus difficile de se
prononcer. On a vu tant d'individus montrer un calme parfait
pendant toute la durée de leur isolement, après avoir donné des
signes non équivoques de dérangement intellectuel, que cette
tranquillité devient un motif bien insuffisant pour décider qu'il
n'existe pas d'aliénation mentale. Aussi nous ne pouvons affirmer
que T... n'était point aliéné, bien que nous n'ayons pu observer
par nous-même la moindre altération dans son état moral. Le
doute est sans doute pénible dans des cas semblables, mais il est
plus sage qu'une décision arrêtée.

Quatorzième Observation.

Manie intermittente. — Guérison de l'accès.

E... (Joseph-Pierre), chirurgien aide-major, âgé de 40 ans, fut
conduit dans la maison des aliénés le 26 juin 1832. Il était dans
un état de manie bien caractérisé ; il délirait sur tous les sujets
et entrait facilement en colère. On sut qu'il avait été atteint

plusieurs fois d'une semblable maladie ; le traitement anti-
phlogistique que l'on nous dit avoir déjà réussi fut mis en usage :
les saignées, les sangsues, les bains tièdes furent employés, et
amenèrent une guérison complète. M. E.... fut rendu à son
régiment le 31 août de la même année.

RÉFLEXIONS.

Cet exemple de manie intermittente soulève une autre question
de médecine légale, dont la solution n'est pas moins délicate que
la précédente. Faut-il prononcer l'interdiction dans tous les cas
d'aliénation mentale, le faut-il surtout envers les hommes dont
la profession touche de si près à l'intérêt public ? Ces questions,
que nous adressons moins dans l'intention de les résoudre
nous-même, que dans celle d'éveiller l'attention des médecins
et des jurisconsultes, nous paraissent mériter un sévère examen.
En thèse générale, il nous semble que l'interdiction est à la fois
juste et nécessaire ; mais si l'on fait la part des circonstances
individuelles qui modifient si puissamment les décisions relatives à la liberté morale, on trouve bien des motifs qui éloignent
d'une pareille détermination ; et, par exemple, pour ce qui
concerne M. E.., pourrait-on se prononcer en dernier ressort
sur la nécessité de l'interdiction ? Si on le laisse jouir à la fois de
ses droits de citoyen et de médecin, on a à craindre les fâcheux
résultats d'un acte de folie qui peut éclater à tout moment ; si
d'un autre côté on prononce l'interdiction, on s'expose à priver
de ses prérogatives un citoyen qui peut être encore utile à la
société, lorsque surtout ses intervalles lucides sont assez longs
pour faire croire que le nouvel accès sera plutôt une récidive
qu'une rechute, et enfin on peut le jeter dans un tel désespoir
qu'on ait à redouter le développement de la monomanie suicide
ou la conversion de la manie intermittente en manie continue :
de pareilles circonstances sont bien propres à jeter le médecin
dans cette terrible irrésolution qui se présente si fréquemment
dans les décisions médico-légales. Mais est-on blâmable d'être
irrésolu, quand on ne peut obéir aux impulsions de la raison et
de la justice, sans être sourd à la voix du cœur et aux sentiments
de pitié ?

Quinzième Observation.

Manie. — Guérison.

Blanquet (François-Laurent), de Nébian, cultivateur, fut reçu dans la maison des aliénés le 28 mars 1829. Il était âgé de 19 ans, grand et robuste, d'un caractère naturellement doux, mais très irascible. A la suite d'une contrariété que L.. Blanquet avait éprouvée, il avait donné des signes de folie par des propos absurdes et des actes de violence. Quand il fut soumis à notre examen, il parlait et gesticulait sans cesse, proférait souvent des menaces et dormait fort peu : une saignée, quelques sang-sues, des bains tièdes, des délayants et la douche, ramenèrent bientôt un calme auquel ne tarda pas à succéder une entière guérison.

Seizième Observation.

Démence. — Guérison imparfaite.

Blanquette, de Nébian, âgée de 18 ans, fut admise dans la maison des aliénés le 22 avril 1830 ; elle était d'un tempérament sanguin et d'une forte constitution. Sa raison avait été troublée par quelque contrariété : Blanquette était tantôt triste et silen-cieuse, tantôt turbulente et bavarde ; son état durait depuis plusieurs mois et n'avait pu être calmé, ni par des saignées, ni par des bains. Ces moyens furent cependant continués et ne produisirent qu'une guérison imparfaite, car cette fille a rechuté plusieurs fois, et même dans ce moment elle éprouve les effets d'une nouvelle rechute.

RÉFLEXIONS.

Voilà un exemple d'une double aliénation déclarée chez les enfants d'une même famille, pour des motifs assez légers et dans un court intervalle de temps. Il est impossible, dans le cas actuel, de se refuser à admettre une véritable prédisposition à cette maladie, surtout lorsqu'on apprend que la mère de ces deux aliénés, autrefois atteinte de folie, n'a jamais complètement recouvré sa raison, et qu'un autre de ses enfants, récemmént frappé du même coup, se trouve encore dans l'établissement. Cet exemple confirme, d'une manière en quelque sorte péremptoire, la vérité de l'opinion qui reconnaît la transmission des maladies par voie héréditaire. Le mécanisme de cette transmission nous échappe, il est vrai, complètement ; mais les faits n'en sont pas moins bien constatés, et l'on a même observé que l'hérédité morbide avait une funeste prédilection pour l'aliénation mentale : il est, en effet, plus ordinaire de trouver des aliénés qui comptent dans leur famille, et à un degré plus ou moins rapproché, des parents qui ont été atteints de la même maladie, que d'en rencontrer dans une condition opposée. Il est encore digne de remarque que ces prédispositions héréditaires se décèlent tout d'un coup par des signes caractérisés, sans qu'aucun indice eût pu les faire soupçonner auparavant ; et la simultanéité du développement de la folie chez plusieurs membres d'une même famille et pour des causes analogues, n'est pas un phénomène bien rare : M. Rech a eu plusieurs occasions de le constater. Voici encore un exemple semblable observé chez deux aliénés qui ont l'un et l'autre recouvré leur raison.

DIX-SEPTIÈME OBSERVATION.

Manie. — Guérison.

Bonnier (Jeanne) veuve Alibert, âgée de 39 ans, née à Montpellier, fut admise dans la maison des aliénés le 20 septembre 1831. Cette femme était chargée d'une nombreuse famille ; son travail et celui de son mari suffisaient à peine pour fournir à tous ses besoins, lorsque ce dernier fut atteint d'une maladie qui, en peu de jours, le conduisit au tombeau : la douleur qu'éprouva sa femme, l'aspect de la plus affreuse misère, occasionnèrent un délire violent, qui, peu de jours après, constitua une manie bien complète. Lorsque J. Bonnier nous fut amenée, elle délirait sur tous les sujets et avec fureur ; les moyens coercitifs furent nécessaires pour l'empêcher de faire du mal ; elle ne connaissait pas le sommeil et passait les nuits quand on la laissait libre à heurter contre les portes ou à crier : les moyens adoucissants ordinaires furent employés et obtinrent un succès complet. Le 16 avril 1832, J. Bonnier fut rendue à ses enfants, et malgré les travaux excessifs et les chagrins inséparables de l'indigence, un an s'est écoulé sans que sa raison ait été altérée en aucune manière.

Le frère de J. Bonnier, doué d'une forte constitution, qui avait toujours joui d'une santé brillante, ressentit un chagrin si violent en apprenant que sa sœur avait été atteinte d'aliénation, qu'il en fut lui-même soudainement frappé. Une manie furieuse des plus intenses ne tarda pas à éclater et il devint nécessaire de l'enfermer. Le traitement le plus actif a été d'abord employé sans succès ; Bonnier paraissait tomber dans une manie chronique présumée incurable ; mais la raison s'est ensuite rétablie peu à peu, et cet homme est sorti de l'établissement un an et demi après son entrée.

On saisit facilement les rapports qui existent entre le développement, la marche et la terminaison de ces deux aliénations ; une peine morale en est la cause : dans le premier cas, elle est occasionnée par la mort d'un mari sur lequel une famille entière fondait ses ressources ; dans le second, par la nouvelle de la maladie d'une sœur très affectionnée ; l'exaltation de la sensibilité poussée chez l'un et l'autre à un très haut degré, amène l'explosion du délire auquel succède une manie furieuse bien caractérisée. Enfin, on peut remarquer la simultanéité de l'apparition de la folie qui atteignit si soudainement le frère et la sœur, et celle de la guérison qui paraît devoir être durable chez les deux sujets.

Dix-huitième Observation.

Lypémanie. — Guérison par les seuls efforts de la nature.

Estève (Jeanne), femme Arnaud, âgée de 57 ans, née à Pézenas, revendeuse à la halle, fut admise dans la maison des aliénés le 22 décembre 1826. Elle était d'un tempérament nerveux-sanguin, d'un caractère vif, laborieuse, avait joui d'une bonne santé jusqu'à l'âge critique, et était mère de cinq enfants, dont un idiot était mort à sa deuxième année. Une des sœurs d'Estève avait été aliénée : elle-même le devint au mois de septembre 1826, trois mois avant son entrée dans l'établissement. D'abord elle se crut phthisique; plus tard elle prétendit que ses os se cariaient; puis elle vit le démon acharné auprès d'elle; enfin, elle s'imagina que les gendarmes étaient toujours prêts à venir la prendre et la conduire devant des juges. Le 15 décembre, elle prétendit avoir été condamnée et se précipita dans la rivière pour se soustraire au supplice.

Lorsque cette femme nous fut amenée, elle était maigre, son teint était rembruni; elle était constamment repliée sur elle-même: regard effaré, terreurs continuelles, mêmes idées de supplice et de condamnation. On lui fit prendre quelques bains, on pratiqua une large saignée, après quoi on fut obligé de l'abandonner à elle-même, parce qu'elle se refusait à toute médication. Son état mental persista jusqu'au mois de juillet 1829; Estève prit alors des aliments avec plus de plaisir; elle se mêla un peu plus à la conversation des autres aliénées; les idées sinistres se présentèrent plus rarement, disparurent peu à peu et la santé revint avec la raison. Elle fut rendue à son mari le 16 décembre 1829; trois ans et demi sont écoulés depuis, et sa guérison ne s'est pas démentie.

RÉFLEXIONS.

Nous avons rapporté cette observation pour montrer qu'on ne doit jamais entièrement désespérer de la guérison de l'aliénation mentale, bien que cette maladie paraisse dans des conditions défavorables à sa curation. Estève semblait, en effet, destinée à passer le reste de sa vie dans l'état que nous avons décrit; son étroite parenté avec deux aliénés, l'apparition de sa folie sans cause bien évidente, le caractère particulier qu'elle avait affecté (lypémanie), sa résistance aux moyens curatifs, enfin sa continuation non interrompue pendant trois ans, tout semblait annoncer l'impossibilité du retour à l'état normal. Cependant celui-ci s'est établi par les seules ressources de la nature. Le délire et l'agitation ont cessé pour faire place à des idées saines que rien n'a altérées depuis. M. Esquirol avait fait remarquer, avec raison, que l'amaigrissement qui survient pendant le cours d'une aliénation mentale n'est pas en général de fâcheux augure, et que le retour de l'embonpoint, après la cessation du délire, annonce la stabilité de la guérison; cependant l'ensemble des autres circonstances semblait rendre celle d'Estève très difficile, et néanmoins elle s'est effectuée. Un pareil fait doit donc engager les praticiens à user de circonspection dans le pronostic de l'aliénation mentale ; l'erreur suit de trop près la vérité pour ne pas commander la prudence.

DIX-NEUVIÈME OBSERVATION.

Manie consécutive à une congestion cérébrale. — Anti-phlogistiques. — Guérison.

Mariette, fille naturelle, âgée de 60 ans, fut admise à l'Hôpital-Général et transférée dans la maison des aliénés le 3 décembre 1831. Elle avait perdu la raison, à la suite d'une vive frayeur, quinze jours environ avant son entrée. Lorsqu'elle fut soumise à notre examen, elle était dans un état de démence complète ; elle ne comprenait nullement ce qu'on lui disait, ne prononçait que quelques phrases entrecoupées qu'elle répétait sans cesse ; elle refusait toute sorte de nourriture. La dureté et la plénitude du pouls, la rougeur de la conjonctive, la fixité du regard, l'absence de tout appétit, la rapidité avec laquelle s'était formée la maladie, nous firent croire à une congestion cérébrale. Une large saignée, plusieurs applications de nombreuses sangsues, l'apposition de deux sinapismes aux mollets, auxquels nous fîmes succéder des vésicatoires, amenèrent le développement des facultés intellectuelles ; le repos et un régime adoucissant suffirent ensuite pour confirmer la guérison. Un mois s'était à peine écoulé, que Mariette put rentrer à l'Hôpital-Général ; elle y jouit de toute sa raison.

RÉFLEXIONS.

La congestion cérébrale, poussée à un très haut degré, occasionne la stupeur, l'état comateux et la perte des mouvements volontaires et de la sensibilité ; mais lorsqu'elle est à un degré médiocre, elle exalte plutôt les fonctions cérébrales qu'elle ne les abolit. Y a-t-il inflammation grave du cerveau, les symptômes sont les mêmes que ceux de la congestion poussée très loin. Y a-t-il au contraire inflammation de l'arachnoïde ; alors, comme l'a démontré M. Lallemand, la phlegmasie de la membrane séreuse amène successivement une plus grande quantité de sang dans la substance cérébrale, et l'excitation que ce liquide y produit détermine le délire. Nous comparons volontiers la cause organique (congestion) du délire de Mariette à celle qui est constituée par l'arachnoïdite aiguë; quoiqu'il existe de grandes différences entre ces deux maladies, il y a toujours ce point d'analogie que, dans l'un et l'autre cas, c'est un degré médiocre de congestion qui produit le trouble des idées. Il est assez rare d'observer la manie résultant d'une simple congestion; car tantôt celle-ci, forte et instantanée, devient une véritable apoplexie, et fait alors périr le malade ou détermine une aliénation ordinairement incurable; d'autres fois, au contraire, elle est faible, n'entraîne que des accidents passagers qu'il est facile de combattre, et occasionne très rarement l'aliénation. C'est cependant une congestion cérébrale de cette dernière espèce qui a produit le délire de Mariette, et qui par cela même a mérité d'être le sujet de quelques réflexions. On doit encore remarquer la prompte efficacité des émissions sanguines et des révulsifs; si l'on avait quelques doutes sur la nature de la cause de cette aliénation, le bénéfice du traitement suffirait seul pour l'indiquer : *Naturam morborum ostendunt curationes.*

Vingtième Observation.

Affection nerveuse. — Avantage de l'autorité du médecin dans le traitement.

Roubisson (Marie), âgée de 30 ans, fut admise dans l'Hôpital-Général vers le milieu de l'année 1829. On la garda pendant quelque temps dans la salle des infirmes; elle avait souvent de violentes attaques de nerfs, pendant lesquelles elle faisait des contorsions continuelles et poussait des cris déchirants. Il fallait alors au moins deux infirmières pour la contenir; comme elle troublait l'ordre établi et nuisait au service, on crut devoir la transférer au dépôt de police (section des aliénés). Là des attaques semblables se présentèrent et nécessitèrent les mêmes secours : on crut alors devoir la traiter avec sévérité. On la fit

placer dans une loge spacieuse ; on lui mit autour du corps une
courroie qui, sans gêner les mouvements, l'empêchait de s'é-
lancer hors du lit ; enfin, il fut expressément défendu de lui
porter aucun secours pendant ses attaques ; dès ce moment, la
maladie changea tout à fait d'aspect, les accès ne revinrent que
de loin en loin, et ils furent si faibles que la courroie placée par
précaution fut entièrement inutile. Roubisson, qui auparavant
ne pouvait supporter que quelques aliments choisis, et qui
souvent encore les rejetait par le vomissement, accepta la nourriture ordinaire de l'hôpital, la seule qu'on lui permit, et la
digéra très bien ; elle se leva de son lit, se livra à quelques
exercices, reprit de l'embonpoint et même une sorte de gaîté. Ce
mieux se soutint pendant assez longtemps ; quelquefois les
accès menaçaient de reprendre leur ancienne intensité, mais
l'aspect de la douche suffisait pour les rendre faibles et rares.
Enfin, la malade se lia d'une vive amitié avec une des infirmières
qui se plia trop à ses volontés et rendit les accès plus intenses ;
on éloigna cette infirmière et un soulagement marqué eut lieu :
on voulut alors faire réintégrer cette fille à l'hôpital-général ;
mais Roubisson préféra sortir de l'établissement et s'associer
avec l'infirmière désignée plus haut, pour établir un atelier de
couture. La sortie eut lieu le 15 juin 1830.

RÉFLEXIONS.

S'il est positif que les affections nerveuses ont une cause
propre qui préside à leur développement et maintient leur
durée, il ne l'est pas moins que certaines dispositions de l'esprit
servent à les entretenir, à les aggraver même. L'histoire de
Roubisson confirme cette assertion. Cette femme très impressionnable, sensible aux soins qu'on lui prodiguait, et en quelque
sorte fière de les mériter, ne prenait aucun souci des inconvénients et des dangers de sa maladie ; sûre que les secours ne
lui manqueraient jamais, elle ne cherchait à prendre aucun
empire sur elle-même, et s'abandonnait à ses attaques nerveuses
sans crainte de les voir se multiplier ou devenir nuisibles.
Douée d'un naturel vif et ingénu, elle savait capter la compassion
des personnes qu'elle fréquentait, et cette participation à ses

douleurs ne contribuait pas peu à augmenter sa maladie. Lorsqu'elle fut transférée au quartier des aliénés, M. Rech ne parvint à améliorer son état que par un traitement entièrement moral. De la justice, accompagnée d'une certaine rigidité, des secours administrés avec promptitude, mais sans l'appareil de la compassion, la menace de la douche, si elle ne s'efforçait elle-même de s'opposer à ses accès ; enfin, l'ascendant de l'autorité d'un médecin exercé sur un esprit flexible, tout contribua à détruire chez Roubisson les effets de sa volonté sur le retour des accès ; et ceux-ci se dissipèrent peu à peu. Les avantages du traitement moral furent ici d'une trop grande évidence pour que nous devions y insister davantage. M. Rech est parfaitement convaincu que si l'on pouvait traiter ainsi les dames de haute condition atteintes d'affections nerveuses, on obtiendrait de nombreux succès.

Vingt-et-unième Observation.

Névralgie des branches antérieures du plexus cervical superficiel.
Guérison par les frictions mercurielles.

Mme. B.... consulta, il y a environ dix ans, M. Pourché, docteur en médecine, à Montpellier, pour une douleur atroce qu'elle éprouvait tous les soirs, à la même heure à peu près, depuis sep à huit jours. Cette douleur partait du plexus cervical du côté droit, et s'étendait en traits de feu à toutes les ramifications des branches supérieures de ce plexus, notamment de l'auriculaire et de la mastoïdienne. Elle lui était survenue spontanément ; l'appétit et généralement toutes les fonctions étaient en bon état, excepté le sommeil qui était troublé une grande partie de la nuit Vers les deux ou trois heures du matin, l'accès névralgique disparaissait complètement. M. Pourché ne prescrivit d'abord que des frictions avec un liniment dans lequel entrait une certaine dose d'opium. Quelques jours après, considérant la marche rémittente et périodique de la douleur, il fit administrer une potion avec la résine de quinquina. L'accès du lendemain ayant été plus léger, cette potion fut continuée, puis remplacée les jours suivants par le sulfate de quinine en pilules, à cause de la répugnance que la malade avait pour la résine.

Cette médication fut sans succès : dès lors on eut recours à quelques saignées locales, à des applications émollientes et à des tempérants, tels que les bains, le petit-lait, l'eau de veau, etc. La douleur devint, après un certain temps, intermittente et irrégulière; quelquefois elle ne se faisait ressentir que chaque quatrième et cinquième jour; d'autres fois, elle éclatait trois ou quatre fois dans l'espace de vingt-quatre heures, et disparaissait complètement d'un accès à l'autre. Toutes ses attaques étaient violentes et occasionnaient des tiraillements affreux dans le trajet des nerfs affectés. Diverses préparations opiacées, bien que données à très haute dose, furent impuissantes pour les diminuer; il fallut donc cesser l'emploi de ces préparations qui, du reste, produisaient un accablement extrême et des douleurs à la région épigastrique.

Rien n'annonçait que la névralgie fût sous l'influence d'une complication quelconque, ou qu'elle fût le résultat d'une affection générale. Pensant, d'après l'examen de tout ce qui l'avait précédée et de ses caractères actuels, qu'elle tenait à une modification particulière indéterminable dans l'état anatomique ou physiologique des nerfs, M. Pourché la combattit empiriquement et d'une manière successive par une foule de moyens divers. Les premiers furent des frictions avec une pommade stibiée et opiacée. L'éruption qu'elle produisit fut considérable : on aurait pu croire qu'elle amènerait un peu de calme, attendu que l'on voit assez souvent des névralgies disparaître naturellement à l'occasion d'une éruption furonculaire; loin de là, les accès de douleur se rapprochèrent et devinrent plus longs. L'hémisphère cérébral du côté droit participait à ses souffrances ; la malade disait y éprouver une sensation analogue à celle qui serait l'effet d'un clou enfoncé dans la tête. On essaya plusieurs fois de remédier à l'éréthisme nerveux par des appositions de sangsues et des applications sédatives. La sensibilité s'exaltait ou bien diminuait toutes les fois que la malade perdait une grande quantité de sang, soit par ces émissions artificielles, soit par les menstrues.

On eut recours à l'extrait de narcisse des prés, à l'intérieur, sous forme pilulaire, et à l'extérieur en frictions. Il parut pendant une quinzaine de jours que ce nouveau remède était utile ;

mais le retour des douleurs, malgré qu'on n'eût pas discontinué
de l'employer, dut faire adopter tout autre moyen. Un cautère
fut appliqué sur la branche mastoïdienne du plexus cervical,
parce qu'elle était devenue depuis quelque temps le siège des
douleurs. Pendant trois mois environ celles-ci furent supportables;
après cette époque, elles reprirent leur énergie sans qu'il fut
possible de pouvoir en connaître la cause ; on les combattit alors
tantôt par la belladonne et l'aconit, tantôt par la jusquiame et
l'acide hydrocyanique. Le carbonate de fer, si recommandé par
les Anglais contre les névralgies, fut encore employé. Deux ou
trois mois après cette dernière médication, la maladie se montra
moins fréquemment ; elle ne se manifestait qu'à l'époque mens-
truelle et était même fort légère. On ne peut savoir si cette
amélioration dépendait du traitement ou de la marche naturelle
de la maladie ; il est douteux que ce fût le carbonate de fer,
attendu que cinq mois après, les douleurs s'étant reproduites,
on le mit vainement en usage. Cette fois on essaya les applications froides, l'action d'une plaque aimantée, les bains de
vapeurs, des vésicants, etc., etc.; tout était inutile. On suspendit
toute médication. La malade fut passer quelque temps à Fron-
tignan ; les souffrances étant devenues plus vives, elle revint à
Montpellier. Au bout d'un mois, Mme. B... étant devenue enceinte, la névralgie disparut encore, et cette fois-ci complètement pendant toute la durée de la gestation. Un mois après
avoir accouché, elle fut de nouveau cruellement tourmentée ;
bains de siège, anti-spasmodiques de toute espèce, régime
adoucissant, séton à la nuque, tout échoua comme précédem-
ment. Les souffrances et l'allaitement l'avaient exténuée à un
point extraordinaire ; elle cessa de nourrir : on lui fit prendre le
lait d'ânesse et des aliments analeptiques ; enfin, après environ
quatre ans de tourments et de vains efforts pour être délivrée,
elle fut reçue à la maison des aliénés [1].

    Mme. B... entra dans l'établissement, le 26 juillet 1830 ; elle y
séjourna environ neuf mois, et fut soumise pendant ce temps à une
foule de médications, dont le plus grand nombre ne produisirent
aucun soulagement. L'extrait de laitue cultivée, les pilules de

---

    [1] Les détails ci-dessus relatés appartiennent à M. Pourché.

cynoglosse, le sulfate de quinine à l'intérieur, les liniments opiacés, les douches d'eau froide à l'extérieur furent successivement mis en usage, mais sans aucun succès ; M. Rech ne renonça pas cependant à tout espoir de guérison, il voulut encore tenter les frictions mercurielles, et n'eut qu'à se louer de ce dernier essai : effectivement, la malade eut à peine pris dix frictions, qu'elle vit ses douleurs s'évanouir et la santé reparaître complètement. Les frictions mercurielles furent néanmoins continuées pendant quelque temps ; on ne suspendit cette médication que lorsque la malade en eut pris vingt-quatre. Ces frictions étaient faites tous les deux jours alternativement sur les membres supérieurs et inférieurs, la malade prenait des bains dans l'intervalle des jours de frictions : la guérison se confirma de plus en plus. Aujourd'hui Mme. B... jouit d'une brillante santé ; elle éprouve cependant encore quelques accès névralgiques très éloignés, mais leur légèreté et leur peu de fréquence laissent voir que, si la guérison n'est pas absolument complète, du moins l'amélioration obtenue lui est à peu près équivalente.

RÉFLEXIONS.

On est encore bien loin d'avoir déterminé le traitement des maladies nerveuses, et l'on peut même avancer que la partie de la thérapeutique qui s'occupe de remplir les indications qu'elles présentent est assurément la plus faible de cette branche importante de la science médicale. Une pareille difficulté tient, sans doute, à l'obscurité qui règne encore sur la nature intime de ce genre de maladies. Chaque doctrine médicale a reflué, comme l'a dit Bichat, sur la thérapeutique des affections nerveuses, et donne naissance à un mode nouveau de traitement, de là les médications variées qui ont été successivement en honneur, mais qui n'ont eu qu'une vogue passagère, comme les théories qui avaient suggéré l'idée de leur emploi. Montfalcon et d'autres pathologistes ont bien prétendu dans ces derniers temps, que les névralgies consistaient dans l'inflammation du névrilème des cordons nerveux : quelques observations ont même semblé démontrer les avantages de la médication anti-phlogistique locale ; mais que d'exemples contraires servent à prouver l'inu-

tilité des émissions sanguines opposées aux accès névralgiques ?
Aussi les médecins sont-ils encore réduits à les combattre empiriquement ; ils sont, en quelque sorte, contraints d'essayer une
foule de remèdes avant de rencontrer celui qui convient, et ce
n'est le plus souvent qu'après des essais multipliés qu'ils par-
viennent à triompher de ces maladies. Tel est le cas dont il
s'agit dans notre observation : elle n'est pas seulement intéressante sous ce point de vue, elle offre encore d'autres particularités qui méritent d'être notées ; examinons-les successivement.

1° Il est d'abord assez rare de rencontrer les névralgies du
plexus cervical superficiel ; Chaussier, dans son tableau synoptique de ces maladies, ne leur assigne qu'un rang tout à fait
secondaire ; il est cependant plusieurs faits qui attestent qu'elles
ont été quelquefois observées dans cette région. Le *trismus dolo-
rificus* de Sauvages semble n'être lui-même que cette névralgie
plus spécialement localisée dans les branches supérieures du
plexus cervical superficiel.

Le siège de la névralgie dont Mme. B... fut si longtemps tourmentée, est encore remarquable en ce qu'il est disséminé dans
plusieurs troncs nerveux distincts. Ordinairement les névralgies
affectent les cordons médullaires dans les points qui avoisinent
les os, et principalement dans ceux qui correspondent aux trous
ou aux gouttières qui leur donnent passage, et de là l'éclair de
douleur parcourt toutes les divisions de ces nerfs ; mais ici ce
sont plusieurs cordons qui sont à la fois affectés ; ce sont les
branches antérieures des quatre premières paires cervicales qui
éprouvent cette douleur aiguë, dont la malade rapporte le siège
à la partie profonde du cou, et qui de là s'irradie vers les branches superficielles et surtout vers les rameaux auriculaires et
mastoïdiens.

2° La périodicité des accès névralgiques est aujourd'hui trop
bien constatée pour être révoquée en doute ; on en voit une
nouvelle preuve dans cette observation. Mais si la régularité de
l'intermittence est si bien assurée, d'où vient qu'elle ne cède
point aux médicaments réputés *anti-périodiques ?* C'est que ces
médicaments n'agissent pas pour détruire la périodicité qui n'est
qu'une forme de la maladie, mais bien pour combattre l'altération organique appréciable ou non, qui constitue l'affection

morbide, et que le quinquina et ses succédanés ne peuvent être efficaces pour tous les cas où la maladie reparaît périodiquement, mais seulement pour ceux où l'action de ces médicaments sur l'économie est capable de détruire une lésion d'une nature quelconque.

3° Quelle est la cause de la cessation des accès névralgiques pendant la durée de la grossesse de Mme. B... ? Les nouvelles conditions physiologiques qui accompagnent la gestation, peuvent sans doute imprimer de nouvelles modifications à l'économie et la soustraire à l'empire d'une maladie déjà ancienne ; mais comment agissent ces conditions nouvelles pour produire les changements observés ? Nous ne voyons ici qu'une vérification de la loi de révulsion établie par Barthez ; l'utérus devient un centre de fluxion qui appelle vers lui tous les mouvements, il est *physiologiquement morbide*, si l'on peut ainsi s'exprimer, et cette nouvelle direction des forces qui se concentrent sur un organe nous paraît bien propre à déplacer une irritation fixée sur un autre point de l'économie. Ce n'est peut-être pas l'unique cause de la disparition de la névralgie cervicale ; on a vu, par la lecture de l'observation, que les émissions sanguines artificielles ou l'écoulement menstruel produisaient une faiblesse profonde qui augmentait l'irritabilité et rendait les accès plus longs et plus violents. Nous pensons que la cessation des règles et l'apparition de l'état pléthorique qui coïncident habituellement avec la grossesse, ont contribué pour beaucoup à guérir temporairement la maladie de Mme. B... ; et ce qui nous confirme dans cette opinion, c'est que les douleurs reparurent pendant la lactation, époque où l'affaiblissement procuré par l'exercice de cette fonction rendit à la malade sa première susceptibilité morbide.

4° Il est assez étonnant qu'après l'insuccès d'un grand nombre de médicaments, dont la plupart avaient été rationnellement administrés, l'emploi des frictions mercurielles ait eu un succès si complet ; le bénéfice d'un traitement semblable était propre à faire suspecter la nature de cette névralgie. On a vu effectivement les symptômes d'une syphilis invétérée se manifester par un désordre local de l'action nerveuse : Waton cite deux cas de succès complet d'un traitement anti-syphilitique contre des névralgies qu'il soupçonnait d'origine vénérienne ; Montfalcon rapporte l'histoire d'un individu qui fut atteint d'une névralgie faciale après avoir répercuté sans ménagement une blennorrhagie uréthrale, et qui éprouvait des douleurs intolérables : il en fut délivré par un traitement anti-syphilitique complet. Il serait facile de multiplier les exemples de l'action de la syphilis sur le système nerveux et de la guérison de tous les symptômes par la médication spécifique ; aussi s'informa-t-on avec tout le soin possible si Mme. B... n'avait éprouvé aucune maladie syphilitique; le mari fut lui-même interrogé, mais les réponses furent toujours négatives, et les questions adressées avec toute la délicatesse qu'exigent de pareilles informations n'obtinrent aucun aveu qui pût lever tous les doutes. Il paraît donc que, si la névralgie qui fut combattue avec tant d'avantages par les frictions mercurielles n'était point d'origine syphilitique, ces préparations peuvent être appliquées avec espoir de succès à certaines maladies du système nerveux. Au reste, cet exemple de réussite n'est pas le premier que la science puisse offrir : Cirillo a guéri plusieurs névralgies fémoro-poplitées par des frictions plantaires, avec une pommade dont le sublimé corrosif faisait la base ; Siébold a guéri une dame atteinte du tic douloureux par des frictions mercurielles faites sur les gencives, d'après la méthode de Clare ; Weisse, Starck et autres praticiens ont obtenu des succès du même genre, et aucun de ces auteurs ne fait mention de symptômes syphilitiques. On est conséquemment en droit de conclure que les préparations mercurielles impressionnent spécifiquement le système nerveux et peuvent guérir certaines affections dont il est le siège ; c'est ce qui paraît encore démontré par les résultats obtenus en Angleterre et dans les États-Unis, où le mercure semble être devenu une panacée universelle, dont l'usage est mis à contribution dans presque toutes les maladies [1].

---

[1] Il est digne de remarque que les Anglais emploient le mercure dans le traitement d'une foule de maladies et le bannissent de la thérapeutique des affections vénériennes, contre lesquelles ce médicament agit d'une manière si heureuse et si évidente.

VINGT-DEUXIÈME OBSERVATION.

*Manie. — Anti-phlogistiques — Point de résultats. — Pneumonie.
— Tartre stibié à haute dose. — Guérison des deux maladies.*

Soulas (Louis-Étienne), de Saint-Martin-de-Londres, fut admis dans la maison des aliénés le 18 janvier 1831, à l'âge de 30 ans. Il était marié depuis cinq ans et avait eu trois enfants, dont deux seulement vivaient et jouissaient encore d'une excellente santé. Son aïeul avait été aliéné ; lui-même était d'un caractère ardent et colère. Il fut sain de corps et d'esprit jusqu'à la fin d'août 1830. Il eut alors une légère altercation avec le propriétaire de la maison qu'il habitait : le lendemain il manifesta des terreurs paniques, délira et devint bientôt furieux. Il resta quatre mois dans la prison de Saint-Martin, où il fut successivement ou simultanément traité par les saignées, les sangsues, les émétiques, les purgatifs, les sinapismes, et le tout sans résultat ; après quoi il nous fut amené.

Cet aliéné était d'un tempérament sanguin ; il criait, gesticulait et tenait des propos assez bizarres : des bains et des douches le calmèrent un peu, et l'on continuait ces moyens, lorsqu'il se déclara les symptômes d'une pneumonie. Dans les premiers jours, on se contenta de prescrire la diète, un loock et une tisane adoucissante. Le 3 mars, les crachats se supprimèrent, et l'oppression qui existait augmenta. Une saignée de 12 onces fut pratiquée : le même régime fut suivi les trois jours suivants, sans aucun changement dans la maladie. Le 8 et le 9, il lui fut administré une infusion d'ipécacuanha ; mais la douleur, la toux et l'oppression continuant, l'expectoration étant toujours difficile, on essaya le tartre stibié à haute dose. Le premier jour, prescription de 12 grains à prendre de quatre en quatre heures, par prise de trois grains chaque : la moitié de cette dose seulement fut administrée par erreur. La première prise procura un ou deux vomissements, deux ou trois selles dans la journée. Le 11 *(12 grains)*, même résultat. Le 12 *(18 grains)*, ver assez gros rendu par le vomissement ; plusieurs autres vers dans les selles. Le 14 *(même dose plus une demi-once sirop diacode dans chaque prise)*, encore quelques vers rendus par les selles : aucune

amélioration sensible dans l'état du malade; il commence à
s'affaiblir (*suspension du tartre stibié le 15 et le 16*). La douleur
du côté augmente, l'oppression également. Le 17 (*24 grains
tartre stibié*), encore plusieurs vers rendus par le vomissement.
Le 18, même état, même médication. Le 19, encore même état.
Le tartre stibié est porté à la dose de 32 grains : diminution
sensible dans l'état des symptômes. Le 20 (*40 grains*), les
symptômes disparaissent presque entièrement. Le 21, le malade
est bien. On abandonne le tartre stibié et l'on accorde quelques
aliments. Les forces reviennent peu à peu ; la raison, qui avait
commencé à paraître au début de la maladie, est pleine et
entière; la convalescence est parfaite au bout de quinze jours,
et le 1er mai Soulas est rendu à sa famille, jouissant de la santé
et de sa raison.

Vingt-troisième Observation.

*Démence. — Phthisie pulmonaire. — Tartre stibié à haute dose.
Mort. — Autopsie.*

Blanc (Alexandre) entra dans la maison des aliénés le 19 mai
1824. Cet homme, de forte constitution, d'un tempérament
bilieux, d'un caractère doux mais ardent, issu de parents dont
aucun n'avait été atteint d'aliénation mentale, exerça très bien
son métier de fournier jusqu'à l'âge d'environ 30 ans; il commença alors à manifester des idées extrêmement bizarres et à
s'emporter facilement lorsqu'on le contrariait; il négligea son
état, devint fort paresseux, s'imagina que tout lui appartenait et
commit plusieurs actes de violence, soit envers ses parents, soit
envers les autres habitants de son village (Pomérols). Cependant,
il resta encore libre chez lui pendant cinq à six ans, étant la
risée et la terreur de ses concitoyens ; on n'essaya aucun traitement pour le guérir. Il paraît que son aliénation mentale s'était
manifestée à la suite d'une fièvre ataxique, qu'elle avait été
toujours en augmentant, et qu'on ne s'était décidé à le faire
enfermer que lorsqu'il fut devenu trop dangereux.

Lorsque Blanc fut dans la maison, il ne présenta que des
symptômes de démence. Certaines idées s'offraient plus fréquemment à son esprit, mais elles étaient toujours sans suite :

il répondait rarement juste aux questions qu'on lui adressait. Blanc était habituellement tranquille, mais dans certains moments il eût été dangereux de le contrarier, car il entrait en fureur et sa force athlétique le rendait toujours redoutable. M. Rech, bien convaincu que la maladie par sa nature et son ancienneté était incurable, ne voyant d'ailleurs aucune indication à remplir, n'essaya aucun mode de traitement.

Au commencement de l'hiver 1829, Blanc commença à tousser et à rendre quelques crachats muqueux mêlés de sang ; son appétit diminua et l'affaiblissement s'ensuivit. Le malade refusa tout remède et ne voulut se soumettre à aucun régime. Au mois de février 1830, les mêmes symptômes avaient augmenté d'intensité ; la faiblesse était extrême, et quoique Blanc demandât à manger, il repoussait les aliments qu'on lui accordait. Une saignée générale qui fut arrêtée promptement par une lipothymie, l'application de quelques sangsues, celle de plusieurs vésicatoires sur la poitrine, ne purent arrêter la marche de la maladie. On voulut essayer l'émétique à haute dose ; on en administra 15 grains dans 6 onces d'eau vineuse, et la dose fut répétée pendant deux fois. Au troisième jour, les forces du malade avaient diminué, la figure était terreuse ; il se plaignait d'une violente douleur au-dessus de l'hypocondre gauche : l'émétique n'avait procuré que deux selles peu abondantes et l'expulsion d'un ver pendant l'expectoration. Néanmoins, l'affaiblissement du malade fit des progrès, et l'on ne tenta plus de moyen curatif. Il mourut le 24 février 1830.

NÉCROPSIE FAITE DIX-HUIT HEURES APRÈS LA MORT.

Aspect extérieur. Amaigrissement extrême.

Tête. Arachnoïde cérébrale légèrement épaissie dans la partie supérieure. Grande quantité de sérosité épanchée entre les circonvolutions du cerveau et dans les ventricules du même organe. Vaisseaux cérébaux décolorés.

Thorax. Poumons offrant des tubercules à tous les degrés possibles et un commencement d'hépatisation dans quelques points circonscrits. Plèvre légèrement injectée et recouverte par une exsudation pseudo-membraneuse. Péricarde plein de sérosité. Cœur mollasse, renfermant des concrétions polypiformes. Ventricule gauche dilaté.

Abdomen. Muqueuse gastrique jaunâtre dans ses 4/5 supérieurs, rouge dans sa partie pylorique, ramollie et se détachant facilement des autres tuniques par le raclage. Quelques points d'injection sanguine dans le duodénum et le reste du tube intestinal : nulle part traces bien manifestes d'inflammation.

VINGT-QUATRIÈME OBSERVATION.

Démence. — Paralysie générale incomplète. — Tartre stibié à haute dose. — Mort. — Autopsie.

C... (Adolphe), avocat à Nimes, fut admis dans la maison des aliénés le 20 juillet 1829. Son aliénation mentale datait de plusieurs mois ; on l'attribuait au chagrin qu'il avait éprouvé de n'obtenir aucun succès dans la carrière qu'il avait embrassée, lorsqu'il se trouvait avec plusieurs enfants et sans fortune. Il fut soumis à un traitement assez actif qui l'affaiblit sans améliorer son état mental. Lorsque M. C... fut soumis à notre examen, il était pâle, avait le regard hébété, le corps tremblant sur ses jambes, les bras pendants à demi-contractés, sans régularité dans le mouvement. Il répondait incomplètement aux questions qu'on lui adressait, et reproduisait sans cesse quelques idées insignifiantes : il y avait insomnie, agitation, appétit vorace. Le deuxième degré de paralysie générale incomplète avec démence était évident ; on essaya de rendre les forces par l'usage du lait avec le lichen d'Islande : ce fut sans succès. Aucune autre médication ne fut tentée jusqu'au mois de mai 1831. L'état morbide avait fait des progrès insensibles et l'on ne pouvait plus rien espérer : la maladie fut alors abandonnée à elle-même. On se décida cependant à recourir au tartre stibié à haute dose, qui avait si bien réussi sur Soulas. Le 12 mai, 18 grains furent administrés, divisés en six prises, à prendre de quatre en quatre heures. La première seule produisit un vomissement ; après la quatrième survinrent plusieurs selles. Le 13, même dose, encore quelques évacuations alvines. Le 14 (*24 grains*), selles nombreuses et vomissement. Le 15, même dose, encore nombreuses évacuations et vomissement : le pouls se soutient, la langue est encore humectée. Le 16, même dose ; les selles sont moins abondantes, point de vomissement. Le 17 et le 18, même état, même médication ; le malade cependant paraissait affaibli. On prescrivit des purées et du chocolat : il y eut de nouvelles évacuations alvines, nouveau vomissement. C... mourut dans la nuit du 19, à quatre heures du matin, dans un moment où rien ne pouvait encore inspirer de grandes alarmes.

NÉCROPSIE FAITE DOUZE HEURES APRÈS LA MORT.

Tête. Sérosité épanchée au-dessous de l'arachnoïde entre les circonvolutions du cerveau et dans les ventricules. Arachnoïde légèrement épaissie et grisâtre dans sa partie supérieure. Substance cérébrale saine dans tous ses points, excepté vers la superficie qui est le siège d'un léger ramollissement.

Thorax. Tous les viscères sont dans un état d'intégrité parfaite.

Abdomen. Grande plaque de couleur rouge foncé dans la muqueuse de l'estomac, au-dessous du cardia. Ramollissement de toute la membrane. Plaques rouges semblables à la précédente, disséminées dans plusieurs parties des intestins : tous les autres organes dans un état naturel.

VINGT-CINQUIÈME OBSERVATION.

Monomanie ambitieuse. — Paralysie générale incomplète. — Tartre stibié à haute dose. — Mort. — Autopsie.

Soulié (François), de Montpellier, âgé de 42 ans, fut admis dans la maison des aliénés le 26 avril 1831. Depuis deux ans environ, sa raison s'était égarée sans qu'on pût en déterminer la cause précise ; il avait été soumis à des médications nombreuses sans aucun succès. Soulié était petit, d'un tempérament sanguin, d'une forte constitution ; sa vie avait été régulière ; il était de mœurs douces. Marié depuis plusieurs années, il vivait bien avec sa femme et avait eu plusieurs enfants. On ne lui connaissait pas de parents aliénés. Soumis à notre examen, nous ne pûmes douter un instant de la nature de la maladie ; ses idées lui venaient lentement, elles roulaient toutes sur des objets insignifiants ; tout lui appartenait, tout ce qu'il avait était beau. Il s'exprimait avec difficulté et en bégayant. Les mouvements de ses bras étaient faibles et irréguliers ; ses jambes le portaient avec peine ; il conservait d'ailleurs son appétit et digérait bien ; il dormait peu, et criait souvent sans motif. Soulié était évidemment atteint d'une monomanie ambitieuse qu'avait suivie la démence compliquée de paralysie générale incomplète ; l'état morbide était à son second degré et par conséquent incurable.

Après un repos d'une quinzaine de jours, ce malade fut soumis à l'emploi du tartrate antimonié de potasse à haute dose. Le 13 mai (*18 grains divisés en six parties, à prendre de quatre en quatre heures*), aux premières prises, quelques vomissements et plusieurs selles dans la journée, pouls fort, langue humectée. Le 14, même prescription, encore quelques selles, pouls un peu plus fort, langue toujours humectée. Le 15 (*24 grains*), même état que la veille, vomissement, une selle. Le 16, même dose, même état, langue un peu sèche. Le 17, *idem*. Le 18, même dose, langue humectée ; on accorda une purée et du chocolat au malade qui demandait à manger et auquel on n'avait accordé jusqu'alors qu'un peu de bouillon et des crèmes de riz. Le 19, le malade prend encore la même dose du médicament ; il est bien, mais son état mental et la paralysie n'ont nullement changé. L'exemple de la mort de M. C... nous fit naître des craintes, et la médication fut abandonnée. On rendit peu à peu les aliments ; le hoquet et la faiblesse qui avaient été seulement la suite de l'emploi du tartre stibié disparurent ; et Soulié semblait revenir à son état ordinaire, lorsque le 26 du même mois, au moment où il achevait de prendre son repas, il fut frappé de mort subite.

NÉCROPSIE FAITE VINGT-QUATRE HEURES APRÈS LA MORT.

Aspect extérieur. Embonpoint, face rouge-violet, tuméfiée.

Tête. La section des téguments et l'ouverture du crâne amenèrent l'épanchement d'une grande quantité de sang : tous les vaisseaux de la dure-mère en étaient gorgés. Arachnoïde épaissie,

grisâtre ; épanchement de sérosité au-dessous de la pie-mère,
entre les circonvolutions du cerveau et dans les ventricules latéraux. Substance cérébrale moins consistante que de coutume et
adhérente.par sa superficie aux points contigus de l'arachnoïde.
Tous les vaisseaux de l'encéphale sont gorgés de sang ; mais les
recherches les plus minutieuses ne font découvrir aucun épanchement de ce liquide.

Le *thorax* ne fut point ouvert.

Abdomen. Estomac plein d'aliments non encore digérés et
offrant la couleur du vin que le malade avait bu avant sa mort.
Membrane muqueuse présentant la même couleur dans presque
toute son étendue, offrant, en outre, une couleur d'un rouge
foncé dans l'espace de deux à trois pouces : cette couleur résiste
à des lavages répétés. La membrane n'est pas sensiblement
ramollie ; les intestins présentent des taches semblables dans
plusieurs points. Tous les autres organes sont dans un état
d'intégrité ordinaire.

Vingt-sixième Observation

*Démence. — Paralysie générale incomplète. — Tartre stibié
à haute dose. — Mort. — Autopsie.*

D... (Jean), ex-géomètre du cadastre, domicilié à Perpignan,
fut admis dans la maison des aliénés le 9 septembre 1830. Il
était de taille moyenne, d'une assez forte complexion, d'un tempérament bilioso-sanguin. Deux ans avant son entrée, il avait été
atteint d'une manie qui était revenue plusieurs fois par accès.
On avait eu recours à des saignées du pied et du bras, à des
applications de sangsues, à des bains tièdes généraux, à des
affusions d'eau froide sur la tête, à des épispastiques plus ou
moins actifs ; enfin, au sulfate de quinine à l'intérieur et à la
teinture de coloquinte en frictions : tous ces moyens avaient été
sans succès, et l'on s'était décidé à l'isolement.

Lorsque M. D... fut soumis à notre examen, il conservait de
l'embonpoint et répondait avec exactitude aux questions qu'on
lui adressait ; mais, dans ses moments de calme, tous ses mouvements étaient gênés, il avait de la tendance au sommeil et
avouait que ses idées étaient embarrassées ; on pouvait recon-

naître à ces symptômes un commencement de paralysie générale incomplète. Cet état d'affaissement faisait assez souvent place à une extrême agitation ; le malade alors s'irritait de la moindre contrariété, sa voix prenait une grande force, il s'exprimait avec assez de facilité, et se serait volontiers porté à des actes de violence si ses forces le lui eussent permis. Cette agitation durait un ou deux jours, et le malade retombait dans son état d'affaissement. Bien persuadé que tous nos efforts pour la guérison seraient inutiles, nous n'eûmes pas recours à une médication suivie ; nous combattîmes quelques légers accidents qui survenaient de temps à autre par les moyens ordinaires. Le tartre stibié à dose assez forte fut cependant employé quelques jours, et presque aussitôt abandonné parce qu'il était sans effet. Nous soutînmes les forces au moyen du lait, auquel on ajoutait une décoction de lichen d'Islande. Il survint plusieurs congestions cérébrales qui cédèrent à l'emploi des sangsues vers la tête ou au fondement. Dans les derniers jours d'octobre, une congestion plus forte eut lieu ; les moyens ordinaires furent insuffisants : le mouvement fut entièrement perdu, la sensibilité diminua, et M. D... s'éteignit le 1er novembre 1831.

NÉCROPSIE FAITE VINGT-QUATRE HEURES APRÈS LA MORT.

Tête. Le cerveau conservait sa consistance naturelle, excepté dans la partie supérieure et médiane de l'hémisphère droit ; une des circonvolutions était ramollie, la substance semblait réduite en putrilage ; les ventricules latéraux étaient distendus par une grande quantité de sérosité limpide ; un liquide parfaitement semblable séparait les circonvolutions extérieures ; il était recouvert par l'arachnoïde épaissie et de couleur grisâtre.

Les viscères du *thorax* et de l'*abdomen* ne présentèrent aucune altération sensible.

RÉFLEXIONS.

Les cinq observations que nous venons de rapporter nous paraissent établir quelques résultats intéressants, qui méritent de nous arrêter un moment. Le tartre stibié à haute dose, conquête thérapeutique de l'école italienne, semble être devenu

une sorte de panacée, comme tous les nouveaux modes de
traitement proposés par les auteurs des, diverses doctrines
médicales. Ce médicament, employé dans la maison des aliénés
à titre d'essai, eut un succès complet sur le premier malade
auquel il fut administré, puisqu'il le délivra non-seulement
d'une pneumonie grave, mais encore d'une manie intense qui
avait été rebelle à d'autres traitements rationnels. Chez ce même
malade, le tartre stibié parut sans efficacité tant qu'il détermina
des évacuations, et ce n'est que lorsqu'il fut porté à la dose de
30 à 40 grains, et que les évacuations eurent cessé, qu'on vit
les symptômes morbides s'amender et disparaître même complètement. Il y eut donc absence d'effet dans le commencement,
et efficacité très grande à la fin. Tel ne fut pas le mode d'action
du tartre stibié sur Blanc, second malade qui fut soumis à ce
médicament. Il est vrai que les circonstances étaient différentes,
que le caractère chronique de la phthisie pulmonaire dont ce
malade était atteint n'en favorisait pas le mode d'action habituel,
et qu'enfin il ne fut pas donné pendant assez longtemps pour
agir d'une manière générale sur l'économie, en stupéfiant le
système nerveux et par suite le système circulatoire. Il se
borna chez ce malade à produire un effet local, dont les symptômes furent des évacuations nombreuses et dont les signes
cadavériques furent l'injection et le ramollissement de plusieurs
points de la muqueuse gastro-intestinale. Il est donc vrai que
le tartre stibié peut occasionner des gastro-entérites intenses,
surtout dès les premiers temps de son administration ; nous en
avons cité deux autres preuves, en exposant l'autopsie cadavérique de C.... et de Soulié : chez le premier, il y avait eu inflammation avec ramollissement, et l'on pourrait supposer, avec
raison, que sa mort fut produite par les effets du tartre stibié;
chez le second, on ne rencontra, il est vrai, qu'une simple injection de la tunique muqueuse sans ramollissement; mais
l'autopsie ne fut pratiquée que huit jours après la cessation de
l'emploi du remède, et celui-ci, qui avait déjà produit des
symptômes alarmants, n'avait été suspendu que parce qu'on
redoutait les suites funestes dont la mort de C... nous avait
rendu témoins. Cependant il ne faudrait pas conclure que,
dans tous les cas, les premières doses considérables d'émétique

occasionnent une violente irritation des tissus avec lesquels ce médicament est en contact, l'exemple de D... prouve qu'on peut prendre impunément ces premières doses sans qu'il en résulte d'inconvénient fâcheux.

Le tartre émétique exercerait-il une action particulière sur l'aliénation mentale? Le premier exemple de guérison complète que nous avons cité confirmerait cette opinion. Mais ce n'est pas assez d'un fait isolé pour fixer les idées à ce sujet; on conçoit cependant que si le tartre stibié est absorbé, comme il paraît l'être, quand la *tolérance* s'établit, et qu'alors il agisse en stupéfiant ou en débilitant le système nerveux; on conçoit, dis-je, qu'il puisse exercer une heureuse influence contre la manie, où l'exaltation du centre de ce système est évidente et où la diminution de cette exaltation pourrait ramener l'état normal. C'est probablement ainsi que la guérison s'est opérée chez Soulas; et si l'on n'a observé aucune amélioration chez les autres aliénés qui ont été traités par l'émétique à haute dose, c'est qu'ils étaient déjà profondément débilités, c'est qu'ils présentaient des symptômes de démence au lieu d'être maniaques, c'est enfin parce qu'ils dépérissaient par les progrès de la phthisie pulmonaire ou de la paralysie générale. L'excitation anormale du système nerveux paraît conséquemment entrer dans les conditions favorables pour l'action du tartre stibié. Ce médicament est donc un véritable *contre-stimulant*, il n'agit qu'en diminuant la vitalité de l'économie; et si les organes, loin d'être sous l'influence d'un stimulus quelconque, sont au contraire affaiblis par une maladie ancienne, alors le tartre stibié contribue plutôt à augmenter qu'à faire cesser cette débilitation et il accélère la perte du sujet: c'est notamment ce que nous avons observé sur l'un des aliénés dont nous avons rapporté l'histoire.

Vingt-septième Observation.

Manie datant de trente-huit ans. — Mort. — Peu d'altérations organiques.

Ganibenq (Pierre-François), charretier, né à Pézenas, entra dans la maison des aliénés le 31 juillet 1832. Il était âgé de

60 ans environ, et aliéné depuis 30 : tempérament sanguin, forte constitution. Il délirait à peu près sur tous les sujets avec fréquentes hallucinations, aimait du reste le travail et obéissait facilement aux ordres qu'on lui donnait. Il vécut tranquille jusqu'au commencement de janvier 1830 ; il avait eu quelque temps auparavant de fortes hémorrhagies nasales qui l'avaient affaibli, et il s'éteignit sans avoir de maladie bien déterminée.

NÉCROPSIE FAITE VINGT-QUATRE HEURES APRÈS LA MORT.

Cerveau parfaitement sain, mais un peu plus dense que dans l'état ordinaire. Arachnoïde légèrement épaissie et grisâtre. Ventricules latéraux renfermant peu de sérosité.

Viscères thoraciques et abdominaux conservant leur état naturel.

RÉFLEXIONS.

Il résulte du fait qu'on vient de lire, que la longévité et l'aliénation mentale ne sont pas incompatibles.

On a pu voir encore un nouvel exemple de l'absence de lésions anatomiques capables de rendre compte des symptômes observés pendant la vie. Trente-huit ans se sont passés dans un état de désordre intellectuel bien marqué, et les fonctions de la vie organique ont été si peu dérangées, qu'on n'a su à quelle maladie rapporter la mort de Ganibenq ; il est probable cependant qu'il a succombé à une asthénie du système nerveux, occasionnée par le froid rigoureux de 1830, que nous avons vu si funeste aux aliénés, en exposant les résultats généraux des observations faites dans l'établissement.

VINGT-HUITIÈME OBSERVATION.

Épilepsie. - Manie avec fureur. — Mort subite. — Congestion sanguine des vaisseaux cerébraux.

Chassarnoux (Pierre), âgé de 23 ans, avait été d'abord plâtrier et puis porte-faix. Quoique né de parents sains, il éprouva, jeune, de nombreuses convulsions, et à l'âge de 19 ans fut atteint d'épilepsie ; les attaques de cette dernière maladie étaient fort irrégulières, mais assez fréquentes. A vingt ans, Chassarnoux prit une blennorrhagie qui fut traitée par les anti-phlogistiques et le mercure. Deux ans après, il lui survint un accès de manie, pendant lequel il se précipita d'un premier étage sans se faire du mal ; cet accès fut de courte durée, et suivi bientôt d'un second, pendant lequel le malade se précipita d'un second étage: il n'éprouva qu'une légère foulure au pied. D'autres accès de folie succédèrent aux deux précédents ; ils s'accompagnaient toujours de fureur et menaçaient d'être funestes, soit pour les autres, soit pour le malade lui-même. Les attaques d'épilepsie se renouvelaient plus fréquemment encore; il fallut recourir à l'isolement.

Lorsque Chassarnoux fut admis dans l'établissement, le 23 mars 1823, il jouissait encore d'une santé robuste ; il était petit, mais bien constitué et ne manquait pas d'embonpoint ; il pré-sentait tous les signes de la manie furieuse, et l'on fut obligé, pendant huit jours, de le contenir au moyen de la camisole, et souvent même de le fixer sur son lit pour prévenir tout funeste accident. On pratiqua une saignée ; on fit prendre quelques bains tièdes, et le calme reparut. Chassarnoux avait repris toute sa raison : il ne lui restait plus que ce *faciès épileptique*, qu'il est bien plus facile de reconnaître quand on a eu l'occasion de l'observer plusieurs fois, que de décrire d'une manière exacte.

Quoique la réunion de la folie et de l'épilepsie fît croire à l'incurabilité de Chassarnoux, sa jeunesse et sa bonne consti-tution décidèrent M. Rech à tenter des moyens curatifs. On eut d'abord recours aux anti-phlogistiques : les saignées tant géné-rales que locales, soutenues par un régime adoucissant, furent souvent répétées, mais sans aucun résultat. La valériane, le nitrate d'argent, les taupes en poudre, etc., furent tour à tour mis en usage, donnés à doses assez fortes, et tout aussi inuti-lement. Après deux ans d'essais infructueux, M. Rech renonça à tout traitement et se contenta de donner de temps à autre des pilules faites avec la mie de pain, pour satisfaire aux exigences du malade qui voulait absolument être guéri. Les attaques d'épilepsie ainsi que celles de manie continuèrent à se montrer jusqu'au 26 juin 1832. Ce jour même, Chassarnoux était parfai-tement tranquille et fut envoyé au bain. Pendant qu'il y était,

il perdit tout-à-coup connaissance ; on le retira promptement
et des secours lui furent administrés avec une promptitude conforme à l'exigence du cas : une saignée à la jugulaire, des
ventouses scarifiées sur la région précordiale, des frictions sèches
à la face interne des membres, furent mis en usage ; mais sans
succès : Chassarnoux avait cessé de vivre.

AUTOPSIE FAITE VINGT-QUATRE HEURES APRÈS LA MORT.

Aspect extérieur. Sujet bien conformé, d'un embonpoint suffisant, n'offrant aucune trace de lésion organique ancienne.

Tête. La calotte crânienne, détachée par une coupe horizontale, permit de reconnaître une conformation régulière de la
boîte encéphalique. Dure-mère sans adhérences : sinus longitudinal assez injecté ; sinus latéraux, pressoir d'Hérophile
distendus par le sang. Arachnoïde sans rougeur, ni adhérences,
ni épaississement, ni, en un mot, aucune trace d'inflammation
chronique. Pie-mère entièrement saine ; cerveau dans la plus
parfaite intégrité ; volume, pesanteur, consistance normales.
Corps pituitaire sensiblement endurci. Circonvolutions cérébrales
peu profondes. Absence de sérosité dans les ventricules.

Le *canal vertébral* ne fut pas examiné.

Thorax. Les poumons, sains d'ailleurs, offraient des adhérences
presque à tous les points de leur surface. Cœur petit, bien conformé, vide de sang.

Abdomen. Tous les viscères de cette cavité sont parfaitement
sains.

RÉFLEXIONS.

Cette observation mériterait des éclaircissements sur plusieurs
de ses points : nous nous bornerons cependant à quelques
réflexions concernant la congestion sanguine cérébrale. Il est
assez rare d'observer l'apoplexie par épanchement chez les
épileptiques, ou, pour parler plus exactement, ce genre d'hémorrhagie cérébrale ne se montre pas plus souvent chez eux que
chez les autres individus. L'épilepsie est une maladie tout-à-fait
distincte et qui ne joue pas même à cet égard le rôle de cause
prédisposante ; du moins est-il certain que l'apoplexie n'a pas

été observée plus fréquemment chez les épileptiques dans l'intervalle des accès, intervalle pendant lequel l'affection interne qui se manifeste de temps à autre par les symptômes de l'épilepsie n'en existe pas moins, et devrait déterminer plus souvent l'hémorrhagie cérébrale, si en réalité elle exerçait quelque influence sur sa production. Cependant, on observe fréquemment des congestions sanguines chez les épileptiques morts pendant l'accès ; mais ces congestions sont, pour ainsi dire, un résultat physique de la manifestation des symptôme de leur maladie et n'ont aucune liaison ou rapport avec sa nature ; elles dépendent, en effet, de l'obstacle que la circulation générale éprouve par les mouvements convulsifs des muscles du cou et de la poitrine, qui s'opposent au libre exercice de la respiration et forcent le sang à stagner dans la veine-cave supérieure, de là dans les jugulaires, et enfin par continuité dans les sinus de la dure-mère et les vaisseaux de la substance encéphalique. L'asphyxie, qui résulte quelquefois de l'embarras mécanique de la respiration, favorise aussi puissamment la stagnation sanguine dans les vaisseaux de l'encéphale, et M. Esquirol lui attribue tous les résultats chez la plupart des épileptiques trouvés morts dans leur lit. Ces congestions sanguines sont donc tout-à-fait passives ; mais elles n'en compriment pas moins la masse nerveuse centrale, elles enraient son action, s'opposent à une innervation ultérieure, et le malade périt dans la durée de l'accès ; conséquemment, sa mort n'est point produite par l'affection épileptique elle-même, mais dépend uniquement des effets de celle-ci, et c'est ce que démontrent à la fois l'observation des symptômes et l'autopsie cadavérique. Nous pensons que telle a été la cause de la mort de Chassarnoux. M. Rech a publié dans ses divers comptes rendus de la clinique des aliénés, plusieurs observations qui établissent le même fait : en voici encore deux nouveaux exemples.

VINGT-NEUVIÈME OBSERVATION.

Épilepsie. — Mort subite — Congestion sanguine cérébrale.

Michel (Jacques), cultivateur, né à Viols-le-Fort, âgé de 27 ans, fut reçu dans la maison des aliénés le 5 mai 1829. Taille

moyenne, forte constitution, tempéramcnt bilioso-sanguin ; il
était atteint de démence et d'épilepsie, contre lesquelles avait
échoué l'usage d'une foule de remèdes ; on ne lui fit en conséquence subir aucun nouveau traitement et on l'abandonna à lui-
même. Il avait des étourdissements fréquents qui suivaient ses
accès et qui simulaient une apoplexie légère : une saignée et un
vomitif le rétablissaient promptement. Le 17 novembre 1829,
il se coucha, paraissant jouir d'une bonne santé ; au bout de
quelques heures, on l'entendit tomber, et lorsqu'on fut le
relever, on le trouva mort.

La nécropsie, faite 24 heures après, montra une grande
congestion sanguine des vaisseaux du cerveau. Toutes les autres
parties du corps étaient saines.

TRENTIÈME OBSERVATION.

*Épilepsie. — Mort subite. — Congestion sanguine de tous
les vaisseaux cérébraux.*

Vergnette (Jeanne), née à Montpellier, couturière, fut admise
dans la maison des aliénés le 5 février 1829. Cette fille était
d'un tempérament sanguin, jouissait d'une bonne santé et de
toute sa raison. Les attaques d'épilepsie étaient rares, irrégulières et peu intenses ; M. Rech, qui essayait à cette époque
l'usage de la taupe noire et calcinée réduite en poudre contre
l'épilepsie, soumit Vergnette à l'usage de ce médicament : quelques heures après son administration, il se développait chez
elle de la chaleur, une petite sueur générale, et les accès reparaissaient plus fréquemment. On continua néanmoins à la traiter
ainsi pendant une quinzaine de jours, après quoi on suspendit
l'emploi du médicament. Un mois après environ, Vergnette fut
trouvée morte dans son lit, quoique sa santé n'eût paru altérée
en aucune façon.

LA NÉCROPSIE FUT FAITE LE LENDEMAIN.

Système circulatoire cérébral gorgé d'un sang noir. Intégrité
de tous les autres organes.

TRENTE-ET-UNIÈME OBSERVATION.

*Démence. — Apoplexie. — Mort. — Épanchement sanguin
dans l'hémisphère cérébral gauche.*

V... (Gabriel-Henri), né à Nîmes, fut transféré dans la maison
des aliénés le 18 août 1831, après être resté pendant trente ans
environ dans l'hôpital Saint-Éloi. On n'avait aucun renseignement sur ce qui avait précédé son entrée dans cet asile ; il paraît
qu'il y avait toujours été renfermé dans une loge, et que, faute de
renseignements sans doute, on n'avait tenté aucune médication.

Lorsque M. V.. nous fut amené, il jouissait encore d'une
santé robuste, le tempérament sanguin était conservé, quoiqu'on pût bien lui donner de soixante-huit à soixante-dix ans ;
il mangeait de bon appétit et assez copieusement, dormait bien,
mais faisait peu d'exercice, à cause de la roideur que ses jambes
avaient contractée à la suite d'un long repos. Il répondait lentement, mais assez exactement, aux questions qu'on lui adressait. Sa seule occupation était de psalmodier quelques cantiques
latins qu'il avait sous les yeux.

Deux mois après son entrée, cet insensé fut atteint d'une
indisposition assez grave : il perdit l'appétit et le sommeil,
toussa beaucoup ; la déglutition fut difficile, on le crut atteint
de la *grippe*, maladie qui dominait alors dans Montpellier. On
administra quelques loochs ; un vésicatoire fut appliqué à la
nuque ; un régime sévère fut prescrit, et au bout de huit jours,
il eut recouvré une santé parfaite. Il en jouissait encore le
10 décembre et dînait de bon appétit, lorsque tout-à-coup il
perdit le sentiment et le mouvement. Le pouls était petit, la face
pâle, la respiration stertoreuse. L'élève de garde fit appliquer
un sinapisme à chaque mollet. Le lendemain matin, au moment
de la visite, l'état de M. V... était à peu près le même ; le mouvement avait reparu en partie du côté gauche, il était entièrement perdu du côté droit ; la déglutition était impossible *(application de 40 sangsues derrière l'oreille gauche)* : aucun changement dans l'état du malade. Le soir *(2 vésicatoires au bras,
2 sinapismes à la plante des pieds)*, mieux assez marqué, mais
tout aussitôt rechute. La mort survint vers minuit.

LA NÉCROPSIE FAITE QUINZE HEURES APRÈS DONNA LES RÉSULTATS
SUIVANTS.

Aspect extérieur. Maigreur et amincissement des extrémités
inférieures ; rougeur des plaies formées par les vésicatoires.

Tête. La calotte du crâne enlevée, il s'écoule sept à huit onces
de sang par une ouverture que la scie avait faite à la dure-mère.
Cette membrane ayant été entièrement détachée, on aperçoit à
travers le feuillet interne de l'arachnoïde du sang noir répandu
au-dessus et dans l'épaisseur même des circonvolutions du
cerveau. Un épanchement considérable se fait remarquer surtout
du côté gauche, à la base de cet organe. La pie-mère est fortement injectée dans toutes ses parties. Les artères cérébrales
sont dures et présentent des nœuds cartilagineux et même osseux
à des distances fort rapprochées ; elles ressemblent, en quelque
sorte, à des chapelets. Entre plusieurs de ces nœuds il existait
des sutures. Les ventricules latéraux et le quatrième ventricule
contiennent beaucoup de sang épanché. Le latéral gauche est
dilaté outre mesure, renferme de gros caillots et communique à
l'extérieur par une ouverture large, formée à travers le corps
strié : cette partie du cerveau est ramollie, frangée et détruite
en partie. Au-dessous d'elle, sur la base du crâne, se trouve
une grande quantité de sang épanché et formant des caillots durs
et volumineux. La substance cérébrale conservait sa consistance
naturelle, excepté dans le point ci-dessus. Le cervelet était tout
à fait dans son état normal. La moelle épinière était ramollie,
presque diffluente.

Thorax. Poumon du côté gauche, petit, environné par un amas
de graisse qui enveloppe aussi le péricarde, et tapisse la face
supérieure du diaphragme. Cœur assez volumineux.

Abdomen. Tuniques externes de l'estomac fort ramollies dans
le grand cul-de-sac ; la muqueuse seule résistant un peu, mais
cédant à une pression un peu forte et laissant aussitôt se former
des perforations semblables à celles que l'on a attribuées en
dernier lieu à un séjour prolongé du suc gastrique. Foie bru-
nâtre, peu volumineux. Les parois de la vésicule biliaire sont
collées sur un calcul de la grosseur d'une olive.

RÉFLEXIONS.

L'observation précédente nous a présenté la première forme d'apoplexie sanguine, celle qui consiste dans la distension des vaisseaux cérébraux. Ici cette distension a été poussée jusqu'à déterminer la rupture, et de là est résulté un épanchement qui a désorganisé la portion de substance cérébrale dans laquelle il s'est opéré. Que si l'on demande comment la mort a été si prompte dans la congestion, et plus tardive à la suite de l'épanchement, il est facile de résoudre la question : dans le premier cas, une égale compression excentrique, exercée dans toute la continuité du système circulatoire cérébral, a suspendu subitement l'innervation et déterminé la mort ; dans le second, la congestion qui a précédé l'épanchement n'a pas été aussi forte, et n'a pas suspendu les fonctions de tout l'encéphale, mais elle a produit une désorganisation locale en raison du peu de résistance des vaisseaux, dont une distension médiocre a causé la déchirure ; aussi n'a-t-on d'abord observé que les symptômes de la suspension des fonctions d'une partie du cerveau, et non de la totalité, comme s'il y avait eu une forte congestion. L'épanchement avait son siège dans les points de l'hémisphère gauche qui résultent de l'épanouissement des pyramides, tels que les corps striés, la substance blanche centrale des lobes antérieurs et moyens, le ventricule latéral, etc. ; et en raison de l'entrecroisement des fibres qui se portent dans cette région, la perte du sentiment et du mouvement s'est manifestée du côté opposé.

L'histoire de M. V... fournit encore matière à quelques remarques importantes ; ainsi, les symptômes de l'apoplexie sanguine n'ont pas été très nettement caractérisés, quoique l'hémorrhagie cérébrale ait été abondante, et que le mouvement fluxionnaire vers le cerveau ait dû être assez fort ; la face est restée pâle, le pouls petit, les jugulaires ne sont pas gonflées, les yeux ne sont pas devenus rouges et saillants, le battement des temporales a conservé son rhythme naturel. Cette absence des signes de l'apoplexie sanguine coïncidant avec la perte subite du sentiment et du mouvement, en avait même imposé pour une apoplexie *séreuse*, et l'on se contenta d'abord d'une simple apposition de sinapismes aux jambes, sans avoir recours aux émissions sanguines, soit locales, soit générales ; ce n'est que le lendemain que la nature de la maladie ayant été mieux déterminée, on remplit les véritables indications par des applications de sangsues autour de la tête ; mais les désordres étaient trop profonds pour que l'on pût en triompher, aussi M. V... ne tarda pas à succomber.

On doit encore remarquer en lisant les résultats de l'autopsie cadavérique, que deux circonstances, inhérentes à l'organisation de M. V..., étaient des causes prédisposantes bien marquées pour l'apoplexie : je veux parler du volume du cœur et de l'ossification des vaisseaux cérébraux. En effet, d'une part, le sang devait être poussé vers l'encéphale avec plus de violence, et de l'autre, l'effort latéral de ce liquide agissant sur des vaisseaux peu résistants, devait facilement en opérer la rupture. C'est un fait aujourd'hui bien établi dans la science, que l'ossification des vaisseaux de l'encéphale prédispose à l'apoplexie : faut-il adopter l'opinion de M. Bouillaud, qui pense que c'est à l'inflammation chronique de leurs parois qu'il faut rapporter leur ramollissement dans les points qui sont dépourvus de phosphate de chaux, et leur friabilité dans ceux qui sont incrustés de ce sel ? Nous serions portés à admettre cette manière de voir, en avouant toutefois que notre conviction aurait encore besoin d'être établie sur des observations plus nombreuses.

TRENTE-DEUXIÈME OBSERVATION.

Manie. — Encéphalite. — Mort le cinquième jour. — Autopsie.

Ginouves (Rose), née à Clermont (Hérault), fut admise dans la maison des aliénés, le 12 juillet 1825, à l'âge de 56 ans. Elle était grande, d'une forte constitution, d'un caractère ardent. On ne lui connaissait aucun parent aliéné ; elle s'était même distinguée par une raison forte et supérieure à celle de son état (épicière). Vers le mois de mai, deux mois avant son entrée, elle avait éprouvé quelques contrariétés, et presque immédiatement après, un délire non fébrile et avec fureur s'était manifesté : elle refusa tous les secours de l'art : elle cherchait à frapper et à déchirer tous ceux qui l'approchaient ; on fut obligé d'avoir recours à l'isolement. Quand elle fut soumise à notre examen, elle était déjà dans une agitation continuelle, ne pouvait suivre aucun raisonnement, ne dormait ni le jour ni la nuit. Cette manie était bien caractérisée ; elle était dans son état de parfaite simplicité, et l'on put annoncer une prochaine guérison. L'aliénée fut contenue par la camisole ; on lui donna des bains tièdes et quelquefois la douche. Dès le mois d'octobre, l'agitation diminua, on put reconnaître un peu plus de liaison entre les idées. Le 11 novembre, la guérison était entière, et le 15 du même mois elle rentra dans ses foyers. Ginouves y reprit ses anciennes occupations ; elle y jouit de toute sa raison jusqu'au commencement de 1832. Elle fut atteinte à cette époque d'une apoplexie, dont les suites furent la paralysie incomplète du bras droit et un nouvel accès de manie. Elle nous fut ramenée le 20 avril de la même année. La complication de ces maux nous sembla la mettre au-dessus des ressources de la médecine, et nous nous contentâmes de la soumettre à un bon régime diététique. Cependant on vit renaître le calme peu à peu, et dans le mois de novembre, sept mois après son entrée, elle avait recouvré toute sa raison ; il y avait même une amélioration dans la paralysie du bras. Elle fut rendue à ses parents et retourna à Clermont ; mais, dès le lendemain de son arrivée, la manie reparut avec plus d'intensité, et elle nous fut ramenée trois jours après sa sortie.

Le délire s'accompagnait de fureur ; on craignit une congestion sanguine vers la tête, et une saignée fut prescrite. Malheureusement cette opération fut pratiquée peu après le repas du matin, et à l'instant même survinrent des syncopes fréquentes et profondes, qui furent suivies d'une stupeur mortelle. On eut recours en vain aux cataplasmes chauds appliqués sur les extrémités inférieures, aux frictions avec un liniment ammoniacal, aux sinapismes à l'extérieur, à des applications de sangsues autour du cou ; tout fut inutile. La parole ne reparut pas, la déviation des traits de la face, la perte du mouvement et du sentiment du côté droit se manifestèrent le troisième jour, et la malade mourut le cinquième.

NÉCROPSIE FAITE TROIS HEURES APRÈS LA MORT.

Méninges dans leur état normal. — Cerveau conservant à
l'extérieur ses formes, sa couleur et sa consistance naturelles.
Une incision verticale, faite dans l'hémisphère gauche et pénétrant jusqu'au ventricule du même côté, montre cette cavité
presque entière dépourvue de sérosité ; mais elle fait voir aussi,
à la partie supérieure et antérieure de la substance blanche,
une cicatrice déjà ancienne avec induration sur les bords et
ramollissement dans la partie médiane, et au-dessus de cette
cicatrice, un ramollissement considérable, toutefois sans désorganisation, de la substance blanche située en dehors et au-dessus
des corps striés et des couches optiques. Toutes les autres
parties du cerveau sont parfaitement saines. Les parents s'op-
posèrent à ce qu'on fît l'autopsie des autres cavités.

RÉFLEXIONS.

La guérison de l'aliénation mentale, consécutive à une
attaque d'apoplexie, a été si rarement observée, que plusieurs
auteurs en ont nié la possibilité. L'observation de Rose Ginouves
rentre dans le petit nombre d'exemples contraires que l'on a pu
recueillir. Un accès de manie très intense avait éclaté après une
attaque d'apoplexie qui avait occasionné une hémiplégie droite.
Cette circonstance avait fait désespérer de la guérison ; cependant celle-ci s'est effectuée peu à peu par les seules forces de la
nature, et il est éminemment probable qu'elle se serait consolidée, si Ginouves, en rentrant dans le sein de sa famille, n'avait
éprouvé de nouvelles contrariétés qui ébranlèrent une troisième
fois sa raison. Une encéphalite ne tarda pas à se manifester ; et
bien qu'elle soit survenue à la suite d'une saignée pratiquée peu
de temps après le repas, nous ne pensons pas qu'on doive rapporter à cette saignée la cause de l'inflammation cérébrale, car
déjà les prodromes de celle-ci existaient, et l'émission sanguine
aurait tout au plus favorisé, par la faiblesse qu'elle occasionne,
la stupeur qui est le symptôme d'une encéphalite grave.
Les résultats cadavériques donnent une explication convenable

des divers phénomènes observés pendant le cours de la maladie de Ginouves. A l'apoplexie qui l'avait frappée huit mois avant sa mort, et qui avait déterminé la paralysie des extrémités droites, correspond la cicatrice observée dans la substance blanche de l'hémisphère gauche ; enfin, les symptômes de l'encéphalite, qui s'étaient encore montrés principalement du côté droit, s'expliquent par le ramollissement considérable observé au dessous de la cicatrice.

Trente-troisième Observation.

Paralysie générale incomplète. — Apoplexie. — Mouvements spasmodiques. — Hémiplégie droite. — Mort. - Épanchement de sérosité dans le ventricule cérébral gauche. — Autres altérations organiques.

Jacolin (Henri-Alexandre), âgé d'environ 40 ans, après être resté quelque temps à l'hôpital Saint-Éloi de Montpellier, fut transféré dans la maison des aliénés le 1er janvier 1828. Il était d'un tempérament lymphatico-sanguin et d'une forte constitution. Né à Varron, de parents sains, il entra au service dès l'âge de 15 ans, supporta toutes les fatigues et les privations de plusieurs guerres ; enfin, il fut fait sergent dans une compagnie de canoniers sédentaires et s'y livra à l'ivrognerie. En 1827, un général, son compatriote, vint inspecter son régiment : Jacolin alla le voir et en fut invité à dîner ; mais au lieu d'être admis à sa table, comme il l'espérait, il fut renvoyé à celle des domestiques, et le soir même il donna des signes d'aliénation mentale. Il se prétendit riche, attaché au service du général inspecteur ; il voulut qu'on lui donnât des sérénades ; ses camarades, pour se jouer de lui, flattèrent ses idées et son délire augmenta. Il devint impropre au service, et ce fut alors qu'on se décida à l'envoyer à l'hôpital Saint-Éloi.

Lorsque cet aliéné fut présenté à M. Rech, il était tranquille et répondait assez exactement à ce qu'on lui demandait ; seulement il répétait souvent et hors de propos qu'il était riche, qu'il attendait avec impatience que son général vînt le chercher. La paralysie de la jambe était sensible, la parole mal articulée ; les jambes et les bras se mouvaient avec une certaine difficulté ;

du reste, l'appétit et le sommeil étaient bons ; il y avait assez d'embonpoint. On se borna à prescrire un bon régime pour soutenir les forces, et quelques bains tièdes. La paralysie générale faisait néanmoins des progrès. Jacolin fut mis à l'usage du lait, coupé avec une décoction de lichen d'Islande, dont M. Rech a retiré plusieurs fois de grands avantages, pour remédier à ces affaiblissements progressifs qui viennent souvent compliquer la marche naturelle de l'aliénation mentale. Dans cette circonstance, ce médicament ne put produire aucun effet, parce qu'il survint, peu de jours après qu'il fut prescrit (13 avril), une attaque d'apoplexie. La face était rouge, le regard fixe, le pouls fort et plein ; la langue et les membres étaient dans l'impossibilité de se mouvoir (*saignée au bras de douze onces*). Le 14, même état (*saignée au bras de huit onces, deux grains tartre stibié immédiatement après*) ; vomissement de matières jaunâtres ; la rougeur de la face diminue (*potion excitante dans la soirée*). Le 15, la rougeur de la face a disparu ; le malade prouve par des signes qu'il voit, entend et comprend ; les membres commencent à se mouvoir, mais la parole est encore impossible, quoique la langue ait repris aussi le mouvement ; le pouls conserve de la force (*tisane d'orge, crême de riz, saignée au bras de six onces*). Le 16, même état (*seize sangsues derrière les oreilles, même régime*). Le 17, le pouls a diminué de force (*potion anti-spasmodique*). Le 18, le pouls est de nouveau assez fort (*six sangsues derrière les oreilles, continuation de la potion anti-spasmodique et du même régime*). Le 19, spasmes suivis de mouvements convulsifs ; le malade parvient à prononcer quelques mots, les membres reprennent leur motilité antérieure (*quatre onces d'émulsion avec quinze grains de camphre ; sinapismes aux mollets*). Du 20 au 23, amélioration progressive, on donne de légers aliments ; le mieux se soutient jusqu'au 29. Le 29, spasmes, vomissements convulsifs, perte de la parole (*saignée de six onces au bras*). Le même état mordide se reproduit plusieurs fois dans le mois de mai. Un phénomène bien digne d'être noté, c'est que les premiers jours de l'apoplexie, lorsque le malade avait repris ses sens et que la parole semblait entièrement perdue, on pouvait la rendre en ouvrant la veine. Tant que le sang coulait, Jacolin parlait facilement ; il redevenait muet aussitôt que l'on fermait la veine. L'épreuve fut répétée cinq à six fois, à des jours différents, et donna constamment le même résultat.

Au commencement de juin, Jacolin eut repris entièrement son état antérieur à l'apoplexie ; il le soutint pendant trois mois. Le 1er septembre, il eut une nouvelle attaque d'apoplexie, mais elle fut légère ; une saignée au bras, deux grains de tartre stibié et quelques jours de diète suffirent pour la dissiper ; elle ne laissa qu'un affaiblissement plus marqué.

Le 10 décembre, troisième attaque d'apoplexie ; pâleur de la face, perte du sentiment et de la parole, hémiplégie complète de la moitié droite du corps (*saignée de huit onces au bras*). Le 11, mêmes symptômes, pouls vide. Des potions stimulantes, l'application répétée de sinapismes aux mollets et aux cuisses, des lavements excitants furent sans effet ; le malade avalait cependant un peu de bouillon et se soutint pendant quelques jours. Le 17, prostration complète des forces, abdomen ballonné. Le 18, mort à huit heures du matin.

LA NÉCROPSIE FUT FAITE A QUATRE HEURES DU SOIR.

Aspect extérieur. Embonpoint remarquable après trois attaques d'apoplexie et un long état de faiblesse. Contraction des doigts de la main droite, ecchymose sur la paupière et la joue du même côté. (Le malade s'était laissé tomber de son lit l'avant-veille de sa mort.)

Tête. Crâne épais et éburné ; nombreuses adhérences filamenteuses de la dure-mère avec l'arachnoïde ; celle-ci légèrement adhérente au cerveau, épaissie, grisâtre, recouvrant une sérosité limpide, épanchée entre les circonvolutions du cerveau, qui sont fort petites dans la partie antérieure et dans la postérieure ; ventricule latéral gauche ayant acquis au moins le double de son étendue naturelle, distendu par beaucoup de sérosité ; l'arachnoïde qui le recouvre résiste à de fortes tractions ; plexus choroïde renfermant des acéphalocystes ou kystes hydatiques ; corps strié présentant, dans l'étendue et la forme d'une olive, cette couleur jaunâtre que les auteurs ont trouvée si souvent dans les cerveaux les plus sains ; une des circonvolutions postérieures légèrement ramollie dans un point circonscrit, mais conservant sa couleur naturelle ; ventricule latéral droit, n'ayant pas plus d'étendue que dans l'état normal, offrant un léger resserrement dans les parties antérieures et postérieures; couleur jaunâtre du corps strié ; acéphalocystes dans le plexus choroïde comme du côté opposé. Tout le reste du système cérébro-spinal conserve une intégrité parfaite.

Thorax. Granulations nombreuses des poumons ; tubercules à leur sommet ; dilatation du ventricule gauche du cœur ; épaisseur de ses parois plus grande que dans l'état naturel.

Abdomen. Légères rougeurs dans l'estomac et le tube intestinal ; adhérences nombreuses du péritoine ; foie volumineux et graisseux.

RÉFLEXIONS.

Cette observation nous offre plusieurs circonstances dignes de remarque, et qui peuvent, ce me semble, donner lieu à des considérations du plus haut intérêt ; je vais les exposer en peu de mots.

1° Nous trouvons à la suite de l'apoplexie un de ces phénonomènes morbides qui, par leur singularité et leur opposition aux lois générales de la vie, se refusent à toute explication satisfaisante et suffisent pour ébranler nos meilleures théories. Trois jours après l'assaut apoplectique, Jacolin a repris l'usage de ses sens ; il voit, entend, peut se mouvoir, comprend, répond même par des signes, mais il ne peut articuler aucun son. Cette perte de la parole est un symptôme constant de l'apoplexie, et il doit l'être puisque la privation du sentiment et du mouvement est un de ses caractères essentiels ; mais ordinairement elle cesse au retour de ces deux grandes propriétés de la vie. Dans notre observation, il en a été tout autrement ; les idées étaient revenues puisque le malade comprenait et répondait par signes ; la motilité était revenue aussi, puisqu'on voyait la langue se mouvoir dans la bouche et que Jacolin la montrait quand on le lui demandait ; ce n'est donc pas à un défaut de ces propriétés générales qu'on peut attribuer l'aphonie. Il nous semble dès lors qu'il ne reste plus qu'un seul moyen de l'expliquer, c'est de la rapporter à une perte de la mémoire des mots.

Les faits de cette nature ne sont pas extrêmement rares, nous en avons vu en peu d'années deux exemples bien remarquables sur deux professeurs illustres de notre faculté[1] ; chez le premier il y avait oubli des noms propres seulement, chez le second la mémoire des mots manquait entièrement et n'est revenue à son état primitif qu'avec lenteur. On trouve encore plusieurs faits semblables dans l'ouvrage de Gall, c'est même sur eux que ce savant physiologiste se fonda pour admettre un sens des mots, qu'il rapporta à un organe particulier situé à la partie antérieure et inférieure des hémisphères cérébraux reposant au-dessus de la voûte orbitaire[2]. Quoique cette localisation des facultés ne nous paraisse pas impossible, nous devons convenir qu'elle est encore bien imparfaite et réclame de sévères observations. Aussi avons-nous le soin, en examinant les cerveaux des aliénés, de rechercher si le développement des circonvolutions est en rapport avec les divers caractères présentés par l'aliénation mentale ; et nous pouvons affirmer que, dans le plus grand nombre des cas, ce rapport ne peut être saisi. Nous n'avons point oublié dans cette occasion d'observer les circonvolutions que Gall a données comme l'organe du sens des mots ; et, ainsi qu'il a déjà été dit, ces circonvolutions furent trouvées peu profondes à la vérité, mais dans un état d'intégrité parfaite ; et comme Jacolin parlait aussi facilement qu'un autre avant sa maladie, ce n'est point à la petitesse des circonvolutions qu'il faut attribuer l'aphonie, qui constituait un état morbide et qui n'a été que passagère, à moins que l'on ne veuille considérer ce défaut de développement comme une cause prédisposante à laquelle serait venue se joindre une cause déterminante (l'apoplexie), lesquelles causes, par leur réunion, ont donné lieu à l'affection organique qui, n'ayant duré que peu de temps, n'a laissé après elle aucune trace de son existence. Une explication aussi subtile ne serait certainement pas au-delà de la crédulité de bien des médecins, on peut donc la hasarder. Mais comment expliquer le retour de la parole pendant la saignée, sa disparition aussitôt que l'écoulement de

---

[1] Le savant naturaliste feu M. le professeur Broussonnet et M. le professeur Lordat.

[2] M. Bouillaud s'est efforcé, il y a quelques années, d'appuyer cette opinion par des faits nouveaux.

sang était arrêté ? Ici, nous ne voyons qu'un fait en dehors de nos lois générales, et nous ne connaissons aucun système qui puisse en donner une explication tant soit peu raisonnable. Ce phénomène nous semble même si extraordinaire, qu'après réflexion, nous aurions cru nous être trompé si nous n'avions répété plusieurs fois l'expérience qui le constatait : nous nous bornons donc à le signaler n'en connaissant pas de semblable.

2° Nous appellerons l'attention sur cette fermeté des tissus et cet embonpoint qui persistèrent quelque temps après la mort. MM. Bayle et Calmeil, qui ont traité spécialement de la paralysie générale incomplète, nous semblent n'avoir pas suffisamment noté cette circonstance, que nous avons vue très souvent chez les aliénés atteints de cette maladie, et qui se conçoit parfaitement lorsqu'on voit ces paralytiques conserver l'appétit et l'intégrité des fonctions nutritives, quelquefois jusqu'aux derniers jours de la vie. Les physiologistes ne pourraient-ils pas trouver dans ce phénomène une preuve de plus en plus en faveur de la division des fonctions admise par les anciens philosophes, reproduite dans le siècle dernier par Grimaud, et étendue par Bichat, en fonctions de la vie organique et fonctions de la vie animale, les unes sous l'influence du système ganglionnaire, les autres sous celle du système cérébro-spinal ? Dans la paralysie générale, c'est ce dernier système qui est affecté ; il s'altère insensiblement et la mort ne survient que lorsque son altération est portée assez loin pour laisser au système ganglionnaire l'exercice exclusif de ses fonctions. Comme il est un grand nombre de celles-ci qui exigent pour leur accomplissement le concours des deux systèmes nerveux, elles sont nécessairement suspendues par l'extinction des propriétés d'un de leurs appareils, et la mort en est la conséquence inévitable.

3° La vacuité et le non développement du ventricule cérébral droit est un phénomène en opposition avec la plupart des faits que l'on a observés jusqu'à ce jour. On a trouvé généralement les cerveaux des aliénés morts à la suite d'une paralysie générale incomplète, non-seulement recouverts d'une sérosité épanchée sous l'arachnoïde et dans l'intervalle des circonvolutions, mais encore contenant une grande quantité de cette sérosité dans leurs ventricules ; et c'est même à cette pression interne et

externe que l'on était porté à attribuer le défaut d'action nécessaire pour que la sensibilité et la motilité pussent jouir de leur
intégrité. Nous-même, sans pouvoir déterminer d'une manière
irrécusable la cause première qui déterminait cet épanchement
séreux, et ne considérant que les phénomènes matériels, nous
avions assez de penchant à adopter cette théorie. Le fait actuel
nous ébranle d'autant plus que l'on peut en trouver de semblables, même dans les ouvrages modernes. L'on pourrait bien
dire que, dans le fait rapporté, l'altération du ventricule vide
était une preuve qu'il avait existé une affection antérieure, que
peut-être la sérosité avait été absorbée, mais ce serait une pure
supposition ; et d'ailleurs, si la pression de l'hémisphère droit
du cerveau avait cessé par cette absorption, pourquoi l'intégrité
des mouvements n'avait-elle pas été rendue au côté gauche du
corps ? La paralysie générale incomplète persista bien certainement jusqu'à la mort : il faut reconnaître que de nouveaux faits
sont nécessaires pour nous éclairer à ce sujet.

4° Une dernière circonstance, qui n'est pas la moins remarquable parmi celles que présente cette observation, est l'hémiplégie droite coïncidant avec un épanchement séreux du
ventricule cérébral gauche. Quelques jours avant sa mort,
Jacolin perd subitement le mouvement et le sentiment dans la
moitié droite du corps ; il lutte quelques jours contre la maladie
et finit par s'éteindre après avoir présenté tous les caractères
que l'on a donnés comme pathognomoniques de l'apoplexie
séreuse : l'autopsie s'accorde parfaitement avec les symptômes.
L'aploplexie *séreuse* existe donc, quoiqu'on l'ait fortement révoquée en doute de nos jours, quoique certains auteurs l'aient
entièrement niée. Notre propre expérience ne suffirait pas
certainement pour amener la conviction de ceux qui doutent
encore de sa possibilité ; mais les faits de ce genre ne sont pas
très rares, la science en possède de nombreux exemples qui ont
été rapportés par des observateurs dignes de foi ; et même de
nos jours, où la tendance à rejeter ce genre d'apoplexie est plus
forte que jamais, les faits continuent à se multiplier et devraient
enfin servir à fixer définitivement les idées sur ce sujet litigieux.
M. Marotte relate une observation très intéressante d'apoplexie
séreuse, dans le tome cinquième du journal hebdomadaire ;

M. Martin Solon en rapporte une du même genre dans le même volume de ce journal. « J'ai vu, dit M. Brachet, la moitié du corps paralysée dès le début, à la suite d'un épanchement séreux » [1]. Cheyne établit d'après des faits semblables, que les convulsions ont lieu du côté de l'épanchement et la paralysie du côté opposé. Bonnet [2] parle de l'apoplexie séreuse comme d'une maladie qu'il a souvent constatée par l'inspection cadavérique. M. Coindet, dans son *Mémoire sur l'hydrencéphale*, rapporte l'observation d'un jardinier, qui, frappé d'apoplexie, présenta une hémiplégie gauche avec convulsions du côté droit, et dont l'autopsie cadavérique montra un épanchement séreux considérable dans le ventricule droit du cerveau et le canal de la moelle épinière. Enfin, M. Dance, dans un court traité sur l'hydrocéphale aiguë, parle d'une hémiplégie momentanée par épanchement séreux ventriculaire. Il ne serait pas difficile de multiplier les exemples, mais ceux que nous venons de citer nous paraissent entièrement suffisants pour justifier notre manière de voir au sujet de l'apoplexie séreuse.

Nous pourrions étendre encore nos réflexions sur les divers points de l'histoire de notre malade. Les acéphalocystes des plexus choroïdes, la couleur jaunâtre du corps strié, le ramollissement d'une des circonvolutions postérieures, pourraient fournir matière à d'amples développements, mais nous aimons mieux nous borner aux considérations que nous venons d'émettre sur la maladie de Jacolin ; elles serviront peut-être à montrer qu'il reste encore beaucoup à faire pour agrandir les théories relatives à la paralysie générale et à l'apoplexie, ou du moins elles pourront éveiller l'attention de ceux qui cherchent à se rendre compte des faits, et donner lieu à quelques explications satisfaisantes. Toujours est-il que la perte de la parole, alors que le sentiment et le mouvement ont reparu dans toutes les parties du corps, que le retour de cette faculté de parler seulement pendant la saignée, que l'absence de sérosité dans un des ventricules chez un individu atteint de paralysie générale, sont des

---

[1] *Essai sur l'hydrocéphalite*, p. 86.
[2] *Sepulchretum anatomicum sive anatomia practica, liber 1, sectio II ; observationes* xxviii, xxxiv *et seq*

phénomènes insolites qui méritent d'être sérieusement examinés, et que le fait bien constaté d'une apoplexie séreuse qui a déterminé une hémiplégie croisée, est une nouvelle acquisition pratique dont on doit tenir compte.

TRENTE-QUATRIÈME OBSERVATION.

Paralysie générale. — Phthisie pulmonaire. — Diarrhée chronique. — Mort. — Autopsie.

Gélion (Armand), de Poujols (arrondissement de Lodève), âgé de 39 ans, entra dans l'établissement des aliénés le 13 février 1832 ; il était maigre, chancelait sur ses jambes en marchant, parlait avec un peu de difficulté, s'imaginait toujours qu'on voulait l'empoisonner, et qu'il était empereur. roi, etc. On ne put avoir aucun renseignement sur ce qui avait précédé son entrée ; il ne pouvait en rendre compte et personne ne se présenta pour le faire pour lui. Les causes de la maladie restèrent donc inconnues, mais les effets en étaient évidents. Il y avait paralysie générale incomplète , avec monomanie ambitieuse et tous les symptômes qui caractérisent la phthisie ; une diarrhée chronique s'y joignit. Tous les soins qu'on put lui donner et qu'il refusait le plus souvent dans la crainte d'être empoisonné, furent inutiles. Gélion mourut le 20 octobre 1832.

NÉCROPSIE FAITE VINGT-QUATRE HEURES APRÈS LA MORT.

Tête. Crâne aminci surtout dans la région antérieure ; défaut de parallélisme entre ses deux moitiés, dont la droite est située sur un plan plus antérieur que la gauche ; état cribleux de la surface intérieure ; fosses occipitales supérieures, *correspondant aux organes de l'ambition* (Gall), très profondes ; dure-mère exempte d'adhérences : arachnoïde épaissie et soulevée par une assez grande quantité de sérosité ; substance du cerveau entièrement saine ; ventricules remplis de liquide séreux ; cervelet, mésocéphale parfaitement sains.

Thorax. Cette cavité était le siège de lésions organiques assez multipliées. Le sternum et les cartilages costaux , détachés du reste de la poitrine, ont laissé voir les plèvres épaissies et adhérentes ; mais le genre d'adhésion n'était pas le même de chaque côté. La plèvre droite était profondément altérée ; sa surface interne était recouverte d'une série de couches membraneuses, constituées par de l'albumine coagulée. Ces couches se détachaient avec assez de facilité, et la face interne de la plèvre, mise à nu par leur ablation successive, présentait des arborisations vasculaires très multipliées. La cavité de la plèvre droite était remplie par un liquide séro-purulent, dans lequel flottaient des lambeaux de pseudo-membrane, mais seulement dans un espace circonscrit, limité par des adhérences anciennes, et répondant en bas au diaphragme, en dedans au poumon, et en dehors à la face interne des dernières vraies côtes. La plèvre gauche, moins adhérente et moins épaissie que la droite, contenait dans sa cavité une quantité notable de liquide séreux, qui avait refoulé le poumon en haut et en dedans, sans que cet organe eût beaucoup perdu de ses dimensions ordinaires. Les poumons, enflammés dans la totalité de leur surface et de leur épaisseur, étaient pénétrés d'une multitude de tubercules miliaires, dont le nombre était aussi considérable à la base qu'au sommet. Le cœur et le péricarde étaient sains.

Abdomen. Estomac coarcté, réduit au volume du gros intestin, exempt d'altérations à l'intérieur. Duodénum, jejunum, iléum parfaitement sains ; cœcum dilaté, épaissi, phlogosé à l'intérieur ; le reste du gros intestin, surtout le colon lombaire gauche, le colon iliaque et le rectum, étaient le siège d'ulcérations très larges. Le péritoine, adhérent dans la majeure partie de son étendue, présentait des traces d'une phlegmasie assez intense, caractérisée par des granulations multipliées, servant de point d'insertion aux filaments qui établissaient les adhérences. La cavité péritonéale contenait peu de sérosité ; celle-ci était remplacée par des vésicules hydatiques, dont la plus grosse égalait le volume d'un œuf de poule. Les vésicules n'étaient pas entièrement libres dans la cavité du péritoine ; elles étaient réunies à cette membrane par un filament creux, où l'on pouvait faire circuler l'humeur gélatineuse du kyste, en en comprimant la membrane qui, du reste, était remarquable par sa ténuité. Le foie, la rate étaient sains.

RÉFLEXIONS.

Ici, les rapports entre les symptômes et les lésions cadavériques sont très évidents, et tous les phénomènes morbides
trouvent leur solution dans les altérations anatomiques des
organes qui fonctionnaient mal pendant la vie. La conformation
du crâne explique la prédisposition à l'aliénation mentale et surtout à la monomanie ambitieuse ; les lésions de la plèvre et du
poumon rendent compte des symptômes de la phthisie ; ceux de
la diarrhée tiennent aux ulcérations des intestins. Mais ce qui
mérite le plus de nous arrêter, ce sont les lésions organiques
dont la manifestation extérieure constituait la paralysie générale.
En rattachant ce genre d'altération à ceux qui produisent les
symptômes connus de l'apoplexie, nous trouvons plusieurs rapports qui se traduisent à l'observation principalement par les
désordres fonctionnels, et qui établissent plusieurs espèces bien
distinctes de cette maladie. La cause organique de l'apoplexie
consiste essentiellement dans la compression d'un ou de plusieurs points du cerveau, abstraction faite de la désorganisation
ou du retour à l'état normal qui peut suivre cette compression,
et ses caractères symptomatiques propres consistent dans l'abolition complète ou incomplète du sentiment et du mouvement
dans une ou plusieurs parties du corps. Examinons et comparons les maladies qui se rapprochent par cette analogie de causes
et de symptômes.

La compression cérébrale peut être effectuée par le sang ou
un liquide séreux ; et de là résulte la distinction de deux sortes
d'apoplexie, l'une *sanguine*, l'autre *séreuse*.

L'apoplexie sanguine, très variable dans ses causes occasion-
nelles, revêt quatre formes particulières dans les phénomènes
anatomiques qui la constituent. Tantôt le sang poussé avec
impétuosité dans le système vasculaire cérébral, ou mécaniquement retenu dans ce système, le distend sans le rompre dans
aucun point de sa continuité ; le cerveau est comprimé par la
dilatation des vaisseaux qui parcourent sa substance, ses fonctions sont suspendues ; il survient perte de sentiment et de
mouvement ; l'*apoplexie par congestion* est établie : c'est celle

que l'on observe principalement chez les épileptiques ; nous en avons vu des exemples sur Chassarnoux, Vergnette, Michel, etc. Tantôt l'abord plus considérable qu'à l'ordinaire du sang dans des vaisseaux cérébraux ramollis par l'inflammation chronique, ou rendus friables par l'ossification de la tunique moyenne, détermine la rupture d'une ou de plusieurs branches, et il survient une *apoplexie par épanchement*. Mais la congestion a précédé la rupture ; de là résulte d'abord l'anéantissement général du sentiment et du mouvement, qui s'affaiblit peu à peu à mesure que la congestion se dissipe, et qui finit par se localiser dans les organes qui reçoivent leur innervation du point où la rupture existe. C'est le côté opposé du corps qui reste seul dans la torpeur, si l'épanchement a lieu dans la substance blanche des lobules antérieurs et moyens d'un hémisphère cérébral ; c'est le même côté, si c'est dans le lobule postérieur que se passe la scène morbide. L'apoplexie par épanchement est très fréquente, c'est aussi celle qui a été le plus étudiée ; nous en avons cité un exemple intéressant dans l'histoire de V.... D'autres fois, une cause d'irritation quelconque appelle le sang dans un point déterminé du cerveau ; il s'établit une inflammation qui gonfle d'abord le tissu nerveux pour le ramollir ensuite, mais qui comprime les molécules ambiantes, suspend l'innervation et détermine les mêmes phénomènes que l'apoplexie. L'*encéphalite* n'en est donc qu'une forme ; elle diffère des deux premières variétés d'apoplexie sanguine par sa lenteur seulement, mais non par ses caractères essentiels : nous avons vu un exemple de ce genre d'apoplexie dans l'observation de Rose Ginouves. Enfin, il peut exister une apoplexie par *épanchement sanguin lent*, résultat d'une véritable exhalation ; ainsi on a trouvé des ventricules cérébraux remplis de sérosité fortement colorée en rouge, sur des sujets qui avaient offert des symptômes de compression cérébrale. M. Rech donne encore dans ce moment des soins à une dame d'un tempérament sanguin bien prononcé, et dont une moitié du corps s'est paralysée insensiblement et pendant un espace de temps assez long. Cet état n'a disparu qu'en mettant en usage les saignées fréquemment répétées. Telles sont les quatre formes principales de l'apoplexie sanguine, dont voici le résumé nominal :

1° Apoplexie soudaine par congestion.

2° Apoplexie soudaine par épanchement.

3° Apoplexie par inflammation et ramollissement.

4° Apoplexie par épanchement sanguin lent.

L'apoplexie séreuse est moins fréquente que l'apoplexie sanguine ; mais son existence ne peut être révoquée en doute. Elle se présente sous deux formes particulières, dont l'une se caractérise par la *soudaineté*, l'autre par la *lenteur*. La première, ou apoplexie séreuse proprement dite, attaque ordinairement les sujets débiles, d'un tempérament lymphatique, et consiste le plus souvent dans l'exhalation rapide d'un liquide séreux, qui s'accumule en suffisante quantité dans les ventricules cérébraux, pour produire la perte absolue du sentiment et du mouvement dans tous les points du corps qui reçoivent l'innervation cérébrale, ou qui se répand dans une seule cavité, de manière à produire une hémiplégie croisée. Tel est le cas qui fait le sujet de l'observation si curieuse de Jacolin. La deuxième forme de l'apoplexie séreuse constitue la paralysie générale incomplète, que l'on remarque principalement chez les aliénés ; elle consiste dans l'accumulation lente d'un liquide séreux dans les ventricules latéraux, sous l'arachnoïde extérieure et entre les circonvolutions cérébrales. On peut en voir un exemple dans l'histoire d'Armand Gélion.

Il résulte de ce que nous venons d'exposer, qu'on ne doit pas prendre le mot *Apoplexie* dans l'acception qu'indique son étymologie, que la soudaineté de l'apparition des phénomènes morbides ne doit pas constituer son caractère essentiel ; mais, qu'au contraire, celui-ci doit se tirer des symptômes qui l'accompagnent constamment, c'est-à-dire, la perte complète ou incomplète du sentiment et du mouvement, et des dispositions anatomiques avec lesquelles elle coïncide, c'est-à-dire, la compression du centre nerveux occasionnée par le sang ou la sérosité. Peut-être aussi une autre expression conviendrait-elle mieux pour désigner l'ensemble des symptômes essentiels de l'apoplexie. Nous laissons à d'autres plus expérimentés, ou moins craintifs, le soin de réformer à ce sujet le langage de la science.

TRENTE-CINQUIÈME OBSERVATION.

*Idiotie, épilepsie. — Mort. — Rapport entre les lésions
anatomiques et les symptômes.*

Roque (Léon), âgé de 19 ans, né et domicilié à Poujol (arrondissement de Béziers), entra dans la maison des aliénés le
3 octobre 1831. Depuis quatre ou cinq ans il était atteint d'épilepsie, qui était survenue à la suite d'une vive frayeur; ses
facultés intellectuelles étaient déjà émoussées; il semblait
paralysé du bras et de la jambe du côté droit. Quoique bien
persuadé que la maladie était incurable, M. Rech voulut tenter
quelques médications, soit pour complaire aux désirs du malade
qui ne cessait de demander des remèdes, soit aussi pour déférer
au sentiment d'un collègue (M. Saisset), qui pensait qu'on ne
devait pas désespérer entièrement. Roque fut soumis à l'usage
de la valériane, dont les effets parurent excellents d'abord; les
accès qui revenaient tous les jours furent suspendus pendant un
mois environ, mais ils parurent après ce temps, et continuèrent
quoiqu'on eût augmenté la dose de valériane. On prit le parti
d'abandonner ce médicament et d'employer le nitrate d'argent :
les premières doses furent de 1/16 de grain, les dernières de
2 grains 1/2. On était arrivé insensiblement à cette dose dans
l'espace de deux mois ; pendant les premiers jours de cette
médication, les accès d'épilepsie furent de nouveau suspendus,
mais ils ne tardèrent pas à reparaître, et continuèrent jusqu'à
la mort, qui eut lieu le 23 mai 1832. Vingt ou vingt-cinq jours
avant son décès, Roque, en s'introduisant un clou dans les
narines, avait déterminé une hémorrhagie excessive. Les suites
en furent une grande faiblesse et l'abolition complète du raisonnement : l'une et l'autre augmentèrent en même temps que les
attaques devenaient plus fortes et plus répétées, jusqu'au
moment où Roque rendit le dernier soupir.

AUTOPSIE FAITE TRENTE HEURES APRÈS LA MORT.

Aspect extérieur. Cou gonflé. Pouces dans une adduction bien
prononcée. Côté droit moins développé que le gauche.

Tête. Crâne mal conformé. Le pariétal droit beaucoup plus large que le gauche ; le défaut de symétrie était bien évident, et la partie la moins développée correspondait au côté opposé à celui de l'hémiplégie. Dure-mère très adhérente. Injection générale des méninges. Cerveau médiocrement ramolli dans tous ses points. Ventricules latéraux contenant la quantité ordinaire de sérosité. Corps pituitaire assez endurci. Ramollissement général de la moelle vertébrale.

Abdomen. Cette cavité n'offrait aucune altération morbide sensible. La muqueuse gastro-intestinale présentait sa couleur naturelle, quoique le malade eût été soumis au traitement par le nitrate d'argent.

Des circonstances particulières ont empêché d'examiner le thorax.

RÉFLEXIONS.

Nous voyons ici un exemple remarquable d'un vice de conformation du crâne ; ces anomalies de développement ou de symétrie des diverses pièces de l'appareil osseux crânien sont très communes chez les idiots ; mais elles sont loin d'être rares chez les autres aliénés. Nous avons déjà constaté une irrégularité bien saillante dans le crâne de Gelion, et nous pourrions multiplier les exemples de ce genre. Aussi pensons-nous que M. Georget n'était point fondé à assurer « qu'on rencontre chez les fous les mêmes formes de tête que chez les gens sensés. » En examinant la collection de M. Rech, qui se compose de soixante-dix têtes préparées avec soin, nous avons pu nous convaincre que le plus grand nombre présentaient des altérations bien marquées : tantôt les os sont extrêmement denses et épais, surtout le coronal et l'occipital, et diminuent d'autant la cavité du crâne, comme l'avaient déjà remarqué Gall et Greeding ; tantôt ils sont légers et comme spongieux par l'accroissement du diploé. D'autres fois, on observe une sorte d'abrasion de leur surface intérieure ; la table compacte interne est cribleuse comme la lame supérieure de l'ethmoïde : nous l'avons même vue sur un grand nombre de crânes complètement détruite dans l'étendue d'une ou deux lignes, de manière à diminuer dans ce point l'épaisseur des os, en y laissant une cavité circonscrite assez

analogue à celle que l'on rencontre chez certains moutons affectés
de tournis. Sur d'autres sujets on remarque des sillons artériels
extrêmement profonds, comme si les vaisseaux qui les parcourent étaient devenus anévrysmatiques et avaient excité la résorp-
tion de la substance osseuse par leurs battements ; les exostoses,
les crêtes, les saillies anormales ne sont pas rares, mais la lésion
que nous avons le plus fréquemment observée, c'est le défaut de
parallélisme et de symétrie entre les deux moitiés du crâne.
C'est ordinairement le côté droit qui est le plus développé et
situé sur un plan plus antérieur[1]. Enfin, la conformation générale
de la tête présente aussi des particularités notables : en prenant
avec le céphalomètre les dimensions des divers diamètres du
crâne de plusieurs aliénés, nous avons pu constater qu'en général les diamètres occipito-frontal, occipito-bregmatique et bi-
pariétal, étaient moins étendus que sur les crânes bien conformés, tandis que le diamètre occipito-mentonnier conservait
une prédominance marquée. Mais revenons à notre observation.

L'épilepsie dont Roque était atteint devait être incurable en
raison de sa cause. Cependant, nous avons vu que l'usage de la
valériane et du nitrate d'argent avaient diminué la fréquence et
la violence des accès : c'est un fait assez constant, que tous les
médicaments qu'on administre contre l'épilepsie semblent
d'abord produire d'heureux effets, qu'il faut moins attribuer à
leur vertu qu'à la satisfaction qu'éprouve le malade d'être soumis à un traitement à l'aide duquel il suppose devoir être guéri.
C'est ce qui avait fait dire à M. Esquirol, que tous les épileptiques éprouvent une amélioration appréciable, toutes les fois
qu'ils changent de remède ou de médecin. Mais l'épilepsie de
Roque ne fut palliée que pendant quelques jours ; les accès qui
devinrent ensuite plus fréquents qu'auparavant, et l'hémorrhagie
nasale excessive qui fut provoquée par des manœuvres inconsi-
dérées, tout contribua à accélérer la mort. Les lésions cadavériques furent bien marquées ; le vice de conformation du crâne,

---

[1] Toutefois, nous devons convenir que ce vice de symétrie se rencontre aussi
dans les crânes des gens sensés ; on sait que la tête du célèbre Bichat en offrit un
exemple bien remarquable ; mais il est beaucoup plus commun de l'observer chez
les aliénés, et l'on peut le regarder avec raison comme une des causes qui pré-
disposent le plus à la folie.

dont la moitié gauche éprouvait en quelque sorte un commencement d'oblitération, rendait suffisamment compte de l'hémiplégie congéniale droite qu'on avait observée sur ce sujet. Ce même vice de conformation, le léger ramollissement du cerveau, celui de la moelle vertébrale, l'endurcissement du corps pituitaire [1], expliquaient l'existence et l'incurabilité de l'épilepsie; la congestion sanguine des méninges était un effet des excès réitérés qui avaient précédé la mort. Mais si, dans cette circonstance, les lésions anatomiques s'accordent avec les symptômes et donnent une explication satisfaisante de l'idiotie et de l'épilepsie, il est une foule de cas où l'on observe une disposition contraire et où l'on ne peut saisir aucun rapport entre les symptômes et les lésions organiques. Nous nous bornerons à citer l'exemple suivant.

TRENTE-SIXIÈME OBSERVATION.

Manie. — Mort. — Point de lésions organiques.

Alexandre (Rose), de Montpellier, fut conduite dans la maison des aliénés le 21 janvier 1824, à l'âge de 25 ans. Elle avait toujours eu très peu de moyens intellectuels. Entrée au service, Rose se conduisit bien jusqu'à l'âge de 22 ans; elle fit alors connaissance avec des filles de mauvaise vie, qui la débauchèrent; elle vécut pendant deux ou trois ans dans le libertinage et contracta une maladie syphilitique. Ses parents la firent entrer dans une maison de refuge; elle y était à peine restée quinze jours, qu'elle fit de tels actes de folie qu'on fut obligé de la renvoyer. Elle entra alors au dépôt de police (section des vénériens), et y subit un commencement de traitement mercuriel. Comme on ne pouvait la gouverner, on la fit passer, au bout de quelques jours, dans la section des aliénés.

Rose était petite, d'une forte constitution; souvent elle ne comprenait point ce qu'on lui disait et répondait rarement aux

---

[1] Sur les trois premiers épileptiques dont j'ai eu occasion de faire l'autopsie, je rencontrai un endurcissement très sensible du corps pituitaire. Ces faits m'avaient engagé à adopter l'opinion des frères Wenzel, qui font dépendre l'épilepsie de l'altération de cette partie du cerveau; mais depuis j'ai eu plusieurs occasions de me convaincre, que tantôt le corps pituitaire est ramolli au lieu d'être induré, et que quelquefois aussi il conserve son état naturel.

questions qu'on lui adressait. Elle était habituellement soumise, mais quelquefois aussi elle entrait en colère pour des causes insignifiantes, et il était alors difficile de la maîtriser. Des bains, quelques douches ne produisirent aucun effet sur elle, et on ne tenta aucune autre curation. Au mois de mai 1825, elle fut atteinte d'un vomissement qui résista à plusieurs traitements variés et qui céda enfin à la suite de quelques purgatifs. Cette fille vécut dans son même état jusqu'au commencement de janvier 1830, lorsqu'à l'issue d'une nuit pendant laquelle il y avait eu un froid très rigoureux, on la trouva refroidie, roide, ne pouvant plus parler et conservant à peine sa connaissance. On essaya de la ranimer en la faisant envelopper de linges chauds, et en lui administrant une potion excitante : ces moyens étant sans succès, on pratiqua une saignée qui n'amena pas non plus d'amélioration. Après être restée trois jours dans cet étourdissement extrême, elle mourut le 13 janvier 1830.

NÉCROPSIE FAITE VINGT-QUATRE HEURES APRÈS LA MORT.

Il y eut absence de toute altération organique dans l'encéphale et les viscères de la poitrine. Dans l'abdomen, les ovaires seuls étaient affectés d'une hydropisie assez avancée.

TRENTE-SEPTIÈME OBSERVATION.

Idiotie. — Épilepsie. — Traitement par le nitrate d'argent. — Coloration de la peau.

Pradès (Marceline), âgée de 19 ans, née à Colombiers (Hérault), fut admise dans la maison des aliénés le 14 août 1822, et y mourut le 31 octobre 1830. Elle était dans un état d'idiotie complète depuis son enfance, ne répondait qu'imparfaitement à un petit nombre de questions et articulait mal les sons ; elle était d'ailleurs d'un tempérament sanguin et d'une forte constitution. Quoiqu'on n'espérât nullement la guérir, on voulut essayer sur elle l'emploi du nitrate d'argent, auquel étaient soumises en même temps plusieurs autres épileptiques. On ne donna d'abord ce médicament qu'à la dose d'un seizième de grain, on l'éleva successivement et peu à peu jusqu'à celle de 14 grains

par jour. On en avait commencé l'usage le 17 août 1822, et ce
ne fut qu'au mois de mai de l'année suivante qu'on l'abandonna.
L'épilepsie continua son cours ordinaire. Les accès n'en furent
ni plus ni moins intenses, ni plus ni moins nombreux. La santé
de la malade n'en fut point altérée et ses facultés intellectuelles
ne cessèrent point d'être oblitérées. On ne discontinua que par la
ferme persuasion qu'en augmentant la dose déjà assez grande, on
s'exposerait à nuire sans espoir de produire aucune amélioration.
Pradès resta dans son même état jusqu'au commencement de l'été
1830. Une toux assez forte se déclara, l'amaigrissement survint,
l'anorexie et la diarrhée suivirent et la malade s'éteignit.

NÉCROPSIE FAITE TRENTE-SIX HEURES APRÈS LA MORT.

Aspect extérieur. Amaigrissement extraordinaire ; peau de la
face, du cou et des mains d'un noir très prononcé, semblable à
celui qui a été signalé comme résultat de l'usage du nitrate
d'argent prolongé. Il est digne de remarque que cette coloration
n'était survenue que deux ans après que l'usage du nitrate d'argent
avait été abandonné, et qu'elle n'avait jamais plus éprouvé de
variation. Cette peau, examinée au microscope avec le plus grand
soin, soumise pendant longtemps à la macération, n'offrit rien
de particulier.

Tête. Le cerveau conservait sa consistance naturelle. Les ventricules n'étaient point dilatés ; toutes les autres parties du
système encéphalique conservaient leur intégrité parfaite, seulement les plexus choroïdes étaient fortement colorés en noir.

Thorax. Poumons remplis de tubercules, dont quelques-uns
en complète suppuration.

Abdomen. Foie très volumineux, de couleur jaunâtre. Quelques
plaques rouges dans les intestins.

RÉFLEXIONS.

L'épilepsie, inconnue dans sa nature et n'offrant pas d'altérations organiques constantes, quoique plusieurs aient cherché
à lui assigner un siège distinct, n'a pu être traitée jusqu'ici que
d'une manière empirique. Cependant, ainsi que le fait remarquer
M. Foville, le cerveau jouant un rôle dans les accès épileptiques,

on s'est servi de préférence des moyens capables d'agir sur le
système nerveux ; ainsi la valériane et la série des anti-spasmodiques ont été tour-à-tour employés avec des succès variés.
Quant au nitrate d'argent, on ne saurait guère indiquer les
raisons sur lesquelles on a fondé son emploi comme moyen
thérapeutique ; s'il est vrai qu'il soit efficace, et nous ne par-
tageons pas cette opinion, il ne peut agir qu'en déterminant sur
la surface gastro-intestinale des phlegmasies ou des ulcérations
qui par leur gravité troublent quelquefois la marche ordinaire
de l'épilepsie, en retardent les accès, mais qui le plus souvent
laissent persister la maladie dans son état primitif et aggravent
même cette terrible affection. Il est cependant juste d'ajouter
que son usage n'est pas aussi pernicieux qu'on le répète ; chez
Pradès (Marceline) il n'a manifesté aucun effet fâcheux, quoiqu'elle
en prît quatorze grains par jour. M. Rech l'a employé à la dose
énorme de vingt-quatre grains sans lui reconnaître de graves
inconvénients [1], et sur le grand nombre d'épileptiques soumis à
l'usage de ce médicament et qui sont morts dans la maison,
l'autopsie n'a jamais révélé des lésions bien profondes, si ce n'est
chez une femme dont l'histoire a été insérée dans les *Éphémérides médicales de Montpellier*, et qui présenta une ulcération
assez étendue dans l'intestin colon. Au reste, le nitrate d'argent
est incertain et variable dans son action ; et pour ne parler que
du phénomène curieux qui accompagne quelquefois son administration, je veux parler de la coloration en noir des téguments,
ce résultat est loin d'exister constamment. Parmi tous les épileptiques traités dans l'établissement, Pradès (Marceline) est la
seule qui l'ait présenté d'une manière distincte et encore avec
des particularités qui semblent échapper à toute explication.
Ainsi, la coloration brune de la peau ne s'est manifestée que
deux ans après la cessation de l'emploi du médicament, et s'est
bornée aux parties habituellement découvertes, telles que la
face, le cou, les mains. La couleur noire des plexus choroïdes
était-elle due à l'action du nitrate d'argent ? C'est ce que nous
ne saurions expliquer d'une manière convenable.

---

[1] Il survint cependant des épistaxis abondantes et réitérées qui forcèrent à
suspendre son emploi.

TRENTE-HUITIÈME OBSERVATION.

*Démence. — Diarrhée. — Mort. — Deux corps volumineux
sous la voûte à trois piliers.*

Nègre (Marie), épouse Boussac, née et domiciliée à Béziers,
fut admise dans la maison des aliénés le 24 avril 1829, à l'âge
de 45 ans. On n'eut aucun renseignement sur les circonstances
diverses qui avaient précédé son entrée; elle était d'une maigreur extrême, poussait assez souvent des cris insignifiants, ne
répondait que rarement à ce qu'on lui demandait et était atteinte d'une démence bien caractérisée. On lui fit prendre des
bains; on lui donna quelques douches : cela ne changea rien à
son état. On crut qu'elle était depuis longtemps sous l'influence
de cette aliénation mentale, et on n'essaya aucun traitement. Au
commencement de 1831, une diarrhée se déclara; on la combattit inutilement par les anti-phlogistiques, les émollients, les
toniques et les révulsifs; elle alla toujours en empirant; la
malade s'affaiblit et mourut le 21 mars de la même année.

NÉCROPSIE FAITE TRENTE-SIX HEURES APRÈS LA MORT.

Cerveau et ses membranes entièrement décolorés. Grande
quantité de sérosité limpide contenue sous l'arachnoïde. On
trouva dans les ventricules latéraux, outre la sérosité, deux
corps ayant le volume d'une noix et occupant le dessous de la
voûte à trois piliers. Ces corps furent d'abord pris pour des
kystes séreux; mais, après un plus ample examen, on reconnut
qu'ils présentaient une masse de filaments blanchâtres, sans forme
déterminée et traversée par un assez grand nombre de petits
vaisseaux sanguins qui étaient évidemment de formation nouvelle.

Le *thorax* et l'*abdomen* ne purent être examinés.

RÉFLEXIONS.

On rencontre quelquefois dans les ventricules latéraux des
concrétions fibreuses plus ou moins développées et qui sont le
résultat d'une phlegmasie de l'arachnoïde ventriculaire. Cette

membrane, jouissant de toutes les propriétés des toiles séreuses, ainsi que l'a démontré Bichat, peut s'enflammer localement,
sécréter des produits fibrino-albumineux, et donner naissance à
des productions organiques, semblables quant à la texture aux
pseudo-membranes des plèvres et du péritoine : telle nous paraît
être l'origine de ces deux masses globulaires et blanchâtres observées sous le plexus choroïde ; elles sont le produit d'une
inflammation localisée dans les points de l'arachnoïde intérieure
qui recouvre ces plexus ; et nous fondons notre croyance sur
les données de l'anatomie pathologique, qui démontre que l'état
filamenteux est un des degrés d'organisation des produits sécrétés
qui entrent dans la composition des pseudo-membranes, sur
l'existence des vaisseaux de formation nouvelle qui président à
leur nutrition, enfin sur la possibilité d'une inflammation bornée
à cette portion de l'arachnoïde. Il n'existe de différence réelle
entre ces concrétions et les pseudo-membranes ordinaires, que
dans la forme et la disposition extérieure ; mais cette différence
s'explique par la dissemblance des rapports qui existent entre
les feuillets séreux de l'arachnoïde ventriculaire, et ceux des
lames pariétales et viscérales des membranes séreuses du thorax
et de l'abdomen : dans le premier cas, les feuillets séreux ne
sont pas contigus, ils sont au contraire écartés par toute la largeur du ventricule, et les produits sécrétés par un point limité
de ces feuillets ne pouvant contracter des adhérences avec les
points opposés, se groupent autour du lieu de leur sécrétion et
constituent en s'accroissant des corps arrondis, comme ceux
dont nous avons fait mention ; dans le second cas, les lames
rapprochées et contiguës adhèrent bientôt par l'organisation des
matériaux produits par leur phlegmasie, et ceux-ci affectent une
forme membraneuse à cause de l'aplatissement forcé que comporte la contiguïté des feuillets séreux.

MÉDECINE LÉGALE

- - -

TENTATIVE GRAVE
D'HOMICIDE
AVEC PRÉMÉDITATION

Rapport médico-légal sur l'état mental de l'accusé

PAR MM.

RENÉ,
Professeur de Médecine légale à la Faculté de
Médecine de Montpellier.

BOUISSON,
Professeur de Clinique chirurgicale à la même
Faculté, Chirurgien en Chef de l'Hôpital Saint-Éloi

C. CAVALIER,
Professeur agrégé de la même Faculté, Médecin en Chef de l'Asile public d'Aliénés de Montpellier,
RAPPORTEUR,

Suivi de quelques considérations médicales par le Rapporteur.

TENTATIVE GRAVE D'HOMICIDE
AVEC PRÉMÉDITATION

RAPPORT MÉDICO-LÉGAL SUR L'ÉTAT MENTAL DE L'ACCUSÉ

I

HISTORIQUE.

Dans le séminaire d'Aix, au milieu de la nuit, vers 2 heures, le 24 juin 1857, l'élève Ch. Depousier reçut, pendant son sommeil, un coup d'épée qui détermina dans la région du cou une blessure étendue et profonde, et au bras gauche une autre blessure ayant, comme la précédente, deux ouvertures. Tous les habitants du dortoir dans lequel couchait cet élève, profondément endormis, n'avaient rien vu. Dès les premiers instants du réveil brusque et du tumulte produits par les cris de Depousier, l'un des élèves, le nommé L. Rimbaud, demanda au surveillant la clé des lieux d'aisance ; dès qu'il l'eut en sa possession, il s'éloigna pour ne plus reparaître. Rimbaud parvint à ouvrir une porte extérieure, et il se rendit aussitôt, sans s'arrêter, à demi-vêtu, chez le commissaire de police, où il arriva quelques instants après l'évènement. Mis à part immédiatement et interrogé par ce fonctionnaire quelques heures plus tard, Rimbaud dit qu'il venait se livrer à la justice ; il déclara spontanément qu'il était l'auteur d'un coup meurtrier porté au nommé Depousier. Il raconta dès lors les principales circonstances de ce fait, les motifs qui l'avaient déterminé ; il accusa l'agitation intérieure qui le tourmentait depuis quelque temps.

Il résulte du rapport de M. le docteur Payan, commis par le juge d'instruction pour examiner l'état de la victime, que la blessure avait été faite avec la lame d'une canne à épée ; que cet instrument, ayant pénétré par la partie latérale droite du cou, à quelques centimètres au-dessous de l'angle de la mâchoire, avait traversé obliquement le cou à une grande profondeur, en arrière des voies aériennes, pour ressortir au dessous de la partie moyenne latérale du côté gauche ; qu'ensuite l'arme meurtrière, suivant la même direction, avait atteint le bras gauche, que la victime endormie tenait relevé sur sa tête ; qu'elle avait pénétré par la face interne du bras, pour ressortir à la face externe près de l'articulation radio-humérale ; et que la pointe de l'épée avait ainsi effectué un trajet total de 40 centimètres.

L'élève Depousier a rendu compte, devant le juge d'instruction, de la sensation qu'il éprouva, dans les termes suivants :

« Pendant la nuit dernière, vers une heure du matin, tandis
» que je dormais profondément, je me suis éveillé me sentant
» saisi à la gorge. J'ai éprouvé d'abord un sentiment comme
» celui qu'auraient produit des tenailles ; en apportant ma main,
» j'ai rencontré une arme qui m'avait traversé le cou, je l'ai
» retirée immédiatement en appelant du secours... Je n'ai pu me
» rendre compte de suite de la cause de cet évènement et je n'ai
» point vu même l'auteur de cette tentative d'homicide. »

Cette blessure considérable ne fournit que quelques gouttes de sang. Il ne survint aucune complication ; six jours après l'évènement, Depousier put facilement, sur le rapport du docteur Payan, se rendre au Palais de Justice pour y faire sa déposition. Les plaies étaient, à cette époque, presque entièrement cicatrisées ; quelques jours après, elles étaient complètement guéries.

Une instruction commencée aussitôt contre L. Rimbaud, eut pour résultat son renvoi devant la chambre des mises en accusation. L'avocat de l'inculpé demanda alors un supplément d'instruction et une enquête médico-légale ; la chambre ne crut pas devoir obtempérer à cette requête, et le nommé L. Rimbaud fut renvoyé devant les assises, sous l'accusation de *tentative d'homicide volontaire avec préméditation*. A l'audience, de nouveaux faits se produisirent sans doute : sur le réquisitoire de M. le Procureur général, la Cour, remettant l'affaire à une autre session, ordonna un supplément d'instruction et une expertise médico-légale. — Cette mission médicale fut confiée à M. le docteur Aubanel, médecin en chef de l'asile public des aliénés de Marseille.

Rimbaud fut déposé provisoirement dans l'asile de Marseille ; c'est là que M. le docteur Aubanel se livra à un examen approfondi, qui eut pour résultat un rapport aussi savant qu'étendu. Le médecin aliéniste de Marseille déclara, dans ses conclusions, que l'accusé n'avait plus l'intégrité de ses facultés intellectuelles à l'époque où il l'examinait ; il affirma, en outre que, dans la journée de l'évènement et au moment de la perpétration du fait imputé, Rimbaud était atteint d'aliénation mentale caractérisée, d'une sorte de monomanie homicide ; il reconnut que cette maladie remontait à plusieurs mois avant le fait incriminé, et il admit en conséquence l'irresponsabilité pleine et entière de l'accusé.

M. le Procureur général, pour rendre plus complète encore l'instruction de cette grave affaire, crut une nouvelle expertise nécessaire.

M. le Président des assises, en nous confiant cet examen, nous a posé, dans son ordonnance du 4 décembre dernier, les questions suivantes :

1° Quel est en général l'état mental de Rimbaud ?

2° Quel était cet état mental au moment où le crime qui lui est reproché s'est réalisé ?

3° Cet état était-il tel que Rimbaud n'eût pas la conscience que l'acte auquel il se livrait était un acte coupable ?

4° Obéissait-il, en le commettant, à une force, qui, paralysant son libre-arbitre, ne lui laissait pas sa liberté d'action.

En vertu de cette ordonnance, Rimbaud a été conduit à l'asile public d'aliénés de Montpellier, le 22 décembre dernier, et il y est encore renfermé (2 mai).

II.

Appelés en de pareilles circonstances, nous avons considéré notre tâche comme très délicate, et nous avons pensé aussitôt qu'un examen des plus attentifs nous était imposé. Nous avons dû nous prémunir soigneusement contre toute présomption hâtive et nous soustraire, dans une juste mesure, à l'influence que doit exercer l'opinion d'un savant aussi estimé que l'est le médecin en chef de l'asile de Marseille. Toutefois nous avons dû tenir compte, suivant notre propre appréciation, des motifs graves consignés dans le rapport médico-légal qui nous a été remis.

Pour atteindre plus sûrement notre but, nous avons cru indispensable de procéder à cette nouvelle enquête médicale, en fouillant le terrain comme s'il n'avait pas déjà été exploré. Quoique résolus à ne négliger aucun moyen d'établir solidement notre conviction, nous nous sommes attachés à ne pas sortir des faits et des appréciations de l'ordre médical.

Les sources auxquelles nous avons puisé les éléments de nos opinions sont de diverses sortes, savoir :

1° Les pièces de la procédure, telles que les lettres écrites par l'accusé ou à lui adressées, ses interrogatoires ainsi que les dépositions des témoins, etc. Il ne nous appartenait pas de discuter la valeur judiciaire de tel ou tel témoignage ; mais nous avons pensé qu'il était de notre devoir d'apprécier leur portée et d'adopter ceux qui nous paraissaient fournir des matériaux de bon aloi, au point de vue médical ;

2° Le rapport de M. Aubanel nous a fourni des faits importants et des déductions dont nous avons tiré profit ;

3° L'examen de l'accusé a été l'objet de toute notre attention. Rimbaud a été soumis à une surveillance active et prolongée, exercée par des gardiens intelligents, qui avaient mission de ne pas le perdre de vue et de le faire causer ;

4° Nous lui avons fait subir nous-mêmes des interrogatoires très nombreux et très variés, et un examen direct fréquemment réitéré ;

5° Les réponses, les dires, les récits de toute nature faits par l'accusé ont éclairé notablement les questions que nous avons à résoudre. Le caractère de sincérité, de franchise qu'ils nous ont toujours présenté, nous a frappés dès le début : aussi avons-nous cru devoir considérer provisoirement comme valables les faits recueillis par cette voie, nous réservant cependant d'en apprécier plus tard à fond et la portée et l'exactitude.

Nous avons cru, en effet, pour suivre un enchaînement logique, devoir laisser de côté, dans la rédaction de la première partie de ce rapport, le soupçon de simulation. Cependant, d'ores et déjà nous devons faire connaître notre opinion raisonnée sur ce point. A la suite d'un examen minutieux et approfondi, nous avons acquis la conviction qu'il n'y a de la part de Rimbaud aucune fiction. Mais les preuves solides, à nos yeux, de cette manière de voir, provenant de l'ensemble des faits, ne peuvent être exposées avec fruit qu'à la fin de l'enquête que nous allons entreprendre. Nous admettons donc pleinement que l'accusé ne simule pas la folie, et que, par suite, ses paroles sont véridiques, nous réservant de résoudre en temps et lieu la question si importante de la simulation de folie.

On ne peut, en effet, ne tenir aucun compte des réponses de l'accusé et de ses affirmations ; les laisser dans l'oubli, ce serait se priver volontairement de lumières précieuses. Pour connaître pleinement l'état fonctionnel d'une intelligence, l'examen direct ne saurait suffire ; l'observation, dans ce cas, ne pouvant porter exclusivement sur des phénomènes matériels, saisissables directement par les sens, est fondée sur des bases plus larges. — L'intelligence a seule parfaitement conscience de ce qui se passe en elle ; si elle seule peut le dire nettement, par contre rarement juge-t-elle avec exactitude et impartialité ses propres actes intimes. Une pareille appréciation n'est faite avec justesse que par des étrangers devenus dépositaires des impressions individuelles ; et telle a été notre position à l'égard de Rimbaud.

Il est vrai que lorsqu'il s'agit d'une intelligence qui fonctionne régulièrement, nous jugeons de ce qui se passe en elle d'après ce que nous avons vu en nous par intuition, et nous nous trompons rarement. Mais quand on a affaire à une intelligence altérée ou que l'on soupçonne atteinte de folie, les inductions par analogie sont loin d'être aussi légitimes. L'expérience, l'observation des aliénés ont démontré, en effet, que l'examen direct ne peut suffire complètement, dans le plus grand nombre de cas, pour faire connaître l'état des diverses facultés intellectuelles.

La question essentielle de simulation de folie, nous le répétons, ne sera pas pour cela tranchée, elle restera intacte ; sa solution, renvoyée plus loin, n'en sera rendue que plus simple et plus sûre. Parvenus à ce point de notre tâche, il nous sera plus facile d'apprécier la sincérité des réponses de Rimbaud.

Quelques mots sur l'ordre que nous nous proposons de suivre :

1° Nous constaterons l'état mental de l'accusé pendant son séjour dans l'asile de Montpellier, c'est-à-dire pendant nos investigations.

2° Nous relaterons les principaux faits observés dans la prison d'Aix et dans l'asile des aliénés de Marseille, et nous y joindrons les réflexions qui en découlent.

3° Nous exposerons notre manière de voir sur l'état mental de Rimbaud antérieurement au fait imputé, depuis sa naissance jusqu'au moment où il fut atteint d'un érysipèle grave. Cette maladie le frappa cinq mois environ avant l'évènement.

4° Nous nous appesantirons sur l'état de l'intelligence de l'accusé à l'époque même du fait.

C'est donc vers cette dernière période que convergeront tous les faits que nous aurons recueillis aux autres âges de la vie de Rimbaud. Les éléments de conviction seront plus nombreux et plus solides ; l'existence entière de l'accusé sera mise à contribution pour élucider le point capital de ce rapport.

5° La question de simulation de folie sera vidée.

6 Nous caractériserons la forme du délire.

7° La question de responsabilité nous occupera.

8° Nous répondrons, dans nos conclusions finales, aux questions posées dans l'ordonnance qui nous a donné mandat.

III

ÉTAT DE RIMBAUD PENDANT SA SÉQUESTRATION A L'ASILE DE MONTPELLIER.

A. L'*habitude extérieure* de Rimbaud présente quelque chose de caractéristique : sa démarche est molle, lente, et parfois saccadée ; timide, et quelquefois brusque ; son attitude est humble et embarrassée. Son visage offre une déviation frappante : le nez est légèrement projeté à gauche ; l'angle de la mâchoire a suivi lui-même cette direction plus notablement encore que cet organe ; les traits de la face et la bouche sont fortement déviés dans le même sens. Quoique les saillies osseuses soient généralement arrondies, quoique la peau soit fine, les yeux veloutés, l'ensemble du visage présente quelque chose d'arrêté et d'anguleux ; ce résultat paraît dû en grande partie à l'espèce de contorsion que nous signalons. Le regard, habituellement voilé, est quelquefois très vif ; les cheveux sont implantés assez bas sur le front qui a peu de hauteur ; on remarque, en outre, un aplatissement sensible de la partie antéro-supérieure du crâne. Les muscles du visage sont fréquemment agités de petits mouvements en quelque sorte convulsifs ; quoique assez fréquents, ces mouvements reparaissent à des intervalles variés ; ils ne peuvent être assimilés aux véritables tics non douloureux, dont ils diffèrent par une plus grande irrégularité dans le mode même de production : en effet, ce ne sont pas toujours les mêmes muscles qui sont en jeu ; il en résulte que la physionomie de Rimbaud prend des aspects bien divers, dans un espace de temps assez court.

En dehors même de ces mouvements, le visage de l'accusé affecte la plus grande mobilité. Tour à tour passive et expressive, riante et triste, réfléchie et distraite, la physionomie de Rimbaud reflète en peu d'instants les émotions les plus diverses ; ce jeune homme rougit avec la facilité des jeunes filles, dont il a du reste quelques allures. Son visage, tout en conservant l'aspect enfantin, offre, surtout à certains moments, une expression de dureté fugitive qui étonne.

Sa parole est douce, quoique un peu gutturale ; ses expressions sont claires, sa facilité de langage assez grande, quoique évidemment affaiblie par la diversité des émotions qu'il ressent. Il est insinuant, et paraît désirer de plaire, sans avoir toutefois rien de faux. L'ensemble de sa physionomie respire une grande franchise ; on peut cependant supposer que Rimbaud cache encore quelques-unes de ses pensées.

B. L'*état physique* de l'accusé est généralement bon. Ce jeune homme, âgé de 19 ans, est d'un tempérament essentiellement nerveux, quoiqu'il ait dû, dans sa jeunesse, être plus particulièrement lymphatique ; sa taille est élancée, sa constitution satisfaisante ; ses fonctions s'effectuent régulièrement, cependant la digestion est quelquefois troublée ; Rimbaud est sujet à la constipation ; il éprouve parfois de la difficulté à digérer : *les aliments me pèsent*, dit-il. Nonobstant ces dérangements digestifs, la nutrition s'effectue bien, et ce jeune homme tend même à acquérir de l'embonpoint.

⟨ L'accusé s'est plaint, pendant les premiers mois de son séjour à Montpellier, d'une céphalalgie opiniâtre. Ce mal de tête était vague, sans limite précise ; médiocrement douloureux, il donnait à Rimbaud tout à la fois la sensation d'un poids intense et d'une constriction intérieure pénible ; d'autres fois il semblait produire des tiraillements profonds dans la tête. Cette douleur, quoique continue, variait beaucoup quant à son intensité ; elle était sujette à des exacerbations peu régulières, quoique assez marquées ; elle était généralement plus forte le soir. — Depuis plus d'un mois la céphalalgie a presque entièrement cessé : cette disparition a coïncidé avec une amélioration générale dans l'état de l'accusé. Ce jeune homme rêve beaucoup, et il a de fréquentes insomnies.

Rimbaud est très impressionnable et très sensible aux moindres variations atmosphériques ; il s'enrhume avec la plus grande facilité.

Il y a une vingtaine de jours, à la suite d'une émotion, il éprouva des palpitations nerveuses très violentes, suivies d'une véritable syncope, qui se prolongea assez longtemps et inspira même quelques craintes. Cependant il sortit assez brusquement

de cet état, et il ne se plaignit d'aucune sensation pénible ; il
se disait très brisé et las. Cet accident ne laissa aucune suite
sérieuse ; néanmoins, pendant près de quinze jours, Rimbaud
éprouva encore, à des intervalles de plus en plus éloignés, des
palpitations assez fortes, qui peu à peu perdirent de leur intensité et cessèrent même tout à fait. Le cœur est d'ailleurs sain et
ne présente aucune lésion organique.

C. L'*état mental* de l'accusé répond assez fidèlement à l'habitude extérieure, celle-ci n'étant ordinairement que l'expression
plus ou moins vive de l'état psychique.

Indiquons d'abord les caractères principaux de l'*état habituel*
de Rimbaud.

La sensibilité a toujours eu, évidemment, chez lui, une
prépondérance pour ainsi dire dominatrice. Les perceptions dues
aux sens externes sont toutefois moins puissantes que les sentiments, les affections, les passions. La foi religieuse, très ardente
autrefois, paraît avoir éprouvé un affaiblissement marqué ;
Rimbaud apporte peu de régularité dans ses exercices religieux.

Son intelligence est vive, mais peu étendue ; son imagination
vagabonde, capricieuse, et propre particulièrement à enfanter
des chimères. La mémoire est parfaitement conservée ; le jugement est loin d'être juste. Rimbaud ne paraît avoir jamais su
peser et juger froidement ce qui l'intéressait ; ses interprétations,
même pour les choses les plus simples, sont incomplètes et
entachées fréquemment de bizarrerie ; les autres facultés n'ont
ni une grande rectitude ni une grande puissance. Ce qui manque
aujourd'hui particulièrement à l'accusé, c'est l'attention : ce
jeune homme est inapte à réfléchir sérieusement et d'une manière
suivie sur les objets qui le touchent de plus près. La vivacité
fugitive des impressions, l'activité capricieuse et mobile de
l'intelligence caractérisent donc éminemment l'accusé Rimbaud.

Ses manières, ses habitudes répondent entièrement à ce mode
intellectuel.

Presque toujours dominé par la timidité, la crainte et surtout
par la méfiance, Rimbaud se plaît à vivre seul ; ce n'est pour
ainsi dire que par boutades qu'il recherche la société de ses
compagnons ; le besoin d'expansion, qui lui est cependant naturel,

l'entraîne vers ses camarades, sans être assez puissant pour le retenir avec eux d'une manière durable. Bientôt persuadé qu'on le trahit et qu'il ne doit servir de jouet à personne, il se retire brusquement, sans raison légitime, pour rechercher la solitude, qui, à son tour, ne tarde pas à lui peser. Cette manière de faire a frappé tous ceux qui ont pu l'approcher, elle a paru à tous ne pouvoir être expliquée par des motifs raisonnables. D'ailleurs, les conversations longues et suivies, portant surtout sur le même sujet, paraissent lui être très pénibles et le fatiguer beaucoup ; elles exigent de sa part des efforts d'attention dont il n'est guère plus capable.

Évidemment Rimbaud n'a jamais été doué d'une grande force de caractère, d'une grande puissance de volonté, et aujourd'hui plus que jamais ses efforts n'ont aucune ténacité.

Quand il cause avec quelqu'un, même sur les matières les plus indifférentes, il paraît être toujours dans l'anxiété ; il interroge du regard la physionomie de son interlocuteur : tantôt il prend en bien tout ce qu'on lui dit ; tantôt, et c'est le cas le plus ordinaire, il interprète de la manière la plus défavorable les paroles les plus bienveillantes ; il éprouve rapidement et tour à tour, en peu d'instants, ces divers sentiments, et sa physionomie révèle nettement ces états opposés de son âme. Quoique porté à l'expansion, il n'a jamais avec personne un complet abandon ; et cependant il parle volontiers, et il répond amplement sans résistance à toutes les demandes qui lui sont faites. On ne remarque pas, chez lui, la réserve de l'homme habile et rusé ; on observe plutôt l'entraînement de l'individu qui, tout en s'abandonnant, voudrait pouvoir obéir à ses méfiances continuelles.

Plein d'amour-propre, d'orgueil et surtout de vanité, rêvant toujours un piédestal, dominé par l'ambition la plus bizarre et la plus mesquine, Rimbaud se plaît à combiner des aventures extraordinaires. Nous serions portés à croire qu'il éprouve encore aujourd'hui une secrète et vaniteuse satisfaction d'avoir fait parler les journaux de lui et d'avoir, comme il le croit, attiré les regards du monde entier ; au fond, sans doute, il pense être devenu un grand personnage, un homme célèbre.

A Montpellier, comme à Marseille, on a remarqué une

mobilité excessive dans son humeur. Tantôt passant quelques heures dans une gaieté extrême, riant de tout, des choses même les moins plaisantes, et souvent sans incitation d'aucune sorte ; tantôt triste, taciturne, l'œil sec, le visage assombri par les paroles les plus amicales ; tantôt encore disposé à pleurer comme une femme nerveuse et sans savoir pourquoi, Rimbaud ne conserve jamais longtemps les mêmes dispositions morales. Il est remarquable qu'elles se succèdent chez lui rapidement, sans raison, sans motif provocateur. Habituellement ce jeune homme paraît préoccupé, triste et rêveur.

Rimbaud est d'ailleurs docile ; il se soumet facilement à la règle ; il ne paraît nullement animé, même secrètement, de l'esprit d'insubordination ; il suit parfaitement une conversation, pourvu qu'elle ne soit pas trop longue ; dans ses réponses, il montre de l'intelligence et quelquefois même de l'esprit, mais fréquemment de l'exaltation, de l'excitabilité.

Tels sont les faits que nous a présentés l'examen direct et attentif de l'accusé. Ces particularités n'établissent pas, à elles seules, l'existence de la folie ; mais elles ont de la valeur, parce qu'elles accompagnent presque toujours cette maladie. Nous devons, en effet, faire remarquer avec une certaine insistance que les aliénés dont l'intelligence n'est pas affaiblie présentent en général la plupart des modes intellectuels, des habitudes morales et des actions bizarres que nous avons retrouvés chez Rimbaud. Ce sont des signes d'une grande portée, en tant qu'ils peuvent confirmer irréfragablement les motifs puisés dans un autre ordre de considérations. C'est à ce point de vue que nous aurons à apprécier l'importance des phénomènes que nous décrivons.

L'état habituel de Rimbaud, que nous venons de faire connaître, nous fournit déjà quelques indications utiles. En poussant plus loin nos investigations, nous avons découvert des signes d'une plus haute valeur.

Les *actes* de l'accusé ont offert parfois un caractère insolite plus marqué. C'est ainsi que, sans provocation, il a cherché à éteindre le gaz, tout comme le ferait un enfant. Peu de temps après son entrée dans l'établissement, il a été agité pendant

quelques jours : il a fait des grimaces, des singeries, puis il
s'est incliné et a mis le genou à terre ; se relevant brusquement,
il a renversé son chapeau, lui a donné la forme d'un entonnoir,
et ensuite il l'a mis sur sa tête. Un de nos aliénés, ancien séminariste, avec lequel Rimbaud s'est le plus lié, lui a demandé
« pourquoi il faisait cela, que c'était bon tout au plus en pleine
» campagne, et que, même là, ce serait ridicule. » L'accusé a
répondu qu'il « ne savait pas pourquoi il le faisait, qu'il ignorait s'il était homme ou femme. »

Il s'est promené fréquemment dans la cour, de grand matin
et au cœur de l'hiver, tête nue et comme en proie à une sorte
d'exaltation. Il voulait se faire donner des ciseaux pour couper
la doublure de son manteau, dans le but d'en faire une cravate,
quoiqu'il en eût déjà une très convenable.

Un autre jour, il voulait s'allonger sur le sol, afin qu'on lui
jetât sur le corps de la terre que l'on transportait dans la cour :
il voulait être enterré, disait-il. Il a révélé d'ailleurs un très
grand nombre de fois aux gardiens l'intention de se suicider et
le désir d'être bientôt guillotiné ; il a supplié plusieurs fois les
personnes qui l'entouraient de le faire mourir. Il a même découvert sa poitrine, en disant à l'un des gardiens : « Donnez-moi
un coup de couteau, faites-moi mourir ! » Il a manifesté, dans
une autre circonstance, le désir de s'embarquer sur un bâtiment,
afin de pouvoir se jeter dans la mer et y servir de pâture aux
poissons. Plus tard, il a demandé du poison au sous surveillant
chef ; quelques jours après il en a réclamé de nouveau à divers
gardiens. Les idées de mort, de suicide, sont celles qui paraissent le tourmenter le plus et l'obséder le plus fréquemment.

Il lui est arrivé de donner à un aliéné inoffensif un violent
coup de pied, parce que celui-ci voulait entrer en conversation
avec lui ; plus tard, il a craché à la face du même malade, sans
motif, et pendant qu'il s'amusait tranquillement à jouer aux
cartes avec lui.

Quelques mois après son entrée à l'asile, l'agitation reparais-
sait de temps en temps ; on l'a vu prononcer des jurements, et
même une fois apostropher de loin l'aumônier de l'asile, avec
lequel il n'avait eu aucun rapport suivi, en lui criant : brigand !
On a remarqué qu'il bénissait souvent la soupe, et un jour,

pendant qu'il jouait paisiblement aux cartes, il a fait brusquement des grimaces et puis il a béni les cartes qui étaient
devant lui.

Les surveillants l'ont vu très souvent parler sans interlocuteur
et rire tout seul aux éclats.

Ses paroles, son langage sont dignes de fixer l'attention. Un
jour il a affirmé qu'il voulait se faire évêque, mais qu'il pensait
que ce qu'il avait fait lui porterait préjudice. Un autre jour, il
a dit qu'ayant entendu et senti, la nuit précédente, quelque
chose dans la paillasse, il avait cru que le diable venait l'emporter : il a raconté que, saisi par la frayeur, il avait fortement
crié. Il a prétendu avoir le pouvoir de prédire l'avenir : il a
annoncé à plusieurs personnes bien portantes leur mort prochaine, et il a déclaré que, quant à lui, il était immortel. Plus
tard, il a ajouté : « tout le monde meurt, et je ne meurs jamais » ;
puis il s'est arrêté brusquement au milieu de sa conversation
pour dire : « deux et deux font quatre, je vous le prouverai » ;
et après ces mots il s'est séparé brusquement des gardiens ; mais
bientôt il est revenu sur ses pas pour leur dire : « Si je voulais,
je vous ferais aide de camp de l'Empereur, ou maréchal de
France » ; et aussitôt il les a de nouveau quittés pour aller
s'appuyer contre une porte, à quelque distance, et il a eu l'air
de réfléchir. Un surveillant étant venu lui demander le sujet de
ses réflexions. Rimbaud a répondu : « Il vaudrait mieux que le
diable et Lucifer me prennent que de rester sur cette terre. »

Il a paru fréquemment dominé par l'idée de possession ; il a
même dit qu'il priait Dieu et puis le diable, mais que tout cela
n'aboutissait à rien, qu'il voulait demander au diable de le
changer en une jolie demoiselle. Une autre fois, il a répété à haute
voix et en présence de la sœur de service, la profession de foi
musulmane : « Il n'y a pas d'autre Dieu que Dieu, et Mahomet
est son prophète. » Puis il a prié la sœur de lui donner quelque
chose de bon, car autrement le diable l'emporterait ; un autre
jour il a dit que M. Cavalier l'ensorcelait. Un soir, en se cou-
chant, il a recommandé qu'on lui laissât la croisée ouverte,
parce qu'il avait peur.

Les idées se rapportant à la vanité, à la beauté, aux questions
de sexe, ont été, de sa part, l'objet de préoccupations fréquentes.

Il se vante souvent d'être joli garçon ; il se regarde avec complaisance au miroir, et il s'empresse de dire qu'il est joli et
vaniteux. Il a prétendu qu'à Marseille des dames sont venues
pour le faire causer, et qu'aussitôt il s'est fait couper les cheveux pour ne pas paraître si beau. Dans l'asile, en racontant
qu'il avait vu la duchesse d'Orléans, il ajouta qu'elle avait été
sensible à ses regards, mais qu'il ne voulait pas d'une femme
mariée. (L. Rimbaud devait avoir dix ans à peine quand il a vu
cette princesse.)

Il a manifesté fréquemment une méfiance excessive, non-seulement par ses actes, mais encore par ses paroles. C'est sous
l'influence de ce sentiment qu'au mois de février dernier, l'accusé a dit que tout le monde lui en voulait, que le bon Dieu était
à la tête de ses ennemis, et que plus il le priait, plus il devenait
malheureux.

Les paroles, les actes que nous relatons ne sont pas les seuls
dignes d'attention, parmi ceux que les surveillants ont observés.
Dans l'impossibilité de les rapporter tous, nous avons dû nous
borner à citer les plus saillants.

Avant de terminer cet article, nous devons consigner une
remarque très importante qu'il nous a été donné de faire. Nous
avions particulièrement recommandé aux surveillants d'examiner les actes et d'écouter les paroles de l'accusé, *à l'insu de ce
dernier*, aussi souvent que possible. Ces agents ont saisi, dans
cette condition, bien des paroles bizarres et bien des faits tout
à fait semblables à ceux que nous avons rapportés ; ils ont pleinement reconnu que Rimbaud ne paraissait, au point de vue de
la manifestation de ses idées, nullement incité par la présence
de ses compagnons ou même des gardiens. L'accusé a dit, au
contraire, au surveillant-chef que, s'il était seul dans une chambre, il ferait beaucoup de folies ; mais que, devant les autres, il
n'osait pas et se retenait.

Nous devons déclarer ici que Rimbaud est loin de se livrer
d'une manière continuelle à des actes bizarres, et que ses
paroles ne sont pas toujours déplacées ; le plus souvent, au
contraire, ses actes et son langage sont raisonnables, quoique presque toujours empreints de quelque bizarrerie. Bien

rarement Rimbaud a été, dans l'asile, ce que sont les autres hommes.

Nous avons eu le soin de confier Rimbaud à des surveillants intelligents et sûrs, afin de pouvoir ajouter la foi la plus entière aux rapports qu'ils auraient à nous faire. En outre, les récits dont nous ne venons de transcrire que quelques fragments, émanent de surveillants différents ; ils ont été contrôlés de manière à ne pas laisser la plus petite place à la suspicion ; un certain nombre de ces comptes rendus viennent directement d'un préposé capable, du surveillant-chef.

Tels sont les principaux rapports qui nous ont été faits par les divers agents préposés à la surveillance de Rimbaud. Ils n'ont pas hésité à qualifier du nom de folies les actes et les paroles de ce jeune homme, et à le considérer comme frappé d'aliénation mentale. Le surveillant-chef, homme expérimenté en pareille matière, nous a dit de la manière la plus nette, et en dehors de toute influence morale de notre part, que Rimbaud est évidemment aliéné. Nous rapportons ces opinions à titre de renseignements, parce qu'elles émanent d'agents intelligents qui, par suite de leur contact assidu avec les aliénés, ont acquis, à ce sujet, une certaine habileté.

Mais apprécions par nous-mêmes les récits que nous venons de relater.

Des paroles, des actes pareils à ceux que nous avons transcrits ne paraissent pouvoir émaner que d'un homme en délire. Celui-là seul dont le jugement est troublé, l'imagination pervertie, les sentiments déviés, la volonté affaiblie, peut faire et dire de telles choses.

De cet examen il ressort déjà une forte présomption d'aliénation mentale, sinon même une certitude. Mais l'étude attentive que nous avons faite nous-mêmes de l'inculpé jettera un jour plus vif encore sur cette question. Nous ne rapporterons ici que les observations qui ne font pas double emploi avec celles effectuées par les surveillants et consignées dans les pages précédentes.

Nous ne reviendrons pas sur l'attitude, les manières, le langage de l'accusé ; nous nous bornerons à relater les paroles les

plus importantes recueillies par nous dans les nombreux interrogatoires et examens que nous lui avons fait subir. Nous insis-
terons particulièrement sur l'impression qu'elles ont produite
en nous.

Rimbaud parle sans hésitation, sans réserve ; évidemment il
dit tout ou à peu près tout ce qu'il sait : il s'est montré avec
nous toujours franc, sincère, éloigné par nature et par habitude
de tout mensonge et de toute hypocrisie. Il paraît même souvent prendre plaisir à dérouler son histoire, qu'il raconte, du
reste, avec simplicité. Son langage est dénué d'emphase, quoique
Rimbaud paraisse s'exalter avec facilité et s'abandonner volontiers à des sentiments surexcités par une imagination désordonnée. Il pousse fréquemment des soupirs, au milieu de phrases
qui ne paraissent nullement devoir les provoquer.

Rimbaud nous a longuement raconté sa vie, ses peines réelles
et imaginaires, ses préoccupations naturelles ; il nous a dépeint
au vif son excessive sensibilité ; il a dévoilé lui-même son
extrême mobilité. Tout en rejetant absolument et avec indigna-
tion l'idée qu'il a été et qu'il est fou, il a reconnu que, dans le
cours de son existence, il a rarement agi, parlé, pensé surtout
comme les autres hommes. Il nous a fait sans détour, sans réti-
cence, l'entier récit de l'évènement malheureux qui a déterminé
son incarcération. Nous résumons ici ce que nous avons entendu
en divers interrogatoires :

« Depuis assez longtemps, et notamment depuis plusieurs
» mois, je sentais se produire dans mon être moral un change-
» ment inouï ; la plupart de mes affections anciennes avaient
» disparu ; d'autres plus nouvelles, et particulièrement celle
» pour mon condisciple Depousier, avaient acquis un degré de
» violence que je ne puis comprendre encore aujourd'hui ; cet
» élève était devenu pour moi le monde entier ; je lui aurais avec
» joie tout sacrifié, je lui aurais donné ma vie. Je ne sollicitais
» qu'un peu d'affection de sa part, je n'exigeais pas autre chose,
» je ne désirais rien de plus. Mes sentiments à son égard étaient
» très exaltés, mais toujours purs ; ils n'ont pas cessé un seul
» jour de l'être. — Quel mobile m'a poussé à tuer celui que
» j'adorais plus que moi-même ? Je ne puis au juste vous l'ex-
» pliquer, parce que je ne puis moi-même le comprendre entiè-

» rement. Toutefois, voici les principales idées qui occupaient
» mon esprit dans la journée même de l'évènement. — Mes
» classes touchant à leur fin (le temps n'avait guère de durée
» pour moi, tant à mes yeux l'avenir acquérait de réalité et se
» confondait avec le présent), mes classes touchant à leur fin,
» je ne pourrai plus le voir, me disais-je ; je ne pourrai plus lui
» donner des témoignages de mon affection, tandis que d'autres
» pourront l'aimer et le lui dire. Eh bien ! en le tuant, personne
» plus ne l'aimera. Le refus de Depousier de correspondre à
» mes vœux n'a été qu'une cause accidentelle qui, tout en
» faisant naître en moi du dépit, n'a pas été la seule cause
» déterminante de ma résolution. L'idée d'une vengeance à
» exercer sur lui n'a pas occupé un seul moment mon esprit. »
Rimbaud est revenu à plusieurs reprises sur cette affirmation ;
il a protesté dans toutes les conversations qu'il a eues avec
nous, de la pureté de son affection. Dans cette circonstance, son
accent, sa physionomie ont toujours pris ce caractère d'énergique sincérité que la vérité peut seule avoir. C'est ainsi que
parlent les aliénés, quand ils racontent sérieusement les conceptions même les plus extravagantes et qu'ils en garantissent la
parfaite exactitude.

« J'étais obsédé depuis longtemps par des idées que je n'avais
» jamais eues et qui me rendaient bien malheureux. Je voulais
» faire quelque chose d'extraordinaire, quelque chose qui ne se
» fût jamais vu. Tantôt je prenais la résolution de me faire
» protestant. Que dirait-on d'un séminariste qui abandonne sa
» religion, qui abjure publiquement ! Je voulais me donner
» au diable, et je lui ai adressé bien des demandes. Tantôt, au
» contraire, j'invoquais Dieu et le priais avec ardeur de me
» délivrer de toutes les idées terribles qui m'obsédaient ; mais
» les tourments persistaient, et je revenais au diable, etc., etc·
» D'autres fois, l'idée de me distinguer par quelque crime
» atroce me dominait. J'eus bien souvent la pensée de me
» suicider, et je cherchai même à m'empoisonner ; j'eus aussi la
» pensée de tuer quelqu'un ; ce désir devint de plus en plus
» énergique, de plus en plus persistant. Je ne savais à qui
» adresser mes coups : je songeai d'abord à mes professeurs ;
» la plus légère contrariété éprouvée par moi semblait fixer

» mon choix ; puis j'hésitais et je ne voulais plus. Mais il est
» évident pour moi que, dominé de plus en plus par cette pensée
» terrible, je devais tôt ou tard finir par tuer quelqu'un, et
» peut-être même le premier venu.

   » Depuis deux mois environ, mille conceptions s'entrecroisaient
» dans mon esprit et ne me laissaient guère de repos ; la nuit je
» veillais ou j'étais tourmenté par des rêves affreux Les idées
» qui naissaient en moi avaient peu de fixité ; généralement elles
» surgissaient, disparaissaient, en faisant place à d'autres, puis
» reparaissaient plus ou moins transformées. Ces idées étaient
» souvent vagues et fortement enchevêtrées les unes avec les
» autres. Le travail m'était devenu pénible et parfois même
» impossible. Ma tête était brûlante, douloureuse, et comme
» serrée dans un étau. Un dégoût insurmontable s'était emparé
» de moi ; l'existence me pesait, et elle me pèse encore. Je
» voulais en finir à tout prix ; une horrible tristesse m'enve-
» loppait presque constamment. Pourtant il arrivait quelquefois
» que, passant d'un extrême à l'extrême opposé, je me sentais
» une joie intérieure, inexplicable, et que tout provoquait en
» moi l'hilarité. J'étais ordinairement bien malheureux, parce que
» je souffrais et parce que, essayant quelquefois de lutter contre
» ces idées atroces, je me voyais bientôt vaincu. Le plus sou-
» vent, je m'y abandonnais sans essayer de les maîtriser et même
» avec une sorte de volupté. La vue seule de Depousier avait
» le pouvoir d'amener un peu de détente dans mon esprit et de
» me donner de trop rares instants de calme. Il se passait depuis
» plusieurs mois quelque chose d'indéfinissable dans ma tête.

   » Les jours qui ont précédé l'évènement, et notamment la
» veille, j'étais plus obsédé, plus tourmenté que jamais. Le jour
» même, dès que j'eus pris fortement la résolution que vous
» connaissez, je fus plus tranquille, parce que je ne songeais
» plus qu'à cette idée et aux moyens de la réaliser ; la pensée
» d'un remords possible après le meurtre ne m'est pas seulement
» venue.

   » Au moment de la réalisation, j'étais dans un trouble
» inexprimable, je ne savais plus ce que je faisais ; et je ne me
» rappelle pas la sensation que j'ai dû éprouver quand j'ai donné
» le coup meurtrier.

» Dans la prison d'Aix et même à Marseille, je ne me suis
» jamais sérieusement préoccupé des suites de mon affaire ; je
» voulais d'ailleurs être guillotiné. » Aujourd'hui même il n'a
pas une idée nette de l'infamie d'un pareil supplice.

Rimbaud va, du reste, au-devant de toutes les charges ; c'est
ainsi qu'il nous a raconté, avec une sorte de complaisance,
l'essai de suicide qu'il a fait sur lui-même et la tentative d'empoisonnement, non motivée, sur un de ses condisciples, le premier venu pour ainsi dire. Il parle sans peine aussi d'un vol de
100 fr. qu'il a commis, chez un marchand, à l'âge de treize ans.

On peut dire, d'une manière générale, que Rimbaud a l'air de
faire des récits qui ne le touchent en rien, et d'oublier que sa
tête est en jeu. Il a le même accent, la même attitude, quand il
raconte quelque particularité très sérieuse et quelque histoire
indifférente ; il s'étend également et sans aucune provocation sur
les faits qui le chargent le plus et sur ceux qui atténuent son
crime. Cette observation est frappante et de la plus haute importance, parce qu'on la fait presque toujours sur les aliénés exclusivement et non pas sur les jeunes criminels.

Quand on demande à Rimbaud s'il a du regret d'avoir commis
un crime si atroce, il répond : « Oui, sans doute, je voudrais ne
» pas l'avoir fait, je regrette d'avoir fait du mal à Depousier,
» et je vois que ma carrière est brisée. » Si l'on ne se contente
pas de cette affirmation dite avec froideur, et que l'on examine
attentivement le geste, le regard, l'expression, on reconnaît
bientôt que ce regret n'est que médiocrement vif et que Rimbaud, même aujourd'hui, ne comprend pas pleinement la portée
morale de son acte. Quant aux conséquences criminelles, il les
saisit, puisqu'il pense qu'il doit être tué ; mais il n'a pour ce
fait qu'une horreur bien tiède. C'est ainsi que parlent tous les
aliénés, c'est ainsi qu'ils jugent les malheurs même les plus
horribles qu'ils ont causés. De pareilles appréciations sont caractéristiques ; un criminel, et surtout un jeune criminel, qui serait,
comme dans le cas actuel, hors d'état de rien nier, affecterait
un repentir exagéré.

Pendant les deux ou trois mois qui ont précédé l'évènement,
Rimbaud éprouvait un agacement extraordinaire ; son système
nerveux était vivement surexcité et perverti dans ses fonctions.

C'est ainsi qu'il ressentait fréquemment des tiraillements, des crispations ; sa poitrine était parfois oppressée, et il se croyait sur le point d'étouffer ; il sentait le besoin d'air et se voyait dans la nécessité de gagner brusquement la cour, où ses fonctions reprenaient leur équilibre.

Nous laissons de côté un très grand nombre d'observations qu'il nous a été donné de faire dans le cours de nos interrogatoires, parce que la plupart font double emploi avec celles qu'a recueillies M. le docteur Aubanel, et que d'autres n'ajouteraient rien à celles que nous venons de rapporter et que nous considérons comme éminemment convaincantes.

Résumons en peu de mots les observations faites à l'asile.

L'habitude extérieure, la physionomie, l'accent, les dérangements digestifs, les troubles convulsifs du système nerveux, que nous avons signalés chez Rimbaud, donnent déjà des indices de folie. Le peu de fixité des idées, le peu de sûreté du jugement, même dans les choses indifférentes, la surexcitation morbide de la sensibilité proprement dite et du sentiment, l'exaltation de l'imagination, les bizarreries nombreuses et non motivées, les actes et les paroles délirantes, la forme du langage, la sincérité évidente de ses récits, les accusations dont il se charge volontairement, ses mœurs, ses habitudes, la mobilité étonnante de son humeur et de son caractère, etc., tout révèle un trouble profond des facultés intellectuelles les plus essentielles.

Nous concluons des faits-ci-dessus relatés que, dans notre établissement, Rimbaud s'est livré à des actes et qu'il a tenu des propos caractérisant l'aliénation mentale. L'accusé est donc évidemment atteint de folie, si ses actes et ses paroles ne sont pas inspirées par la ruse. Ce dernier point sera élucidé plus tard, comme nous l'avons dit.

Il importe toutefois que nous constations l'amélioration sensible que nous a présentée la santé physique et morale de Rimbaud dans ces derniers temps. En effet, depuis un mois environ, l'accusé est plus calme ; il n'est plus maîtrisé aussi impérieusement par le délire ; les idées raisonnables, les affections légitimes ont plus d'empire sur lui ; les fonctions naturelles sont plus régulières et l'embonpoint commence à se manifester. Mais cet état doit-il être considéré comme une guérison, une intermission, ou une simple rémission ?

Le retour à la raison est loin d'être complet, le jugement n'a pas recouvré la justesse normale ; les appréciations de Rimbaud, quoique moins extravagantes, sont encore fréquemment erronées ; ce jeune homme (fait important) ne se rend pas un compte exact, entier, et de sa folie passée, et de son état actuel ; en un mot, sauf l'intensité, le délire est le même. Nous sommes du reste persuadés que Rimbaud, qui sent encore la nécessité d'obéir aux convenances sociales, peut, aujourd'hui que l'excitation est moins vive, parvenir à taire des idées et des incitations délirantes qu'il sait ne devoir pas être approuvées. Nous pensons que le calme est encore plus apparent que réel, et qu'en résumé, la période actuelle doit être considérée comme une simple rémission. Tout fait supposer, en effet, qu'après un apaisement plus ou moins long, plus ou moins marqué, l'agitation reparaîtra, et avec elle les manifestations caractéristiques d'un délire violent.

Néanmoins la guérison n'est pas absolument impossible. L'achèvement de l'évolution sexuelle, qui a quelque influence sur le développement et la forme de la folie, peut même favoriser la guérison ; mais, dans tous les cas, le retour complet et *durable* à la raison est éloigné. Quelle que soit la marche de la maladie, il importera toujours, nous le pensons, d'avoir une grande circonspection et de ne pas se laisser convaincre par des apparences, pour si probantes qu'elles puissent paraître au premier abord. En effet, on observe parfois, dans l'espèce de folie dont Rimbaud est atteint, des *rémissions* assez considérables pour faire prévoir un retour à la raison ; mais la réapparition du délire, au bout d'un temps plus ou moins long, vient dissiper les espérances qu'on avait conçues.

IV

ÉTAT DE RIMBAUD APRÈS L'ÉVÈNEMENT, PENDANT SON SÉJOUR
A AIX ET A MARSEILLE.

A. *Séjour à la prison d'Aix.* — Les dépositions du docteur
d'Astros et du gardien-chef des prisons nous fournissent des
indications importantes sur cette partie de l'existence de
Rimbaud.

Le docteur d'Astros a dit notamment devant M. le juge d'instruction : « Dans la prison, j'ai trouvé à Rimbaud une conduite
» extraordinaire ; ainsi je l'abordais quelquefois et la conver-
» sation s'engageait entre nous : il me quittait brusquement au
» milieu d'une phrase que je lui adressais ; j'avais beau l'appeler,
» il s'en allait sans répondre. » Nous avons remarqué pareille
chose dans l'asile de Montpellier ; cette concordance donne à ce
fait une plus grande valeur.

Le médecin des prisons ajoute : « Lorsque je causais avec lui,
» il m'a souvent dit qu'il se passait quelque chose d'indéfinis-
» sable dans sa tête, qu'il ne se sentait pas maître de lui, qu'on
» lui laissait trop de liberté, et qu'il ne pouvait pas répondre de
» ce qui arriverait. » Rimbaud nous a tenu souvent un langage
analogue. Nous constatons cette circonstance, afin de faire
remarquer la constance des affirmations de l'accusé, constance
sur laquelle nous aurons à revenir.

M. d'Astros dit encore : « Rimbaud a paru atteint de *lypé-*
» *manie,* ou aliénation dont la mélancolie fait le fond. Cette
» mélancolie était, chez lui, à la fois *suicide* et *homicide ;* il m'a
» paru dégoûté de la vie, car un jour, etc..... » Ce médecin
raconte que Rimbaud lui a témoigné le désir d'être guilloliné.
Nous avons observé ici un pareil dégoût de la vie, une tendance
au suicide prononcée.

Le gardien-chef des prisons est plus explicite encore. Il rapporte, entre autres faits, divers actes de folie accomplis par
Rimbaud, qui se disait poursuivi par un spectre. Les phénomènes observés par cet agent sont analogues à ceux que nous

avons recueillis à Montpellier; les manifestations ont à peu près la même forme à ces deux époques. Dans la prison toutefois, Rimbaud a eu plus d'agitation qu'à Montpellier; cela tenait à ce que le délire, quoique ayant le même caractère, était plus violent.

Les faits racontés par ces témoins sont tout à fait probants; ils démontrent pleinement l'existence de l'aliénation mentale, à une époque très rapprochée de l'évènement. Ces témoignages nous apprennent que dès lors la maladie mentale présentait les mêmes caractères qu'aujourd'hui.'

B. *Séjour à Marseille.* — Admis à l'asile de Marseille le 31 août 1852, Rimbaud y a demeuré jusqu'au 11 décembre suivant. Pendant tout ce laps de temps, il a été soumis à l'examen assidu de M. le docteur Aubanel, médecin en chef de cet établissement. Les résultats de cette observation prolongée sont consignés avec détail dans le rapport médico-légal de ce praticien. Nous croyons inutile de les transcrire ici et même de les résumer. Qu'il suffise de rapporter quelques-unes des particularités les plus notables recueillies à cette époque.

Rimbaud a été agité à diverses reprises, moins cependant que dans la prison; « on l'a vu plusieurs fois se promener avec une » vitesse incroyable, marcher avec une sorte d'exaspération, « faisant des gestes, levant les mains au ciel, marmottant diverses « paroles, paraissant en proie à quelque cause d'irritation »... « Dans les premiers jours de son admission dans l'asile, il a » déchiré en divers morceaux une blouse qu'il avait apportée » de la prison. Plus tard, un mois après environ, il a déchiré » également une cravate et les parements d'une veste de l'éta- » blissement. Il eût déchiré complètement ce vêtement, sans » l'arrivée d'un servant, qui ne lui permit pas de continuer. Il » était calme et sans excitation en ce moment. Interrogé sur cet » acte, il a répondu qu'il faisait cela sans motif, sans aucun but, » ne pouvant *s'en empêcher*, quoique sachant que c'était mal » fait. »

L'accusé a présenté, du reste, à peu de chose près, l'attitude, les habitudes, les manières, la mobilité, la méfiance, la brusque-rie, les bizarreries, les extravagances que nous avons retrouvées à Montpellier. Il s'est plaint, dès la première entrevue avec le docteur Aubanel, de céphalalgies : « elles me font horriblement » souffrir par intervalles, disait-il, j'éprouve toujours vers le » front quelque chose d'indéfinissable, etc. »

Le langage de ce jeune homme a été relaté dans ses détails par le médecin de Marseille ; aussi le récit de ce praticien complète-t-il l'exposé que nous avons fait nous-mêmes des principaux dires de l'accusé. Nous avons remarqué, en effet, et c'est là une circonstance de la plus haute importance, sur laquelle on ne saurait trop insister, que les discours de Rimbaud rapportés par le docteur Aubanel sont identiques, et dans le fond et dans la forme, à ceux que nous avons entendus à Montpellier. Les expressions elles-mêmes n'ont pas varié sensiblement ; Rimbaud, pour raconter les mêmes évènements, se sert exactement des mêmes termes, et il est bon de remarquer que ces termes sont parfois insolites et même bizarres, tels, en un mot, que ceux que les aliénés affectionnent ; *sur aucun point*, l'accusé n'a varié dans ses dires. A des questions imprévues et posées d'une manière différente, il a fait constamment des réponses identiques.

M. Aubanel, fort d' .on expérience bien connue, a affirmé que les faits observés par lui établissaient pleinement l'existence de la folie à cette époque.

La lecture de cette partie du rapport de M. le docteur Aubanel nous a autorisés à penser que, pendant sa séquestration à Marseille, l'accusé était atteint de la forme d'aliénation mentale qu'on avait observée à la prison et qu'on a constatée à Montpellier.

En résumé, Rimbaud, depuis le terrible évènement du 21 juin, a donné des signes nombreux d'aliénation mentale ; nous ajouterons que, sauf l'intensité, cette maladie a présenté, à Aix, à Marseille et à Montpellier, les mêmes caractères essentiels. Cette dernière concordance, résultant d'observations faites en divers pays et par des personnes différentes, a une importance qui ne peut être méconnue.

Nous avons maintenant à nous occuper de cette partie de la vie de l'accusé antérieure au fait incriminé. Nous limiterons cette époque au jour qui a précédé immédiatement celui de l'évènement. Quand la vie entière de ce jeune homme sera connue, nous pourrons faire servir les documents recueillis dans toutes les phases de cette existence, à l'élucidation de la question capitale qui nous a été posée : la responsabilité de l'accusé.

V.

ÉTAT DE L'ACCUSÉ ANTÉRIEUREMENT AU FAIT IMPUTÉ.

A. *Jeunesse de Rimbaud jusqu'à l'adolescence.* — D'après le dire des parents, recueilli par le docteur d'Astros, l'accusé aurait eu « à l'âge de 3 ans, une maladie au cerveau qui avait mis fort » en peine sa famille. » On ne peut douter, en effet, que la contorsion frappante de la face de ce jeune homme ne soit le résultat d'une maladie sans doute de nature convulsive, remontant positivement à la première enfance; les données scientifiques suffiraient presque, en dehors de tout témoignage, à établir cette dernière affirmation.

Nous avons, du reste, peu de détails sur l'enfance et la jeunesse de Rimbaud. Nous savons seulement que ce garçon a vécu continuellement avec des personnes très pieuses, qu'il quittait rarement sa famille, composée exclusivement de femmes (Rimbaud avait perdu fort jeune son père), qu'il a été élevé dans les principes d'une dévotion rigide et peut-être même scrupuleuse.

Trois témoins, tous voisins de la mère de Rimbaud, sont venus déposer que, dès sa jeunesse, ce garçon s'était livré à des bizarreries inconcevables, qu'il avait fait des extravagances bien ridicules. En faisant la part de l'exagération, il n'en reste pas moins établi que vers l'âge de 10 à 12 ans, l'accusé montrait une grande légèreté, une excessive mobilité, et qu'il se plaisait à des puérilités que n'expliquaient ni son âge ni son éducation éminemment réservée.

Vers l'âge de 13 ans, Rimbaud, ayant dérobé quelque argent à sa mère, s'enfuit à Marseille, sans motif plausible, dans le but seulement de voyager ; il ne se préoccupa nullement des inquiétudes de sa famille, et il ne revint que lorsque son argent étant épuisé, il fut rencontré par une personne de sa connaissance.

Dans cette période de sa vie, Rimbaud parvint, si on l'en croit, à soustraire 100 fr. à un marchand ; mais celui-ci a déclaré ce vol impossible et a toujours refusé d'y croire. Nous n'avons absolument pour garant que l'affirmation de l'accusé, qui, chose assez étonnante, a mis, pendant l'instruction, le plus grand empressement à dévoiler ce vol inconnu de tous, et la plus grande ténacité à en confirmer la réalité, malgré les dénégations du marchand. Plus tard, il a paru se complaire à le raconter dans tous ses détails.

D'abord admis comme pensionnaire au séminaire d'Aix, Rimbaud devint externe, et plus tard interne.

B. *Adolescence de Rimbaud jusqu'à l'époque où il fut atteint d'un érysipèle grave.* — Cette partie de l'existence de ce jeune homme s'est passée au séminaire ; pendant les trois dernières années, il fut interne.

Rimbaud, a dit un des surveillants, « était d'une piété édi-» fiante, seulement il montrait parfois un caractère un peu » inconstant et bizarre ; il était doux, poli et très soumis. » Tous, élèves et professeurs, s'accordent à dire que ses mœurs étaient très pures, sa conduite régulière ; tous vantent surtout sa piété. M. le Supérieur du séminaire est entré à ce sujet dans de plus grands détails : « Il était d'un caractère scrupuleux et » très méticuleux.... » Plus loin, le Supérieur parle encore *des scrupules continuels* de ce jeune homme, et il ajoute : « Pendant ces trois dernières années, malgré ses peines de con-» science, il édifiait tout l'établissement par son assiduité à » remplir ses devoirs religieux et principalement en fréquentant » la sainte Table.... »

M. le Supérieur donne des renseignements très précis sur le caractère de cet élève. « Il était d'une *sensibilité* que je puis » dire *féminine ;* il avait toujours été d'une conduite édifiante, » surtout depuis qu'il était pensionnaire ; cependant il était » *bizarre*, d'une *imagination même inconstante*, les idées et les » projets les plus opposés *se succédaient* chez lui ; il n'avait » point d'ami particulier ; c'est une chose qui est expressément » défendue et qui pouvait peut-être le contrarier, attendu son » caractère sensible et aimant ; il était câlin et désireux peut-

» être d'être gâté ou aimé par quelqu'un. Ces qualités, pous-
» sées à l'excès, pouvaient devenir un défaut, et joint à ses
» malheurs de famille et à son caractère inconstant, il a pu
» avoir par suite le *dégoût de la vie*, surtout ses scrupules con-
» tinuels. »

L'un de ses professeurs, qui était en même temps son confesseur, dit dans sa déposition : « Rimbaud venait comme élève à
» mon cours de logique. J'ai reconnu, soit comme élève, soit
» dans les rapports qui existaient entre lui et moi dans cet
» établissement, qu'il avait quelque *faiblesse de caractère* : ainsi
» il avait un peu des *manières enfantines ;* il était caressant, il
» me témoignait de la reconnaissance. »

Quant à son intelligence, le même témoin nous apprend qu'elle
était ordinaire et satisfaisante.

L'évolution sexuelle, opérée pendant la puberté, a déterminé
sans doute chez Rimbaud une secousse qui paraît n'avoir pas
été sans influence sur la production des dispositions morales
insolites attestées par les témoins.

Ce qui caractérisait Rimbaud, c'était donc une mobilité notable,
une imagination excitable, un besoin vif d'affection ; en d'autres
termes, un développement excessif des sentiments tendres, et en
outre, des manières enfantines ou féminines qui n'étaient plus
en rapport ni avec son âge, ni avec sa position, de la bizarrerie
associée à une assez grande docilité, et par dessus tout une
ferveur religieuse, considérable même aux yeux des élèves et
des professeurs d'un séminaire, ferveur qui engendrait des
scrupules continuels.

Pour ne rien omettre, nous devons constater que ces dispositions morales paraissent avoir été favorisées, du moins dans
leur développement anormal, par des chagrins profonds de
famille et par un amour-propre excessif, qui était la source de
mille soucis pour cet élève, toujours désireux d'avoir des distinctions dans ses classes.

Dans le courant de l'année 1857, d'après le rapport de M. le
docteur d'Astros qui lui donnait des soins, Rimbaud eut « une
» maladie nerveuse convulsive et qui simulait l'épilepsie. Il en
» guérit en peu de temps. »

Nous ne voyons pas dans la réunion de toutes ces dispositions morales, une preuve de l'existence de l'aliénation mentale à cette époque. Nous croyons qu'alors Rimbaud jouissait suffisamment de sa raison, pour avoir son libre arbitre ; nous pensons cependant que déjà cet élève était sur la voie de la folie, que cette maladie se préparait pour ainsi dire dans l'ombre et en silence, prête à éclater à la première cause occasionnelle. Vers la fin de cette période, il existait même plus qu'une prédisposition, état essentiellement latent, puisque quelques signes prodromiques d'un mal prochain commençaient à poindre.

L'étude de cette phase de la vie de l'accusé, sans importance par elle-même, est notablement utile pour expliquer le développement ultérieur de la folie ; on sait parfaitement comment le mal a pu éclater. Ces faits révèlent, chez Rimbaud, cet état que l'on a appelé la *période d'imminence des maladies*.

La maladie était donc imminente, mais elle n'avait pas encore éclaté, et elle aurait pu ne pas paraître ; l'imminence elle-même aurait pu s'effacer. Une affection accidentelle, en imprimant une secousse violente à l'économie, fit surgir de nouveaux phénomènes.

C. *État de Rimbaud depuis le développement de l'érysipèle jusqu'à l'époque du meurtre.* — Trois mois environ avant le meurtre, « Rimbaud fut atteint d'un violent érysipèle à la face » et qui avait parcouru tout le cuir chevelu. Cette sorte de » maladie atteint quelquefois le cerveau par le voisinage du » tissu. C'est ce qui arriva à Rimbaud ; il eut un grand délire, et » je me serais décidé à pratiquer des saignées, si d'abondantes » hémorrhagies nasales n'étaient venues le soulager. » (Déposition du docteur d'Astros). M. le Supérieur du séminaire nous apprend que cette maladie dura « au moins vingt jours. »

A partir de l'entière convalescence, il commença à s'opérer chez Rimbaud un changement qui, d'abord faible et inaperçu, ne tarda pas à attirer l'attention de ceux qui l'approchaient.

« Depuis cette époque, il se plaignait souvent de la tête, » dit le Supérieur.

« En dernier lieu, et depuis un mois environ, j'avais remarqué, » pendant l'étude, un changement dans sa conduite ; je la trou-

» vais plus légère, se laissant aller à parler quelquefois avec
» ses voisins, ce qui était contraire à la règle. » (Déposition de
M. Michel, surveillant.)

« En dernier lieu seulement, et depuis une lettre qui fut
» trouvée au pied de son alcôve et qui me surprit étrangement
» par les pensées homicides qu'elle renfermait, ainsi que l'idée
» d'abjuration, Rimbaud m'a paru tantôt plus exalté, tantôt
» revenant de cette exaltation et tombant dans une certaine
» rêverie et une certaine tristesse, en un mot n'étant plus *ce*
» *qu'il était*, sans pouvoir apprécier le motif de cet état. » (Déposition de M. Gonet, surveillant.)

« Je ne le considérais pas comme fou, j'avais remarqué seu-
» lement de l'exaltation chez lui, et dans certains moments. Il
» avait parfois un fond de tristesse qui le rendait lugubre ; il
» tenait presque habituellement, sur son bureau, une image
» représentant une tête de mort ; il en avait une petite en ivoire
» pendue à un cordon passé à son cou. » (Déposition d'un jeune
élève du séminaire.)

« Depuis quinze jours ou trois semaines environ, je remar-
» quais une préoccupation d'esprit chez lui ; il était taciturne,
» pensif et rêveur. » (Déposition d'un autre élève.)

« En dernier lieu, et depuis quelques semaines, j'avais
» remarqué qu'il s'abstenait (d'aller à la sainte Table). Nous ne
» l'avons jamais considéré comme ayant l'esprit altéré, cependant
» dans les récréations il se faisait remarquer par certains actes
» d'originalité. Ainsi, au milieu d'une conversation, il quittait
» brusquement et sans motif aucun les camarades avec qui il se
» trouvait, pour aller en trouver d'autres, à qui il faisait la
» même chose un moment après. Il avait l'air rêveur et parais-
» sait avoir l'esprit préoccupé. » (Déposition de l'élève Porret.)

« Depuis cette époque (depuis l'érysipèle), il se plaignait
» souvent de la tête, et j'avais remarqué qu'il était devenu plus
» scrupuleux. » (Déposition de M. le Supérieur. Rimbaud allait
souvent lui parler, à cette époque.)

Il ressort de tous ces témoignages que, depuis l'érysipèle, un
changement important s'était effectué dans l'état physique et
moral de l'accusé. Plusieurs dépositions nous montrent Rimbaud
commençant à se livrer à des actes semblables à ceux qui lui

sont devenus familiers plus tard. L'élève Porret, par exemple, avait déjà remarqué que Rimbaud quittait brusquement et sans motif les camarades avec lesquels il causait.

Mais des faits plus importants viennent jeter un jour plus vif sur l'état mental de l'accusé pendant ce laps de temps.

« Le 25 mai, à ce que je crois (moins d'un mois avant le » meurtre), M. Rimbaud, en me remettant sa copie, qui conte- » nait un travail sur le système de M. Jouffroy, me dit en » souriant qu'il désirait que sa copie ne fût point lue en public. » Cette singularité me fit sourire à mon tour. Je n'ai lu ce tra- » vail qu'après le 27 mai. Il contenait certaines phrases pleines » d'exaltation contre les mystères. » (Déposition de son pro- fesseur, qui ajoute que la connaissance d'une autre lettre dont nous allons parler, « lui avait donné à penser que ces idées » pouvaient être sérieusement émises. »)

C'était un élève du grand séminaire qui écrivait et remettait à un professeur de séminaire, à un prêtre, au directeur de sa consciense, une pareille composition ! Quel motif raisonnable aurait pu guider, dans cette circonstance, ce séminariste déjà revêtu de la soutane ?

Deux jours après, le 27 mai, on trouva à terre, devant son alcôve, une lettre écrite de sa main et qui doit être considérée comme une des pièces les plus importantes de l'affaire.

Nous transcrivons *exactement* cet écrit, avant d'en présenter une appréciation complète :

Vous savez où il faut la porter.....
        et au plus tôt.....
Vous devinez ce pourquoi je vous écris. Vous pouvez donc m'envoyer par le porteur de cette lettre, l'arme que je vous ai demandée. Prenez soin qu'elle soit bien acérée, car il est important pour moi de réussir. Je ne crois pas échouer, j'ai prévu l'endroit où je rencontrerai seul ce scélérat de papiste. Et, je vous assure qu'il aura beau jeu !... Ces monstres ! ils me faisaient avaler tout ce à qui bon leur semblait ! Mais je suis libre, j'espère, et je ne croirai que ce que je voudrai ! Je compte donc sur votre bonne complaisance. Vous savez le jour et l'heure, et l'endroit où vous devez m'attendre après mon heureux coup. Prenez soin d'avoir les habits et tout ce qui sera nécessaire pour ma fuite. ——— ,

Ah ! je vous jure sur mon âme qu'il aura beau jeu le Vaurien de
Papiste, le tyran !.... —

Et si les autres papistes faisaient quelque chose pour me retenir, je
vous jure qu'ils tomberaient aussi raides à mes pieds ——

Je ne vous en dis pas davantage ——————

Vous savez qui vous parle... —————

P. S. J'oubliais de vous dire d'avertir Mʳ le bon Mʳ le Pasteur N...
— de l'abjuration que je ferai où il voudra de toutes les sornettes dont
on m'a rempli l'esprit....——————

Toute personne habituée à lire les écrits des aliénés, sera
frappée, à première vue, du style, des tournures, des expressions, de l'abus des points, des traits, des réticences, qui rendent
cette lettre si remarquable. Il retrouvera dans ces particularités,
empruntées à la forme même de cette lettre, ce qu'il aura
remarqué bien souvent dans les écrits de malades frappés depuis
peu de folie. Que l'on fasse lire une pareille lettre à un homme
versé dans ces matières, et il pensera aussitôt qu'un semblable
écrit ne peut être que le résultat d'une plaisanterie ou qu'un
acte de folie.

Mais si, ne s'arrêtant pas à la forme, l'on considère le décousu,
l'incohérence, le manque de suite et de logique, l'obscurité,
l'exaltation de cet écrit ; si l'on note l'absence de l'adresse ; si
l'on songe que cette lettre émane d'un jeune homme très pieux,
très scrupuleux dès sa première enfance, d'un séminariste
revêtu de la soutane, qu'elle a été faite dans le séminaire même,
jetée par terre afin qu'elle pût être lue de tous, séminaristes et
ecclésiastiques ; si l'on remarque qu'elle est tracée de la main
même de Rimbaud, qui se désignait ainsi clairement au mépris
public, lui si vaniteux ; si l'on pèse toutes ces circonstances,
n'a-t-on pas lieu d'être frappé d'un grand étonnement ?

Enfin, si l'on apprend par des témoignages irrécusables consignés dans les pièces de la procédure, que Rimbaud n'a jamais
eu de relations avec aucun pasteur, que ses assertions à ce sujet
sont de pures fictions, et que le complice auquel il paraît
s'adresser n'a pas d'autre existence que celle que lui prête son
imagination, ne sera-t-on pas légitimement autorisé à ne considérer cet écrit que comme l'œuvre d'un aliéné ?

Plus tard, et devant le juge d'instruction, Rimbaud, honteux,

et qui plus est blessé dans sa vanité, a prétendu qu'il avait eu
un but en composant cet écrit : « il simulait pour se faire renvoyer ». Mais d'abord comment ce jeune séminariste, qui avait
montré tant de joie lorsque, quelques mois avant, il avait été
revêtu de la soutane sollicitée depuis si longtemps (ainsi que le
prouvent les lettres adressées à Rimbaud par un ecclésiastique,
son oncle) comment ce jeune séminariste aurait-il pu, changeant
si brusquement d'idée, désirer se faire renvoyer? La misère
de ses parents ne l'avait-elle pas préoccupé bien souvent, la
crainte d'être sans carrière n'avait-elle pas rendu plus précieux
à ses yeux l'avenir assuré qui lui était tracé dans la carrière
ecclésiastique, si conforme d'ailleurs à ses goûts et à ses habitudes ?

Du reste, pour se faire renvoyer, Rimbaud n'aurait pas usé
d'un moyen si bizarre ; il n'aurait pas écrit une lettre qui, dans
un séminaire surtout, ne devait que lui attirer le mépris ou la
pitié de tous.

Nous ajouterons qu'une personne dont l'intelligence serait
saine, et en particulier un jeune homme sans expérience, par-
viendrait difficilement à écrire une lettre si caractéristique.

D'ailleurs antérieurement, la composition sur Jouffroy, où l'on
voit poindre la pensée d'abjuration, dans des phrases pleines
d'exaltation contre les mystères, avait été inspirée par le même
ordre d'idées. Et que l'on remarque bien que Rimbaud, après
avoir été entraîné invinciblement à écrire ce devoir de classe, a
prié *son professeur de ne pas le lire en public*. S'il avait voulu
être renvoyé, aurait-il adressé une pareille demande ?

La nature des pensées qui sont consignées dans la lettre que
nous avons rapportée, doit nous arrêter quelques instants.

La résolution de commettre un homicide est hautement proclamée, ainsi que la pensée de renier, d'abjurer la foi catholique,
accompagnée d'injures grossières contre la religion et contre les
prêtres.

Cette persistance des mêmes idées est frappante ; elle fournit
une preuve irréfragable et de la parfaite sincérité de cette lettre,
et de l'existence, dès cette époque, d'un trouble considérable de
l'intelligence chez Rimbaud.

« A l'occasion de cette lettre, dès qu'il s'aperçut qu'elle était
» connue, Rimbaud disparaît ; ses parents vainement le cherchè-
» rent. Ce ne fut que le soir, après la prière, qu'on le trouva
» blotti sous un escalier, où il avait passé toute la journée sans
» prendre la moindre nourriture et ne voulant pas même en sortir.
» Au moment qu'il fut surpris dans cette position, il avoua ne
» pas avoir mangé depuis vingt-quatre heures ; nous eûmes toutes
» les peines du monde à l'en retirer. » (Déposition du Supérieur.)
— Son confesseur put seul obtenir de lui sa sortie volontaire.

Rimbaud nous a dit : « j'étais sans besoin, presque sans pen-
» sées, indifférent à tout, immobile, quoique étendu sur du
» bois qui me blessait. »

Les particularités de cette sorte de fuite ne peuvent passer
inaperçues. Dans les asiles d'aliénés, il est des malades qui, sans
motif valable, ont une propension vive à se cacher, et qui, dans
la réalisation de leur projet, se conduisent absolument comme
s'est conduit Rimbaud. Comme lui, ils voient le temps s'écouler,
sans besoins corporels, sans désirs, sans idées précises.

D'ailleurs, où Rimbaud voulait-il en venir ? Quel motif le
guidait ? Pensait-il rester toujours là ? Questions insolubles, si
l'on en cherche la solution dans l'ordre des conceptions raisonnables. Tout s'explique, au contraire, si l'on ne voit dans cet
acte qu'un de ces entraînements bizarres ressentis si souvent
par les aliénés.

En apercevant son directeur, la conscience lui est revenue en
partie, et il s'est écrié : « Ce n'est pas à vous que j'en veux ! »
Ainsi, à cette époque, l'idée d'homicide occupait encore son
esprit ; il ressort de ces paroles et de la lettre déposée près de
l'alcôve, qu'il était dominé parfois par la pensée de tuer un de
ses professeurs. Il ne pouvait être question alors de Depousier,
dont il n'avait pas eu à se plaindre.

Ce dernier acte, plus encore que les précédents, étonna M. le
Supérieur, qui jugea dès lors ce séminariste impropre à remplir
les devoirs du sacerdoce. Il lui communiqua sa manière de voir,
et il l'engagea à entrer dans l'ordre des frères de Saint-Jean-
de-Dieu. Le Supérieur pensait qu'une vie active était devenue
absolument nécessaire à Rimbaud ; celui-ci accepta sans difficulté cette proposition.

Nous sommes maintenant amenés à nous occuper d'un fait considérable dans l'histoire médicale de Rimbaud.

L'accusé ressentait une affection des plus vives pour un de ses condisciples, appartenant à une autre division et plus jeune que lui. Sous l'influence de ce sentiment, il recherchait l'élève Charles Depousier, le choyait, lui donnait le pain de son goûter, et ne paraissait heureux que dans sa compagnie. Rimbaud, trouvant sans doute ces entretiens trop courts, voulut les rendre plus fréquents ; il établit une correspondance. Il écrivit de nombreuses lettres à cet élève ; l'une d'entre elles fut même tracée par l'accusé avec son propre sang. Charles paraissait en faire peu de cas, car il les déchirait promptement; il ne semble pas qu'il ait répondu, si ce n'est une seule fois. Nous n'avons pu lire les lettres écrites par Rimbaud ; Depousier assure qu'elles ne contenaient que des témoignages d'affection. Rimbaud s'intéressait vivement aux progrès et à la conduite de Charles; il s'informait auprès des élèves de la classe de Depousier si celui-ci était tranquille, s'il travaillait bien, etc. Cependant cette affection grandit encore, et elle acquit bientôt des proportions extraordinaires. Rimbaud, le soir, se glissait fréquemment dans l'alcôve de Charles, auquel il faisait quelques caresses sur le visage, bien innocentes, au dire de Depousier et de Rimbaud. Ce qu'il y a de constant, c'est qu'un élève placé près du lit de Charles n'a jamais rien entendu d'inconvenant, et que, d'après le même témoin, ces visites ne duraient jamais plus de cinq à six minutes. Nous reviendrons plus tard sur ce point délicat de l'affaire, pour apprécier le degré de moralité de cette affection.

Depousier, fatigué sans doute des témoignages d'une affection si exaltée, voulut y mettre un terme. Pour atteindre ce but, dans la journée du 20 juin dernier, il fit passer à Rimbaud une sorte de dessin allégorique, représentant deux cœurs unis, avec cette suscription : « *Ils n'en font plus qu'un.* » Au-dessus était figuré un autre cœur isolé et traversé par une épée, avec cette inscription : *Celui ci serait de trop !* — En remettant cette lettre à l'élève chargé de l'apporter à l'accusé, Depousier dit : « Ceci » le fera bisquer. » En effet, Rimbaud fut assez vivement contrarié de ce témoignage de mépris.

Déjà, sous l'influence d'idées non précisées d'homicide, Rimbaud, prenant un prétexte, s'était rendu chez lui, dans la matinée, *avant d'avoir reçu la lettre de Depousier* ; il y avait pris la lame d'une canne à épée, qu'il avait rapportée au séminaire sous sa soutane, et il l'avait cachée dans sa paillasse.

La lettre de Depousier a contribué sans doute à arrêter le choix sur la victime, car, la nuit suivante, Rimbaud mettait à exécution le projet qu'il venait de former. Les circonstances au milieu desquelles ce fait s'est produit, seront soumises par nous à un examen approfondi.

Des diverses pièces de la procédure et de l'appréciation que nous en avons faite, il résulte pour nous la démonstration pleine et entière de l'existence de la folie, chez l'accusé, à une époque rapprochée du meurtre.

VI.

DE L'ÉTAT MENTAL DE L'ACCUSÉ A L'ÉPOQUE MÊME DU MEURTRE.

Les faits de l'ordre médical que nous avons rassemblés et discutés déjà en eux-mêmes, doivent maintenant être appréciés quant à la valeur relative qu'ils peuvent acquérir par leur rapprochement. Cette vue critique et d'ensemble nous donnera la solution du problème qui nous a été posé, but définitif de ce travail.

A. *De la prédisposition à l'aliénation mentale.* — L'accusé était-il naturellement dans des conditions physiques et morales propres à favoriser le développement d'une maladie mentale ?

1. *Hérédité.* — Une puissante prédisposition héréditaire à la folie existe dans la famille de Rimbaud. Plusieurs témoignages établissent ce fait :

« J'ai appris que le grand-père maternel avait été tout à fait » fou et qu'un oncle maternel, qui existe encore, avait été atteint » d'aliénation mentale. » (Déposition du docteur d'Astros.)

« J'ai appris qu'une cousine germaine de Rimbaud s'était un » jour jetée dans un puits, dans un accès de folie. » (Déposition d'un voisin.)

Un autre voisin est plus explicite encore : « Il y a malheureu-
» sement dans sa famille plusieurs membres qui ont été atteints
» d'une sorte d'aliénation mentale. Son grand-père était toujours
» en gaîté, comme un homme qui s'adonne à l'ivresse, et cepen-
» dant il était très sobre. Un oncle maternel se trouve dans la
» même situation, et enfin, une cousine germaine s'est un jour
» jetée dans un puits, d'où les voisins l'ont retirée. Cette demoi-
» selle, qui habituellement paraît assez sensée, éprouve de temps
» en temps des accès qui assombrissent son caractère et qui la
» portent au suicide. »

Rimbaud nous a appris, de plus, que la cousine germaine dont
il est question est précisément la fille de l'oncle maternel dont
parlent les témoins, et qu'un cousin germain de sa mère est
mort, il y a environ dix-huit mois, à l'établissement d'aliénés de
Saint-Rémy.

M. le docteur Aubanel a fait ressortir pleinement, dans son
rapport, l'influence extrême de l'hérédité sur la production de la
folie. Nous adoptons entièrement les déductions qu'il a tirées
de ce fait important. Il n'y aurait donc aucune utilité à nous
arrêter plus longtemps sur cette circonstance grave de l'affaire,
si nous n'avions à exposer quelques considérations nouvelles :

1° Les cas de folie signalés dans cette famille appartiennent
tous à la branche maternelle. Mieux qu'une réunion fortuite de
cas accidentels et éparpillés de tous les côtés, cette concentration
dans une seule branche démontre l'existence de la folie héréditaire qui a pesé si lourdement sur la tête de l'accusé.

2° Les parents frappés d'aliénation mentale tenaient de très
près à l'accusé.

3° La cousine germaine de Rimbaud présente, dans sa folie,
des phénomènes assez semblables à ceux qui ont été observés
chez l'accusé. Dans les deux cas, à peu près même marche par
exacerbations, même tendance au suicide, mêmes dispositions à
une sombre tristesse. Or, tous les médecins savent que cette
sorte de folie suicide se transmet par hérédité plus fréquemment
encore que les autres formes d'aliénation mentale. Nous aurons,
du reste, à montrer que la tendance à l'homicide et l'entraînement au suicide se donnent pour ainsi dire la main, chez les
aliénés.

4° Pour établir la puissance de l'hérédité en aliénation mentale, nous pourrions nous borner à dire qu'elle est universellement proclamée par les médecins aliénistes ; mais nous regardons comme plus saisissante la mention de quelques résultats statistiques recueillis par l'un de nous, dans son service médical de l'asile public d'aliénés de Montpellier.

Nous ne tenons compte, pour cette statistique, que des cas dans lesquels l'hérédité a été la cause prépondérante du développement de la folie ; et nous ne nous occupons que des hommes, l'accusé appartenant au sexe masculin.

ASILE PUBLIC D'ALIÉNÉS DE MONTPELLIER. — DIVISION DES **HOMMES**.

Recherches statistiques sur la folie par hérédité.

NOTA. On n'a fait figurer qu'une fois les aliénés qui sont entrés plusieurs fois dans cette période de cinq années.	ALIÉNÉS ENTRÉS EN					TOTAUX des cinq années
	1853	1854	1855	1856	1857	
Nombre des aliénés entrés........	58	51	57	44	68	278
Aliénés dont on n'a pu connaître les antécédents héréditaires.........	32	82	29	30	37	156
Aliénés dont on connaît les antécédents héréditaires, devenus malades par une cause autre que l'hérédité ou par une cause inconnue.......	26	23	28	14	31	122
Aliénés dont on connaît les antécédents héréditaires, devenus malades sous l'influence de l'hérédité.....	15	14	10	3	8	50
Proportion des aliénés dont on n'a pu connaître les antécédents héréditaires par rapport au nombre des aliénés entrés (sur 100 aliénés)...	55	55	51	68	54	56
Proportion de l'hérédité chez les aliénés dont on connaît les antécédents héréditaires (sur 100 aliénés).....	58	61	36	21	26	41

Pour donner à ces nombres la valeur qu'ils doivent avoir, il importe que nous fassions remarquer que, par suite d'un grand nombre de circonstances, dont l'énumération serait trop longue, nous n'avons pas aussi souvent que nous le désirerions, des détails sur les antécédents des aliénés. La répugnance extrême des familles à dévoiler ce genre d'infirmité morale, et l'admission dans les asiles publics d'un grand nombre d'aliénés étrangers, rendent très difficile la réunion de renseignements complets. Dans la *moitié* des cas au moins, nous sommes privés de données sur l'histoire pathologique de la famille. Si ces cas ne confirment pas la puissance de l'hérédité, ils ne l'infirment pas non plus : il est donc rationnel de les considérer comme non avenus pour le but que nous poursuivons.

En tenant compte de cette observation, nous avons obtenu ce résultat que sur *cent* entrants, *quarante* sont devenus malades particulièrement par l'effet de l'hérédité ; proportion énorme et que l'on ne retrouve dans aucune autre classe de maladies. Il est facile de voir d'ailleurs que nous avons opéré sur cinq années consécutives, afin de pouvoir considérer ces proportions comme indépendantes de toute influence accidentelle.

Les considérations qui précèdent n'ont pas pour but d'établir que tout membre d'une famille, évidemment contaminée d'une pareille hérédité, doive inévitablement devenir aliéné. Loin de nous une pareille opinion ; nous pensons seulement que, dans tous les cas de folie évidente ou soupçonnée, on doit vérifier scrupuleusement s'il n'y a pas de lien héréditaire, avant de se prononcer sur les chances de guérison ou bien sur l'existence même de la maladie mentale.

On trouve, dans la constatation de ce fait d'hérédité dans la famille de Rimbaud, une confirmation précieuse des convictions puisées à d'autres sources.

2. *Aptitude individuelle.* — Soit par suite de la prédisposition héréditaire, soit par l'effet de dispositions individuelles, l'accusé a été doué par la nature d'une manière d'être spéciale et peu ordinaire.

Pour ce qui regarde les *conditions physiques*, nous avons déjà signalé le peu de développement du front et de la convexité du crâne, le mode d'implantation des cheveux, l'attitude de l'accusé, la mobilité de sa physionomie, etc. La plupart de ces conditions dérivent de l'extrême prépondérance du système nerveux, que nous avons constatée.

Cette prépondérance s'est révélée dans l'éclosion de quelques maladies intéressantes.

L'espèce de contorsion des muscles et même de quelques-uns des os de la face, est due évidemment à une maladie de nature convulsive sans doute, éprouvée nécessairement dans la première enfance. MM. les docteurs d'Astros et Aubanel ont adopté cette étiologie.

Les mouvements pour ainsi dire convulsifs, rapides, mobiles quant à leur siège, que présente habituellement le visage de Rimbaud, paraissent très anciens ; ils se rattachent aussi à une excitabilité anormale du système nerveux.

« Il y a cinq à six mois, nous dit le docteur d'Astros, je » soignai Rimbaud pour une maladie nerveuse convulsive simu- » lant l'épilepsie. »

Enfin, nous avons déjà rapporté (page 258) l'observation à l'asile d'une syncope complète, précédée et suivie de palpitations nerveuses assez persistantes.

L'érysipèle grave dont il fut atteint à la fin du mois de décembre de l'année dernière, fut accompagné d'un grand délire, d'après la déposition du médecin qui l'a soigné.

Qui ne reconnaît à tous ces traits une prédominance insolite et éminemment fâcheuse du système nerveux ? Tous les médecins connaissent le rôle immense que joue ce système dans la production de la folie ; tous savent le lien étroit qui unit les maladies nerveuses proprement dites à l'aliénation mentale. Nous ne croyons pas nécessaire d'entrer dans des développements ayant pour but de faire ressortir cette influence réciproque, si connue et si complètement établie d'ailleurs par M. Aubanel dans son rapport.

Les dispositions morales répondent parfaitement à de pareilles conditions physiques.

Ce qui frappe tout d'abord chez l'accusé, c'est le degré excessif de sensibilité remarqué par ceux qui l'ont approché, la vivacité de son imagination et surtout l'extrême mobilité de ses idées et de ses sentiments. « Il était d'une sensibilité que je puis » dire féminine, a dit M. le Supérieur..... Il était bizarre, d'une » imagination même inconstante ; les idées et les projets les » plus opposés se succédaient chez lui. » D'après un de ses

professeurs, « il avait quelque faiblesse de caractère ; mais il
» avait un peu des manières enfantines ; il était caressant, etc. »

Sous l'influence de cette vive sensibilité et de cette imagination excitable, les sentiments religieux, prenant de bonne heure
un grand développement, ont maintenu ce malade dans un état
d'exaltation remarqué ; des scrupules continuels ne cessaient de
le tourmenter.

Ces dispositions naturelles étaient éminemment favorisées par
le genre de vie de Rimbaud : dans sa jeunesse, au milieu de
femmes d'une piété rigide, et plus tard au séminaire. Des chagrins de famille qu'il a ressentis dès son enfance, sont venus
aussi frapper à coups redoublés sur ce moral si impressionnable.
D'autres chagrins, bien minimes pour tout autre individu, mais
graves chez un être ainsi constitué, d'autres chagrins ont accru
aussi l'excitabilité douloureuse de l'accusé. Pétri d'amour-
propre, d'orgueil, de vanité, Rimbaud se sentait humilié de
n'avoir pas dans ses classes les premières places. Ces blessures
lui étaient d'autant plus pénibles, qu'il les recevait tous les
jours, à tous les instants.

Des *actes* insolites révélaient de temps en temps l'état du
moral de Rimbaud.

Telles sont les bizarreries, les puérilités excessives observées
pendant son enfance et attestées par les voisins ; le voyage à
Marseille fait dans des circonstances extraordinaires ; la légèreté, la mobilité, l'inconstance remarquées au séminaire. Rimbaud nous a avoué « qu'il avait senti exister en lui, dans tout le
» cours de sa vie, de l'originalité, de l'extravagance, et qu'il
» avait compris de bonne heure qu'il n'était pas comme tous
» les hommes. » Il nous a fait part de son goût pour la solitude;
« je n'ai peut-être pas joué une seule fois en ma vie avec mes
» condisciples, » nous a-t-il dit.

L'existence d'une prédisposition forte à l'aliénation mentale
ressort des faits que nous venons de discuter.

L'intelligence de Rimbaud fit un pas de plus vers la maladie.
Il éprouva de nouveaux chagrins : sa mère eut des revers de
fortune qui la mirent dans un état équivalent presque à l'indigence ; l'accusé se vit dénué de ressources, sans argent et avec

un avenir incertain. Ses préoccupations commencèrent, son caractère s'assombrit encore ; sa sensibilité, douloureusement impressionnée, devint plus excitable, son imagination plus ardente. Il eut un redoublement de ferveur religieuse ; il crut y trouver un remède souverain à des maux qui l'irritaient plus que tout autre. Il existait alors, avons-nous dit (page 278), plus qu'une prédisposition, état essentiellement latent, puisque quelques signes prodromiques d'une maladie prochaine commençaient à poindre. L'état de Rimbaud, à cette époque, correspond à ce que l'on a appelé la *période d'imminence*. Une cause médiocrement puissante même pouvait suffire à l'éclosion de troubles plus caractérisés : l'érysipèle intense dont il fut atteint a joué ce rôle sinistre.

Sans doute, avant cette éruption, Rimbaud ne présentait pas les signes caractéristiques de la folie : il était pleinement responsable de ses actes. Toutefois, la connaissance d'un état si voisin de l'aliénation mentale confirme la réalité de son existence ultérieure, en montrant son éclosion prochaine comme très probable.

B. *Preuve tirée de la présence et de la nature des symptômes de l'aliénation mentale, avant et après le meurtre.* — Peu de temps après la guérison de l'érysipèle, qui avait été déjà lui-même accompagné de délire, des troubles plus profonds de l'intelligence se révélèrent aux regards les moins exercés.

Nous avons exposé en détail cette portion de la vie de l'accusé. Qu'il nous suffise de rappeler en quelques mots les faits *les plus importants* qu'elle nous a présentés : 1° Changement remarquable observé par tous, élèves et professeurs, dans le moral de l'accusé (préoccupations, taciturnité, bizarreries, scrupules continuels, puis affaiblissement de la ferveur religieuse); 2° actes plus caractéristiques (composition étonnante sur Jouffroy ; lettre si extraordinaire, jetée dans le dortoir, contenant les idées d'abjuration, d'homicide, etc.; séjour sous l'escalier pendant vingt-quatre heures, accompagné de circonstances si bizarres); 3° tentative d'empoisonnement sur lui-même et sur un condisciple ; 4° céphalalgie opiniâtre, etc. Le moral de l'accusé, par suite de l'érysipèle, a reçu une empreinte spéciale, qui ne s'est plus effacée et que l'on a observée partout.

1. — *L'existence de l'aliénation mentale* à l'asile de Montpellier est mise hors de doute par la discussion à laquelle nous nous sommes livrés ; à l'asile de Marseille, elle est complètement démontrée par les faits recueillis et appréciés par M. Aubanel ; dans la prison, immédiatement après l'évènement, elle est solidement établie par les témoignages du gardien-chef et du docteur d'Astros. Ces faits, en nous révélant la continuité de la folie, acquièrent une très grande valeur.

2. — *La persistance de la même forme de folie*, observée au séminaire, dans la prison d'Aix, à Marseille, à Montpellier, c'est-à-dire depuis son apparition jusqu'à l'époque actuelle, a une grande importance pour faire admettre la présence de cette maladie, au moment du meurtre. L'on remarque, en effet, que non-seulement depuis son éclosion l'aliénation mentale n'a pas cessé d'exister, mais que encore elle a conservé la même forme.

Les mêmes actes de folie se sont, à peu de chose près, reproduits dans la prison, à Marseille et à Montpellier ; les mêmes idées délirantes ont dominé l'intelligence de Rimbaud, pendant son séjour dans ces trois villes.

Ces idées, nombreuses d'ailleurs, se rattachent presque toutes à trois chefs principaux ; ce sont : d'abord les idées qui ont trait à la grandeur, à l'ambition, les moins fortes de toutes ; en second lieu, les idées de suicide persistantes partout, les idées d'homicide moins continues, et enfin les conceptions religieuses.

Celles-ci, plus multiples, se rapportent à Dieu, que Rimbaud a prié et maudit tour à tour, et au démon, dont il a redouté souvent la possession et qu'il a invoqué plus fréquemment encore ; le blasphème a paru presque toujours près d'échapper de ses lèvres et il l'a proféré publiquement partout.

Cette concordance dans l'ensemble et les détails des phénomènes moraux est parfaite ; elle acquiert un nouveau prix quand on la rapproche des faits antérieurs à l'évènement.

Pendant les deux ou trois mois qui ont précédé le meurtre, Rimbaud, dominé encore par le respect des convenances sociales, luttait contre ses conceptions et cachait soigneusement ses pensées et ses incitations.

Il lui est échappé cependant assez d'actes et de paroles caractéristiques, pour nous permettre d'établir que, pendant cette période, non-seulement il était frappé de folie, mais encore que les idées délirantes qui l'obsédaient étaient identiques à celles qui ont été saisies dans divers lieux, après le meurtre.

Avant comme après, il était plus particulièrement dominé par les idées religieuses et démonomaniaques, par les idées de suicide, et enfin par les idées d'homicide. Cette dernière conception seule paraît avoir ultérieurement perdu beaucoup de sa puissance ; cependant elle existait encore dans la prison, et nous sommes loin de penser que, même aujourd'hui, l'entraînement à l'homicide l'ait complètement abandonné. On a, du reste, remarqué assez fréquemment que, chez les aliénés, de pareilles propensions s'apaisent, du moins pour quelque temps, quand elles sont satisfaites.

Nous laissons de côté, pour le moment, un sentiment qui avait fini par avoir une large place dans l'esprit de Rimbaud : nous voulons parler de son affection pour Depousier. Cette conception est trop importante pour pouvoir être traitée en passant ; elle sera l'objet d'un examen approfondi, dans le paragraphe consacré à la recherche des mobiles du meurtre.

3. — C'est un fait d'une haute signification, que la *concordance* parfaite d'observations effectuées et de notions recueillies par des personnes diverses, en différents lieux, avant et après le meurtre. Nous ne saurions trop insister aussi sur l'extrême valeur qu'offre la persistance des mêmes symptômes avant et après l'évènement. La céphalalgie tenace et douloureuse, constatée au séminaire par le Supérieur, et plus tard dans les diverses résidences de Rimbaud, corrobore l'opinion que nous émettons : ce symptôme se présente habituellement dans les cas de folie récente.

Tout cet ensemble de faits ne peut se retrouver que chez un aliéné.

4. — Enfin, la *marche* générale des phénomènes et de la maladie fournit de nouvelles preuves à l'appui de l'existence de l'aliénation mentale à l'époque du meurtre.

C. *Appréciations de Rimbaud.* — La nature des appréciations données par l'accusé touchant le meurtre, doivent être rappelées ici. Partout Rimbaud a paru sentir faiblement l'énormité de sa faute ; partout il a semblé méconnaître l'infamie du supplice qui pouvait l'atteindre. Comme l'accusé, l'aliéné, après la perpétration, témoigne parfois un regret plus ou moins sincère, *très rarement* cette horreur, ce remords propre à l'homme sain d'esprit, qui a obéi au paroxysme d'une passion.

Ses interrogatoires, examinés en eux-mêmes, donnent lieu à des inductions curieuses.

Rimbaud a montré constamment dans son attitude, dans son langage, une sincérité, une indifférence, une sorte de stoïcisme bien étonnants dans un jeune séminariste de mœurs si douces et d'une sensibilité si vive : un aliéné peut seul parler ainsi.

Nous sommes autorisés à croire à ses paroles, lorsqu'il nous affirme, qu'au moment du meurtre et dans la journée même, il était dans un état *indéfinissable*, qu'il sentait un entraînement étrange et *irrésistible*, et qu'enfin, lorsqu'il a frappé, il n'avait pas conscience de cet acte.

De l'ensemble des faits que nous avons recueillis et de leur discussion sévère, résultent pour nous de graves motifs de penser que l'accusé était atteint de folie au moment du meurtre ; des preuves empruntées à un autre ordre de considérations corroborent puissamment cette manière de voir.

D. *Au moment du meurtre, Rimbaud était-il en état d'intermission?* — Nous avons établi que, peu de jours avant l'évènement, il était aliéné, qu'après il l'était encore et de la même manière ; ce résultat fait naître déjà par lui-même une très forte présomption de l'existence de la maladie mentale, au moment même de la perpétration. Des désordres intellectuels aussi graves que ceux de Rimbaud ne cessent pas tout à coup, pour faire place subitement à un état de calme et d'entière lucidité.

Parmi les formes d'aliénation mentale caractérisées par des intermissions et des accès, très peu voient leurs manifestations s'éteindre aussi rapidement qu'il serait nécessaire de l'admettre pour accorder à Rimbaud la jouissance de son libre arbitre le jour même du fait. Bien plus, la forme de folie présentée par l'accusé ne se manifeste que rarement par accès franchement intermittents. Lorsqu'elle vient à prendre la marche intermit-

tente, elle ne disparaît pas brusquement ; il faut presque toujours un intervalle assez long pour que l'aliéné, frappé de cette
espèce de folie, revienne à la raison, même pour un temps limité.
Il importe de remarquer que nous ne parlons ici que des véritables intermissions, et non pas des simples rémissions, assez
fréquentes dans cette forme de maladie. La rémission ne représente qu'une simple diminution d'intensité ; elle n'est pas un
retour complet à la raison.

Immédiatement après le meurtre, Rimbaud, à peine vêtu, se
rend chez le commissaire de police, où il déclare non-seulement
ce qu'il a fait, mais encore les motifs qui l'ont déterminé. Nous
savons qu'un pareil empressement n'est pas très rare chez les
criminels, mais nous n'ignorons pas qu'on l'observe presque
toujours chez les moins coupables, chez ceux qui ont été poussés
par quelque motif avouable. Si Rimbaud n'avait pas été guidé
par la folie, aurait-il mis tant de hâte à se livrer pour être
obligé d'avouer le mobile honteux qui aurait dirigé sa main ?

E. *Des mobiles du meurtre.* — Ceci nous amène à rechercher
les véritables mobiles du meurtre, et par suite à déterminer l'influence de l'affection pour Depousier, sur la réalisation du fait.
Cette dernière question est une des plus importantes et des plus
délicates de l'affaire.

1. *De l'affection pour Depousier.* — Les affirmations de
Rimbaud, dans toutes ses résidences et devant toutes les personnes qui l'ont interrogé, ont été des plus énergiques. Il a
protesté toujours de l'extrême pureté de son affection pour son
condisciple ; il s'est indigné qu'on pût lui supposer des désirs si
honteux ; il a ajouté n'avoir appris qu'en prison ce que pouvait
être l'amour entre des personnes du même sexe. Ces protesta-
tions remontent aux premiers moments de son incarcération ;
elles sont, nous le répétons, des plus nettes et des plus énergiques. Ses paroles, sur ce sujet, conservent à un très haut degré
ce caractère de candide sincérité que nous avons constamment
trouvé chez lui. Cette affirmation, s'il n'y a pas de simulation
de la part de l'accusé, comme nous l'établirons, suffirait seule
pour trancher la dernière difficulté sérieuse à résoudre dans

cette affaire ; d'autres preuves viennent confirmer l'exactitude de ses assertions.

Depousier a corroboré par son témoignage les dires de l'accusé, et pourtant cet élève aurait pu dévoiler l'impudicité de Rimbaud, si elle avait existé. Car il est démontré que Depousier n'a reçu qu'avec tiédeur les preuves d'affection de son condisciple, et que loin de le rechercher, il paraissait avoir de l'éloignement pour lui. Aussi n'a-t-il jamais voulu répondre aux lettres de l'accusé.

Tous ceux qui ont connu Rimbaud, élèves et maîtres, appuient fortement sur la pureté de ses mœurs, sur sa ferveur religieuse, exempte de toute *hypocrisie*.

Il n'a jamais cherché à cacher sa passion ; elle était connue de tous, du Supérieur lui-même, qui n'y vit aucun mal. Est-ce ainsi que se conduirait un jeune homme timide poussé par des désirs honteux ?

Dans toutes les preuves d'affection, nous ne voyons rien d'immoral constaté. Un élève, il est vrai, a vu assez fréquemment, le soir, au moment du coucher, *jamais pendant le cours de la nuit*, Rimbaud se rendre dans l'alcôve de Charles ; l'accusé arrivait toujours vêtu ; il faisait des baisers à Depousier, et il ne restait, dit le témoin, que *cinq à six minutes* au plus avec lui. Ce témoin n'a jamais rien entendu de contraire aux mœurs. Rimbaud a constamment avoué, sans hésitation, tous ces faits; mais il n'a pas cessé d'affirmer que ses caresses étaient tout à fait innocentes. La faible durée du séjour de Rimbaud auprès de son ami est digne d'attention.

Dans les preuves multipliées d'affection que l'accusé donnait à Depousier, on trouve une sorte d'exaltation mystique. C'est ainsi qu'il lui envoie une image représentant l'Enfant Jésus pêchant des cœurs, accompagnée de cette suscription manuscrite : « Que ne peut-on ainsi le prendre! » Rimbaud, tel que nous le connaissons, aurait-il pu être déjà un garçon assez corrompu pour profaner ainsi une religion sainte par-dessus tout à ses yeux ?

Comme toujours, l'accusé a dévoilé des sentiments qui pouvaient être interprétés contre lui. Il a avoué spontanément et dès son premier interrogatoire, la cause matérielle, pour ainsi

dire, de son affection. « Je n'avais avec lui aucun rapport parti-
» culier, mais j'avais cherché à me lier intimement, *parce que*
» *son physique me plaisait*, et d'ailleurs son caractère paraissait
» me convenir ». Se serait-il empressé de faire cet aveu, s'il
avait été mu par une pensée déshonnête ?

Le professeur de Rimbaud, qui était en même temps le directeur de la conscience de cet élève, appelé à déposer, n'a pu
parler qu'avec une sévère discrétion. Cependant un mot qu'il a
dit à la fin de sa déposition nous paraît jeter quelque jour sur
le sujet qui nous occupe. « La cause, qui a porté Rimbaud au
» crime dont il s'agit, est *tout à fait inexplicable* pour moi.
» D'ailleurs, étant le confesseur de ces deux élèves, je ne devais
» pas chercher à me l'expliquer ». Ce prêtre, si réservé dans
ses paroles, aurait-il pu dire que la cause du crime est *tout à
fait inexplicable* pour lui, s'il avait eu connaissance de rapports
déshonnêtes entre ces deux élèves, dont il était le directeur !

L'écrit, ou plutôt le dessin allégorique envoyé par Depousier,
dans le but de se débarrasser de l'ennui d'une affection si exaltée, n'a joué que le rôle de cause occasionnelle. Il a fait naître un
certain dépit, qui a fixé sur un individu les idées encore indé-
terminées d'homicide qui obsédaient l'accusé. Ce qui le prouve,
c'est qu'avant d'avoir reçu cette marque de dédain, Rimbaud
était allé chercher chez lui l'arme meurtrière oubliée dans un
grenier.

Il nous reste à examiner la lettre que le jour même de l'évènement Rimbaud remit cachetée à un élève, son voisin. Voici la
copie de cette lettre, dont l'original fait partie des pièces de la
procédure ; nous la transcrivons *textuellement*.

L'enveloppe, au lieu d'adresse, porte ces mots :

Si à midi tu me vois avec la communauté, faisant comme les autres,
tu me rendras cet écrit...

s'il arrive autrement...

tu briseras le cachet et tu liras et tu feras lire à qui bon te semblera.

Mais si j'y suis à midi, tu me la rendras
Je me fie à ta parole.

Le corps de la lettre est ainsi conçu :

Ne me crois pas si coupable qu'on le dit !........—
personne ne connaît mes intentions en agissant ainsi... -
Ah ! s'il eût correspondu à mes vœux, comme nous aurions été
heureux.... mais... je le pensais toujours... Ce serait trop de
bonheur pour toi.. Louis ! ..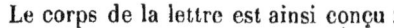
.... ce qui me
consolera dans les fers, c'est de penser que personne ne jouira pas
plus que moi de ce que j'ai aimé avec passion et ce qui n'a pas voulu
de moi....
.... mais qu'importe je t'aime et rien ne t'effacera de mon
cœur, ô toi, victime de mon amour... ....
....

Cette lettre , si singulière dans sa forme et dans son contenu ,
montre réellement la pureté de l'affection de Rimbaud. En effet,
si on en pèse la valeur, sans se contenter d'un examen superficiel,
on est amené à reconnaître qu'elle contribue à le décharger du
soupçon de désirs déshonnêtes.

Pourquoi, si sa passion était impure, Rimbaud se serait-il
empressé de la proclamer à la face de tous ? A quoi bon la
confier par écrit à un élève et lui recommander surtout de
communiquer la lettre à qui bon lui semblera ? S'il avait été mu
par une pensée immorale, aurait-il eu le soin de dévoiler aux
yeux de tous un motif si honteux et qui aurait pu aggraver
singulièrement sa culpabilité ?

Des hommes essentiellement pervertis auraient pu avoir assez
d'impudence pour dépeindre avec une telle exaltation une passion honteuse. En dehors de ces hommes démoralisés auxquels
Rimbaud ressemble si peu, un être frappé de folie a pu seul
employer de pareilles expressions. Nous retrouvons dans cette
lettre, comme dans celle que Rimbaud avait jetée par terre près
de son alcôve, tous les caractères propres aux écrits des aliénés :
décousu, incohérence dans les termes et dans la pensée, manque
absolu de logique et de suite , exaltation désordonnée dans
l'expression, etc. On y voit aussi que Rimbaud parle *des fers*.
Depuis longtemps son imagination pervertie ne rêvait que fers et
cachots ; il désirait même parfois commettre quelque crime
extraordinaire, afin de subir les tortures qu'il croyait trouver

dans les prisons. Il nous a avoué, qu'en entrant dans la prison d'Aix, il fut très étonné de ne pas être soumis aux fers et au cachot ; il fut presque peiné de voir ses illusions détruites.

De l'examen de cet écrit ressort pour nous, d'abord la nécessité de rejeter tout soupçon d'immoralité, et en second lieu une preuve très forte de la persistance de la folie quelques heures même avant le meurtre.

Pour terminer ce qui se rapporte à la passion de Rimbaud, nous ferons remarquer que cette affection est née dans les quelques mois qui ont précédé l'évènement, c'est-à-dire dans cette période pendant laquelle l'accusé était déjà frappé de folie. Nous pensons qu'elle a été elle-même un des symptômes importants de la maladie mentale. De pareilles passions ne sont pas rares chez les aliénés, surtout dans les premiers temps de la folie. Les ouvrages des aliénistes les plus estimés, et entre autres le traité d'Esquirol, offrent un certain nombre d'observations analogues à celle que nous fournit Rimbaud lui-même. Dans les faits rapportés par les auteurs, quelquefois la passion est idéale ; d'autres fois elle est charnelle, et accompagnée, dans l'un comme dans l'autre cas, de signes non équivoques d'aliénation mentale.

Puisque nous ne pouvons trouver dans une incitation immorale le motif principal qui a armé la main de l'accusé, il nous reste à rechercher quelles sont les conceptions délirantes qui ont pu l'entraîner.

2. *Mobiles principaux du meurtre.* — Favorisé singulièrement dans ses résultats par les aptitudes naturelles de Rimbaud, par ses chagrins de famille, par le sentiment d'humiliation résultant de sa position, l'érysipèle produisit, avons-nous dit, un ébranlement profond dans le moral de Rimbaud. Le *tædium vitæ*, cette douleur des esprits sensibles et malheureux, s'empara de lui ; mais ce malaise moral ne resta pas dans les bornes morales ; il ne tarda pas à revêtir les caractères de la maladie. Les idées religieuses et démonomaniaques exaltées et perverties accrurent le désordre intellectuel. C'est alors que Rimbaud désira *un changement* à tout prix ; il rêva la *gloire* d'un *grand criminel* ; « il voulut, nous a-t-il dit, être plongé dans un noir cachot, » les fers aux pieds. » Il pensa à de grandes choses : faire

quelque action *extraordinaire*, tel fut l'objet fréquent de ses pensées. Une idée vague d'homicide se glissa dans son esprit, accompagnée de la propension au suicide. Ces deux penchants, d'abord combattus et étouffés, finirent par prendre pied définitivement chez lui et le dominèrent entièrement.

On remarque, en effet, fréquemment chez les aliénés ce penchant à l'extraordinaire uni à la propension à des actes sanglants. On observe plus souvent encore la coexistence de l'idée d'homicide avec la pensée du suicide. Ces deux impulsions véhémentes, non raisonnées, se succèdent, se combinent l'une avec l'autre, et dans tous les cas se prêtent un mutuel secours. Les faits que nous avons rapportés ne peuvent nous permettre de douter que l'accusé ne fût obsédé par de pareilles pensées.

L'idée d'homicide est d'abord vague, c'est-à-dire sans choix déterminé ; puis, sous l'influence d'une circonstance accessoire, elle prend tout à coup une fixité qu'elle n'avait pas eue encore ; sa réalisation devient un besoin si ardent, que souvent l'homicide est préparé et réalisé en peu de temps, quelquefois même soudainement et sur le premier venu. Telle est la marche ordinaire des phénomènes observée maintes fois sur les aliénés atteints de cette sorte de folie ; telle est l'évolution qu'ont subie les conceptions de Rimbaud. Cette similitude ne démontre-t-elle pas une fois de plus l'existence de la folie chez l'accusé, au moment du meurtre ?

En terminant cette partie de notre travail, presque exclusivement consacrée à discuter les signes nombreux de folie observés chez Rimbaud, nous devons faire ressortir fortement la valeur que ces signes acquièrent et par leur union et par leur concordance. En médecine, en effet, ce n'est guère qu'à l'aide de l'ensemble des phénomènes et de leur comparaison, que l'on recueille des notions nettes et exactes. Ici tout concourt vers un même but, la constatation de la folie, qui ne saurait dès lors être méconnue.

Résumons rapidement les points principaux de la discussion à laquelle nous venons de nous livrer.

1° La prédisposition, résultat de conditions héréditaires et d'aptitudes individuelles acquises, fait naître la présomption de folie ; elle confirme les données acquises par d'autres voies.

2° Pour démontrer la réalité de l'aliénation mentale chez Rimbaud, à l'époque du meurtre, nous nous sommes appuyés sur l'existence de la folie avant comme après l'évènement, et particulièrement sur la persistance de la même forme ; nous avons invoqué la nature des appréciations de l'accusé ; nous avons montré qu'au moment de la perpétration, Rimbaud n'était pas en état d'intermission.

Enfin, pour confirmer ce résultat, nous avons recherché les mobiles du meurtre. A cette occasion, nous n'avons pas hésité à ranger ce sentiment perverti parmi les symptômes de la maladie mentale. Cette passion morbide a été dès lors regardée par nous comme un des mobiles du meurtre n'ayant qu'une importance secondaire. Le *tædium vitæ*, le besoin de changement, l'exaltation morbide des idées religieuses, la passion désordonnée pour l'extraordinaire, la double propension irrésistible au suicide et à l'homicide, tels ont été les véritables mobiles de l'acte incriminé.

Il ne peut suffire de prouver que Rimbaud présentait, au moment de la perpétration, une altération grave des facultés intellectuelles ; il faut en outre déterminer la forme du délire et apprécier le degré de responsabilité de l'accusé.

Mais avant de procéder à ce double examen, nous devons vider une question capitale soulevée bien des fois dans le cours de ce rapport : nous voulons parler de la simulation.

VII.

DE LA SIMULATION.

Cette question n'exigera maintenant que peu de développements, résolue qu'elle est en grande partie par les faits et les considérations disséminés dans les pages de notre travail.

1° Chez Rimbaud tout respire la folie, si l'on peut s'exprimer ainsi : son attitude, sa physionomie, son langage, ses paroles extraordinaires, ses actes bizarres, ses antécédents, etc., ont des caractères si tranchés, qu'un œil exercé ne tarde pas à repousser tout soupçon de simulation. Quelque rusé que l'on soit, on ne peut imiter si fidèlement la nature.

2° Pendant la période de quelques mois qui a précédé l'évènement, Rimbaud a donné des signes si nombreux et si explicites d'aliénation mentale, que nous avons été pleinement autorisés à reconnaître que dès lors l'accusé était frappé de folie grave. La preuve que nous avançons est d'autant plus convaincante, qu'à cette époque Rimbaud n'avait pas encore commis de méfait et qu'il ne pouvait avoir aucun motif de feindre et de se faire passer pour fou.

3° Rappelons la persistance complète de la *même forme* de délire constatée par un très grand nombre de faits, depuis les premiere signes manifestes de folie jusqu'à l'époque actuelle. Une personne si jeune n'aurait pu avoir une pareille constance ; la nécessité de varier un délire simulé se serait présentée à son esprit.

4° Dès son premier interrogatoire devant le commissaire de police, *immédiatement* après la perpétration, Rimbaud a accusé les motifs qu'il n'a fait que répéter plus tard ; il a déjà dévoilé dans ses dires et à son insu, la forme de sa folie. Comment, quelques heures seulement après le meurtre et sous le coup de l'impression profonde qu'il venait de ressentir (sans en avoir pleine conscience), un jeune homme aussi inexpérimenté et d'un tel caractère aurait-il pu songer à choisir telle ou telle forme de folie, pour se créer un système de défense ?

5° Rimbaud si dépourvu d'expérience *n'aurait pu* soupçonner l'existence de la forme de maladie mentale constatée chez lui ; car peu de personnes connaissent à fond cette espèce de folie, la plus cruelle pourtant, parce qu'elle a une tendance prononcée à enfanter des malheurs. Il faut avoir vu de près un grand nombre d'aliénés, avoir vécu longtemps avec eux, pour comprendre complètement cette sorte de maladie mentale.

6° Comment d'ailleurs Rimbaud, aussi ignorant qu'il l'était des choses de ce monde, aurait-il été choisir justement l'espèce de folie que ne prennent jamais les criminels qui cherchent à se faire passer pour fous? Ceux-ci ne veulent pas adopter cette forme de maladie, parce qu'ils craignent de ne pas paraître assez aliénés; car, pour eux comme pour beaucoup de gens, la folie doit offrir en tout et partout quelque chose d'extraordinaire.

Les individus qui veulent simuler l'aliénation mentale choisissent presque tous l'une des deux espèces suivantes : les uns se livrent à une agitation bruyante, désordonnée, tout à fait extravagante, qui trompe rarement, parce que les aliénés, même au milieu du désordre le plus considérable dans les actes et les paroles, observent encore une certaine régularité, qu'il n'est pas absolument impossible de saisir.

D'autres, plus habiles, conservent un mutisme complet ou presque complet, qui les trahit plus difficilement. Très sobres de paroles et d'actes, ils paraissent plongés dans une lypémanie stupide. Si ces hommes sont doués d'une grande force de caractère, ils peuvent tromper quelque temps des gens même expérimentés ; mais on n'a que de très rares exemples d'individus qui aient pu soutenir longtemps un pareil rôle, sous une surveillance assidue de jour et de nuit et au milieu d'épreuves renouvelées. Une parole, un geste, un regard involontaires, un geste inconséquent, en un mot un désaccord quelconque avec la forme de folie feinte, finissent tôt ou tard par trahir le criminel et le démasquer.

7° L'accusé ne présente ni l'une ni l'autre de ces deux formes de folie. Celle qu'on observe chez lui est de toutes peut-être la plus difficile à soutenir, précisément parce qu'elle comporte un certain nombre d'actes et de paroles raisonnables associés à des paroles et à des actes délirants. La quantité assez considérable de conceptions morbides que comporte cette forme, rend la simulation presque impossible. On remarque, en effet, que les idées délirantes et les actes extravagants, quoique assez nombreux, affectent pourtant un certain ordre, une constance, une ténacité particulières qu'il est difficile de soutenir.

Nulle forme ne prête plus aux contradictions, aux mensonges.

aux hésitations, au trouble, aux invraisemblances. Nous ne craignons pas d'affirmer que tous ceux qui voudront essayer de feindre une pareille maladie seront bien vite démasqués. Peut-être une personne douée d'une grande intelligence et ayant vécu longues années avec les aliénés, pourrait-elle seule simuler convenablement cette sorte de folie ; mais l'accusé n'est pas dans ce cas.

Nous avons observé chez Rimbaud une sincérité entière, une fidélité de souvenirs, une abondance de paroles, une absence complète de tout embarras, en tous moments une concordance parfaite dans ses dires, non-seulement quant à l'idée, mais encore quant à l'expression ; et cette concordance, nous avons pu montrer qu'elle existait depuis les premiers signes manifestes de folie confirmée.

8° Quand Rimbaud a cru n'être vu de personne, il s'est livré à des actes bizarres et a proféré des paroles délirantes, exactement comme il l'avait fait lorsqu'il se savait sous les yeux des surveillants.

9° Placé au milieu des aliénés, à Marseille et plus tard à Montpellier, Rimbaud n'a fait subir à son délire aucune modification essentielle. L'on sait, en effet, que les aliénés sont moins sensibles peut-être à des influences de ce genre que les personnes dont l'esprit est sain. Si l'accusé avait voulu se donner un type de folie, n'aurait-il pas mis à profit son séjour au milieu des fous, pour changer ou tout au moins pour perfectionner la forme adoptée antérieurement ? Rien de pareil n'est arrivé : Rimbaud n'a rien ajouté à son délire, il n'en a rien retranché ; ses dires sont exactement ce qu'ils étaient, ils n'ont pas éprouvé la moindre modification.

10° Enfin, les preuves nombreuses de l'existence de la folie chez ce jeune homme, puisées dans les pièces de la procédure ou résultant de notre examen direct, en dehors des paroles de l'accusé, ces preuves tendent nécessairement à faire rejeter l'idée de simulation.

Il est un certain tact que donne la fréquentation assidue des aliénés, et qui ne permet pas de méconnaître une maladie mentale intense et caractérisée comme l'est celle de Rimbaud. Aussi n'avons-nous pas hésité à rejeter formellement la pensée de toute simulation de la part de l'accusé. Tous les phénomènes observés sur lui sont réels ; ses paroles sont sincères et véritables, la folie et non la ruse les a inspirées.

De ces considérations et d'autres que nous croyons inutile d'invoquer, il est résulté pour nous l'entière conviction que Rimbaud ne simule pas la folie.

VIII.

DE LA FORME DE FOLIE DE L'ACCUSÉ.

La longueur de ce rapport nous oblige à traiter brièvement la question soulevée dans ce chapitre. Nous sommes d'ailleurs d'autant plus autorisés à nous restreindre, que le problème à résoudre, très intéressant sous le rapport scientifique, n'a qu'une moindre importance au point de vue médico-légal.

Considérons dans son ensemble le délire de Rimbaud :

1° Ses caractères dominants sont la préoccupation, la concentration, la tristesse.

2° Le délire de l'accusé n'est pas général, c'est-à-dire qu'il ne porte pas indistinctement sur toutes sortes d'objets. Les conceptions délirantes, quoique assez nombreuses, se rattachent à trois ou quatre idées principales ; ces conceptions ont de la persistance. Elles se sont sans doute maintes fois modifiées, atténuées, quelques-unes même se sont effacées ; presque toutes ont persisté après avoir subi des modifications plus ou moins sensibles.

3° La folie de Rimbaud a une tendance au suicide très marquée, accompagnée de propension à l'homicide.

A ces traits, nous reconnaissons la forme de folie que beaucoup d'auteurs appellent *lypémanie* (terme créé par Esquirol) et que d'autres, d'accord avec les anciens, désignent sous le nom plus vague peut-être de *mélancolie*.

Sans doute, nous ne saurions voir ici la lypémanie telle qu'elle est sortie de la plume d'Esquirol. Ce savant aliéniste, en retraçant le type de cette forme, a considéré comme absolument nécessaires la concentration presque complète et l'existence d'une seule idée morbide ou d'un *très petit* nombre d'idées délirantes. Esquirol a peint ce tableau d'après nature, et sa description est parfaitement exacte.

Toutefois, gênés par des restrictions si rigides, les observateurs ont bientôt reconnu qu'il existe un assez grand nombre de cas de folie dont les caractères, à peu de chose près, sont semblables à ceux qu'Esquirol attribue à la lypémanie ; ces observateurs n'ont pas hésité à regarder ces cas comme de véritables lypémanies. En étendant ainsi un peu le sens de ce mot, ils ont modifié avantageusement la classification d'Esquirol. Nous nous rangeons à cette manière de voir, en donnant cette qualification aux cas de folie qui ont pour caractères essentiels : un délire non général, portant sur des groupes peu nombreux d'idées et de sentiments délirants ; une tristesse plus ou moins profonde ; des dispositions marquées à la réflexion et à la concentration *physique et morale*, et enfin des tendances fâcheuses. Esquirol était trop observateur pour ne pas être entraîné, en dépit de sa théorie, à ranger parmi les véritables lypémanies des cas qui ont avec celles-ci des ressemblances frappantes : c'est ainsi que les lypémanies avec agitation, les démonomanies, etc., sont regardées par ce savant comme appartenant à l'espèce de folie qui nous occupe, sinon en théorie, du moins en pratique.

Les considérations qui précèdent s'appliquent parfaitement à l'aliénation mentale de Rimbaud. On y remarque moins de concentration, de limitation, d'invariabilité que dans la lypémanie type ; mais on y trouve néanmoins les caractères essentiels de cette forme que nous avons énumérés.

Parmi les autres espèces de folie, il n'est que la monomanie qui puisse présenter plusieurs des traits de la maladie mentale de l'accusé. M. le docteur Aubanel a pensé que l'aliénation mentale de ce malade devait être rangée parmi les monomanies.

Nous ferons observer d'abord qu'il ne saurait être question ici d'une monomanie purement instinctive, ni même d'une véritable monomanie intellectuelle bornée *à une ou deux idées fixes*. Aussi le médecin de Marseille n'a-t-il pas hésité à déclarer que la maladie de Rimbaud n'est pas une monomanie, dans le sens strict du mot.

Nous trouvons un nombre trop considérable de conceptions morbides, une variabilité trop grande, et surtout une concentration, une tristesse habituelle trop marquées, pour permettre de classer la folie de Rimbaud parmi les monomanies, prises même dans un sens plus étendu qu'on ne le fait ordinairement.

Nous nous empressons toutefois de reconnaître que la variété de lypémanie observée chez Rimbaud est, de toutes les variétés, celle qui se rapproche le plus de la monomanie. Notre dissentiment avec l'habile médecin de Marseille est donc peu considérable au fond. D'ailleurs, il ne s'agit que d'un de ces problèmes scientifiques dont la solution peut donner lieu à une certaine divergence d'opinion toute naturelle en pareille matière.

La dénomination de la folie n'a du reste généralement qu'une importance médiocre au point de vue médico-légal proprement dit. Ce qu'il y a d'essentiel pour le médecin légiste, c'est de faire connaître les symptômes physiques, de constater et d'apprécier les idées et les actions délirantes, afin de parvenir à déterminer le mode et le degré d'altération des facultés intellectuelles, et de juger par suite de la responsabilité de l'accusé. Il importe peu au fond, pour la médecine légale, que les paroles, les actes morbides, le mode de lésion des facultés, etc., autorisent à qualifier la maladie mentale de tel ou tel nom.

Il est cependant un cas dans lequel la solution du problème, objet de ce chapitre, pourrait avoir de l'intérêt aux yeux du médecin légiste. Si l'expert était appelé à observer un fait de folie insolite quant à la forme, il devrait se tenir en garde et multiplier ses investigations. Tel n'est pas le cas de Rimbaud : la forme de son aliénation mentale est loin d'être rare; nous en avons vu nous-mêmes d'assez nombreux exemples, en dehors de toute expertise médico-légale.

Rimbaud est donc, à nos yeux, atteint de lypémanie avec tendance au suicide et à l'homicide. La rémission qu'il présente actuellement a beaucoup affaibli ces propensions funestes ; l'impulsion à l'homicide paraît être presque entièrement effacée depuis quelque temps.

IX.

DE LA RESPONSABILITÉ DE L'ACCUSÉ.

Après avoir établi que Rimbaud était atteint de folie à l'époque même du meurtre, nous avons démontré que cette maladie doit être rattachée à l'une des formes les plus importantes de l'aliénation mentale, à la lypémanie. Pour nous conformer aux dispositions de l'ordonnance qui nous a investis de la mission que nous accomplissons, nous devons, en apportant plus de précision encore dans nos recherches, apprécier l'étendue et la portée morale des désordres intellectuels de l'accusé.

En considérant les faits d'abord dans leur ensemble, on reconnaît qu'un individu qui présente des altérations intellectuelles si nombreuses, si variées, si marquées, semblables en un mot à celles de Rimbaud, doit être considéré comme ne jouissant plus de son libre arbitre, et déchargé par conséquent de la responsabilité de ses actes. De pareils troubles ne peuvent se développer et persister sans porter une atteinte grave à la raison.

Un examen analytique détaillé nous conduit plus sûrement encore au résultat que nous venons d'énoncer.

1° Le délire dans les actes et dans les paroles se rattache généralement chez Rimbaud, avons-nous dit, à quatre classes principales d'idées : les idées de grandeur et d'ambition, les idées perverties se rapportant à Dieu et au démon, les idées ou plutôt la propension au suicide et à l'homicide, et enfin les idées qui ont pour point de départ la passion véritablement insensée pour Depousier. D'autres conceptions délirantes ont bien apparu de temps en temps, mais leur défaut de constance et d'énergie atténue leur importance.

Ces idées délirantes n'ont pas pris tout à coup possession de l'esprit de Rimbaud ; celui-ci a cherché d'abord à les éloigner, puis à les combattre ; mais bientôt, se voyant habituellement maîtrisé par elles, il a renoncé à une lutte devenue aussi pénible que stérile ; il s'est abandonné presque entièrement, et avec une sorte de plaisir amer, à ces conceptions, du moins dans son for intérieur ; il a pensé, et puis il a agi conformément à leurs incitations.

En donnant asile, dans son intelligence, à de pareilles idées, en se laissant dominer par elles, Rimbaud avait nécessairement ses facultés profondément altérées dans leur exercice.

En effet, ses actes, ses paroles, ses écrits démontrent que son imagination était déréglée, son raisonnement vicié, son jugement faussé ; de pareilles lésions ne permettent plus d'apprécier sainement la légitimité des conceptions intellectuelles et leur valeur morale. — On voit aussi en lui une sensibilité pervertie qui engendre des sentiments incompréhensibles, absolument contraires à ses affections habituelles. Ces affections anormales, en fournissant un point de départ faux, ont exercé sur l'intelligence proprement dite une grande influence ; elles sont devenues à leur tour la source de conceptions intellectuelles extravagantes. — Enfin, on remarque chez lui un affaiblissement considérable de la volonté, qui ne lui permettait plus de résister aux entraînements suscités par le délire.

Les pensées, les paroles, les actes sont le produit du jeu de l'intelligence ; ils répondent à son état. Aussi ne tarde-t-on pas à voir un individu ainsi frappé, se livrer à des manifestations morbides ; car la barrière opposée par d'anciennes habitudes et un reste de sentiments naturels, devient bientôt insuffisante : elle est brusquement renversée et le délire fait une irruption soudaine.

Les facultés intellectuelles s'enchaînent dans leur exercice, et se prêtent constamment un mutuel secours. Il est peut-être impossible que l'une d'entre elles soit profondément atteinte, sans que les autres n'éprouvent un pénible retentissement et ne finissent par perdre quelque chose de la régularité de leur fonctionnement. Combien plus grande est l'influence de plusieurs facultés altérées !

Nous concluons que le degré de lésion des facultés intellectuelles de Rimbaud était plus considérable qu'il ne faut pour démontrer l'abolition de son libre arbitre, et pour établir par conséquent son entière irresponsabilité.

2° L'abolition du libre arbitre, chez Rimbaud, ressort de faits plus directs encore.

Immédiatement après l'évènement, dans la prison, plus tard à Marseille et à Montpellier, l'accusé n'a jamais apprécié avec toute la justesse désirable la portée du meurtre qu'il a tenté de commettre ; il n'a pas eu pour lui cette horreur légitime si reconnaissable, ces remords, ces regrets si naturels en de pareilles circonstances. Il ne connaît qu'incomplètement l'infamie de la peine qui pourrait le frapper. Au milieu même d'une rémission assez longue, assez forte, bien loin déjà de l'exaltation du moment, actuellement enfin, Rimbaud ne juge pas sainement un acte si atroce ; son libre arbitre n'a pas recouvré l'intégrité normale. Il a affirmé, à diverses reprises, avoir éprouvé souvent un *entraînement irrésistible*.

3° Nous ne pouvons terminer ce sujet, sans rappeler que nous avons considéré la passion de Rimbaud pour Depousier comme constituant un des symptômes principaux de la maladie, et comme une cause occasionnelle de la perpétration du meurtre. Du rapprochement de ces deux faits il résulte que la tentative d'homicide ayant été effectuée conformément aux incitations d'une affection morbide, se rattache ainsi directement à l'état pathologique de cet aliéné. Cette circonstance frappante établit plus complètement encore l'irresponsabilité de Rimbaud.

X.

SUR QUELQUES OBJECTIONS.

Les considérations contenues dans ce rapport nous paraissent prouver incontestablement l'état de folie grave de l'accusé et sa pleine et entière irresponsabilité. Nous pourrions donc mettre ici un terme à ce travail ; cependant, afin de ne laisser de côté aucune difficulté, nous croyons utile de répondre aux objections que pourrait soulever la solution finale que nous adoptons.

1° Devant la Justice, Rimbaud a refusé avec obstination d'expliquer le *motif secret* qui l'avait fait agir, tout en protestant vigoureusement de la pureté de son affection. Ce n'est qu'à Marseille, et plus tard à Montpellier, qu'il a donné des détails à ce sujet. Il a accusé cette attraction invincible pour l'extraordinaire qui l'entraînait, ce désir insensé, qui l'obsédait, d'être jeté dans les cachots les plus sombres, de passer en un mot pour le plus grand criminel qu'on eût jamais vu. A Montpellier, nous avons appris de plus que son obstination à proclamer l'existence d'un motif secret, qu'il refusait de révéler, était inspirée par le désir de paraître un plus grand criminel et de mériter ainsi des peines plus fortes.

Nous avons établi surabondamment la franche sincérité de Rimbaud, et nous croyons que les paroles de l'accusé reproduisent assez fidèlement les mobiles qui le dirigeaient. A l'époque du meurtre, Rimbaud ne pouvait se rendre un compte parfaitement exact des motifs qui le poussaient; il a toujours dit qu'il se passait alors *quelque chose d'indéfinissable* dans sa tête. Mais plus tard, quand un peu de calme s'est établi dans son esprit, il a pu apprécier avec plus de netteté l'état de son intelligence pendant cette période.

2° La *préméditation* est-elle compatible avec la folie ?

L'accusé a préparé le meurtre à l'avance; il a combiné assez habilement les moyens de réussite, et il a pris toutes les précautions utiles.

L'expérience de tous les hommes voués à l'observation assidue des aliénés est là pour répondre que les malades qui présentent même un désordre intellectuel des plus intenses, des plus caractéristiques, sont aptes à préparer, combiner et cacher les moyens de réaliser le but qu'ils veulent atteindre. Beaucoup d'aliénés se livrent à l'homicide, au suicide avec une préméditation complète ; pour s'évader, ils donnent des preuves extraordinaires d'habileté et de ruse ; quelquefois même ils déploient une grande finesse pour réaliser en secret les actes de folie les plus bizarres.

3° La *folie n'a pas été reconnue* par ceux qui entouraient l'accusé au séminaire. Cette circonstance démontrerait-elle que l'aliénation mentale n'existait pas ?

Tous ceux qui l'approchaient ont fait connaître les actes nom-

breux de bizarrerie de l'accusé et le changement important
observé dans son moral ; ils ont parlé de ses manières devenues
extraordinaires, de sa tristesse fréquente, de la mobilité de son
humeur, de sa préoccupation, de ses scrupules continuels, de
l'affaiblissement ultérieur de sa ferveur religieuse ; mais plusieurs
ont déclaré en même temps qu'ils ne considéraient pas alors
Rimbaud comme aliéné.

Nous ferons remarquer que l'accusé faisait les plus grands
efforts pour cacher son délire et qu'il y réussissait habituellement, et qu'en outre, ceux qui l'entouraient étaient presque tous
des jeunes gens ou des personnes peu expérimentées en pareille
matière. Pour la plupart des gens du monde, l'homme n'est guère
aliéné que lorsqu'il se livre à des actes de la dernière extravagance, sous l'influence d'une vive agitation ; qu'il crie, déchire,
frappe, se démène. Pour les hommes spéciaux, un tel malade
est peut-être moins aliéné que les autres; car il existe ordinairement, dans ce cas, la forme de folie appelée manie, qui résulte,
à l'état de simplicité, d'une surexcitation plus ou moins violente
des facultés psychiques, sans lésion radicale. Cette remarque
nous fait comprendre comment les habitants du séminaire ont
pu méconnaître un état que Rimbaud s'efforçait d'ailleurs de
cacher. Cependant le Supérieur, plus clairvoyant, avait, après
les faits marquants que nous avons rapportés, reconnu quelque
chose d'anormal, et jugé désormais ce séminariste absolument
impropre aux fonctions du sacerdoce.

4° Le *délire n'est pas continu.* Ce fait tendrait-il à prouver
que la folie proprement dite n'existe pas chez Rimbaud ? C'est
ce que nous avons à examiner.

L'accusé est habituellement assez raisonnable dans ses paroles
et ses actes. Il peut suivre une conversation, faire des réponses
exactes, obéir d'ordinaire aux convenances et se conformer
aux règles de l'établissement ; sa mémoire est conservée, ses
préoccupations sont fréquemment naturelles; il sait où il est et
pourquoi il est enfermé ; il a, jusqu'à un certain point, conscience de sa position. Mais, par contre, il se livre parfois à des
actes bizarres, extravagants même ; il a souvent des manières
extraordinaires; il s'irrite facilement ; il délire quelquefois

spontanément, et plus fréquemment quand il est mis sur tel ou tel sujet ; il ne peut soutenir une conversation longue et précise, etc. En résumé, Rimbaud n'est pas atteint d'une folie générale.

L'admission de folies partielles est fondée sur l'observation des malades ; ces sortes de folies ne sont pas rares. Rigoureusement même, on peut dire que toutes les aliénations mentales sont partielles, mais à des degrés divers. Les aliénés même le plus fortement frappés conservent toujours quelque chose de leur raison première ; seuls, les malades parvenus au dernier terme de la démence, c'est-à-dire à l'abolition absolue et définitive des facultés intellectuelles, présentent véritablement une altération générale. Le malade est alors incontestablement au-dessous de la brute. Mais cet état n'est guère qu'un résultat ; comme l'a dit avec justesse Esquirol, la démence est le tombeau de la folie ; aussi un grand nombre de médecins ne considèrent-ils pas la démence comme une véritable aliénation mentale. En dehors des déments, nous ne voyons guère que les individus plongés dans une profonde stupidité qui soient atteints réellement de folie générale.

La folie générale peut donc être regardée jusqu'à un certain point comme une exception.

Mais, alors même que la folie n'est pas complète, presque toutes les facultés intellectuelles sont lésées à des degrés divers, dans le plus grand nombre de cas. Les folies rigoureusement bornées à un *très petit* nombre d'idées délirantes sont rares.

La maladie mentale de Rimbaud n'appartient pas à cette dernière catégorie ; elle rentre dans la classe commune, sous le rapport du délire, qui est assez étendu, comme nous l'avons montré.

En subissant des altérations, les facultés intellectuelles obéissent à une loi que l'expérience a révélée. Elles conservent, pour ainsi dire, plusieurs des habitudes régulières, et elles peuvent encore enfanter des conceptions normales. Toutefois il importe de remarquer que les idées raisonnables naissent presque toujours à l'occasion des choses ordinaires de la vie et des sujets les plus simples, ce qui démontre combien est grande au fond la lésion de l'intelligence. Habituellement le délire se produit avec facilité.

Presque toujours le désordre intellectuel est moins grand en apparence qu'en réalité, parce que l'aliéné, sachant que ses idées ne sont pas adoptées par tous, a d'ordinaire le soin de les cacher.

Rimbaud est tout à fait dans ce cas : sa folie est plus générale qu'on ne serait de prime-abord porté à le penser. L'accusé, en dehors du délire manifeste, présente presque constamment quelque chose d'insolite, d'étrange dans sa manière d'être, ce qui prouve et l'étendue et la continuité de la maladie.

Pendant le mois qui a précédé le meurtre, à l'époque de l'évènement et durant les mois suivants, Rimbaud était dans un état de surexcitation qui correspondait à une altération des facultés intellectuelles plus considérable même que l'altération observée ultérieurement. La rémission survenue plus tard dans l'état de Rimbaud a atténué encore le désordre moral.

5° *Rimbaud a repoussé l'idée de folie.* — S'il cessait d'être aliéné, s'il atteignait la guérison complète, l'accusé se rendrait un compte exact, et de son état passé, et de sa situation actuelle ; il jugerait sainement ses actes et ses paroles, et il les regarderait comme le résultat d'une maladie mentale. C'est alors qu'il reconnaîtrait franchement et sans hésitation qu'il a été aliéné. Un pareil aveu est pour le médecin aliéniste un signe important du retour à la raison. Tant que le malade refuse de croire à sa maladie, le praticien a de la méfiance, malgré le concours de signes favorables ; il craint avec raison que les apparences ne le trompent.

Ainsi, les dénégations de Rimbaud à ce sujet, si fréquemment renouvelées, loin de combattre l'admission de la folie, viennent, au contraire, en confirmer pleinement l'existence.

Depuis que l'accusé est en état de rémission plus marquée, il n'ose plus affirmer avec autant d'assurance qu'il n'a pas été fou ; on observe chez lui une sorte d'hésitation. Néanmoins, au fond, il ne croit pas encore avoir été aliéné. Les évolutions qu'a subies l'appréciation faite par Rimbaud sont donc conformes à la marche ordinaire de ce phénomène.

XI.

CONCLUSIONS

Les faits que nous avons exposés et appréciés et la discussion médicale à laquelle ils ont donné lieu, nous autorisent à adopter les conclusions suivantes, en réponse aux questions posées dans l'ordonnance du 4 décembre dernier, qui nous a donné mandat :

1° En général, l'état mental de Rimbaud est un état de folie à forme lypémaniaque, avec tendance à l'homicide et au suicide, ayant présenté de temps en temps des rémissions plus ou moins marquées, mais jamais de véritables intermissions ;

2° Au moment du meurtre, l'état mental de Rimbaud était plus gravement altéré encore : l'aliénation mentale, tout en ayant la même forme, avait plus d'intensité et de puissance qu'aujourd'hui ;

3° Cet état était tel, qu'en commettant le meurtre, Rimbaud n'avait pas la conscience que l'acte auquel il se livrait était un acte véritablement coupable ;

4° En le commettant, il obéissait à une force, à des conceptions délirantes qui, paralysant son libre arbitre, le privaient de sa liberté d'action.

Montpellier, le 2 mai 1858.

RENÉ, BOUISSON, Cte CAVALIER.

RAPPORT SUR L'ÉTAT DU SIEUR BARDON, DE NIMES,

BLESSÉ DANS L'ACCIDENT DU CHEMIN DE FER DU 6 JUILLET 1865

Nous, soussignés, COMBAL, professeur à la Faculté de Médecine de Montpellier, chevalier de Légion d'honneur; COURTY, professeur à la Faculté de Médecine; BOUISSON, professeur à la Faculté de Médecine, officier de la Légion d'honneur, désignés par le Tribunal civil de Nimes à l'effet d'émettre notre opinion sur l'état du sieur Edouard Bardon, blessé dans l'accident qui a eu lieu, le 6 juillet 1865, sur la ligne du chemin de fer de Marseille à Lyon, entre les stations de Berre et de Rognac.

Après avoir prêté serment, le 17 mai dernier, devant M. le Président du Tribunal civil de Montpellier ;

Avons pris connaissance des rapports ou lettres rédigés à différentes époques par MM. les docteurs Rimbaud, Lion et Bernard, demeurant à Berre, Lafon d'Agde, Bonicel de Nimes, Fontaine de Nimes, concernant la situation de M. Bardon; avons interrogé et examiné à deux reprises et à un mois d'intervalle ledit sieur Bardon, et avons acquis les notions suivantes, dont l'énoncé est destiné à répondre aux diverses questions posées par le Tribunal.

1° En ce qui concerne le caractère primitif de la lésion subie par M. Bardon, il résulte de l'analyse des rapports médicaux sus-énoncés et des renseignements fournis par le blessé lui-même, qu'une forte commotion générale a eu lieu et que le système nerveux en a spécialement ressenti l'action. M. Bardon, placé dans un wagon de 3ᵐᵉ classe, vers la fin du train, a subi au moment de la collision du train une secousse multiple qui, le

rejetant en sens opposé, l'a exposé à recevoir divers coups et
contre-coups surtout vers la région des reins. En même temps
le wagon s'étant rompu, M. Bardon a été rejeté sous une ban-
quette qui l'a garanti contre la chute de la couverture ou plafond
du wagon. Il a été relevé de cette position sans connaissance, état
qui a persisté jusqu'au troisième jour. Ses souvenirs ne datent
du moins que de ce moment et ils n'ont pris une entière précision qu'après le sixième jour et après une excitation qui se
manifesta dans la soirée de ce jour avec délire. On peut en
conclure que le résultat immédiat de l'accident fut la production
d'une congestion cérébrale.

Le même accident produisit aussi une commotion de la moelle
épinière, caractérisée par la paralysie des extrémités inférieures
et plus spécialement du membre inférieur gauche, dont l'affaiblissement s'est maintenu plus longtemps et à un plus haut
degré que du côté droit. Cette commotion de la moelle s'explique
par un coup reçu dans la région lombo-sacrée. Les traces de ce
coup n'ont pas tardé à devenir apparentes et une ecchymose
étendue s'est montrée dans la région indiquée. Il y a même lieu
de présumer que le retentissement de ce coup fut profond et
s'étendit jusqu'au rein gauche, car l'urine a été sanguinolente
dans les premiers temps. Néanmoins la colonne vertébrale elle-
même n'a point souffert des effets de cette lésion qui, suffisante
pour produire une commotion et des ecchymoses, n'a pas été
assez violente pour occasionner une fracture ou un déplacement
des pièces osseuses et par suite une compression permanente de
la moelle épinière.

2° La lésion sus-indiquée a donné lieu à des effets secondaires. Nous devons signaler un état fébrile qui devint surtout
apparent environ dix-huit jours après l'accident, c'est-à-dire vers
l'époque du transport de M. Bardon à Nîmes. Cette fièvre coexis-
tait avec l'inflammation du foyer sanguin résultant du coup de
la région lombo-sacrée et qui se révélait par des ecchymoses
étendues jusqu'à la partie supérieure et postérieure de la cuisse
gauche. Il fallut donner issue au liquide épanché dont la quantité s'éleva à un litre. Un érysipèle traumatique vint compliquer
la situation. Le foyer ecchymotique suppura, et une seconde

ouverture avec le bistouri fut nécessaire. L'invasion de cette
suppuration d'assez mauvaise nature fit courir quelque danger
à M. Bardon, et aboutit à la formation d'une cicatrice à la
région fessière, qui est encore très apparente et peut être considérée comme une preuve irrécusable de la réalité des complications que nous venons d'indiquer. L'affaiblissement du
membre et une incapacité fonctionnelle temporaire, déjà produite par la commotion, ont été nécessairement augmentés par
le travail inflammatoire de la région fessière. Pendant longtemps
le malade ne put marcher sans l'appui de béquilles et les mouvements n'ont récupéré une certaine liberté que vers la fin du
mois d'octobre.

3° L'état actuel de M. Bardon, un an environ après l'accident,
se caractérise par les résultats ordinaires des commotions qui
ont fortement ébranlé le système nerveux. Il existe de la pesanteur de tête, un état congestif des parties supérieures. La face
est rouge et injectée à un plus haut degré que dans l'état naturel. Il est évident que l'intelligence est alourdie et paresseuse ;
le malade affirme ne pouvoir se livrer à de longues lectures et à
un travail intellectuel soutenu sans éprouver de la fatigue
cérébrale. La mémoire paraît avoir diminué. Les mouvements
généraux du corps sont lents. Les mouvements particuliers
des membres inférieurs n'ont pas récupéré leur souplesse primitive, bien qu'il n'y ait point de paralysie proprement dite,
une obésité prématurée favorisée par la lenteur des mouvements
et le défaut d'un exercice suffisant tend à se manifester de plus
en plus, en sorte que l'état de M. Bardon n'est pas celui d'une
santé normale et qu'il peut être considéré comme prédisposé à
de nouvelles congestions sur différents organes et principalement
sur le cerveau.

4.° Quant à l'avenir réservé à M. Bardon, il est subordonné à
la possibilité de ces congestions ; mais on doit présumer que le
temps produira une amélioration et que la lésion subie n'entraî-
nera pas une incapacité de travail complète. Dans un délai de
six mois à un an, il pourra reprendre la carrière professionnelle

qu'il se proposait d'embrasser. Il lui sera toutefois impossible d'y apporter une vive intelligence et une grande aptitude, et cette infériorité dans les conditions d'action des centres nerveux doit être considérée comme augmentée sinon entièrement produite par la lésion qu'a occasionnée chez lui l'accident du chemin de fer du 6 juillet 1865.

En foi de quoi nous avons dressé le présent rapport.

COMMENTAIRE SUR LES ARTICLES 1974 ET 1975 DU CODE CIVIL

Rente viagère constituée sur la tête d'une personne atteinte d'une affection cérébrale le jour de la passation du contrat et qui a succombé moins de vingt jours après, par suite d'une attaque d'apoplexie.

RAPPORT MÉDICO-LÉGAL

SUR CE FAIT

AU NOM D'UNE COMMISSION COMPOSÉE DE MM. BOUISSON, COMBAL ET PÉCHOLIER

par M. PÉCHOLIER, rapporteur.

Nous soussignés, F. BOUISSON, professeur de clinique chirurgicale à la Faculté de Médecine de Montpellier; P. COMBAL, professeur de thérapeutique et de matière médicale à la même Faculté, et G. PÉCHOLIER, professeur-agrégé à la même Faculté, commis par un jugement du Tribunal de première instance de Lodève, en date du 6 juillet 1867, avec mission de rechercher, en consultant les certificats délivrés par les docteurs Crouzet, Nespoulous (de Montpellier) et Fournier (du Pouget), et prenant auprès de ces docteurs les renseignements que nous jugerions nécessaires, si la dame veuve E... était atteinte, le 25 mars 1867, de la maladie dont elle est morte le 13 avril suivant, et de consigner notre opinion dans un rapport qui sera déposé au greffe du Tribunal de Lodève:

Serment préalablement prêté le jeudi 14 novembre 1867, à midi et demi, devant M. le Président du Tribunal civil de Montpellier;

Nous sommes réunis pour étudier les documents sur lesquels devaient porter notre appréciation et arrêter nos conclusions.

Comme ce rapport est destiné à traiter un point très controversé ; que l'interprétation des articles 1974 et 1975 du Code civil a soulevé de vives discussions, et que nous pensons cependant que notre affirmation peut devenir très précise si la question médico-légale est envisagée à son véritable point de vue, nous avons cru utile de commencer par un court commentaire scientifique des articles du Code ci-dessus désignés.

DISCUSSION DES TERMES DE LA QUESTION POSÉE PAR LE TRIBUNAL DE LODÈVE.

Les articles 1974 et 1975 sont ainsi conçus :

Tout contrat de rente viagère créée sur la tête d'une personne qui était morte au jour du contrat ne produit aucun effet. (Art. 1974).

Il en est de même du contrat par lequel la rente a été créée sur la tête d'une personne atteinte de la maladie dont elle est décédée dans les vingt jours de la date du contrat. (Art. 1975).

Ces dispositions de la loi sont très sages. Le contrat de rente viagère suppose que chacune des parties a des risques à courir. Si le crédirentier est gravement malade au moment du contrat, et s'il succombe presque aussitôt après, il est de toute justice que le débiteur ne puisse pas légitimement bénéficier des bonnes chances, n'en ayant pas couru de mauvaises. D'autre part, on ne pouvait que fixer arbitrairement le délai après lequel le contrat serait définitivement valable. La loi a porté ce délai à vingt jours.

Dans un tel état de choses, on comprend que les tribunaux soient parfois obligés de soumettre certains faits à l'interprétation des médecins, pour savoir si la maladie dont est mort le crédirentier existait chez lui au moment où il a signé le contrat. Or, pour résoudre un pareil problème, il faut savoir d'abord quel sens on doit donner au mot *maladie*.

La maladie ne consiste pas seulement dans une collection de symptômes, comme le voulaient les nosologistes exclusifs et en particulier l'école de Sauvages et celle de Pinel. Aux phénomènes extérieurs se rattachent des modifications plus profondément cachées. D'une manière générale, la maladie comprend d'ordinaire une lésion organico-vitale et les symptômes qui décèlent cette lésion. Vouloir faire invariablement, des divers groupes de symptômes envisagés par abstraction en dehors des lésions vitales ou matérielles auxquels ils sont subordonnés, des espèces morbides analogues à celles admises par les naturalistes, c'est commettre une erreur à peu près unanimement condamnée aujourd'hui.

Ce n'est pas évidemment dans ce dernier sens que le législateur a compris le mot *maladie;* et lorsqu'il demande si le crédirentier avait, au moment de la signature du contrat, la maladie dont il est mort, il entend parler de la maladie tout entière telle qu'elle existe véritablement, c'est-à-dire non-seulement des symptômes, mais encore bien certainement des altérations organico-vitales dont ces symptômes dépendent.

Prenons des exemples pour mieux faire comprendre notre pensée :

Un sujet atteint de phthisie confirmée meurt au milieu d'une hémoptysie. Succombe-t-il à la maladie primitive dont il était atteint ? Non, aurait répondu l'école de Sauvages ou de Pinel. La maladie *hémoptysie* n'est pas individuellement la même que la maladie *phthisie.* Il y a là deux groupes de symptômes différents ; donc il y a deux maladies distinctes. — Oui, répondrons-nous au contraire, car la phthisie comme l'hémoptysie sont la conséquence directe de la tuberculisation pulmonaire. Le sujet était atteint de tuberculisation pulmonaire et meurt des progrès de cette tuberculisation.

Un second sujet est atteint d'une fièvre intermittente : tout à coup la fièvre devient pernicieuse, il meurt. Evidemment, encore ici il n'y a pas eu une nouvelle maladie, mais évolution et progrès de la maladie primitive, quoique les symptômes puissent s'être radicalement modifiés.

Les maladies cérébrales peuvent fournir plusieurs exemples analogues.

Supposez un individu qui a eu plusieurs attaques d'apoplexie, qui est resté hémiplégique et qui finit par succomber à une nouvelle attaque d'apoplexie, comme cela s'est passé dans la célèbre affaire Fried (de Strasbourg). Cet individu est-il mort de la maladie primitive où d'une autre maladie ?

Les nombreux médecins qui furent appelés à débattre cette question, et qui la résolurent d'une manière si opposée, eurent, selon nous, le tort de trop généraliser leurs conclusions et de se laisser égarer presque tous par les fausses idées médicales du moment.

— Non, Fried n'est pas mort de la maladie primitive, répondait en 1815 Marc, appuyé par Renauldin, Desgenettes et Chaussier, à cette époque où l'École de Paris était encore complètement sous le joug de la nosographie de Pinel. « L'hémiplégie de Fried n'était pas plus l'apoplexie que le raccourcissement d'un membre, à la suite d'une fracture consolidée, n'est la fracture. *Chaque attaque d'apoplexie est une maladie indépendante*, isolée des attaques précédentes, et n'ayant d'autres rapports avec celle qui survient plus tard que la disposition plus grande du sujet à en être de nouveau affecté. »

Il y a dans ces assertions de Marc des erreurs manifestes condamnées par les données les plus élémentaires et les plus sûres de la physiologie et de la pathologie.

Affirmer, comme le fait le médecin de Paris, que chaque attaque d'apoplexie qui survient chez le même sujet est toujours une maladie indépendante, c'est oublier que l'apoplexie ne comprend pas seulement les symptômes par lesquels elle se manifeste, mais bien encore la lésion anatomique du cerveau, cause première de ces symptômes (congestion sanguine, congestion séreuse, hémorrhagie, travail fluxionnaire ou inflammatoire ultérieur, etc.). Ces lésions peuvent guérir dans certains cas, et les symptômes disparaître. S'il survenait alors plus tard une autre attaque d'apoplexie, ce serait bien certainement là une nouvelle maladie qui ne serait reliée aux précédentes que par l'existence d'une prédisposition. Mais si la lésion cérébrale persiste, et si, par exemple, autour du caillot sanguin dû à la première hémorrhagie il se fait, par l'effet du travail phlegmasique ou fluxionnaire entretenu par le caillot, une nouvelle hémorrhagie, cette lésion deutéropathique ne sera certainement due qu'à l'évolution de la lésion primitive et restera toujours subordonnée à la même maladie.

Quand Marc affirme : « Entre chaque attaque d'apoplexie, il n'y a d'autres rapports que la disposition du sujet à en être de nouveau affecté »; il oublie donc la possibilité de la persistance de la lésion cérébrale. En ce cas, qui est le cas ordinaire, on n'a plus affaire à une simple disposition, mais bien à une maladie évoluant et passant par plusieurs phases, mais dans ces phases étant toujours la même, et constituant une seule espèce morbide.

Nous avons le regret de constater que les conclusions de Marc, appuyées par Renauldin, Desgenettes et Chaussier, ont été encore corroborées, à propos de cette même affaire Fried, par d'éminents professeurs de la Faculté de médecine de Montpellier : Baumes, Vigaroux et Delpech. Nous commencerons par rapporter les conclusions de ces derniers, pour les discuter ensuite.

« Conséquemment à tout ce qui a été avancé, écrivaient-ils en 1817, vu qu'il est faux que l'apoplexie et la paralysie soient une seule et même maladie; vu qu'il n'est pas moins faux que la paralysie soit un des premiers éléments de l'apoplexie; vu également qu'on peut avoir été apoplectique sans devenir paralytique, et réciproquement, qu'on peut être paralysé sans avoir été frappé d'apoplexie ; vu enfin qu'il y a une différence réelle admise et reconnue par tous les médecins entre l'apoplexie et la paralysie, comme entre la disposition plus ou moins grande que l'on peut avoir à un mal et le mal lui-même, nous concluons que le sieur Fried n'était pas atteint, le jour où il a passé le contrat, de la maladie qui a terminé ses jours. »

Ces conclusions de Baumes ont tout d'abord le grand tort d'être trop générales, trop exclusives, trop abstraites et trop éloignées des faits particuliers. Certes, si quelqu'un venait à affirmer que l'apoplexie et la paralysie sont toujours une même maladie, il commettrait une erreur, comme celui qui affirme constamment le contraire. Mais il ne faut pas rester dans l'abstraction, et on doit se placer au milieu des faits. Il s'agit de savoir si, en certains cas déterminés, les symptômes de la paralysie et de l'apoplexie ne peuvent pas être produits par une même lésion du cerveau qui les groupe en un seul faisceau et en fasse une seule maladie.

Or, la possibilité de cette supposition ne saurait être contestée. Ainsi, nous l'avons déjà dit, une attaque d'apoplexie peut laisser dans le cerveau un caillot sanguin qui, par sa présence et par l'irritation qu'il amène dans le tissu cérébral, deviendra peut-être la cause directe d'une nouvelle hémorrhagie cérébrale et partant d'une nouvelle apoplexie. Les deux attaques seront donc alors subordonnées à la même lésion, à la même maladie.

En sorte qu'en pareille circonstance, malgré l'assertion du professeur de Montpellier, l'apoplexie et la paralysie seront associées entre elles intimement et devront être regardées alors comme la conséquence de la même maladie.

Mais ce n'est point là la seule erreur manifeste des conclusions formulées par Baumes. Nous y lisons ce qui suit :

« Il n'est pas moins faux que la paralysie soit un des premiers éléments de l'apoplexie. » Cette phrase est incompréhensible, une paralysie partielle ou complète et plus ou moins durable étant la conséquence forcée de l'apoplexie et le signe le plus important auquel on puisse la reconnaître.

« Vu, dit en terminant le même professeur, qu'il y a une différence réelle entre l'apoplexie et la paralysie, comme entre la disposition plus ou moins grande que l'on peut avoir à un mal et le mal lui-même. »

Nous trouvons ici le même esprit d'exclusivisme que chez Marc. Lorsque la paralysie persiste, avons-nous dit, chez un sujet qui a été apoplectique, et lorsque c'est véritablement à la première lésion qu'il faut rattacher la seconde attaque d'apoplexie, on ne doit pas accuser alors une simple prédisposition, mais bien une maladie déjà réalisée et qui suit sa marche, non un état pathologique *in posse*, mais bien un état pathologique *in actu*.

Si nous voulons nous demander comment un homme aussi considérable que Baumes a pu être conduit à des exagérations et à des erreurs si manifestes, nous en trouverons facilement la raison dans les phrases suivantes que nous empruntons textuellement à son mémoire.

« Tous les *nosologistes* ont fait des genres différents de l'apoplexie et de la paralysie, preuve convaincante qu'aucun d'eux n'a établi d'identité réelle entre ces deux maladies. Sauvages a placé la paralysie dans l'ordre III de la classe 4 et l'apoplexie dans l'ordre V de la même classe ; Linnée, Vogel, Cullen, Macbride, ont, à son exemple, séparé génériquement l'apoplexie de la paralysie. Pinel a mis une telle *barrière* entre ces deux maladies, qu'il a placé l'apoplexie parmi les névroses des fonctions cérébrales, et la paralysie parmi les névroses de la locomotion et de la voix. *Le professeur Baumes a été encore plus loin*, puisque l'apoplexie forme le 33me genre, et la paralysie le 60me de sa distribution nosologique. »

Ce passage, comme d'ailleurs l'esprit du rapport tout entier de Baumes, Vigaroux et Delpelch, ne laissent aucun doute. Ce sont les fausses idées nosologiques dominant à cette époque qui ont pu ainsi induire en erreur des hommes d'une grande valeur que nous sommes contraints de réfuter. Tout indique que c'est Baumes qui a rédigé le rapport, et Baumes dépasse en exagération Sauvages et Pinel. Il va encore « plus loin qu'eux », d'après ses propres expressions.

Les médecins de Strasbourg, qui avaient été les premiers saisis de l'affaire Fried, eurent à nos yeux complètement raison sur ceux de Paris et de Montpellier. Les professeurs Coze, Tourdes, Villars, Flamant, Bérot et Maréchal, conclurent qu'il y avait eu chez Fried continuité de maladie, entre les premières attaques d'apoplexie, l'hémiplégie, et l'apoplexie à laquelle il succomba. Pour justifier, dans l'espèce, cette assertion des médecins de Strasbourg, il serait indispensable d'entrer dans les détails de l'affaire Fried, ce qui est inutile ici. Mais il nous suffit, au point de vue des principes que nous avons à poser, d'avoir démontré les deux points suivants :

1° En certains cas, deux attaques d'apoplexie survenant chez le même sujet sont bien deux maladies différentes, alors que la lésion à laquelle la première attaque était subordonnée étant guérie ou complètement tolérée, elle n'a pas pu produire la deuxième, le sujet n'ayant gardé qu'une simple prédisposition ;

2° Dans d'autres cas plus nombreux, lorsque la lésion cérébrale, cause de la première attaque, persiste, et que c'est la présence de cette épine enfoncée dans le cerveau qui amène une nouvelle attaque par le travail fluxionnaire ou inflammatoire provoqué par elle, il y a certainement continuité de maladie entre la première apoplexie, la paralysie et la nouvelle apoplexie.

Dans une question analogue à celle qui fut posée à propos de Fried, les médecins légistes peuvent donc éprouver quelque difficulté pour déterminer si la lésion, cause de la première apoplexie cérébrale, a vraiment persisté et déterminé la nouvelle attaque. Le problème devient infiniment plus simple si le sujet de l'expertise présentait une de ces graves lésions cérébrales anciennes et incurables qui font le désespoir de la médecine. Tel serait, par exemple, un ramollissement du cerveau avec paralysie générale. En pareille occurrence, on ne pourrait admettre qu'à un moment donné la lésion avait disparu ; l'apoplexie intercurrente se rattacherait nécessairement à la maladie primitive et ne serait que l'un de ses résultats directs. Il existe, en effet, deux sortes principales d'apoplexie admises par tout le monde : l'apoplexie sanguine et l'apoplexie séreuse. Or, que ce soit du sang, que ce soit de la sérosité qui, envahissant le cerveau et mettant obstacle à sa fonction, produise l'apoplexie, cette exsudation de sang ou de sérosité n'est, lorsqu'il existe déjà un ramollissement cérébral, que la conséquence directe de ce ramollissement, l'une des phases de son évolution, absolument comme l'hémoptysie est la conséquence directe de la tuberculisation pulmonaire. L'apoplexie, c'est-à-dire l'abolition plus ou moins subite, complète ou incomplète de la sensibilité et de la motilité, n'est donc pas à elle seule toute la maladie. Celle-ci comprend encore la lésion cérébrale, cause des phénomènes morbides.

EXAMEN DE L'ÉTAT DE SANTÉ DE LA VEUVE E... AU 25 MAI 1867 ET DE LA MALADIE DONT ELLE EST MORTE LE 13 AVRIL SUIVANT.

Des principes que nous venons de poser découlera facilement la réponse à la question posée par le Tribunal de Lodève. Mais il nous faut auparavant établir deux points de fait : 1° Quel était l'état de santé de la veuve E..., au 25 mars 1862 ; 2° de quelle maladie est-elle morte le 13 avril suivant ?

1° *Quel était l'état de santé de la veuve E... le 25 mars 1867?*

Les documents qui ont été mis à notre disposition nous permettent de préciser ce point avec certitude.

Le certificat de M. le docteur Crouzet, médecin-inspecteur
des eaux de Balaruc, qui nous a été transmis, est daté du 11
juin 1867 et est ainsi conçu :

« Madame veuve E... a séjourné à Balaruc, et y a pris les
eaux minérales sous ma direction en 1866, d'abord du 12 au 28
juin, puis du 7 au 27 septembre.

» Madame veuve E... présentait une maladie chronique du
cerveau avec paralysie générale incomplète. »

Dans une *note* que nous avons demandée à M. Crouzet pour
expliquer et compléter son certificat, et que notre confrère nous
a remise le 28 novembre 1867, il formule plus nettement encore
son diagnostic.

« Madame veuve E..., dit-il, arriva pour la première fois
à Balaruc-les-Bains, le 12 juin 1866, pour une maladie chronique du cerveau, consistant en un ramollissement cérébral, avec
paralysie générale ».

M. Crouzet justifie son diagnostic en rapportant, d'après des
notes prises au moment même où il venait d'examiner la
veuve E..., les symptômes observés par lui et les renseignements
fournis sur le passé de la malade. La relation que nous a remise
notre distingué confrère est trop précise et trop importante pour
que nous ne la transcrivions pas ici textuellement.

NOTE MÉDICALE *destinée à expliquer et compléter mon certificat, en*
date du 11 juin 1867, relatif à la maladie que présentait, à
Balaruc-les-Bains, en juin et septembre 1866, Madame
veuve E..., de Saint-Bauzille de la Sylve.

« Madame veuve E... arriva pour la première fois à Balaruc-
les-Bains, le 12 juin 1866, pour une maladie chronique du
cerveau, consistant en un ramollissement cérébral avec paralysie
générale.

» Cette dame, âgée de cinquante-sept ans, n'était plus réglée.

» Depuis son enfance, elle avait été sujette à de très fréquentes migraines.

» Des évènements on ne peut plus malheureux lui avaient
causé une succession de chagrins violents, surtout à partir de
l'année 1856. En 1863, elle perdit son mari et sa fille unique.

» C'est vers 1858 que paraît avoir débuté la maladie du
cerveau.

» D'abord, Madame E... présenta une surexcitation nerveuse
très forte avec affaiblissement de la vue de l'œil gauche. Plus
tard, en 1863, on constata des attaques répétées dites *nerveuses*
avec affaiblissement général des quatre membres, mais plus
particulièrement avec paralysie incomplète du membre inférieur
gauche. A cette époque, un cautère permanent fut établi à la
jambe gauche. Pendant le mois de septembre 1865, la paralysie
incomplète gagna le membre inférieur droit. En mars 1866, la
maladie présentait déjà un embarras de parole avec affaiblissement intellectuel. Le 12 juin 1866, à son arrivée aux eaux de
Balaruc, voici quel était l'état de Madame E...

» Physionomie exprimant la stupeur, embarras de parole,
lourdeur de tête, malaise de cette partie, vertiges, affaiblissement
très considérable de l'intelligence et du moral, diminution très
notable de la mémoire....; impossibilité de soutenir une courte
conversation, de répondre en fournissant quelques courtes explications sur sa santé, de fixer son attention sur un sujet un peu
sérieux, etc.

» Manquant de spontanéité, la malade ne prend aucune initiative, ne m'adresse aucune question, ne cherche pas à connaître
ma manière de voir sur son état ; elle se laisse faire, conduire,
diriger.

» Les personnes qui accompagnaient la malade purent seules
répondre à la plupart de mes questions.

» Madame E... offrait en outre une paralysie générale incomplète des quatre membres, surtout motrice, plus prononcée aux
inférieurs ; une légère anesthésie des jambes avec *fourmille-
ments* aux deux pieds.

» On me remit une très courte lettre de mon honorable confrère, M. le docteur Fournier (du Pouget), datée du 10 juin
1866, et ainsi conçue :

« Monsieur et honoré Confrère,

» J'ai l'honneur de vous recommander une de mes clientes,
» Madame veuve E..., de Saint-Bauzille, qui vient chez vous
» pour se soigner d'une *maladie grave de tous les centres nerveux.*

» Je vous prie de vouloir bien diriger son traitement à
» Balaruc.

» Veuillez agréer, Monsieur, l'assurance, etc. »

» Du 12 au 28 juin 1866, Madame E... prit à Balaruc 13 boissons minérales, à doses modérément purgatives, 7 pédiluves,
14 bains entiers tièdes.

» Ce traitement bien supporté procura une amélioration sensible.

» Revenue à Balaruc le 7 septembre de la même année, cette
dame continuait à se trouver un peu mieux. Cependant la maladie restait la même.

» Du 7 au 17 septembre 1866, on n'eut recours qu'à un traitement thermo-minéral très incomplet. La boisson minérale bue
à des doses insuffisantes, ne procura ni purgation ni effet laxatif.
Le 14 septembre, n'étant pas encore allée une seule fois à la
selle depuis son arrivée, Madame E... offrit tout à coup une
augmentation de son embarras de parole, le matin à jeun, avec
une sorte d'affaissement général, une aggravation de l'état morbide du cerveau.

» Attribuant cet accident surtout à la constipation, je pro-
posai d'abord des lavements laxatifs qui ne produisirent aucune
évacuation et enfin un purgatif composé d'une infusion de
follicules de séné additionnée de sulfate de magnésie qui, administré par la bouche, provoqua deux ou trois selles.

» Le 17 septembre, au départ, au lieu d'un résultat favorable,
j'eus le regret d'observer une légère aggravation dans l'état
cérébral et général signalé dans cette note. »

Nous devons ajouter ici que la position de M. le docteur
Crouzet, comme inspecteur des eaux de Balaruc, lui a permis
d'observer un très grand nombre de maladies cérébrales, et lui
a donné à cet égard une compétence toute spéciale.

La note si explicite que nous venons de transcrire nous permet

de formuler nettement notre opinion sur l'état de santé de la
veuve E... au moment où elle consultait M. le docteur Crouzet.

L'ancienneté de la maladie, les influences étiologiques, les
attaques épileptiformes, la paralysie incomplète des quatre
membres, le fourmillement aux pieds, l'embarras de la parole,
la stupeur, l'affaiblissement très considérable de l'intelligence et
du moral, la diminution notable de la mémoire, etc., ne peuvent
laisser le moindre doute sur le fait suivant :

« En avril et en septembre 1866, Madame veuve E... avait
une maladie grave du cerveau présentant les caractères d'un
ramollissement cérébral avec paralysie générale. »

Une pareille maladie peut bien par moment présenter un peu
d'amendement, mais doit fatalement progresser jusqu'à la mort,
tantôt avec lenteur, tantôt plus vite, suivant les circonstances.
Au point où elle est signalée dans l'observation rapportée par
M. Crouzet, elle est incurable. Elle existait nécessairement chez
Madame veuve E... quelques mois après, le 25 mars 1867.

Nous pouvons donc l'affirmer :

Le 25 mars 1867, Madame veuve E... avait une maladie grave
et incurable du cerveau présentant les caractères d'un ramollissement du cerveau avec paralysie générale.

Ajoutons qu'une pareille affection obscurcit l'intelligence,
gêne considérablement la locomotion, tend à amener la paralysie complète et la démence, mais qu'elle ne saurait mettre
obstacle aux voyages en voiture ou en chemin de fer, et qu'elle
n'empêche pas le sujet d'avoir une volonté plus ou moins bien
raisonnée, de manger parfois, même avec voracité[1], etc.

Du reste, l'affirmation que nous venons de formuler ne repose
pas seulement sur les documents et le dire de M. le docteur
Crouzet; elle est encore étayée par d'autres preuves que nous
allons rapporter.

Dans un Mémoire imprimé qui nous a été remis au nom de
M. C. A.... (d'Aumelas), nous trouvons un certificat de M. Gonzalès, médecin espagnol, domicilié à Saint-Bauzille de la Sylve,
qui a donné des soins à la veuve E..., le 1er, le 2 et le 3 avril

_____

[1] Des actes de ce genre avaient été signalés chez la veuve E... dans les derniers
jours de sa vie.

1867. Quoique n'appartenant pas aux trois sources auxquelles le Tribunal de Lodève nous a engagés à puiser, ce certificat nous a paru pouvoir éclairer notre religion, et nous y avons trouvé ce qui suit :

« Nous, soussigné, etc., déclarons que le 1er avril 1867, à 9 heures du matin, nous avons été appelé pour donner nos soins médicaux à la nommée E... R... veuve E..., âgée de 58 ans, native de Saint-Bauzille, et que, arrivé au lit de la malade, nous avons constaté qu'elle était sous l'influence d'une indigestion occasionnée par une attaque ou congestion épileptiforme, *résultat d'une affection chronique du cerveau, etc.* »

Ainsi, nous ne trouvons plus seulement ici la preuve que la veuve E... avait, en juin et en septembre 1866, une affection cérébrale incurable de sa nature. Le certificat Gonzalès confirme bien le diagnostic de M. Crouzet, mais il établit en outre que l'affection signalée par notre confrère de Balaruc persistait encore le 1er avril 1867, c'est-à-dire sept jours après le 25 mars de la même année, moment auquel il était nécessaire de préciser positivement l'état de santé de la malade.

M. le docteur Fournier (du Pouget), qui a été le médecin ordinaire de la veuve E..., à Saint-Bauzille, vient encore confirmer notre dire et les attestations de MM. Crouzet et Gonzalès.

Dans un certificat en date 6 juin, notre confrère commence bien à qualifier l'affection qu'il a soignée chez Madame E..., jusqu'en septembre 1866, de maladie de la *moelle épinière*. Mais il ajoute : « *l'intelligence était déjà bien amoindrie* ». Or, ce dernier point implique nécessairement la participation du cerveau à la lésion de la moelle épinière, dont les lésions ne peuvent en aucune manière compromettre l'intelligence.

La preuve, du reste, que M. le docteur Fournier partage notre opinion sur la maladie présentée par la veuve E..., c'est la lettre déjà rapportée par nous, par laquelle le médecin du Pouget recommande à celui de Balaruc la malade au moment où il l'envoie faire usage des eaux de cette station minérale. Nous devons la communication de l'original de cette lettre à M. le docteur Crouzet.

Au 10 juin 1866, M. Fournier écrivait à M. Crouzet :

« J'ai l'honneur de vous recommander une de mes clientes, Madame veuve E..., de Saint-Bauzille, qui vient chez vous pour se soigner d'une *maladie grave de tous les centres nerveux.* »

Les démontrations ci-dessus sont à nos yeux plus que suffisantes. Nous pouvons donc le répéter formellement :

Le 25 mars 1867, la dame veuve E... était atteinte d'une maladie chronique grave et incurable du cerveau, présentant les caractères d'un ramollissement du cérébral avec paralysie générale

2° *De quelle maladie est morte Madame veuve E..., le 13 avril 1867 ?*

Madame veuve E... a succombé à une attaque d'apoplexie cérébrale.

Ici nous n'avons qu'une preuve, mais elle est décisive : c'est le certificat de notre confrère, M. le docteur Nespoulous, daté du 15 mai 1867, ainsi conçu :

« Je soussigné, certifie avoir donné mes soins à Madame veuve E..., chez Madame F..., rue Daru, n° 5, depuis le 9 avril jusqu'au 13. Elle a succombé dans la nuit du 13 au 14 avril, par suite d'une attaque d'apoplexie cérébrale [1]. »

3° *Madame veuve E... était-elle atteinte, le 25 mars 1867, de la maladie dont elle est morte le 13 avril suivant?*

Nous venons d'établir que la veuve E... était atteinte, le 25 mars 1867, d'une maladie grave du cerveau, présentant les caractères d'un ramollissement du cerveau avec paralysie générale, et qu'elle est morte, le 13 avril suivant, d'une attaque d'apoplexie cérébrale.

---

[1] Le certificat de M. le docteur Nespoulous ne spécifie pas si la mort est survenue le 13 ou 14 avril. Si donc nous admettons que la mort de la veuve E... a eu lieu le 13 avril, c'est que le jugement du Tribunal qui nous a donné notre commission d'expert ne met pas en doute que la mort n'ait eu lieu ce jour-là. qu'il ne nous charge de rien préciser à cet égard, et qu'il ajoute d'ailleurs dans un considérant :

« Qu'il importe peu que le décès remonte au 13 ou au 14 avril, puisque le jour à quo n'étant pas compris dans la supputation du délai, ce décès aurait toujours eu lieu dans les vingt jours. »

Pour répondre définitivement à la question posée par le Tribunal de Lodève, il nous suffit d'appliquer maintenant les principes que nous avons établis ci-dessus.

« Si dans une question analogue à celle qui fut posée à propos de Fried, avons-nous dit, les médecins légistes doivent se livrer à une analyse minutieuse pour déterminer si la lésion cérébrale, cause de la première apoplexie, a vraiment persisté et a déterminé la nouvelle attaque, le problème devient infiniment plus simple lorsque le sujet de l'expertise présentait une de ces graves lésions cérébrales, anciennes et incurables, qui font le désespoir de la médecine. Tel serait, par exemple, un ramollissement du cerveau avec paralysie générale. En pareille occurrence, une apoplexie intercurrente se rattacherait nécessairement à la maladie primitive, et ne serait que l'un de ses résultats directs.

» Il existe, en effet, deux sortes principales d'apoplexie cérébrale admises par tout le monde : l'apoplexie sanguine et l'apoplexie séreuse. Or, que ce soit du sang, que ce soit de la sérosité qui, envahissant le cerveau et mettant obstacle à sa fonction, produise l'apoplexie, cette exsudation de sang ou de sérosité n'est, lorsqu'il existe déjà un ramollissement cérébral, que la conséquence directe de ce ramollissement, l'une des phases de son évolution. Les symptômes de l'apoplexie, c'est-à-dire l'abolition plus ou moins subite, complète ou incomplète de la sensibilité, de la mobilité et de l'intelligence, ne sont pas à eux seuls toute la maladie. Celle-ci comprend encore la lésion, cause des symptômes ; et cette lésion, c'est le ramollissement du cerveau et l'hémorrhagie, conséquence de ce ramollissement. »

Le véritable diagnostic de la maladie qui a déterminé la mort de la veuve E... doit être formulé ainsi : apoplexie, conséquence directe d'une lésion grave du cerveau présentant les caractères d'un ramollissement cérébral avec paralysie générale.

Une imprudence commise par la malade, telle qu'un voyage fatigant, une émotion morale, une indigestion, peuvent bien, en pareille circonstance, être ce que nous appelons la cause occasionnelle, le prétexte pour ainsi dire de l'attaque d'apoplexie, et par conséquent hâter la mort, mais ne font pas que l'attaque ne demeure une conséquence de la maladie primitive et l'une des phases de son évolution. L'imprudence commise n'est que la dernière goutte d'eau qui fait déborder le vase déjà plein, et non la masse d'eau qui l'a à peu près rempli.

La veuve E... était donc atteinte, le 25 mars 1867, de la maladie dont elle est morte le 13 avril suivant.

CONCLUSIONS.

Des faits contenus dans ce rapport et de la discussion à laquelle nous nous sommes livrés, il résulte :

1° Que le 25 mars 1867, Madame veuve E... était atteinte d'une maladie chronique grave et incurable du cerveau, présentant le caractère d'un ramollissement général avec paralysie générale;

2° Que le 13 avril suivant, elle a succombé à une attaque d'apoplexie cérébrale qui n'était qu'une conséquence directe de la lésion du cerveau et l'une des phases de son évolution;

3° Qu'elle était donc atteinte, le 25 mars 1867, de la maladie dont elle est morte le 13 avril suivant.

Le Tribunal de Lodève a adopté les conclusions des experts et a annulé le contrat de rente viagère. Cette décision a été acceptée sans appel par les parties.

FIN DU TOME NEUVIÈME.

TABLE DES MATIÈRES

DU TOME NEUVIÈME.

MÉMOIRES DIVERS.

FIN DE LA TABLE DES MATIÈRES DU TOME NEUVIÈME.

www.ingramcontent.com/pod-product-compliance
Lightning Source LLC
Chambersburg PA
CBHW070328030726
47505CB00004B/1128